용사의 어머니가 되겠습니다

용사의 어머니가 되겠습니다 1

엘리아냥 장편소설

초판 1쇄 찍은 날 | 2022년 9월 19일
초판 1쇄 펴낸 날 | 2022년 9월 26일

지은이 | 엘리아냥
펴낸이 | 권태완 우천제

편집책임 | 이예린
편집 | 박가연 박은정 장현아 구정은 양별 이지아 이고은 강명은 김솔

펴낸곳 | (주)케이더블유북스
등록번호 | 제25100-2015-43호
등록일자 | 2015. 5. 4
WFN | 제3-078호

주소 | 서울특별시 구로구 디지털로31길 38-9 에이스테크노타워 1차 401호
전화 | 02-867-4626 팩스 | 02-866-4627
E-mail | cl_production@naver.com

ISBN 979-11-404-0854-2 04810
979-11-404-0853-5 (set)

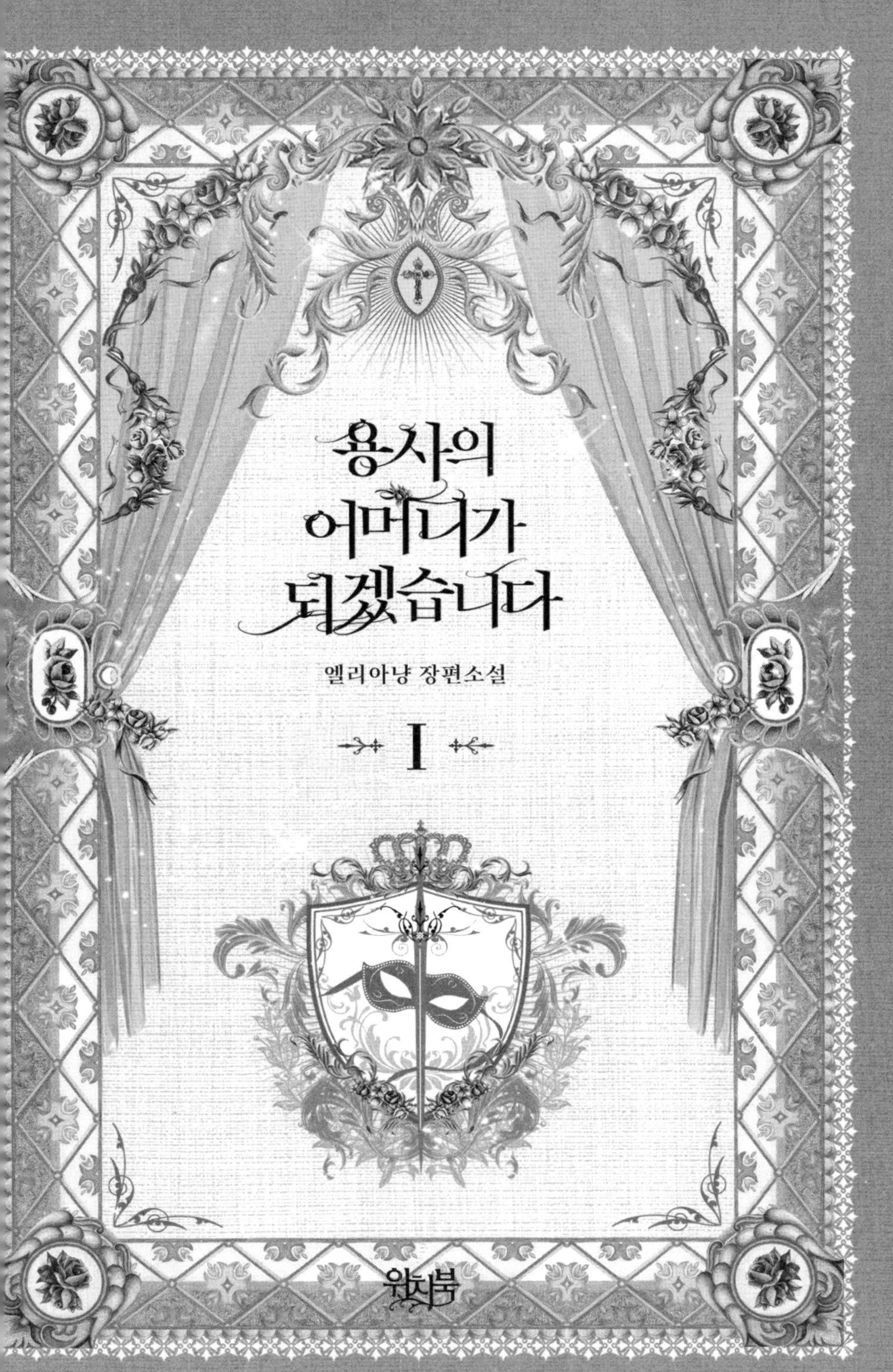
용사의
어머니가
되겠습니다
엘리아냥 장편소설
I
위시북

Contents

Chapter 0
프롤로그

화려한 침실 문이 소리 없이 열렸다. 일레나는 그 안으로 살금살금 몸을 밀어 넣고 문을 닫았다.

'자고 있군. 좋아.'

그녀가 든 램프의 불빛이 침실 내부를 은은히 밝혔다.

마른침을 한 번 삼킨 일레나가 방 한구석의 크고 고풍스러운 침대로 다가갔다. 침대 위에는 그녀의 남편, 카이휜 메이하드 공작이 숨소리도 내지 않고 조용히 누워 있었다.

일레나는 재차 침을 넘겼다.

'실수하면 안 돼.'

이번에는 확실하게 성공해야 한다. 일레나는 그렇게 되뇌며 남편이 누운 침대를 바라보았다. 평소에는 꼭 자로 잰 듯 단정하고 빈틈없는 차림새를 하고 다니는 주제에 잠든 모습은 제법 흐트러져 있었다. 흐트러졌다곤 해도 벌어진 옷깃 아래로 쇄골이 언뜻 보이는 정도긴 했지만.

저도 모르게 그 아래 존재하는 탄탄한 근육을 상상한 일레나의 얼굴이 순간 달아올랐다.

'아니, 정신 차려.'

하지만 그것도 잠시였다. 일레나는 도리질 쳐 솟아나려는 흑심을 잠재웠다. 본분을 잊어선 안 된다. 그녀는 지금 그런 목적으로 이곳에 온 것이 아니다. 아니, 그런 목적은 맞지만, 어쨌든 단순한 사심이 아니었다.

'이건 전부 세상을 구하기 위한 일.'

재차 속으로 되뇐 일레나가 램프를 탁자 위에 올려놓았다. 그러고는 남편이 살짝만 덮고 있던 이불을 확 걷었다.

"……!"

이불을 침대에서 최대한 멀리 던져 버린 일레나가 그대로 남편의 몸 위에 올라탔다.

"……일레나."

잠에서 깬 일레나의 남편이 당황한 눈으로 그녀를 올려다보았다. 일레나는 성취감을 느끼며 입술 끝을 말아 올렸다.

'해냈어!'

얼마 전, 지금처럼 몰래 침실로 숨어든 자신을 남편이 이불로 돌돌 말아 움직이지 못하게 했던 것을 기억했다. 그런 실패를 또 겪을까 보냐.

이불은 제거했다. 쓸데없이 다정하고 상냥한 남편은 절대 그녀를 강제로 뿌리치고 이불을 가지러 간다는 선택지를 고르지는 않을 터였다.

일레나의 눈에 승리감이 어리는 순간, 그녀의 남편이 한숨을 내쉬곤 손을 움직였다.

우드득!

'우드득?'

대체 그것이 무슨 소리인가 생각해 볼 틈도 없이, 잠시 후 일레나의 상체가 단숨에 웬 천으로 돌돌 말렸다. 몸의 절반이 포대기에 싸인 꼴이 되고 나서야 일레나는 그것의 정체를 알 수 있었다.

'침대 시트!'

침대 시트는 대개 모서리에 달린 끈을 침대 기둥이나 다리에 묶어 고정한다. 혹은 가장자리 천 일부를 침대 매트리스 밑으로 단단히 끼워 넣어 고정하거나.

그걸 찬찬히 풀거나 빼지 않고 단숨에 잡아 뜯어 저런 소리가 난 모양이었다.

소리에 대한 의문은 풀렸지만, 전혀 기쁘지 않았다. 일레나는 상체에 둘둘 말고 있는 시트를 자력으로 풀어내려 버둥거렸으나 두말할 필요 없이 역부족이었다. 시트를 풀지 않아도 움직이는 것 자체는 가능했지만, 아무 의미가 없었다.

손을 쓰지 못하면 남편을 덮칠 수 없었으니까!

"밤이 늦었습니다."

그녀의 남편은 부질없는 시도를 하는 일레나를 그대로 쓰러뜨려 제 옆에 눕혔다. 그러고는 품에 꼭 끌어안고 등을 토닥였다.

마치 말 안 듣는 아이를 안아서 달래듯 부드러운 손길이었지만, 당연히 이런 건 필요 없었다.

정말 필요 없었다. 이딴 순수한 손길 같은 건!

일레나는 이글거리는 눈빛으로 입술을 앙다물었다. 그런 일레나의 얼굴이 보이기라도 한 듯 그녀를 끌어안은 남편이 말했다.

"다음엔 침대 시트도 미리 손써둘 생각입니까?"

생각을 읽힌 일레나가 멈칫하는 사이 듣기 좋은 조용조용한 목소리가 이어졌다.

"소용없습니다. 그땐 커튼이 있으니까요."

'커튼!'

생각지 못한 방해물에 일레나가 눈을 부릅떴다. 그러고 보면 침대 바로 옆에는 창문이 있고, 침대에서 손을 뻗어 커튼을 붙잡는 건 그리 어려워 보이지 않았다.

단, 그 커튼으로 뭔가를 하기 위해서는 창문 위 쇠봉에 고리로 연결된 커튼을 힘으로 뜯어내야 한다는 전제가 필요하겠지만…….

"……당신이 괴물이라고 불리는 건 다 그 힘 때문이야."

일레나가 불만스러운 목소리로 툭 내뱉었다. 나직한 울림을 내며 웃은 남편이 말을 덧붙였다.

"그렇다고 커튼도 시트도 이불도 없는 침실에서 잠드는 일은 없을 테니, 앞으로는 힘 빼지 마시기 바랍니다. 부인."

'그렇게 말하면 누가 포기할 줄 알고?'

단념하라고 친절히 쐐기를 꽂아주는 말에도 일레나는 흥 콧방귀만 뀌었다. 그녀는 이대로 물러설 마음이 전혀 없었다.

'두고 봐. 누가 이기는지.'

야밤에 침대로 숨어들어 덮치는 게 가장 쉽고 빠를 줄 알았는데, 계획과는 달리 이 방법은 안 될 모양이다.

'그렇다면 다른 수단을 모색하는 수밖에.'

뭔가 방법이 있을 거다. 사람은 언제나 길을 찾으니까. 그녀라고 예외는 아니었다. 적어도 일레나는 그렇게 생각했다.

"이대로 이곳에서 함께 자겠습니까?"

미리미리 머리를 굴리는데 남편의 목소리가 들렸다. 일레나는 잠시 생각해 보다 고개를 끄덕였다. 얌전히 잠만 자야 하는 처지가 매우 아쉽지만, 이러니저러니 해도 남편의 품은 안정감이 있었다.

'체격이 커서 그런가.'

남편은 일레나보다 족히 머리 하나는 더 컸다.

'근육도 많고…….'

그리고 그녀를 가둔 가슴팍이 단단하기 그지없었다.

'손만 자유로웠다면 꾹꾹 누르며 만져봤을지도.'

상상하니 아쉬움이 배로 커졌다.

일레나는 안 될 걸 알면서도 입을 열었다.

"이것 좀 풀어줘요. 아무것도 안 할 테니까."

"안 됩니다."

"오늘은 이미 실패했잖아요. 내가 정말 잠든 사람을 어떻게 할 파렴치한으로 보여요?"

이미 그럴 목적으로 침실에 침입한 사람이 할 말은 아니었다. 그러나 일레나는 뻔뻔했고, 반면 그녀의 남편은 단호했다.

"네. 그렇게 보입니다. 안 돼요."

"……."

"이만 잡시다. 늦었으니 부인께서도 피곤하실 텐데."

'이래놓고 내가 잠들면 그때 풀어주겠지.'

지난번에도 그랬다. 아침에 눈을 뜨니, 그녀의 몸을 고치처럼 꽁꽁 감쌌던 이불이 언제 그랬냐는 듯 감쪽같이 풀어져 몸을 덮고 있었다. 사용인은 방에 들어온 적이 없다고 했고, 일레나의 옷은 평소 기상했을 때처럼 엉망이었다.

일레나는 잠버릇이 험했다. 잠들면 많이 뒤척이는 편이었다. 옷이 그 지경이 될 만큼 뒤척였다는 건, 아침이 오기 한참 전에 남편이 그녀의 결박을 풀어주었다는 말이 된다. 아마 잠들고 얼마 안 되어 풀어주었을 거다. 그 모습이 눈에 선히 그려졌다.

'내가 자다가 중간에 깨는 타입이었다면…….'

그게 아니라면 자는 연기라도 기가 막히게 할 수 있었다면.

하지만 일레나는 둘 다 영 소질이 없었다. 한번 잠들면 어지간해선 아침까지 깨는 일이 없었고, 자는 척을 하다가도 실제로 잠들어 버리기 일쑤였다.

'쓸모없는 몸뚱이.'

일레나는 한숨을 푹 쉬었다. 입김이 닿았는지 남편의 근육질 몸이 움찔하는 것이 느껴졌다.

그러면 뭘 하나. 여기서 입김을 몇 번은 더 불어도 아무 일도 벌어지지 않을 텐데. 이미 전에 해 봐서 안다.

일레나는 눈을 깜박이다가 먹히지 않을 말을 다시 주절거렸다.

"좋아요. 이건 안 풀어줘도 괜찮아요. 그런데 당신, 그러고 자면 좀 답답하지 않아요?"

"……."

"잘 때 의복을 껴입고 자면 혈액순환에 좋지 않다고 했어요. 가장 좋은 건 알몸으로 자는 거래요."

"……."

"십 대도 아닌데 건강을 챙겨야죠. 그러니 알몸으로, 그게 정 그러면 상의라도 벗고 자는 건……."

대답은 돌아오지 않았다. 일레나는 얼마간 더 조잘거리다가 포기하고 입을 다물었다.

'다음에는 꼭…….'

아쉬움을 뒤로한 일레나가 남편의 품에서 눈을 감았다.

밤이 깊었다.

Chapter 1
괴물 공작

일레나 소르테는 귀족 영애였다. 설명을 조금 추가하자면 '예쁜' 귀족 영애. 조금 더 추가하면 '예쁘고', '팔자 좋은' 귀족 영애.

소르테 백작가는 부유했다. 가문 대대로 이어받아 관리해 온 영지는 비옥했고, 소르테 백작은 사업에 재능이 있었다. 손을 대는 족족 대박으로 이어지는 것까지는 아니어도 실패보단 성공이 많았다. 영지의 세수에 사업으로 벌어들이는 수익을 더하자, 소르테 백작가의 재력은 자연히 남부러울 것 없는 수준이 되었다.

일레나는 그런 소르테 백작가의 셋째였다. 위로는 첫째인 언니와 둘째인 오빠가 있었고, 가문의 후계가 되겠다고 매일 박 터지게 싸우는 건 그들의 몫이었다. 막내인 일레나는 처음부터 그 사이에 낄 수도 없었다.

'잘 됐지.'

일레나는 그 사실에 아무런 불만도 품지 않았다. 오히려 기꺼웠다. 덕분에 그녀는 아버지의 눈에 들겠다고 밤잠을 줄여가며 공부하지 않아도 되고, 그럴듯한 사업 아이템을 구상하기 위해 머리를 쥐어짜지 않아도 되었다.

그저 적당히 배우고, 적당히 익히고. 더해서 하루하루가 전쟁인 언니와 오빠를 구경하며 제 몫의 품위 유지비를 펑펑 쓰고 돌아다니면 그만이었다.

하루는 그런 일레나를 보며 그날따라 피곤해 보였던 둘째 오빠가 한마디 했다.

"넌 인생 참 편하겠다."

일레나는 눈 하나 깜짝하지 않고 고개를 끄덕였다.

"편해. 부러우면 오빠도 나처럼 살아. 언니한테 전해줘?"

"……아니, 됐다."

일레나는 남들 보기에 제 인생이 어떻게 비치는지 충분히 인지하고 있었다.

내 인생이 편해 보인다고? 그게 뭐?

그녀의 인생이 편한 것은 사실이었고, 일레나에겐 딱히 그것을 부정할 마음이 없었다.

팔자 좋은 삶.

이 얼마나 듣기만 해도 마음이 아늑해지는 단어인가.

물론 누군가는 사람으로 태어나 어찌 그리 아무 포부도 없이 사느냐고 손가락질할 수 있다.

'그러거나 말거나.'

세상에 야망으로 똘똘 뭉친 사람이 있으면 그 사람을 지켜보며 얌전히 응원이나 보내는 사람도 있는 거지.

여하튼 일레나는 남들 보기에 팔자 좋은 제 인생에 만족하며 살았고, 그런 사람이 대개 그렇듯 너그러웠다.

지금도 그랬다.

"나리, 제발 한 푼만 주십쇼. 어제부터 아무것도 먹지 못했습니다. 한 푼만……."

"이 더러운 비렁뱅이가 지금 감히 누구의 옷을 더럽히느냐!"

왼쪽에 서 있던 호위 기사가 벌컥 성을 내며 앞으로 나섰다. 거리에서 구걸하던 남루한 행색의 노파가 일레나의 치맛자락을 덥석 붙들었기 때문이었다.

"됐어요."

손을 들어 호위 기사를 물린 일레나가 수행 하녀에게 명령했다.

"너는 가서 따뜻한 빵과 수프를 사 오너라."

"네, 아가씨."

하녀는 군말 없이 자리를 비웠고, 잠시 후 시킨 대로 갓 구운 빵과 수프를 사 와 노파에게 주었다.

"아이고, 감사합니다. 나리, 정말 감사합니다!"

연신 감사 인사를 하는 노파를 뒤로하고 일레나는 가던 걸음을 마저 옮겼다.

"아가씨께선 실로 마음씨도 좋으십니다."

"글쎄요."

일레나는 호위 기사의 말에 건성으로 대꾸했다.

빈민의 궁핍 문제를 근본적으로 해결하겠다고 발 벗고 나선 것도 아닌데, 단지 길에서 구걸하는 노파에게 빵과 수프를 주었다고 마음씨 좋다는 평가를 듣다니.

'과연 귀족 팔자가 좋다니까.'

남들보다 많이 가지고도 선량한 평을 얻기가 이보다 쉬울 수 있을까. 일레나는 그렇게 생각하며 저택으로 귀환했다.

그날 밤, 일레나는 모든 일정을 끝내고 평소처럼 잠자리에 들었다.

그런데 잠든 지 얼마나 되었을까. 별안간 그녀를 거칠게 흔드는 손길이 있었다.

"마님, 마님!"

누가 마님이야? 단잠을 깨우는 손길과 그릇된 호칭에 일레나가 신경질적으로 대꾸하려 했다.

'어?'

한데 그 순간 주변의 풍경이 눈에 들어왔다. 어스름한 하늘. 그리고 그 하늘을 날아다니는 정체 모를 것들.

'뭐야?'

사소한 건 넘어간다 쳐도, 일레나는 왜 자기가 침실을 떠나 바깥에 있는지 바로 이해할 수 없었다.

"정신 차리세요, 도망치셔야죠!"

그때 일레나를 흔들었던 손길이 그녀를 잡아끌었다. 일레나는 억센 손길에 속절없이 끌려가며 겨우 입을 열었다.

"이게 어찌 된 일이니? 내가 왜 여기……."

몽유병일지도 모른다는 가정은 하고 싶지도 않았다. 일레나를 이끄는 하녀는 다급하게 걸음을 옮기며 그녀의 질문에 대답했다.

"충격이 크시겠죠. 하지만 이럴 때일수록 마음을 단단히 먹으셔야 해요. 비록 주인님과 도련님, 아가씨께선 전부 돌아가셨지만……."

"뭐?"

일레나는 깜짝 놀랐다.

"아빠와 언니, 오빠가 죽었다고?"

그녀가 아는 한, 주인님이라고 불릴 만한 사람은 아버지인 소르테 백작뿐이었고 아가씨와 도련님은 각각 언니와 오빠였다. 그들이 갑자기 죽었다고 하니 놀랄 수밖에 없었다.

그런데 일레나의 반응에 하녀는 오히려 그녀가 이상하다는 듯 쳐다보았다.

"갑자기 왜 그러세요? 부친께서 병환으로 돌아가신 건 십 년이 더 된 일이고, 아가씨 위의 두 형제자매께서도 오 년 전에 마차 사고로 급사하셨는데……."

하녀의 말을 듣는 순간 일레나는 정신이 번쩍 들었다.

'미친 계집이구나.'

바로 어제도 그녀와 함께 저녁 식사를 한 가족들을 두고, 뭐라고? 그러고 보면 하녀의 얼굴도 낯설었다. 일레나가 저택에서 일하는 모든 사용인의 얼굴을 아는 건 아니었지만, 그래도 그녀를 모시는 하녀들의 생김새 정도는 외우고 있었다.

'간자일지도 모른다.'

가슴이 두근거렸다. 마음 같아선 붙잡힌 손목부터 당장 뿌리치고 싶었지만, 그러기엔 주변에 이렇다 할 사람이 없었다. 이 미친 하녀가 일레나에게 무슨 짓을 저지르려고 할 때 그녀를 도울 사람이 없다는 말이었다.

'정말 어찌 된 일이지?'

이 정신 나간 여자가 무슨 수로 자신을 여기까지 끌고 나왔는지도 의문이지만, 더 의아한 것은 거리의 풍경이었다. 마치 망자가 사는 거리 같았다. 집과 가게는 빼곡했지만 정작 사람은 존재하지 않는 듯 인기척 하나 느껴지지 않았고, 불에 그을리거나 일부가 부서진 건물이 곳곳에서 눈에 띄었다.

'수도에 이런 곳이 있었나?'

일레나는 혼란스러웠다. 그렇다고 수도가 아니라고 하기엔, 잠든 상태로 수도에서 벗어날 만큼 먼 거리를 이동했다는 걸 믿기 어려웠다.

그때였다.

앞쪽에 있던 어느 집의 문이 벌컥 열리며 그 안에서 사람이 튀어나왔다.

"……!"

젊은 여자였지만, 힘을 합친다면 하녀 한 명 정도는 당해낼 수 있으리라. 그렇게 생각한 일레나가 소리쳐 낯선 이에게 도움을 구하려 했다.

그러나 상대가 한발 빨랐다.

"살려주세요!"

'살려달라고?'

"도와주세요, 제발- 컥!"

일레나는 자리에 우뚝 멈췄다. 그녀를 이끌던 하녀가 걸음을 멈췄기 때문이기도 했지만, 그게 아니었어도 일레나는 자기 힘으로는 더 걷지 못했을 것이다.

"아…… 악……."

여자의 비명이 힘없이 사그라들었다. 대신 그녀의 위에 올라탄 정체 모를 것이 여자의 몸을 뜯어 먹는 소리가 섬뜩하게 울렸다.

'저게 뭐지?'

상황을 인지하기 힘들었다. 일레나가 넋이 나간 사이 욕지거리를 뱉은 하녀가 다른 방향으로 그녀를 이끌었다.

"마님, 이쪽으로!"

시선은 여전히 충격적인 광경에서 떨어질 줄 몰랐지만, 일레나는 본능적으로 하녀를 따라 바삐 움직였다. 죽은—아마도 죽었을—여자와 그 여자를 뜯어 먹던 정체 모를 괴물이 보이지 않게 되었을 즈음에서야 일레나는 가까스로 말을 토해냈다.

"저게…… 무엇이냐?"

"엘기르라는 마수예요."

"엘기르? 마수?"

단어의 뜻이 곧바로 이해되지 않았다. 하녀는 주위를 살피며 설명을 이어갔다.

"주로 지금 같은 새벽에 활동하는 마수죠. 후각이 발달한 만큼 시력이 퇴화했으니 가까이 접근하지만 않으면 괜찮아요."

매끄러운 설명이었지만, 일레나의 의문점을 해소하는 데는 아무런 도움이 되지 않았다. 그녀에겐 그것보다 더 근본적인 설명이 필요했다.

"대체 저런 것이 왜 이 도성에……."

그 순간이었다.

어두운 모퉁이에서 새까만 것이 쑥 튀어나왔다. 일레나는 하녀의 손을 놓치고 그대로 자빠졌다. 다음 순간 비명이 들렸다.

"아악!"

일레나는 엉덩방아를 찧은 채로 주춤 물러났다. 허리춤에나 겨우 오는 크기의 까맣고 기괴한 생명체가 하녀에게 달라붙어 그녀의 배를 손톱으로 꿰뚫었다.

"마, 마님……."

하녀가 울컥울컥 피를 토하며 입을 열었다. 일레나의 입이 벌어졌다. 비명이 터지려고 했다. 그러나 이어진 하녀의 목소리가 비명을 막았다.

"소리 내지…… 마세요. 이놈은 소리에…… 반응하는 놈이에요."

"……!"

"설마 이런 곳에…… 있을 줄은……."

일레나는 입을 뻐끔거렸다. 무슨 말이든 하고 싶었으나 소리를 내지 않고 말을 하는 방법은 없었다. 일레나가 간신히 소리를 죽이고 턱을 덜덜 떨고 있을 때 하녀가 이어 말했다.

"서쪽으로, 가세요……. 가다 보면, 〈해 뜨는 숲〉이라는 술집이 있을 거예요. 거기서…… 신분을 말하고 도와달라고 하세요."

"……!"

"어서요…… 쿨럭!"

일레나는 말을 듣지 않는 몸을 억지로 일으켜 세웠다. 그러고는 뒤도 돌아보지 않고 뛰었다. 다리에 힘이 잘 들어가지 않아 몇 걸음 뛰고 휘청이다 넘어지길 반복해야 했지만, 일레나는 이 악물고 비명이나 신음을 입 밖으로 내지 않았다.

'서쪽.'

방향을 잡는 일은 그리 어렵지 않았다. 거리 곳곳에 이정표가 있었기 때문이다. 투박한 이정표는 원래부터 그곳에 있었다기보단 최근 들어서 급하게 세워진 것 같았다.

일레나는 이정표를 따라 계속 움직였다. 뛰고 뛰다가 숨이 달려 폐가 쥐어짜이듯 아파오자 뛰는 걸 그만두고 걸었다.

가만히 있을 수는 없었다. 아무리 한시라도 해도. 그랬다간 제게도 무슨 일이 생길 것만 같았으니까.

'욱…….'

일레나는 옷소매로 입을 틀어막았다. 여기까지 오는 동안 벌써 두 번이나 더 괴물이 사람을 뜯어 먹고, 공격하는 것을 봤다. 괴물이 먹다 남긴 듯한 사람의 하반신만 거리 한쪽에 굴러다니기도 했다.

그걸 떠올리니 다시 토기가 치밀었지만, 일레나는 혀를 깃씹으며 구역질을 참았다. 사람을 뜯어 먹던 괴물은 후각이 발달했다는 말이 떠올랐다. 속을 게워냈다간 역한 냄새를 맡고 그것이 나타날까 봐 두려웠다.

"흐……."

일레나는 새어 나가려는 울음도 안간힘을 다해 억눌렀다. 소리에 반응한다는 괴물도 무섭기는 마찬가지였다. 일레나는 쉬지 않고 걸었다.

입술과 목이 바짝 마르고 다리와 발에 슬슬 감각이 없어졌을 무렵, 마침내 하녀가 말했던 술집이 나타났다.

<해 뜨는 술>

일레나는 간판을 확인하자마자 문으로 달려들었다.

"이보시오! 이보게! 나 좀 도와주시오! 여기, 여기 사람 있소!"

주먹이 아플 만큼 문을 두드리다 문득 신분을 말하라던 하녀의 말이 생각났다. 이름을 밝히려고 일레나가 입을 연 순간, 마침 문 안쪽에서 목소리가 들렸다.

"누구십니까?"

"일레나, 일레나 소르테. 소르테 백작가의 셋째요."

일레나가 숨도 쉬지 않고 다급하게 말했다.

"일레나 소르테?"

문 안쪽의 목소리는 잠시 의아해하는 것 같다가 금방 알았다는 듯 태도를 바꿨다.

"아, 밀리스토 부인이시군요. 들어오시지요."

밀리스토 부인은 또 누구인가 싶었지만, 그게 뭐든 문이 열렸다는 사실 앞에선 중요하지 않았다. 열린 문 사이로 일레나가 바로 뛰어들었다.

탁. 문이 닫혔다. 닫힌 문에 등을 대고 주저앉는 일레나에게 방금 전 목소리의 주인으로 추정되는 사람이 말을 걸었다.

"괜찮으십니까?"

일레나는 그제야 가게 내부를 눈에 담았다.

'사내 한 명?'

내부는 협소했고, 사람이라고는 그녀에게 말을 건 남자뿐으로 보였다. 일레나가 남자를 경계하는 사이, 가게 안쪽에서 또 다른 목소리가 들렸다.

"물이라도 한 컵 드릴까요?"

가늘고 높은 목소리였다. 일레나의 표정이 눈에 띄게 풀어졌다.

"그냥 물 말고 따뜻하게 데운 물이 좋겠어, 여보."

"알았어."
두 사람은 부부인 것 같았다. 일레나는 완전히 마음을 놓았다.
잠시 후 가게 한쪽으로 자리를 옮긴 일레나는 여자가 가져다준 물로 목을 축였다. 따뜻한 물이 들어가자 떨림이 멎었다. 일레나는 그제야 자신이 떨고 있었다는 걸 알았다.
"좀 진정되시나요?"
"……고마워요."
도움받는 처지를 자각하고 나자 말투가 알아서 변했다.
"……당신들은?"
일레나는 빈 컵을 쥐고 머뭇머뭇 물었다. 여자는 일레나의 손에서 빈 컵을 가져가고 담요를 그녀에게 둘러주며 말했다.
"저는 안나. 이쪽은……."
"한스입니다."
"부부예요."
두 사람이 짤막하게 자기소개를 마쳤다. 일레나는 고개를 끄덕였다. 일레나의 이름은 이미 여기 들어오면서 밝혔다.
"그나저나 수행원도 없이 혼자서 이곳까지 오셨네요."
안나의 목소리에는 힘들지 않으셨냐는 걱정이 담겨 있었다.
"하녀는……."
일레나는 함께 오던 하녀가 도중에 괴물에게 당해 죽었다고 답하려다 입술을 깨물었다. 그때를 떠올리니 속이 끔찍하게 울렁였다. 동시에 의문이 차올랐다.
'대체 뭐지?'
그 괴물들은? 이상한 점은 또 있었다.

'치안병은 전부 어딜 간 거야?'

그 많던 치안병이 한 사람도 보이지 않았다. 사람을 죽이는 저런 괴물이 버젓이 거리를 활보하고 다니는데도.

'그러고 보면 아버지는? 언니는, 오빠는 어떻게 됐지?'

"괜찮으세요?"

일레나의 얼굴이 하얗게 질리자 안나가 물었다. 일레나는 대답하는 대신 질문했다.

"바깥에 저…… 괴물들, 어떻게 된 건가요?"

"괴물이요?"

되묻던 안나가 이내 고개를 끄덕였다.

"마수를 말씀하시는 거군요."

마수.

하녀도 그렇게 말했다. 문제는 그때도 지금도 일레나가 마수라는 말을 처음 들어본다는 데 있었다.

그러나 안나는 오히려 그런 일레나가 의아하다는 듯 응시했다.

"이번에 마수를 처음 보신 거예요?"

일레나는 당황했다. 당연한 것이 아닌가? 하루아침에 괴물들이 나타나 거리를 활보하는 상황인데.

"어디 안전한 곳에 숨어 계셨나?"

"아무리 그래도 1년이나 마수를 못 볼 수는……."

안나와 한스가 서로 고개를 갸웃했다. 부부의 대화를 들은 일레나의 얼굴이 충격으로 굳었다.

"1년?"

"네. 마수가 침공해서 대륙이 이렇게 된 것이 1년 전이잖아요."

"마수가…… 침공했다고?"

안나의 표정이 이상해졌다. 숨어 지낸 게 아니라 어디 갇혀 있었던 것이 아닌가 의심하는 눈치였다.

"저, 부인. 혹시……."

"거울."

"네?"

"거울 좀 줘요."

일레나는 뒤늦게 이상한 점을 하나하나 짚어보았다. 자신을 아가씨가 아닌 마님이라고 부르던 하녀. 아버지와 손위 형제자매가 예전에 죽었다던 하녀의 말. 술집의 주인 부부가 저를 '밀리스토 부인'이라고 했던 것. 그리고 결정적으로, 그녀가 들어본 적도 없는 마수의 침공.

일레나는 떨리는 손으로 안나가 건네주는 거울을 받았다. 이내 일레나의 얼굴을 비춘 거울이 바닥으로 떨어져 산산이 깨어졌다.

"부인, 괜찮으세요?"

한스가 서둘러 청소 도구를 가지러 가고, 안나가 일레나를 살피며 물었다. 일레나는 대답할 수 없었다.

'늙었어.'

거울에 비친 얼굴은 그녀가 알던 자기 얼굴이 아니었다. 머리 색이나 눈 색, 이목구비는 같았으나 전반적으로 그녀가 기억하는 것보다 훨씬 나이 들어 보였다. 심장이 쿵쿵 뛰었다.

"안나. 지금…… 연도가 어떻게 되죠?"

"연도요? 어디 보자, 왕국력으로 887년이던가……."

안나는 군말 없이 사근사근 대답해 주었다. 여전히 일레나가 학대의 피해자가 아닌가 염려하는 것 같았다.

오해하는 걸 알면서도 일레나는 그냥 내버려 두었다. 지금은 정정해 줄 정신이 없었다.

'20년이나 지난 미래야.'

아니, 사실 정정해 준다고 해도 문제였다. 자다가 눈떠보니 갑자기 20년 뒤의 미래로 와 있더라는 말을 어느 누가 믿겠는가?

'꿈인가?'

그렇게 생각하는 편이 가장 현실적이고 속 편했으나, 일레나는 선불리 확신할 수 없었다. 꿈이라기엔 모든 감각이 너무나 생생했다. 특히 아픔. 넘어지면서 다쳤는지 무릎과 팔꿈치에서 느껴지는 쓰라린 통증이 지금 이 순간에도 선명했다.

'그럼 이게 현실이라고?'

그건 더 말이 안 된다. 그럴 수는…….

쿵!

그때 문 바깥에서 둔탁한 소리가 울렸다. 일레나는 깜짝 놀라 생각을 멈추었다.

"무슨, 무슨 소리죠?"

한스가 깨진 거울 조각을 쓰레받기에 쓸어 담으며 말했다.

"마수일 겁니다."

"마수요?"

"걱정하지 마세요. 저 문은 그냥 문이 아니거든요. 나무가 아닌 쇠로 만들었죠."

일레나는 정신없이 문을 두드렸을 때를 떠올렸다. 확실히 나무의 감촉은 아니었다.

"다, 다행이네요."

쿵! 쿵!

긴장이 풀리려는 순간, 바깥에서 들리는 소리가 더 커졌다. 일레나는 움찔하며 다시 겁을 집어먹었다. 안나가 곁에서 달래듯 이야기했다.

"안심하세요. 저 문은 절대 못 부숴요. 가게 벽은 전부 벽돌이고요. 창문도 없으니 마수가 침입할 길이 없죠."

안나의 말에도 일레나는 좀처럼 마음을 놓을 수 없었다. 몸에 덮은 담요를 손마디가 하얗게 될 만큼 꾹 움켜쥐었다.

그때였다.

점점 요란해지나 싶던 문 바깥의 소음이 어느 순간 뚝 끊겼다.

'……간 건가?'

한동안 잠잠한 상태가 이어졌다. 일레나가 눈을 굴리다 참았던 숨을 내쉰 바로 그 순간이었다.

우지끈!

"……!"

위쪽에서 소리가 났다. 이번에는 두드리는 소리가 아니라 뭔가가 부서지는 소리였다. 일레나의 얼굴이 창백해지는 순간 한스가 낭패라는 듯 한마디 했다.

"아, 지붕."

"이쪽으로 오세요!"

안나가 다급히 일레나의 손목을 잡아끌었다. 일레나를 주방으로 데려간 안나가 아궁이 밑의 재를 손으로 마구 헤집었다. 그러자 놀랍게도 지하로 내려가는 나무 문이 나왔다.

"들어가세요."

일레나는 얼른 나무 문을 열고 그 안의 사다리를 타고 내려갔다. 그러다 문득 위를 올려다보았다.

안나가 움직이지 않고 있었다.

"안나, 어서 와요."

"저는 안 가요."

"네? 어째서?"

저게 무슨 말이지?

'설마 지하가 좁아서?'

일레나가 힐끗 아래를 내려다보았다. 아직 살펴보진 않았지만 지하의 공간은 충분해 보였다. 안나가 희미하게 웃으며 말했다.

"다시 재를 덮어 입구를 감출 사람도 필요하잖아요. 들키면 무슨 소용이에요."

"하지만 그건 한스가……."

한 사람만 남으면 되는 일이 아닌가. 일레나가 그렇게 생각할 때 안나가 말했다.

"부부잖아요."

"……."

"한날한시에 세상에 태어나지는 못했지만, 갈 때는 같이 가야죠."

"안……."

일레나가 안나를 부르려고 했을 때였다. 바깥에서 무시할 수 없는 커다란 소음이 들렸다.

"안나!"

안나가 문을 닫았다. 나무 문이 닫히자 소음이 조금 줄어들었다. 하지만 어디까지나 조금이었다. 곧 지붕이 완전히 무너지는 소리, 뭔가가 박살 나고 깨지는 소리 따위가 들렸다. 간간이 기괴한 울음이나 비명도 섞여 들려왔다.

일레나는 공포로 굳은 몸을 억지로 움직여 마저 내려가려다 발을 헛디뎠다.

"……윽!"

몇 칸 남지 않은 사다리에서 떨어진 일레나가 이를 악물었다. 떨어지면서 잘못 접질렸는지 발목에서 어마어마한 통증이 올라왔지만, 소리를 낼 순 없었다.

지하는 어두웠다. 일레나는 덜덜 떨리는 손으로 벽을 더듬어 방의 구석을 찾아 향했다. 그리고 귀퉁이에 등을 붙이고 몸을 웅크렸다. 그러는 동안 위쪽에서는 섬뜩한 소리가 연신 이어졌다.

일레나는 무릎을 그러모아 그 사이로 고개를 파묻었다. 어차피 어두워서 제대로 보이는 것도 없었지만 본능적으로 그렇게 했다. 몸이 사시나무 떨듯 떨렸다.

'엄마.'

일레나는 사별한 엄마의 얼굴을 가장 먼저 떠올렸다. 백작 부인은 살아생전 일레나에게 항상 따뜻하고 상냥했다. 그래서 엄마가 돌아가셨을 때, 그녀는 일주일을 방에서 나오지 않고 울다 탈진하기도 했었다.

'아버지.'

다음은 아버지였다. 일레나는 가부장적이고 사업에만 관심 있는 아버지를 좋아하지 않았지만, 그래도 마음에 드는 부분은 있었다. 소르테 백작은 병으로 아내를 잃은 후 재취를 얻지 않았다. 아내가 죽은 지 십 년이 더 넘었지만, 아직도 아내의 생일이나 기일이면 꼬박꼬박 무덤에 가 꽃을 바치고 이야기를 하다 왔다. 일레나는 아버지의 그런 점만큼은 무엇보다 사랑했다.

'언니, 오빠.'

일레나가 기억하는 언니와 오빠는 눈만 마주치면 서로 싸웠다. 아주 어릴 때는 그렇지 않았다고 했던 것 같은데, 머리가 크면서 서로를 라이벌로 여기기 시작했다는 모양이었다.

반면 라이벌이 되지 못하는 일레나에겐 참 잘해줬다. 오빠는 성질이 더러워서 간혹 말을 재수 없게 뱉곤 했지만, 그걸 잊을 만큼 일레나에게 드레스와 모자와 구두를 잔뜩 사다 안겨주었다. 언니도 비슷했다. 이따금 기분 전환이 필요하다며 일레나를 데리고 나가 머리부터 발끝까지 반짝이는 보석으로 치장해 주곤 했다.

"흐으……."

일레나는 안간힘을 다해 울음소리를 참았다. 사랑하는 가족들, 친구, 맛있게 먹었던 음식, 얼마 전 길에서 보고 귀엽다고 생각했던 강아지. 즐거운 생각, 행복한 기억으로만 머릿속을 채우려 노력했다. 그러지 않으면 공포와 두려움으로 당장 머리가 어떻게 될 것 같았으니까.

그렇게 시간이 얼마나 흘렀을까. 탈진한 일레나가 깜박 잠들었다 깨어났을 때, 바깥은 잠잠해져 있었다.

"……."

일레나는 조금 더 기다렸다가 몸을 일으켰다. 접질린 왼쪽 발목에서 날카로운 통증이 단숨에 치고 올라왔다. 일레나는 간신히 비명을 삼키고 비틀거리다 사다리를 붙잡았다. 다친 발목뿐만 아니라 좁은 곳에 오래 웅크려 있었던 온몸이 비명을 질렀다.

그녀는 한 칸, 한 칸 느리게 사다리를 올랐다. 마침내 손에 문이 닿았다. 힘이 들어가지 않는 팔로 힘겹게 문을 밀자 덜컹, 하고 나무 문이 열리며 빛이 들어왔다. 일레나는 아궁이에서 엉금엉금 기어 나와 몸을 일으켰다. 이윽고 주방을 나온 그녀의 입에서 마치 배 속에서 쥐어짠 것 같은 신음이 나왔다.

"아……."

가게는 엉망이었다. 내려앉은 지붕. 여기저기 부서진 가구. 굴러다니는, 시체.

"아, 아아."

일레나는 한스와 안나를 어렵지 않게 찾을 수 있었다. 두 사람은 서로의 손을 꼭 쥔 채 피 웅덩이 위에 쓰러져 있었다. 조금 전까지 살아서 그녀와 이야기했던 사람이었다. 안나는 그녀에게 따뜻한 물을 주었다. 담요를 가져와 덮어주기도 했다.

"……우욱! 웩!"

일레나는 탁자를 짚고 구역질했다. 그러나 신물만 올라오고 아무것도 나오지 않았다. 그제야 일레나는 깨달았다. 이 몸이 적어도 하루는 아무것도 먹지 못했다는 걸.

키익!

그때, 머리털이 곤두설 만큼 소름끼치는 소리가 들렸다. 일레나는 천천히 고개를 돌렸다. 손톱으로 하녀의 배를 뚫었던, 그녀 몸의 절반만 한 괴물이 일레나를 보고 있었다. 그녀의 입이 벌어졌다.

"……하, 하하."

실성한 것처럼 바람 빠진 웃음이 나왔다. 소리를 내선 안 된다는 걸 알았지만, 통제가 되지 않았다.

"아하하. 아하하하."

일레나는 눈물을 줄줄 흘리며 웃었다. 괴물이 일레나에게 달려들어 그녀의 심장에 손톱을 박았다.

"아아악!"

침대에서 벌떡 일어난 일레나가 비명을 질렀다. 일레나의 침실과 이어진 방을 숙소로 쓰는 전속 하녀가 놀라 뛰어 들어왔다.

"아가씨? 괜찮으세요?"

어두웠던 방이 환해졌다. 일레나는 손을 덜덜 떨며 제게 말을 거는 사람을 쳐다보았다.

"메리."

"네, 아가씨. 저 메리예요. 무슨 일 있으세요?"

"여기가…… 여기가 어디야?"

"아가씨 침실이죠."

침실. 일레나가 시선을 내려 자기 몸을 살폈다. 헝클어지거나 더러워지지 않은 차분하고 깨끗한 은발. 상처라고는 어디에도 보이지 않는, 매끄럽고 살아 있는 몸.

일레나는 저도 모르게 왼쪽 발목과 심장 부근을 더듬었다. 그런 일레나를 달래듯 메리가 부드럽게 말했다.

"악몽을 꾸셨나 봐요."

'악몽.'

그래, 악몽이다. 그건 악몽이었던 거다.

창밖을 보았다. 바깥은 아직 어두웠다. 일레나는 머뭇거리다가 메리의 손을 잡았다.

"……잠들 때까지 같이 있어줘."

"그럼요."

메리는 일찍이 이 저택에 들어와 일레나가 어렸을 때부터 그녀를 돌보고 모셨다. 나이 차이도 크지 않아서 일레나에겐 마치 큰언니 같았다.

메리가 일레나를 침대에 눕히고 이마를 살살 쓸어주었다. 따뜻하고 부드러운 손길에 마음이 안정되었다. 떨리던 몸이 언제 그랬냐는 듯 진정되었다.

일레나는 다시금 색색 숨소리를 내며 잠에 빠졌다.

다음 날, 일레나는 눈을 뜨자마자 생각했다.

'꿈이 아니야.'

확신이 들었다. 어젯밤의 그건 꿈이 아니다. 자신은 실제로 미래를 보고 온 것이다.

'하지만 어떻게?'

마음 깊은 곳에서 확신이 드는 것과는 별개로, 상황을 설명할 말이 궁색했다. 일레나는 기상한 이래 아침도 거르고 내내 방에서 서성이다가 하인을 불렀다.

"네, 아가씨."

"사람을 한 명 찾아."

일레나가 하인에게 설명한 인상착의는 바로 어제 거리에서 구걸하던 노파의 것이었다. 더해서 일레나는 노파의 얼굴을 아는 호위 기사와 하녀를 딸려 보냈다.

잠시 후, 외출했던 하인이 돌아왔다.

"아가씨."

"찾았어?"

"저, 찾긴 찾았는데……."

하인의 얼굴에 난감한 기색이 스쳤다. 일레나가 혹시 싶어 미간을 찡그렸다.

"그새 죽은 사람이라도 되었더냐?"

"아뇨, 그건 아니고……."

"그럼?"

"노파가 자기가 있는 곳에서 한 발자국도 움직이지 않겠다 합니다."

"뭐?"

"말씀하신 대로 저택으로 데려오려 하였으나, 노파의 태도가 워낙 완강하여……."

일레나는 몸을 일으켰다. 난 또 뭐라고.

"가자."

"네?"

"노파에게 가자고. 앞장서."

외출용 케이프를 두른 일레나가 성큼성큼 걸어 방을 나섰다.

하인은 노파에게 향하는 내내 불만인 기색을 숨기지 않았다. 모시는 아가씨가 고작 비렁뱅이 노파를 만나러 직접 움직이는 것이 마음에 차지 않는 듯했다.

'그러든가 말든가.'

일레나는 하인의 심정이 눈에 보이는 듯했으나 무시했다. 그녀는 마음이 급했다. 채신 놀음으로 낭비할 시간은 없었다. 마차 창밖을 내다보는 일레나의 표정이 딱딱하게 굳었다.

'노파를 만나야 해. 그것 말고는 의심 가는 게 없어.'

일레나는 어제 자신이 보낸 하루를 점검했다. 평범했다. 너무 평범해서 평소와 다른 점이라고는 눈을 씻고 봐도 찾아볼 수 없었다.

단 하나. 거리의 노파에게 빵과 수프를 주는 선행을 베풀었다는 걸 제외하고는.

그 노파에게 무언가가 있다. 그런 직감뿐이었다. 지금으로선 다른 가능성을 생각할 수 없었다.

"여긴가?"

이내 마차에서 내려 골목 안쪽으로 걸어 들어가자 웬 후줄근한 천막이 나왔다. 하인은 무너질 듯 낡고 더러운 천막을 보며 인상을 썼다.

"네, 이 안에 찾으셨던 그 노파가……."

말이 끝나기도 전에 일레나가 천막으로 들어섰다.

"아, 아가씨!"

뒤에서 다급하게 그녀를 부르는 목소리가 들렸지만, 비렁뱅이가 사는 더러운 천막이 불결하게 느껴지기라도 했는지 어느 누구도 일레나를 따라 들어오지는 않았다. 일레나는 천막 안쪽을 응시했다.

"오셨소."

노파는 마치 동상처럼 앉아 있었다.

"당신인가?"

일레나는 다짜고짜 질문하면서도 확신했다. 노파에게서는 꼭 귀기 같은 것이 흘러나왔다.

'왜 어제는 이걸 몰랐지?'

일레나는 그렇게 생각했다가 고개를 흔들었다. 그게 아니다. 어제는 못 알아봤던 것이 아니라, 노파가 감추고 있다가 이제야 드러낸 거다. 일레나의 머릿속에 노파를 평범한 비렁뱅이 취급하던 하인의 태도가 떠올랐다. 과연. 저 귀기를 보지 못했으니 그렇게 군 것이다. 지금 노파를 본다면 그 누구도 그녀를 고작 비렁뱅이로는 여길 수 없을 테니까.

"그렇소."

일레나의 밑도 끝도 없는 질문에 노파가 순순히 긍정했다. 이야기가 길어질 것 같은 예감에 일레나가 노파의 맞은편에 자리를 깔고 앉았다.

"누추한 곳이오만."

"자리가 누추하고 호화로운 게 목숨보다 중요한가?"

일레나가 날카롭게 물었다.

"왜 내게 그런 미래를 보여준 거지?"

일레나는 자신이 보고 겪은 미래를 떠올렸다.

마수의 침공 후 1년. 왕국은 마수에게 완전히 점령당한 듯 보였다. 거리에 마수와 대치하는 병사가 한 사람도 없었던 것도 이미 왕국군이 전멸한 뒤라고 가정하면 앞뒤가 맞았다.

'다른 왕국도 사정은 별반 다르지 않았겠지.'

미래에서 안나가 말하길 마수가 침공해서 '대륙'이 이렇게 된 것이 1년 전이라고 했으니까. 쉽게 말해 결국 세계가 멸망하는 미래라는 말이다. 끔찍한 미래였다. 절대, 절대로 그냥 두어서는 안 되는.

"나한테 미래를 바꿀 방법이 있는 거야. 그래서 나에게 미래를 보여준 것이 아닌가. 그렇지?"

일레나는 간절한 바람을 담아 이야기했다. 제발, 노파가 아무 의미 없이 자신을 고른 것이 아니기를 바랐다. 재미 삼아 아무나 골라서 바꿀 수 없는 미래를 보여준 것이 아니기만을.

실제로는 짧았으나 기나길게 느껴지는 침묵 끝에 노파가 대답했다.

"미래를 바꿀 수는 있소."

역시! 일레나가 다급하게 물었다.

"그게 무엇인가?"

"카이휜 메이하드 공작을 아시오?"

"카이휜 메이하드……."

일레나는 그리 낯설지 않은 이름을 혀로 굴렸다. 금방 한 사람이 떠올랐다.

"알지. 알아. 그 사람은……."

괴물.

왕국 내에서 카이휜 메이하드 공작을 부르는 별칭이었다. 비공식적인 자리로 한정되기는 하지만, 어쨌든 그는 메이하드 공작이나 이름 대신 '괴물'로 더 많이 불렸다. 일레나 또한 그의 풀 네임보다 괴물 공작이라는 호칭이 더 익숙했다. 그녀가 평소에 그렇게 불렀다는 말이 아니라, 그렇게 다른 이가 말하는 것을 들었다.

"그 사람이 왜?"

"그의 자식이 훗날 용사가 될 것이오."

"뭐?"

"용사가 되어 전설로만 내려오는 성검의 힘을 깨우고, 마왕의 심장에 성검을 꽂을 거요."

"……!"

"그것만이 영애께서 본 미래를 막을 유일한 방법이오."

"잠깐, 그럼 내가 본 미래에서는 그 용사가 태어나지 않았다는 말인가?"

"그렇소."

"왜?"

노파는 일레나의 얼굴을 물끄러미 보았다. 그러고는 질문에 대답하는 대신 다른 말을 했다.

"명심하시오. 영혼이 통해야만 용사가 탄생할 것이오."

일레나는 불길한 예감이 들었다.

"잠깐……."

"해줄 말은 끝났으니 이만 돌아가시길."

예감은 현실이 되었다. 일레나는 쫓겨났다. 자기 발로 나온 것이 아니었다. 정신을 차려보니 어느새 천막 밖에 있었다.

"……."

"아가씨?"

"아가씨, 괜찮으십니까? 무슨 일 없으셨고요?"

"내가…… 혼자 걸어 나오더냐?"

"네?"

"내가 천막에서 두 발로 알아서 걸어 나오더냐?"

당황한 눈치로 고개를 갸웃하던 하인이 대답했다.

"그러셨습니다만……."

"그래."

일레나는 천막의 입구를 잠시 바라보았다. 노파가 무슨 술수를 부렸는지는 모르나 그녀는 의식이 없는 채로 움직였다. 이대로 다시 저 안에 들어간대도 결과는 같을 것이다. 일레나는 낡은 천막에서 시선을 떼고 뒤돌았다.

"돌아가자."

일레나는 저택으로 돌아오자마자 '마수'에 대해 찾아보았다. 노파의 설명은 턱없이 부족했고, 그녀가 보고 온 단편적인 미래만으로 마수가 정확히 무엇인지 알기엔 무리가 있었다.

"마지막으로 발견된 것이 몇백 년 전……."

일레나가 미간을 찡그린 채 서재에서 책을 들고 중얼거렸다.

마수.

이 대륙이 아닌 마계라는 곳에서 터를 이루고 사는, 인간도 몬스터도 아닌 괴생명체.

'마수의 왕을 마왕이라고 하는 모양이군.'

노파의 말로는 용사가 마왕의 심장에 성검을 꽂는다고 했다. 즉 마수를 이끌고 이 세계를 침공하는 것이 마왕이고, 그 마왕을 죽여야만 세계의 멸망을 막을 수 있다는 의미겠지.

"마왕을 그냥 지금 죽여 버리면 안 되나?"

하지만 그 해답엔 두 가지 문제가 있었다.

첫째는 마수의 땅인 마계라는 곳으로 가는 방법을 현재로서는 알 수 없다는 것. 둘째는 마왕을 찾아낸다고 해도 용사가 아닌 자가 그를 죽일 수 있을지 확신이 없다는 것.

'꼼짝없이 용사를 대령하고 마왕이 대륙을 침공하기만 기다려야 한다는 건가…….'

"후우. 어렵네."

일레나가 한숨을 쉬곤 책을 덮었다. 마수를 다룬 책은 거의 없다시피 했다. 이 넓은 서재를 뒤져 찾아낸 것이 딸랑 한 권이었다.

일레나는 책을 제자리에 꽂아두고 우울하게 서재를 나왔다. 갑자기 맞이한 세계 멸망이라는 미래가 생각하면 할수록 그녀의 머리를 아프게 했다.

"얼어 죽을 마왕. 평생 자기 집에나 있을 것이지 왜 갑자기 남의 세계를 침공해서……."

아아악.

일레나는 머리를 부여잡고 마왕을 타오르는 용광로에 자빠뜨리는 상상을 했다. 비록 상상이지만 마왕을 실컷 고문해서 엉엉 울게 했더니 마음이 조금 나아졌다. 일레나는 개운해진 기분으로 집사를 불렀다.

"메이하드 공작과 혼사가 오가는 가문이 있나?"

일레나가 아는 카이휜 메이하드 공작은 미혼이었다.

'그가 결혼하지 않는다는 건 말이 안 돼.'

세간에서 괴물이라고 불리는 것과 별개로 그는 공작이다. 다스리는 영지는 부유하고 가진 사업체도 많다 들었다. 결혼을 사업의 연장으로 생각하는 귀족들이 그를 가만 놔둘 리 없다는 말이었다.

아니나 다를까, 집사 알버트가 대답했다.

"린든 가문과 혼담이 진행 중입니다."

"린든…… 응?"

일레나가 눈을 깜박였다.

"린든 누구?"

"미엘르 아가씨와의 혼사가 추진 중인 것으로 압니다."

일레나는 바로 자리에서 일어섰다. 미엘르 린든은 그녀의 사촌이었다.

"미엘르!"

미엘르는 다짜고짜 들이닥친 사촌을 반갑게 맞이했다.

"이렇게 말도 없이 어쩐 일이야, 일레나?"

"너, 메이하드 공작님과 혼담이 오가고 있다며?"

미엘르가 멈칫했다. 그녀의 얼굴이 빠르게 어두워졌다.

"들었구나. 일단 들어와."

미엘르는 일레나를 자기 방으로 이끈 뒤 한숨 쉬며 말했다.

"그렇게 됐어. 망할 아버지. 아무리 사업이 좋아도 딸을 팔아넘길 생각을 하다니……."

"결혼하면 애 낳을 거지?"

"뭐?"

미엘르의 표정을 보고 일레나는 자기가 너무 앞뒤 없이 물었다는 것을 깨달았다. 그러나 깨닫는다고 달라지는 것은 없었다. 일레나는 급했고, 급할수록 직진밖에 몰랐다.

"혼인하면 아이를 낳아서 집안의 대를 이어야 하잖아. 낳을 거지?"

"미쳤어? 죽어도 싫어!"

미엘르가 하얗게 질린 얼굴로 빽 소리쳤다. 그 기세가 얼마나 험악한지 일레나가 순간 주춤했을 정도였다.

"싫다고? 왜?"

"너야말로 왜라니? 너 메이하드 공작 몰라?"

"그야 알지."

일레나는 카이휜 메이하드 공작에 대해 아는 것을 몽땅 떠올려 보았다. 그는 공작이고, 젊고, 미혼이고, 돈이 많고…….

괴물이라고 불린다. 그의 얼굴을 뒤덮은 얼룩 때문에.

메이하드 공작의 얼룩은 선천적인 거라고 들었다. 그는 날 때부터 얼굴 대부분을 뒤덮은 검은 얼룩을 지니고 태어났다. 그 얼룩의 정체를 아는 사람은 아무도 없었다. 신관도, 의사도 이런 것은 처음 본다고 고개를 저었다. 전 공작 부부는 아들의 얼굴을 덮은 얼룩을 지워주려 부단히도 애썼으나, 소용은 없었다. 그러나 무슨 짓을 해도 얼룩은 옅어지지도 줄어들지도 않았고, 메이하드 공작이 자랄수록 함께 자라는 것처럼 보였다.

정체를 알 수 없는 얼룩에 사람들이 점차 거부감을 느끼기 시작했을 무렵, 누군가 이런 주장을 사교계에 퍼뜨렸다.

'저건 고대 악마에게 저주받았다는 증거다.'

그의 주장을 뒷받침해 준 것은 한 권의 책이었다. 고대 악마와 저주에 대해 다루었다는 그 낡은 서적에는 실제로 메이하드 공작의 얼룩과 흡사한 악마의 문양이 기록되어 있었다.

'흡사할 뿐, 엄밀히 비교해 보면 다른 모양이었지만.'

그러나 사람들이 관심을 두는 건 대개 정보의 정확성이 아니다. 얼마나 흥미로우냐. 얼마나 자극적이냐.

안타깝게도 누군가의 주장은 그 두 가지를 모두 충족시켰고, 그때부터 사람들 사이에서 메이하드 공작을 두고 악마에게 저주받은 괴물이라고 숙덕이는 목소리가 생겨났다.

'거기에 더해서 이후에 불행한 사고가 생기는 바람에…….'

그 사고만 아니었어도 지금 메이하드 공작이 이 정도로 만인에게 괴물이라고 불리는 일은 없었을지 모른다.

그때, 생각에 잠긴 일레나를 미엘르의 목소리가 깨웠다.

"잘 알면서 왜 그런 소리를 해? 너 같으면 그의 아이를 낳겠어?"

"못 낳을 이유는 뭐야?"

일레나는 태연자약했다. 세간에서 정설처럼 떠도는 소문과는 다르게 일레나는 메이하드 공작이 악마에게 저주받은 것이 아님을 알고 있었다.

'악마에게 저주받은 이의 자식이 어떻게 용사가 되겠어.'

마왕이 된다면 또 모를까.

하나 사실을 모르는 그녀의 사촌, 미엘르는 떠도는 소문을 그대로 믿는 모양이었다. 일레나가 타이르듯 말했다.

"미엘르. 너는 고작 그런 소문을 믿어?"

바로 욕이 돌아왔다.

"이게 진짜 미쳤나? 자기 일 아니라고 함부로 말하지? 메이하드 공작의 얼굴이 흉측한 건 소문이 아니라 사실이잖아!"

"아."

일레나가 멈칫했다. 외모. 그건 생각하지 못했다.

"……불을 끄면? 어차피 잠자리는 밤에 하는 거잖아. 불 끄고 얼굴을 보지 않으면 어때?"

"그게 문제야?"

"그럼?"

"그와 잠자리 같은 걸 가졌다가 얼룩이 나한테도 옮으면 어떡해!"

"뭐?"

일레나는 당황했다.

"얼굴이 그렇게 되느니 난 차라리 죽어버릴 거야!"

"잠깐만. 옮는다고? 그게 왜 옮는데? 성병이야?"

여태 그 누구도 밝혀내지 못했던 얼룩의 정체가 바로 성병이었나?

"몰라! 아무튼, 난 절대 공작의 아이 같은 거 안 낳을 테니까 그렇게 알아. 왜 갑자기 찾아와 그딴 소리나 하는 거야? 한가해?"

얼빠진 일레나의 얼굴에 대고 성내던 미엘르가 곧 화가 가라앉았는지 침착하게 덧붙였다.

"그리고 난 이미 공작의 영지로 갈 때 호위 기사로 엠버 경을 데려가기로 했어."

"엠버…… 뭐? 누구? 그 엠버 경?"

멍하던 일레나가 곧 화들짝 놀랐다.

"네 애인?"

"그래."

"미친 거야? 지금 어디에 누굴 데려간다고?"

"왜 이래? 결혼하고도 애인을 두는 귀족은 흔해. 난 번거롭게 새 애인을 만드는 대신 기존 애인과 관계를 유지하겠다는 거지."

미엘르는 당당하게 말하며 팔짱을 꼈다.

"어차피 난 아버지 사업 때문에 팔려 가는 거야. 정상적인 결혼도 아니라고. 공작도 어련히 알아서 애인을 두고 즐기겠지."

'아니야!'

일레나는 입을 빼끔거렸다. 당장에라도 저 말을 정정해 주고 싶었다.

아니다. 아내가 부정을 저지른다고 해도 메이하드 공작은 다른 여자와 놀아나거나 하지 않을 거다.

'그랬으면 미래에 아이가 한 명은 태어났겠지!'

사생아라도 자식은 자식이다. 일레나는 탄식했다. 이래서였구나. 자신이 본 미래에 용사가 태어나지 않았던 건.

'미엘르…….'

한숨이 새어 나왔지만, 마냥 미엘르를 탓할 수만은 없었다. 만일 일레나가 미래를 몰랐다면 이렇게 반응했을까?

'그럴 리가. 되레 엠버 경 한 사람으로는 부족하니 애인을 한 명 더 만들어서 양손의 꽃으로 데려가라고 장난처럼 한술 더 떴겠지…….'

일레나는 자신이 도덕관념이 희미한 데다 팔이 안으로 굽는 사람이라는 걸 잘 알았다. 하지만 그건 전부 메이하드 공작의 자식이 훗날 용사가 되어 세계를 구한다는 걸 몰랐을 경우의 일.

일레나는 입술을 깨물었다. 그녀의 눈동자에 결연한 빛이 스쳤다.

"일레나. 이건 걱정되어서 하는 말인데, 너 오늘 좀 이상한 거 알지? 안 그러던 애가 갑자기 도덕적인 척하질 않나, 다짜고짜 쳐들어와 애 낳을 거냐고 묻질 않나. 너 혹시 어디 아픈 건……."

"미엘르."

"응?"

"네 혼담, 어떻게 추진된 거야? 너 왜 팔려 가는데?"

"아, 그거? 그게, 나도 자세히는 모르는데…… 아버지와 메이하드 공작이 무슨 중요한 계약을 했다나 봐. 광산 관련이라나."

다시 생각해도 못마땅하다는 듯 미엘르가 미간을 찡그리며 말을 이었다.

"그래서 나와 메이하드 공작의 결혼이 필요하대. 공작이 아버지를 신뢰할 수 있게."

쉽게 말해 그녀의 아버지 린든 후작이 메이하드 공작의 뒤통수를 치는 걸 방지하려는 담보가 바로 미엘르라는 말이었다.

"어처구니가 없어. 무슨 결혼을 그런 이유로 하니?"

"미엘르."

"왜?"

"우린 사촌이지만 실상 친자매나 다름없지. 가족 간 왕래도 활발하고 친분도 무척 두터워."

"갑자기 무슨 소리야?"

"숙부께서도 나를 무척 아끼시고. 내 집안에 무슨 일이 생기면 나를 바로 양녀로 들여주실 만큼."

"그야 아버지라면 그렇게 하겠지만……. 왜 그래? 너 정말 무슨 일이라도 있어?"

일레나는 빙그레 웃었다. 그녀가 미엘르의 손을 덥석 붙들었다.

"날 보내."

"뭐?"

"내가 갈게."

일레나의 보석 같은 눈이 단호한 의지로 반짝였다.

"그 결혼, 내가 한다고."

린든 후작은 일레나가 말을 꺼내자마자 반색했다.

내색은 안 했지만, 그도 딸에게 원치 않는 결혼을 강요한다는 게 영 마음에 걸리던 모양이었다. 물론 딸 대신 조카딸을 보내는 것도 좋은 모양새는 아니었지만, 이번 경우는 좀 달랐다. 어쨌든 일레나 본인이 원하고 있었으니까.

"부탁드려요."

그래도 조카를 아끼기는 아꼈던지라 린든 후작은 잠시 망설였으나,

일레나가 거듭 간청하자 더는 주저하지 않고 메이하드 공작에게 서신을 보냈다. 딸인 미엘르 린든 대신 조카인 일레나 소르테를 신부로 세워도 되겠냐는 내용이었다. 린든 후작은 서신을 통해 자신이 조카를 얼마나 사랑하며 형의 집안과 얼마큼 돈독한지 열렬히 피력했다.

답장은 금방 도착했다. 상관없다는 내용으로.

린든 부녀는 손을 맞잡고 기뻐했고, 일레나는 그날 자기 아버지와 대면했다.

"일레나, 지금 그게 도대체 무슨 소리냐?"

일레나는 시치미를 뚝 떼고 말했다.

"그동안 숨겼지만, 저는 사실 오래전부터 메이하드 공작님을 사모해 왔어요."

"뭐라고?"

"괴물이라 불리며 상처받은 마음을 제가 보듬어주고 싶다고 항상 생각했거든요."

이 순간 일레나는 거짓말에 소질이 넘치는 자신이 자랑스러웠다. 일레나의 아버지, 소르테 백작은 그런 일레나를 황당한 눈빛으로 보다가 입을 열었다.

"그가 괴물이라고 불리는 이유는 알고 있느냐?"

"알아요."

"그걸 아는데도……."

"아버지. 아버지의 사랑하는 막내딸이 남의 입에서 나온 소문에나 휘둘리는 멍청하고 아둔한 아이로 자라지 않아서 참 다행이지 않나요?"

일레나의 천연덕스러운 말에 소르테 백작의 입이 딱 다물렸다. 일레나는 기회를 놓치지 않고 말했다.

"이 혼사는 집안에도 보탬이 될 거예요. 이미 숙부님께서 광산에서 나는 수익을 아버지와 절반 나누시겠다고 약조해 주셨거든요."

"뭐? 허, 참……."

"부디 허락해 주세요, 아버지."

사실 이미 허락할 수밖에 없는 상황이었다. 한 번이면 몰라도 두 번이나 말을 바꾼다는 건 메이하드 공작을 농락하는 꼴밖에 되지 않으니까. 그걸 알면서도 일레나는 두 손을 맞잡고 간절히 허락을 기다리듯 백작을 올려다보았다.

소르테 백작은 어느새 이만큼이나 커버린 막내딸의 잔망스러운 얼굴을 가만히 들여다보았다. 이내 그의 입에서 한숨 같은 목소리가 흘러나왔다.

"……알겠다."

일레나가 활짝 웃었다.

혼사는 빠르게 진행되었다. 그리고 어느덧 결혼식 당일.

전속 하녀 메리가 일레나의 드레스 매무새를 점검해 주며 심란한 목소리로 말했다.

"아가씨께서 이렇게 하루아침에 결혼하실 줄은……."

"원래 인생은 갑작스러운 거야."

새침 떨 듯 말했지만, 일레나는 진심이었다. 그녀라고 알았겠는가. 자신이 이런 식으로 메이하드 공작과 혼인하게 될 줄을.

'후우, 괜찮아.'

일레나는 마음을 다잡았다. 어차피 메이하드 공작이 아니어도 결혼은 언젠가 당면해야 하는 문제였다. 일레나가 아는 모든 귀족 영애는 나이가 차면 적당한 혼처를 찾아 혼인했다.

그녀들은 그걸 희생이라고 불렀다. 가문을 위한 희생.

일레나가 기억하는 가장 강렬한 희생은 그녀의 또래가 기울어가는 가문을 살리기 위해 50대 남자와 혼인했던 일이었다. 당시 소식을 들은 모두가 그녀의 희생정신에 입을 다물지 못했다. 일레나도 마찬가지였다. 얼굴도 본 적 없는 그녀에게 존경심마저 들었었다. 그것과 비교하면 지금 이 결혼은 아무것도 아니다.

'그래. 이런 것은 희생도 뭣도 아냐.'

더구나 세계를 구하는 일이다. 고작 이 정도로 세계를 구할 수 있다면 오히려 싸게 먹히는 것일지 몰랐다. 일레나는 그렇게 스스로를 다독이며 심호흡을 했다.

"아가씨, 이쪽으로."

그러는 사이 식이 시작될 시간이 되었다. 일레나는 식이 진행되는 신전 대강당으로 이동했다. 문이 가까워지자 기껏 다독였던 마음이 다시 요동쳤다.

'진정해.'

문 앞에 서서 일레나가 잠시 심호흡했다. 메리가 문을 열었다. 다음 순간, 일레나의 눈에 바다가 보였다.

'바다?'

일레나는 곧 자신이 무엇을 보고 바다를 떠올렸는지 알았다.

'눈…….'

그녀를 기다리듯 대강당 중앙에 묵묵히 서 있는 남자. 꽤 거리가 떨어져 있음에도 일레나는 거짓말처럼 그의 눈동자를 가장 먼저 보았다.

'파란색이구나.'

일레나는 파란색 눈동자를 좋아했다. 개인적인 이유였다.

그때 왼쪽에서 누군가가 그녀의 손을 잡았다. 아버지였다.

일레나는 정신이 바짝 들었다. 그녀는 소르테 백작의 손을 잡고 자신을 기다리는 남자를 향해 천천히 이동했다.

이윽고 그의 앞에 섰을 때.

"……."

일레나는 잠시 그에게 시선을 빼앗겼다. 여러 가지 이유가 있었지만, 결정적인 것은 역시 눈이었다.

새파란 눈.

남자가 쓰고 있는 가면 사이로 드러난 선연한 색에서 일레나는 좀처럼 눈을 뗄 수 없었다.

그때 일레나의 드레스를 잡아주던 미엘르가 움직이지 않는 그녀를 뒤에서 쿡 찔렀다.

"일레나. 아무리 신기해도 그렇게 구경하듯 쳐다보면 실례야."

뭐?

일레나는 깜짝 놀랐다. 자신이 멍하니 상대를 쳐다봤다는 것도 미처 몰랐지만, 그런 무례한 이유 때문은 절대 아니었다.

일레나가 입을 열어 부정하려는 순간, 남자가 일레나를 향해 손을 내밀었다. 일레나의 입이 딱 다물렸다. 그녀는 아버지의 손을 놓고 남자의 손을 잡았다.

'들었을까?'

남자의 손을 잡고 주례가 있는 곳까지 걸으며 일레나는 상대를 힐끔거렸다. 미엘르의 목소리는 아주 작았지만, 남자는 그녀의 바로 가까이에 있었다.

'들었으면 어쩌지.'

일레나는 메이하드 공작에 대한 소문을 열심히 떠올려 봤다. 그러나 어디에도 그의 청력에 관한 이야기는 없었다. 그러는 틈에 주례가 지루한 훌기 낭독을 시작했다. 일레나는 머리에 잘 들어오지 않는 늙은 사제의 목소리를 한 귀로 흘리며 다른 것에 집중했다.

'손이 크네.'

일레나의 손이 작아 보일 만큼 남자의 손은 컸다.

'키도 크고.'

일레나가 남자를 가까이서 보고 시선을 빼앗겼던 이유에는 그의 신장이 포함되어 있었다. 남자는 거목처럼 컸다. 평균보다 큰 편인 일레나와 비교해도 머리 하나는 더 컸다.

단순히 키만 큰 것도 아니었다. 어깨는 떡 벌어졌고, 꽉 잠근 예식복의 단추가 팽팽한 것을 보아 예식복 안의 근육도 대강 예상이 되었다.

한마디로 남자는 그냥 컸다. 키도 크고 손도 크고 몸도 크고.

모든 것이…….

일레나는 자신의 상상이 돌이킬 수 없는 곳에 닿기 전에 재빨리 중단했다. 절차를 대폭 줄여 진행한 식이 그쯤 일레나에게 혼인의 맹세 여부를 물었다.

"신부 일레나 소르테 양은 신랑 카이휜 메이하드 공작을 평생 아끼고 사랑할 것을 신의 이름으로 맹세합니까?"

"……맹세합니다."

일레나의 대답은 반 박자 늦었다. 어디까지나 엄한 상상에서 빠져나오느라 그런 것이었지만, 혹시 다른 의미로 비쳤을까 봐 일레나는 뒤늦게 걱정되었다.

변명할 새도 주지 않고 주례가 상대를 바꿔 물었다.

"신랑 카이휜 메이하드 공작은 신부 일레나 소르테 양을 평생 아끼고 사랑할 것을 신의 이름으로 맹세합니까?"

일레나는 저도 모르게 귀를 기울였다.

"맹세합니다."

메이하드 공작의 대답은 단호하고 빨랐다. 물론 그저 형식적인 답에 지나지 않겠지만.

일레나는 눈을 내리깔았다.

가슴이 두근거렸다. 이상한 일이었다.

식이 끝난 후 공작의 영지로 향하는 마차에 오르기 전, 일레나는 가족과 잠시 시간을 가졌다.

"일레나!"

'가족'은 친척을 포함했다. 미엘르가 펑펑 울며 일레나를 꽉 껴안았다.

"나는, 끕…… 네가, 흑…… 나를 이렇게 사랑하는 줄은 몰랐어."

무슨 오해를 하는 것인지 익히 짐작이 갔지만, 일레나는 그 오해를 그냥 내버려 두었다.

"고맙다, 일레나."

그러나 숙부의 말에는 바로 고개를 저었다.

"아뇨."

미엘르는 몰라도 숙부까지 오해하도록 둘 순 없었다. 겉으로나마 이건 자신이 원해서 하는 결혼이다.

'그렇게 알려져야 해. 그래야만 남편의 귀에도 그렇게 들어갈 테니까…….'

일레나는 자신이 무척 자연스럽게 메이하드 공작을 남편이라고 생각했다는 걸 인지하지 못했다.

"큰일 났네, 너. 이제 어쩌냐."

"오빠."

"더는 그렇게 좋아하는 수도 의상실에서 옷도 못 사고. 가게에서 디저트도 못 먹고."

일레나의 오빠이자 소르테 백작가의 둘째, 에드워드 소르테가 비딱하게 팔짱을 끼고선 말했다.

얼핏 빈정대는 것처럼 들리지만 실은 걱정해서 저런다는 걸 아는 일레나가 태연하게 대꾸했다.

"옷은 영지 의상실에서 사면 되고, 디저트는 영지에서 유명한 가게의 것을 먹으면 돼."

"눈에 차겠냐?"

"안 찰 건 뭐야?"

"글쎄, 네가 과연……."

"비켜."

계속 헛소리만 늘어놓을 태세인 동생을 저리 치워 버리고 일레나의 언니, 소르테 백작가의 장녀 릴리아나 소르테가 말했다.

"일레나. 난 언제나 네 편이야."

"언니."

"힘든 일이 있으면 언제든 주저하지 말고 올라와."

"……응. 그럴게."

나이 차이가 꽤 나는 언니는 엄마가 돌아가신 후 종종 엄마 노릇을 자처했다. 일레나는 그것이 싫지 않았다.

두 사람이 훈훈한 분위기를 연출하자 소외된 에드워드 소르테가 툴툴거렸다.

"쳇, 그런 입에 발린 소리는 누가 못 해?"

"그럼 너도 해. 애 앞에서 자꾸 시비처럼 도움 안 되는 개소리만 지껄이지 말고."

"말 좀 곱게 써!"

"너 말고 누가 듣는데?"

"나를 신경 써달라고!"

언니와 오빠가 평소처럼 옥신각신할 때 일레나에게 소르테 백작이 다가갔다.

"아버지."

"오늘 같은 날은 아빠라고 불러도 된다."

"징그러워서 싫어요."

소르테 백작이 멈칫했고, 일레나가 웃음을 터뜨렸다.

"농담이에요."

"……큼."

"뭐야? 방금 일레나가 아버지 놀렸어?"

"상황 보니 그렇네."

"하여간 아버지는 늘 일레나에게만 약하다니까."

"에드워드, 마음에 손을 얹고 질문해 보렴. 너라면 너 닮은 아들에게 약하겠니, 일레나 닮은 딸에게 약하겠니?"

"그건……."

릴리아나의 날카로운 말에 멈칫했던 에드워드가 반격했다.

"그러는 누님은? 누님이야말로 어떤데? 누님 닮은 딸이랑, 일레나 판박이인 딸 중에서……."

"나는 자식 앞에서 약해지지 않아."

"……!"

일레나는 매번 비슷하게 흘러가는 두 사람의 말싸움을 구경하다 아버지에게 시선을 돌렸다. 그러곤 기습하듯이 말했다.

"키워주셔서 고마워요, 아빠."

"……."

"잘 지내셔야 해요."

기습에 당한 소르테 백작은 뭐라도 말하고 싶은 것처럼 입을 달싹이다가, 이내 약간 막힌 목소리로 한마디만 하고 말았다.

"……그래."

마차가 출발했다.

일레나는 걱정스러운 눈으로 마차 창밖을 내다보았다.

'저 세 사람이 미래에 전부 죽는다니…….'

그녀는 자신이 다녀온 미래를 떠올렸다. 약 20년 후 멸망하는 세계도 세계지만, 그전에 그녀의 가족들은 전부 죽는다. 아버지는 대략 10년 뒤 병으로, 언니와 오빠는 15년 뒤 마차 사고로 죽는다는 게 그녀가 미래에서 알게 된 내용이었다.

일레나는 어두워진 얼굴로 생각했다.

'하다못해 아버지가 정확히 어떤 병으로 돌아가시는지, 날짜는 언제인지 확실히 알았다면 좋을 텐데…….'

일레나의 아버지는 평소 지병도 앓지 않았다. 짐작 가는 구석이 없다는 뜻이었다.

'언니, 오빠도 그래. 어쩌다 마차 사고에 휘말리는 걸까?'

같은 시기에 둘 다 마차 사고로 목숨을 잃었다. 함께 사고에 휘말렸을 공산이 크다는 말이었다.

'이럴 줄 알았으면 미래에 갔을 때 그 하녀에게 이것저것 자세히 물어볼걸…….'

일레나는 한숨을 내쉬었다. 이것 때문에 노파를 다시 찾아가 보기도 했지만, 그새 천막은 사라졌고 무슨 수를 써도 노파를 찾을 수는 없었다.

근심 때문에 일레나는 점점 우울해졌다.

그때, 문득 맞은편에 앉은 그녀의 남편이 눈에 들어왔다.

카이훤 메이하드 공작.

일레나는 잠시 생각을 그만두고 그를 바라보았다. 체격이 큰 탓인지 그녀의 남편은 가만히 앉아 있기만 해도 큰 존재감을 발산했다. 미묘한 기분이었다. 일레나는 무척 넓고, 실제로도 규모가 상당한 마차가 순간 비좁게 느껴졌다.

'뭘까.'

손끝이 간지러웠다. 일레나는 제 남편을 힐끔거렸다. 자자한 소문과는 달리 실제로 본 메이하드 공작은 크게 특별한 구석은 없었다. 굳이 꼽자면 남들보다 키가 크다는 것, 몸이-아마도-좋다는 것, 가면을 쓰고 있다는 것, 그리고…….

'눈동자.'

눈이 파란색이라는 것.

일레나는 푸른 눈을 좋아했다. 이유는 단순했다.

'바다는 변하지 않으니까.'

일레나의 눈동자는 분홍색이었다. 사람들은 그녀의 눈을 칭찬할 때 항상 봄꽃으로 물들인 듯한 색이라고 말했다. 사실 일레나는 그 비유가 마음에 들지 않았다.

'꽃은 시들잖아.'

꺾인 꽃은 말할 것도 없고, 들판에 핀 꽃도 겨울이면 매서운 칼바람을 견디지 못하고 진다. 그러나 바다는 그렇지 않다. 어쩌면 그녀의 눈동자와 정반대라고도 할 수 있는, 새파란 바다의 색. 겨울이든, 봄이든, 여름이든, 가을이든 바다는 한결같다. 일레나의 기억 속에서 바다는 언제나 그대로였다.

변하지 않는 것.

'영원.'

그래서 일레나는 바다를 연상하게 만드는 파란 눈을 좋아했다. 어쩌면 동경이라는 표현을 쓸 수도 있을 만큼. 그런 점에서 공작의 눈은 정말이지 완벽했다. 일레나가 꿈꾸던 이상적인 파란색이었다.

그렇게 생각하며 메이하드 공작의 얼굴을 힐끔거리고 있을 때, 공작의 입이 열렸다.

“걱정하지 않아도 됩니다.”

‘응? 걱정?’

“마차에서 가면을 벗는 일은 없을 테니까요.”

눈을 깜박이던 일레나는 곧 저게 무슨 말인지 깨달았다. 그녀가 황급히 고개를 저었다.

“그래서 쳐다본 건 아닌데…….”

뒤로 갈수록 목소리가 기어들어 갔다. 오해를 벗으려고 일단 부정은 했지만, 그럼 왜 쳐다봤냐는 질문에 솔직하게 대답할 생각을 하니 문득 민망해진 탓이었다.

그러나 공작은 일레나에게 왜 쳐다봤냐고 묻지 않았다. 그녀의 부정이 사실이든 아니든 상관없다는 듯, 묵묵히 시선을 다른 곳에 두었을 뿐.

침묵이 감돌았다. 일레나는 허벅지에 둔 손을 꼼지락거리다 오므렸다. 어딘지 모르게 견디기 불편한 침묵이었다.

마차는 중간중간 쉬며 무려 일주일을 달렸다.

그리고 마침내 메이하드 공작이 소유한 영지가 모습을 드러냈다.

일레나는 곧바로 영주성에서 하녀들의 시중을 받으며 쌓인 여독을 풀었다. 하녀들이 그녀의 몸을 장미수로 씻기고 정성스레 마사지하기 시작했을 때, 일레나는 긴장했다. 하늘거리지만 속이 비치지 않는 소재의 슬립을 입고 화려한 방으로 안내받았을 때는 그 긴장이 극에 달했다.

일레나는 가만히 있지 못하고 침실을 서성거리다가 눈에 보이는 와인을 따서 마셨다. 알코올이 들어가니 그나마 조금 진정되었지만, 머릿속은 변함없이 복잡했다.

'아플까? 그야 아프겠지. 처음은 다 아프다고 했어. 하지만 처음만 참으면…….'

첫날밤에 대해 들은 갖가지 말이 그녀의 머리를 어지럽혔다. 일레나는 긴장과 두려움, 그리고 뭔지 모를 미약한 설렘을 안고 찾아올 공작을 기다렸다.

그러나 그날이 지나도록 메이하드 공작은 나타나지 않았다.

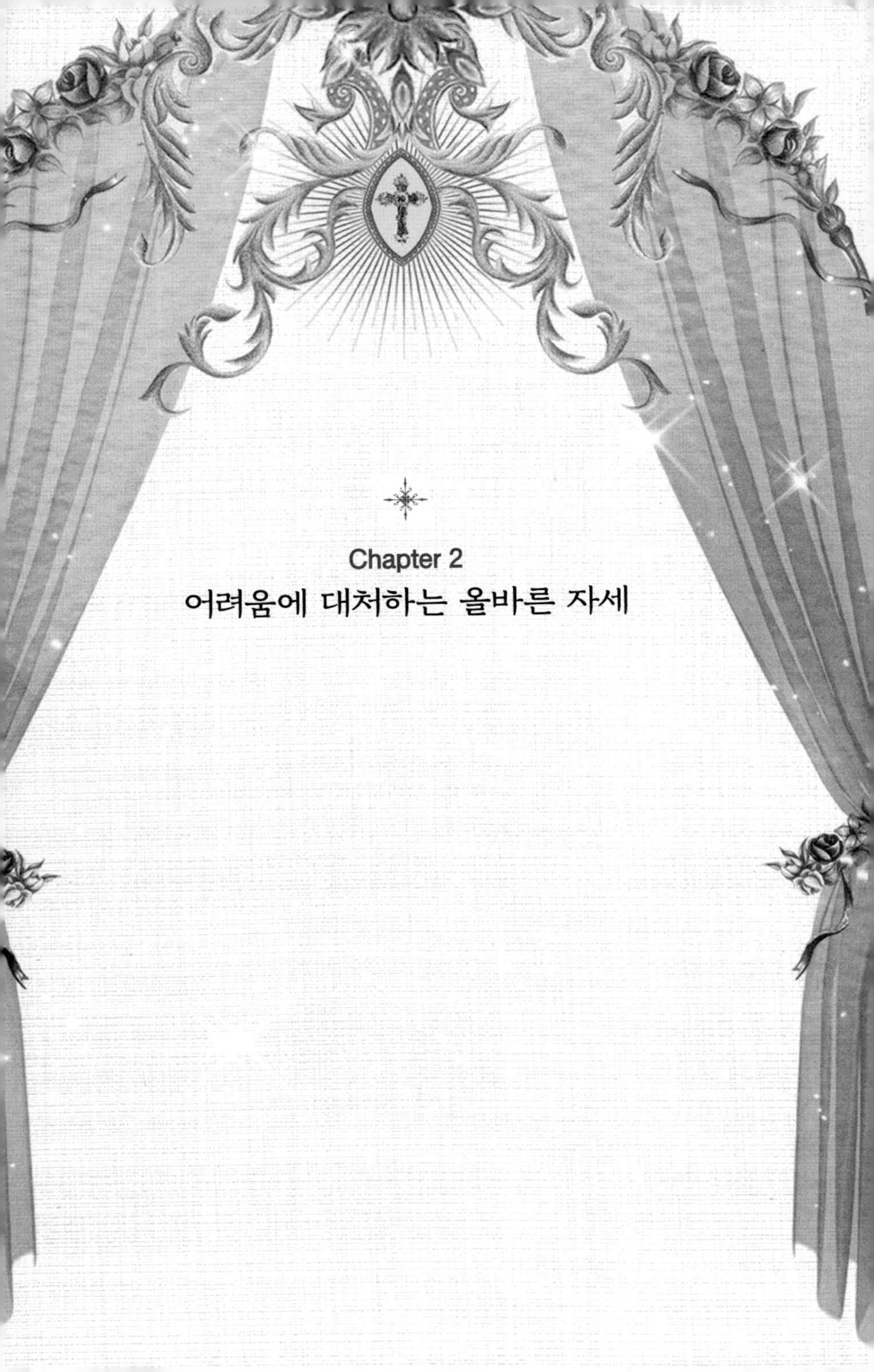

Chapter 2
어려움에 대처하는 올바른 자세

다음 날이 되어서야 일레나는 현실을 인정했다.

"나, 소박맞았구나."

그것도 결혼하고 첫날밤에.

일레나는 침실에서 뜬눈으로 남편을 기다리다가 어느 순간 꾸벅꾸벅 졸았다. 긴 여정으로 피로가 누적된 상태였고, 그 와중에 와인까지 마셨으니 어쩔 수 없었다.

일레나도 처음에는 허벅지를 꼬집으며 잠을 참았다. 그녀는 한번 잠들면 아침까지 좀처럼 일어나는 법이 없었다. 본인도 그걸 알았기에 남편이 오기 전까지 어떻게든 잠들지 않을 생각이었다.

하지만 노력이 무색하게도 메이하드 공작은 끝끝내 모습을 비추지 않았고, 일레나는 창밖으로 동이 터오는 것을 보며 기절하듯 잠들었다.

그리고 눈을 뜨니 오후였다.

'하.'

말문이 막혔다. 기가 막혀 무슨 말을 해야 좋을지도 몰랐다. 이 기분을 뭐라고 정의하면 속이 개운할지 알 수 없었다.

일레나는 침대에 앉아 입술만 깨물다가 침대맡으로 늘어진 줄을 당겼다. 곧장 문이 열리고 하녀가 들어왔다.

"네, 마님."

"왜 안 깨웠지?"

"네?"

"해가 뜬 위치를 보니 정오는 되었겠구나. 왜 아침에 깨우러 들어오지 않았던 건지 물었다."

하녀가 아침마다 주인의 기상을 돕고 수발을 드는 건 기본 중의 기본이다. 일레나는 한번 잠들면 도중에 잘 깨지 않았지만 그래도 누가 깨우면 일어났다. 이 시각까지 세상모르고 잤다는 건 그녀를 깨우는 사람이 아무도 없었다는 말이었다.

일레나의 지적에 하녀는 그런 말을 들을 줄은 몰랐다는 듯 당황해하다가 말했다.

"공작님께서 깨우지 말라 하셔서……."

"뭐?"

"마차를 오래 타 피곤하실 테니 오늘은 깨우지 말고 푹 쉬시도록 두라 하셨습니다. 그래서……."

하녀가 두 손을 가지런히 모으고 연신 일레나의 눈치를 살폈다. 거짓말은 아닌 것 같았다. 일레나는 황당해졌다.

'뭐지?'

저건 마치 공작이 그녀를 배려했다는 말처럼 들렸다. 그러나 이상한 일이었다. 아내를 배려하여 저런 명령을 내린 사람이 어젯밤 침소에는 밤새 찾아오지 않았다고?

'왔다가 내가 잠든 걸 보고 돌아갔나?'

일레나는 고개를 저었다. 그럴 리 없다. 기억이 잘못된 게 아니라면 자신은 분명 해가 뜨는 걸 보고 잤다.

'아니면, 자길 기다리느라 밤새 잠들지 못했을 테니 깨우지 말라고 한 건가?'

고개를 또 흔들었다. 그건 너무 대놓고 모욕이었다. 공작이 그녀에게 그렇게까지 굴 이유가 없었다. 원수의 집안끼리 결혼한 것도 아니고, 고작 이번에 처음 얼굴을 맞댄 사이인데.

'아니, 아직 맞대지는 않았나…….'

문득 일레나는 그녀가 아직 남편의 얼굴을 보지 못했다는 데 생각이 미쳤다. 가면으로 가린 모습만 주야장천 봤지. 일레나는 곰곰이 생각하다 몸을 일으켰다.

"어디 계시나?"

"예?"

"공작님이 계신 곳으로 안내하거라."

얼굴을 봐야겠다. 가면을 벗은 그 얼굴을 보고 이야기를 나눌 필요가 있어 보였다.

그런데 하녀가 난색을 보였다.

"저, 주인님께선 지금…… 바깥에 계십니다."

"바깥 어디?"

그까짓 바깥, 따라 나가면 그만이었다. 일레나가 그렇게 생각할 때 하녀가 덧붙였다.

"몬스터 토벌 중이십니다."

"뭐? 몬스터?"

"어젯밤 영지에 급하게 몬스터가 출몰하여……."

일레나는 눈을 깜박거렸다. 처음 듣는 말이었다.

"금시초문인데."

"죄, 죄송합니다. 말을 전해 드린다던 하녀가 깜박 잊었나 봅니다. 그, 원래도 자주 깜박하는 아이기는 한데……."

"그건 됐고, 그럼 어젯밤부터 내내 공작님이 이 성에 계시지 않았다는 말이냐?"

"그렇습니다."

하녀가 대답하며 눈을 내리깔았다. 송구함에 눈을 둘 곳을 찾지 못하는 하녀를 두고 일레나는 잠시 말을 아꼈다.

'그렇단 말이지.'

일레나의 입매가 사르르 풀어졌다.

'나는 또.'

얼토당토않은 오해를 할 뻔했다. 그럼 그렇지. 그럴 리가 없지.

일레나가 누가 들어도 조금 전보다 훨씬 부드러워진 목소리로 말했다.

"이런 일이 자주 있느냐?"

"자주는 아니고…… 어쩌다 가끔 있습니다."

일레나는 문득 이곳, 메이하드 공작의 영지에 대해 들었던 얘기를 떠올렸다.

영지의 땅이 비옥하여 작물도 잘 자라고 입지가 좋아 상권이 발달할 조건도 적절하게 갖췄지만, 딱 하나. 무척 크고 험준한 근산 중 하나에서 종종 몬스터가 내려온다고 했다.

'과거의 얘기지만.'

몬스터가 '종종' 출몰한다던 것은 옛말이다. 지금은 하녀의 말처럼 '가끔'으로 변한 지 오래였다.

'다 지금의 메이하드 공작이 바꿔놓은 거지.'

현재로서는 부유하기 이를 데 없는 영지지만 과거에는 비옥하되 사람은 별로 살지 않는, 계륵 같은 땅이었다. 이유는 당연히 몬스터. 그리고 그 몬스터를 대부분 소탕해 영지를 지금처럼 바꿔놓은 것이 바로 카이휜 메이하드 공작이었다.

우선 그의 탄생을 기점으로 산에서 몬스터가 내려오는 횟수가 눈에 띄게 줄었다. 사람들은 후에 그것을 두고도 떠들었다. 악마와 몬스터는 상극이라 몬스터가 악마의 기운을 느끼고 피한 거라고.

'말도 안 되는 소리.'

상식적으로 생각한다면 그건 그냥 우연의 일치다. 카이휜 메이하드 공작이 태어나기 전 해의 겨울은 짐승도 견디기 힘들 만큼 유난히 혹독했고, 마침 당시 메이하드 공작가는 몬스터 토벌에 총력을 기울였다. 그런 조건이 겹쳐 자연스럽게 산에 뿌리를 둔 몬스터의 수가 줄어들었을 뿐이다.

'그리고 이후 가문을 이어받은 메이하드 공작이 바로 기사단을 이끌고 직접 산에 올라 몬스터를 싹 소탕했고…….'

그의 활약은 눈부셨다. 영지의 오랜 골칫덩이였던 몬스터가 자취를 감추다시피 했으니까.

'그 당시 나이가 열여섯이었나.'

우스운 건 그 또한 카이휜 메이하드 공작이 괴물이라고 불리는 데 한몫했다는 점이다.

'다른 사람이었으면 그저 뛰어난 무장이라고 칭송했을 거면서.'

실제로 비슷한 성과를 낸 어느 영지의 누구는 무신이란 영예로운 칭호를 얻었다. 같은 업적을 두고 누구는 무신, 누구는 괴물이라니. 일레나는 돌연 속이 꼬이는 느낌이 들었다. 자기 일도 아닌데 짜증이 났다.

아무튼, 그렇게 유일한 오점이던 몬스터를 소탕하고 나자 영지는 순식간에 발전했다. 여기서 메이하드 공작의 수완이 모습을 드러냈다. 그는 몬스터를 소탕한 후, 소탕 기념이라며 영지의 세율을 5년간 일괄 낮췄다. 근방에 그 소문을 퍼뜨리는 것도 잊지 않았다.

효과는 무척 좋았다. 당장 먹고살기 바쁜 사람들은 영지의 주인이 귀족 사회에서 괴물이라고 불린다더라, 하는 내용 따위에는 관심을 두지 않았다.

'가만 생각하면 수완이 좋은 사람이야. 그러고 보면 가진 사업체도 그리 많다지.'

하긴, 메이하드 공작이 저주받은 괴물이라는 것만큼 그의 뒤꽁무니를 따라다니는 소문이 바로 돈이 많다는 거였다.

일레나가 그런 생각에 잠겨 있을 때, 얌전히 있던 하녀가 조심스럽게 말했다.

"……저, 마님, 그 아이를 불러올까요?"

일레나는 저게 무슨 소린가 고민하다 곧 고개를 저었다.

"그럴 필요 없다."

어젯밤 제게 공작의 소식을 전하는 걸 잊은 하녀를 벌주겠냐는 거겠지. 그건 됐다. 일레나는 기분이 좋았다. 첫날밤에 소박맞았다고 생각했던 게 오해였다는 걸 알게 돼서일까. 그녀는 이름 모를 하녀의 실수를 너그럽게 넘기곤 대신 말했다.

"성을 좀 둘러보자. 그리고 사람을 소개받아야겠다."

"반갑습니다, 마님. 모시게 되어 영광입니다. 집사 벤입니다."

"반갑네, 벤."

"하녀장 룰라입니다."

"주방장 쿠커입니다."

"저는……."

성의 주요 일꾼을 소개받다가 일레나는 눈을 빛냈다.

"정원사장?"

"아, 예."

자신을 정원사장이라고 소개한 남자가 어색하게 뒷머리를 긁었다. 일레나는 흥미롭게 그를 쳐다보았다. 하녀장, 주방장, 기타 '장'은 흔히 들어보았어도 정원사'장'은 처음이다.

"이름이 뭐라고?"

"가드너입니다."

"성의 정원을 관리하는 일이 중책인가 보군."

"아하하, 예. 이래 보여도 성에서 숙식하며 일하는 정원사만 열이 넘습니다."

"열씩이나."

과연, 저 정도면 정원사장을 두어 관리할 만도 했다. 일레나가 순수하게 감탄하는 기색을 보이자 정원사장 가드너가 작게 헛기침했다.

집사 벤이 끼어들었다.

"주인님께서 정원을 무척 아끼십니다. 그중에서도 동쪽 정원을 특히 자주 돌아보시지요."

"동쪽 정원……."

일레나는 잊지 않으려는 듯 한 번 더 중얼거렸다.

"그렇군. 고마워."

"아닙니다."

"나도 정식으로 인사하지. 어제부터 이 성의 안주인이 된 일레나 메이하드……."

이름 뒤에 메이하드라는 성을 붙이는 것이 왜 이렇게 쑥스럽게 느껴질까. 일레나는 쑥스러운 기색을 감추고 서둘러 말을 이었다.

"메이하드 공작 부인일세. 앞으로 잘 부탁하네."

"잘 부탁드립니다."

"잘 부탁드려요, 마님."

오늘만 마님 소리를 몇 번째 듣는 것인지 모르겠다. 그렇지만 평생 들어온 아가씨라는 호칭과 비교해도 그리 싫거나 거북하진 않았다.

일레나는 제게 고개를 숙이는 이들을 보며 부드럽게 웃었다.

성은 생각했던 것보다 드넓어 돌아보는 데 상당한 시간이 소요되었다. 시간뿐이랴. 체력도 만만찮게 들었다. 일레나는 성을 돌아보고, 훈련을 마친 기사단을 소개받는 것으로 그날 일과를 마무리했다. 지쳤지만 어쩐지 충만한 기분으로 일레나는 침소에 들었다.

'오늘은 오려나.'

아까 얼핏 메이하드 공작이 토벌을 마치고 귀환했다는 소리를 들은 것 같은데. 나가볼까 하다가 이미 잘 준비를 마친 데다 잠옷 차림이라 침실에 남았다.

'바로 잠들지 말아야지. 좀 기다리자. 여기로 오면, 우선 토벌은 어땠냐고 물어보고…….'

일레나는 이런저런 생각을 하며 꽤 오랜 시간 눈을 뜨고 있다가 어느 순간 잠들었다.

공작은 그날도 오지 않았다.

일레나는 도무지 이해할 수가 없었다.

'왜?'

도대체 어째서?

'왜 나를 안 찾는 거지?'

문제의 첫날밤 이후 벌써 며칠이 흘렀다. 그러나 메이하드 공작은 아직도 그녀의 침소에 코빼기도 비치지 않고 있었다.

'그뿐만 아니야.'

침소만 찾지 않는다 뿐일까? 공작은 그녀와 매 끼니 식사도 따로 했다. 처음에는 바빠서 그런가보다 이해했다. 일레나의 아버지도 업무가 밀리면 집무실에서 일을 처리하며 끼니를 해결하곤 했으니까.

한데 그렇게 하루, 이틀, 사흘, 나흘.

……일주일.

'더는 못 참아.'

이 정도면 참을 만큼 참았고 이해할 만큼 이해했다. 착각이 아니다.

기분 탓도 아니다. 이건 누가 봐도 상대가 그녀를 피하는 게 분명했다.

일레나는 당장 메이하드 공작에게 쳐들어갈 기세로 두 팔을 걷어붙이고 방을 나섰다.

인내심 없고 성격 급한 아내라고 생각할까 봐 여태 얌전히 기다렸지만, 그것도 이제 끝이었다. 애초에 상대가 이딴 식으로 나오는데 왜 그에게 잘 보이려고 했던 건지 모르겠다.

일레나는 불타는 눈으로 메이하드 공작의 집무실을 향해 걷다가, 점점 마음이 약해졌다.

'……혹시 몰라. 내가 모르는 사정이 있을지도.'

내가 원래 이러는 사람이 아닌데. 오늘은 좀 이상했다.

일레나가 복도 중간에 서서 머뭇거릴 때 마침 하녀 두 명이 복도를 지나갔다. 일레나는 정말 마지막이라고 생각하며 두 사람을 불러 세웠다.

"너희……."

"네!"

"네, 마님!"

그러자 두 하녀가 기대에 찬 눈으로 바로 대답했다.

'기대?'

일레나는 멈칫했다. 그녀는 그냥 두 사람에게 혹시 그녀의 남편이 요새 바쁜지, 바쁘다면 얼마나 바쁜 것인지 물어보려던 것뿐이었다. 그런데 마치 뭔가를 바라는 듯한 저 눈이라니.

'뭐지?'

일레나는 우선 두 하녀를 찬찬히 뜯어보곤 그녀들의 이름을 입에 올렸다.

"안리, 마리. 맞느냐?"

일주일은 긴 시간이다. 일레나는 집사 벤으로부터 성에서 일하는 고용인의 명부를 받아 그들의 용모와 이름을 대강 외워두었다. 워낙 수가 많아서 하루 이틀에 될 일은 아니었지만, 말했다시피 일주일은 길었다.

"네, 맞아요."

"맞습니다."

하녀들의 눈은 한결 초롱초롱해졌다. 단순히 안주인님께 이름을 불려서가 아닌, 그다음을 기대하고 있는 것 같았다. 일레나는 도대체 이들이 원하는 게 뭘까 생각하며 우선 하려던 질문을 했다.

"공작님이 바쁘신지 요새 통 뵐 수 없는데, 혹시……."

……성에 급한 일이 생겼느냐, 라고 일레나가 미처 말을 다 뱉기도 전이었다.

"맞아요, 저희예요!"

"저희가 그랬어요!"

"뭐?"

일레나가 미간을 찡그렸다. 갑자기 저게 무슨 말인지 물을 틈도 없이 하녀들이 알아서 조잘조잘 말을 쏟아부었다.

"이제야 찾아주시는군요. 언제쯤 알아주실지 기대했어요."

"전부 저희가 한 일이랍니다."

"앞으로도 염려치 마세요. 저희가 계속 공작님이 마님을 찾아오지 못하시게 할 테니까요."

일레나의 사고가 잠시 정지했다.

"……뭐라고?"

"저희가 공작님에게 마님이 편찮으시다고, 속이 안 좋으시다고 전했어요."

"몸이 다 낫기 전에는 얼굴을 보는 일이 없었으면 한다고도 전했답니다."

"맞아요. 부르기 전까지는 절대 먼저 찾아오지 말라는 신신당부도 곁들였고요."

일레나의 표정이 점점 굳었다. 하녀 둘은 자기들끼리 신이 나 그걸 보지 못했는지 희희낙락 계속 말했다.

"저희가 다 알아서 한 일이에요. 하녀장님은 몰라요."

"저희 둘이서 마님을 생각해 한 일이랍니다."

"마리."

"네, 마님!"

이름을 불린 마리가 힘차게 대답했다. 먼저 칭찬하고 보상을 주시려는가 보다, 안리가 질투의 눈초리를 할 때 일레나가 말했다.

"가서 집사 벤과 하녀장 룰라를 불러와."

"네?"

"안리, 너는 여기에 남고."

목소리가 차고 딱딱했다. 하녀 둘은 그제야 일레나의 싸늘한 표정을 발견한 눈치였다. 멈칫하는 두 사람에게 일레나가 명령했다.

"당장."

안리와 마리는 엉엉 울면서 바닥에 머리를 박았다.

"잘못했습니다."

"잘못했어요, 마님."

일레나는 잘못을 비는 두 하녀를 내려다보았다. 두 사람은 고개를 박고 잘못을 빌다가 슬쩍 머리를 들어 일레나의 표정을 살폈다. 그리고 그녀의 표정이 여전히 딱딱한 걸 확인하면 다시 고개를 처박고 빌기를 반복했다. 하지만 상황을 이해하는 기미라곤 전혀 찾아볼 수 없었다. 당장 윗사람이 화를 내니 그 화가 풀릴 때까지 무작정 비는 것뿐. 자신들이 뭘 잘못했는지조차 모르는 것처럼 보였다.

'하.'

일레나는 가슴 앞으로 팔짱을 꼈다. 어처구니가 없었다. 그간 저 두 하녀 때문에 가슴 졸이며 무려 일주일을 낭비했다는 것에 무척 화가 났다.

하지만 그보다 더 열 받는 건…….

"저희는 그냥 마님을 생각해서 그렇게 했어요."

"맞아요. 전부 마님을 위하는 마음이었습니다. 다른 뜻은 없었어요. 정말이에요."

"부디 용서해 주세요."

바로 저거였다.

일레나를 위해 그랬다는 말을 당당히도 지껄이는 저 모습. 의심조차 하지 않고 믿고 있었다는 거였다. 그런 짓을 저지르면 그녀가 기뻐할 거라는 그 믿음. 괴물이라 불리는 카이휜 메이하드 공작이 남편인 걸 달가워하는 여자는 절대 없을 거라는 맹목적인 확신. 그들의 사고와 발상 자체가 견디기 힘들 정도로 짜증 났다.

여기서 일레나의 짜증을 부채질하는 것은 만약 원래대로 이 자리에 미엘르가 있었다면 저 믿음이 현실이 되었으리란 거였다. 두 하녀는 원하던 대로 칭찬과 보상을 받았을 거고, 그들의 행동은 현명한 것이 되었겠지.

그게 싫다.

그 사실이, 기분 나쁘고 거슬렸다.

자신이 왜 이렇게까지 화가 나는지 알 수 없었다. 하지만 화가 나니 분노를 표출할 수밖에.

일레나는 책임감에 고개를 들지 못하는 하녀장 룰라를 지나 집사 벤에게 시선을 주었다.

"벤."

"예, 마님."

"내가 저 두 사람에게 어떤 처벌을 내릴 수 있나?"

벤이 조심스러운 목소리로 대답했다.

"영지법에 따르면, 최대 혀까지 자르실 수 있습니다."

고용인에 대한 사사로운 처분은 국법보다 영지법에 우선한다. 혀를 자르는 것까지는 '사사로운' 것에 포함되는가 보다. 일레나가 그렇게 생각해서 픽 웃자 그걸 어떻게 해석했는지 하녀들이 파랗게 질려 그녀에게 매달렸다.

"마, 마님."

"마님, 잘못했습니다! 제발! 잘못했어요!"

"잘못했다고? 너희가 정말 뭘 잘못했는지는 아느냐?"

"네, 네?"

"……아니, 됐다."

일레나 본인도 당장 제대로 이해 못 하는 분노를 설명한들 저들이 납득할까. 일레나는 그렇게 생각하며 하녀장에게 말했다.

"각각 채찍질 다섯 대. 물을 포함하여 이틀간 금식. 그리고 일주일간 근신시켜라."

"……!"

"데려가."

"가, 감사합니다."

혀를 자르는 것과 비교하면 몹시 관대한 처벌이다. 일레나의 냉담한 태도에 최악을 예상했는지, 하녀장 룰라가 얼결에 감사 인사를 하고는 안리와 마리를 끌고 사라졌다.

"저 아이들은 이곳에서 꽤 오래 일했습니다."

집사 벤이 말했다. 하녀장이 두 하녀를 아끼는 듯 보였던 것에 대한 변명이다. 일레나는 대답하지 않았다. 그건 상관없었다. 두 사람의 혀를 자르는 형벌을 내리지 않은 건 갑자기 화가 풀려서도, 전전긍긍하던 하녀장 때문도 아니다. 그저 성의 안주인으로서 처음 하는 일이 하녀의 혀를 도려내는 것이 되고 싶진 않았을 뿐이다.

"……벤."

"말씀하십시오, 마님."

"공작님께선 지금 집무실에 계시나?"

벤은 눈치가 나쁘지 않았다. 그가 곧장 말했다.

"안내해 드리겠습니다."

집무실 바깥이 소란스러웠다.

메이하드 공작은 펜을 내려놓았다. 두꺼운 문에 가로막혀 복도의 소음이 거의 들리지 않았지만, 메이하드 공작의 청력은 보통 사람보다 훨씬 뛰어났다.

그가 하인을 시켜 문을 열려던 참이었다. 그보다 먼저 닫힌 문이 벌컥 열리고 그 사이로 한 사람이 성큼성큼 걸어 들어왔다.

"……부인?"

일레나는 부인이라는 말에 잠깐 멈칫했다가 바로 그의 책상으로 다가갔다. 메이하드 공작은 다가오는 일레나를 막지 않았다. 그녀는 마치 누가 보면 공작과 한판 붙을 것 같은 기세로 척척 다가와 메이하드 공작의 앞에 섰다. 일레나는 의자에 앉은 공작의 얼굴을 물끄러미 내려다보았다.

'……별것도 아니네.'

역광이라 멀리서는 잘 보이지 않던 얼굴이 이제야 자세히 눈에 들어왔다. 일레나는 처음으로 남들이 악마의 문양이라고 말하는 공작의 얼룩을 보았다. 감상은 딱 그랬다.

'정말 별것도 아니잖아.'

기가 막혔다. 고작 이런 걸 두고 안에서나, 밖에서나 그 난리를 치는 거라고?

일레나는 미간을 좁히며 메이하드 공작의 얼굴로 손을 뻗었다. 얼룩은 마치 복잡한 주문이 엉킨 것처럼 번잡한 모양으로 공작의 얼굴 대부분을 뒤덮고 있었다. 얼룩이 없는 부분은 아래턱과 입술 주변, 그 정도 면적이 전부였다.

일레나의 손가락 끝이 메이하드 공작의 얼룩에 닿았다. 공작이 움찔했고, 일레나가 놀라 물었다.

"아파요?"

메이하드 공작이 고개를 저었다. 그는 이어 말했다.

"……조금 놀랐습니다."

"아, 미안해요. 갑자기 만져서."

일레나는 그렇게 말했지만 손을 뗄 의사는 없어 보였다. 오히려 뒤늦게 허락을 구했다.

"만져도 될까요?"

메이하드 공작은 말로 대답하는 대신 고개를 끄덕였다. 그의 고갯짓에 일레나는 기다렸다는 듯 손을 움직였다.

'와.'

손끝이 뺨을 쓸고, 그 근처를 맴돌다가 위로 올라갔다.

'엄청 부드럽네.'

일레나는 메이하드 공작의 얼룩을 만지며 그런 감상을 받았다. 말이 얼룩이지, 막상 손을 대보니 그냥 피부와 별반 차이도 없었다.

아니, 차이는 있었다. 그냥 피부가 아니라 엄청 좋은 피부였으니까.

'아기 피부 같아.'

손끝에 거슬리는 감촉이 하나도 없었다. 사람 피부가 이렇게 매끈할 수도 있나. 일레나는 저도 모르게 손을 떼고 그 손으로 자기 얼굴을 만져보았다.

'나도 어디 가서 피부 좋다는 소리는 모자라지 않을 만큼 듣고 살았는데.'

일레나의 그 행위에 공작이 또 움찔했다. 그는 어딘지 묘한 표정이었다.

일레나는 상대의 피부와 제 피부를 진지하게 비교, 분석해 보다가 정신을 차렸다. 이러려고 온 것이 아니다. 그녀가 헛기침했다.

"실은, 내가 이렇게 찾아온 이유는 말이에요."

다소 늦은 본론이었다.

"내가 조금 전 하녀 둘에게 벌을 주었거든요."

"들었습니다."

벌써? 일레나는 눈을 동그랗게 떴다. 빠르기도 하지.

"음, 그럼…… 그들이 왜 벌을 받았는지도 들었나요?"

"네."

"그렇군요."

그럼 얘기가 쉽다. 일레나는 얼른 말했다.

"난 몸이 아프지 않아요. 속이 안 좋지도 않고요."

"그렇게 보입니다."

"다만 근 며칠 밤에 잠을 좀 설쳤어요. 오지 않는 어떤 사람을 기다리느라고."

공작이 멈칫했다. 일레나는 그 틈을 놓치지 않았다.

"나는 원래 혼자 잠드는 데 취미가 없거든요. 알았으면 오늘 기다릴게요."

일레나는 그 말만 마치고 대답도 듣지 않은 채 집무실을 벗어났다. 거의 도망치는 모양새였고, 도망치는 게 맞았다. 아무리 그녀라도 저런 말을 해놓고 뻔뻔히 자리를 지킬 만큼 얼굴이 두껍지는 않았다.

'아니, 두껍나?'

일레나는 문득 그녀의 오빠 에드워드가 제발 여자애가 부끄러움 좀 알라고 걸핏하면 잔소리를 늘어놓았던 것을 떠올렸다. 물론 일레나는 매번 귓등으로도 듣지 않았다. 오히려 태연하게 에드워드를 성차별주의자 취급하며 반박했다.

'낯선 곳에 와서 부끄러움이 좀 늘었나 봐.'

제법 일리 있었다. 에드워드가 들으면 결혼의 순기능이라고 좋아했을지도. 그러고 보면 슬슬 가족에게 잘 지낸다고 편지를 쓸 때도 됐다. 일레나는 내일 일과를 미리 정하며 방으로 돌아왔다. 오늘은 할 일이 있었다.

“목욕물을 준비해라.”

“꽃잎은 어떤 것으로 띄울까요?”

일레나의 지시에 영리한 하녀가 냉큼 질문했다. 일레나는 잠깐 망설였다. 그녀의 머릿속에 피부를 매끄럽고 보드랍게 만들어준다는 꽃잎의 목록이 떠올랐다가 금방 사그라들었다. 잘 모르는 데다, 사실 크게 의미도 없어 보였다.

‘무슨 짓을 해도 그 피부보다 부드럽지는 못할 거야.’

남편의 피부가 너무 완벽해서 대적하기 무리일 것 같다. 일레나는 현실을 직시하며 말했다.

“아무거나, 알아서 적당히.”

“알겠습니다.”

눈빛에서도 유능함이 느껴지는 하녀가 물러갔다. 일레나는 목욕물이 준비되길 기다리다가 탁자에 있는 물을 따라 마셨다. 물이 아주 벌컥벌컥 넘어갔다. 어쩐지 목이 탔다.

‘오늘 신경을 좀 쓰기는 했지.’

경솔하게 함부로 행동한 하녀도 벌하고, 남편을 찾아가 나름대로 담판도 짓고. 많은 일을 했다. 그러니 자연히 목이 탈 수밖에. 일레나는 수긍하며 다시 물을 따라 마셨다. 그렇게 물 먹는 하마처럼 물을 연거푸 세 잔쯤 비운 후에야 일레나는 문득 깨달았다.

‘나, 긴장했나?’

설마 긴장해서 목이 타나?

‘벌써?’

창밖을 보았다. 아직 해가 떨어지지도 않았다. 메이하드 공작이 침실을 방문하는 밤이 되려면 한참은 더 남았다는 소리였다. 일레나는 너무 일찍부터 긴장하는 본인을 당황스러워하다가 곧이어 깨달았다.

'아, 그럴 수밖에 없지.'

이건 그냥 합방이 아니다. 그저 평범하게 부부가 잠자리를 갖는 것과는 달랐다.

바로 세계를 구하는 초석이니까.

'맞아. 나는 용사를 낳아야 하니까.'

일레나는 빈 물 잔을 내려놓았다. 그녀가 메이하드 공작의 아이를 가져야만, 훗날 그 아이가 용사가 되어 세상을 구한다. 사명을 떠올리자 긴장으로 요동치던 마음이 어쩐지 잠잠해졌다. 일레나는 그것이 사명감으로 머리가 맑아진 덕분이라고 생각했다.

'아이. 반드시 아이를 가져야만 해.'

그러려고 한 결혼이다. 그녀의 어깨에 한 세계의 미래가 달려 있다. 어깨에 얹은 책임의 무게는 무거웠다.

일레나는 더는 물 잔에 손을 대지 않았다.

밤은 금방 찾아왔다.

일레나는 잘 준비를 마치고 침대에 앉아 있다가 문이 열리는 소리에 화들짝 놀랐다. 열린 문으로 들어서던 인영이 멈칫했다.

"……놀라게 한 겁니까?"

"아니에요. 들어와요."

일레나가 손짓했다. 막 침실로 들어선 메이하드 공작의 뒤로 문이 닫혔다. 일레나는 다가오는 공작을 보며 생각했다.

'크다.'

낮에는 집무실에 앉아 있어서 보고도 별생각을 못 했는데, 이렇게 일어선 모습을 보니 과연 컸다. 결혼식장에서 받았던 첫인상이 다시 떠올랐다. 돌연 걱정이 되었다.

'……괜찮을까?'

아니, 괜찮아야 한다. 괜찮지 않으면 뭐 어쩔 건가. 어차피 다른 선택지는 없었다.

일레나가 그렇게 생각하며 마음을 다잡는 사이 메이하드 공작이 그녀가 있는 침대로 한결 가까워졌다. 둘 사이의 거리가 줄어들자 상대의 전체적인 실루엣보다 얼굴이나 몸이 더 자세히 보였다.

일레나는 긴장으로 신체가 바짝 얼어붙는 것을 느끼며 공작의 복장을 살폈다.

그의 차림새는 확실히 낮에 본 것보다는 가벼웠다. 집무실에서는 베스트에 타이에 뭔가 보기만 해도 갑갑한 차림이었는데, 지금은 가벼운 셔츠에 바지 차림이었다. 셔츠 한 장만 걸쳐서 그런지 가슴의 단추가 팽팽하게 당겨진 것이 적나라하게 보였다.

'좋다.'

일레나는 무심코 생각했다가 당황했다.

'지금 내가 무슨 생각을?'

일레나가 그렇게 혼자 놀라고 당황하는 사이 메이하드 공작이 침대로 완전히 올라왔다. 침대맡에 켜둔 등불이 일렁이며 그를 비췄다. 일레나는 순간 마른침을 삼켰다.

그녀가 초조하게 침대보에 둔 손을 말아 쥐었을 때, 메이하드 공작이 말했다.
“……정말.”
“……?”
“정말 나와 함께 잠자리에 들겠습니까?”
어디서 저런 당연한 질문을. 일레나는 냉큼 고개를 끄덕였다.
“네.”
“…….”
“말했잖아요. 나는 혼자 잠드는 데는 취미가 없다고. 남편이 아니면 누구와 함께 자겠어요?”
혹시나 해서 낮에 집무실에서 댔던 핑계를 다시 꺼냈다. 하지만 말하면서도 일레나는 내심 잘 이해가 안 됐다.
부부가 함께 자는 것은 당연한 일이 아닌가? 굳이 이런저런 말이 필요하지 않을 만큼.
“…….”
그러나 침묵하는 메이하드 공작은 당황스러워 보였다. 그는 마치 이런 상황을 예상하지 못했다는 듯 보였다.
“……알겠습니다.”
한참이 걸려서 대답한 메이하드 공작이 램프로 손을 뻗었다. 일레나가 물었다.
“불을 끄려고요?”
“네.”
당연하지 않냐는 투였다. 당연한 건가?
‘일부러 불을 어둡게 해뒀는데.’
분위기를 내려는 속셈이었다. 원래는 촛불만 따로 켜놓으려 했지만,

자칫 넘어뜨리기라도 하면 화재로 번질 것 같아 램프 덮개 위로 얇은 손수건을 덮어두는 것으로 합의했다.

'그런데 아예 깜깜한 편이 좋은가 봐.'

하긴, 일레나로서도 차라리 그게 나았다. 아무것도 안 보이면 덜 긴장되고 덜 무서울 테니까.

'왠지 모르게 미묘한 아쉬움이 들기는 하지만.'

그러다 문득 일레나는 불을 끄려는 남편이 옷을 벗지 않았다는 걸 떠올렸다. 벗고 끄는 게 더 편하지 않나? 단추를 다 풀려면 잘 보이는 상태에서 푸는 게 나을 텐데. 딱히 다른 뜻이 있는 건 아니고 그냥 그렇다는 거다. 어디까지나 편의를 고려해서.

일레나가 슬쩍 말했다.

"옷은 안 벗나요?"

잠시 멈칫한 메이하드 공작이 대답했다.

"이게 편합니다."

'뭐?'

일레나는 그의 대답을 해석하려 노력했다. 저 말이 무슨 뜻이지? 불을 끄고 옷을 벗는 게 편하다는 말인가? 그, 그게 아니면…….

일레나가 혼란에 빠지려는 순간 램프의 불이 꺼졌다. 침실은 순식간에 어둠에 휩싸였다. 공작이 움직이는지 침대가 출렁이는 게 느껴졌다. 일레나는 어찌할 바를 모르다가 일단 누웠다. 다른 건 몰라도 대체로 여자 쪽이 누운 채로 일(?)이 벌어지지 않던가.

그녀는 반듯하게 누워 눈을 질끈 감고 곧 자신에게 닥칠 어떤 것(?)을 기다렸다.

그러나 기다려도 아무 일도 일어나지 않았다.

'……?'

일레나는 잠잠한 침대에서 움직이지 않고 조금 더 버티다가 의아해져서 슬쩍 눈을 떴다.

고개를 돌리자, 어둠에 익숙해진 시야로 메이하드 공작이 그녀와 간격을 두고 얌전히 누워 있는 것이 보였다. 그는 미동도 하지 않고 가만히 눈을 감고 있었다. 꼭 자는 사람처럼.

"……?"

일레나는 눈을 깜박였다. 물론 정말 자는 것은 아닐 것이다. 잠들기에는 너무 짧은 시간이었으니까. 그러나 문제는 그게 아니었다. 저 모습은 누가 봐도 잠을 자겠다는 의미로 보였다. 일레나는 당황했다.

'뭐지?'

눈으로 보는 상황이 바로 이해되지 않았다.

'잔다고?'

그러니까, 잠을 잔다고? 지금 이대로?

아무것도 하지 않고, 그냥?

머리가 팽팽 돌았다. 혼란스러웠다. 일레나는 가만 누워 움직이지 않는 공작을 보며 눈꺼풀만 깜박깜박 여닫았다.

'뭐지……?'

하지만 일레나의 동요도 오래가지는 않았다. 그러기엔 그녀는 이미 너무 피곤한 상태였으니까. 낮에 집무실에서 그녀가 말했던, 근 며칠 누구를 기다리느라 잠을 설쳤다는 얘기는 과장도 거짓말도 아니었다.

일레나는 곧 새근새근 잠에 빠져들었다.

다음 날, 눈을 뜨자마자 일레나는 자신이 잘 잤다는 걸 알았다.
몸이 가벼웠다. 모처럼 개운하고. 며칠 만에 아주 푹, 정말이지 푹 잤다. 하지만 그처럼 상쾌한 신체와는 달리 마음은 복잡했다.
"……."
일레나는 심란한 눈으로 텅 빈 옆자리를 응시했다. 꽤 이른 아침에 눈을 떴건만, 메이하드 공작은 그새 먼저 자리를 비운 후였다.
일레나는 처음 눈을 뜨자마자 잠결에 침대를 더듬었다. 빈자리에서 온기가 느껴졌다. 그녀가 깨기 조금 전에 나갔다는 말이다.
'부지런하네.'
그러나 지금 진정 중요한 것은 그의 부지런함이 아니다. 일레나는 침실 하녀가 가져다준 미지근한 물로 세수하고, 옷시중을 받으며 생각했다.
'어젯밤엔 왜 그냥 잔 거지?'
어제는 엄밀히 말하면 첫날밤이었다. 일레나가 결혼하고 처음 남편과 한 침대를 쓴 날이었으니까. 그리고 일레나의 상식에 의하면 첫날밤에는 아무 일도 없으면 안 된다. 부부 사이에 할 수 있는 뭔가가 있어야만 했다.
그런데 아무 일도 없었다. 일레나와 그녀의 남편 메이하드 공작은 그냥 잤다. 새근새근.
잠은 잘 잤지만 아무리 생각해도 황당했다.
"아침은 식당에서 드시겠습니까?"
일레나가 생각에 잠긴 사이 옷시중을 마친 하녀가 물었다. 일레나는 문득 예전에 읽었던 소설의 한 장면을 떠올렸다. 그 소설에서 여주인공은 남편과 첫날밤을 보낸 뒤, 남편의 얼굴을 보는 것이 부끄러워 아침을 먹으러 나가지 않았다.

"……."

일레나는 어쩐지 심기가 불편해졌다.

"그래. 식당에서 먹자."

그녀는 거침없이 식당으로 내려갔다. 부끄러울 것이 전혀 없어서인지 거칠 것도 없었다. 그러나 그렇게 향한 식당에 메이하드 공작은 없었다.

"공작님은 아침을 거르시나?"

"종종 집무실에서 간단히 해결하십니다."

오늘도 그렇다는 말이었다. 일레나는 어딘지 김이 샜다.

"……그렇구나."

그녀는 먹는 둥 마는 둥 아침 식사를 마쳤고, 그쯤 어젯밤 일에 대해 대충 수긍했다. 지인의 경험담이 떠오른 탓이었다. 백작 부인이 된 일레나의 지인은 그녀의 남편과 결혼하고 무려 두 달 만에 초야를 보냈다. 하루아침에 낯선 곳으로 시집온 아내를 배려해 그녀가 준비될 때까지 남편이 기다려 주었다고 들었다. 그걸 생각하자 아무 일 없었던 자신의 어젯밤도 그런대로 이해가 되었다.

'나는 안 기다려 줘도 되는데.'

일레나가 판단하기에 그녀는 이미 준비되어 있었다. 어제 메이하드 공작이 찾아왔을 때 솔직히 조금 무섭고 긴장되기는 했지만, 그건 그가 싫거나 거북해서가 아니었다. 여기저기서 하도 여자는 처음 할 때 죽을 만큼 아프다느니, 몸이 둘로 쪼개지는 고통이라느니 말이 많으니까 자연적으로 졸았던 것뿐.

'죽을 만큼 아파도 어차피 죽진 않으니 상관없어.'

일레나는 제법 용감한 생각을 하며 머리를 굴려보았다.

'오늘은 초야를 치를까?'

그러면 좋겠다. 물론 이건 다른 이유가 아니다. 한시라도 빨리 용사를 낳아야 하니까. 그게 세계를 위한 길이니까. 그것뿐이었다.

일레나는 누구한테 하는 것인지 모를 변명을 주워 삼키며 밤을 기다렸다. 밤이 되자 메이하드 공작은 순순히 일레나의 침소를 찾았다. 일레나는 오늘도 어제처럼 은은하게 등을 켜놓았다.

"오늘은 피곤하지 않습니까?"

침대에 오른 메이하드 공작이 물었다. 일레나는 저게 바로 신호인가 보다 생각했다. 안 피곤하면 함께 부부 사이의 그…… 일을 하자는 것일까?

"전혀요. 하나도 안 피곤해요."

일레나는 바르게 대답했다. 고개까지 저어 부정하는 그녀를 보며 공작이 가볍게 웃었다.

"잘됐군요. 어제는 잠을 설치지 않았나 봅니다."

그랬지. 어젠 며칠 만에 일찍 잠들어서 푹 잤다.

"오늘도 그러길 바랍니다."

그래, 오늘도…… 응?

'오늘도 푹 자라고?'

일레나는 당황해서 메이하드 공작을 쳐다보았다. 그는 이미 등을 끄고 침대에 누운 뒤였다.

"……."

'신호인 줄 알았는데.'

그게 아니었나 보다.

'내일은 반드시…….'

아쉽지만 오늘만 날인 것은 아니지. 일레나는 다음 날을 고대하며 잠을 청했다.

그러나 다음 날. 또 다음 날. 또 또 다음 날.

매일 함께 잠자리에 들면서도 일레나와 메이하드 공작의 사이엔 아무런 일도 벌어지지 않았다.

벌써 일주일이 지났다. 일레나는 살짝 겁을 집어먹었다.

'설마 정말 두 달이나 이러려는 건 아니지?'

남편이 무려 두 달을 기다려 주었다는 백작 부인의 일화가 생각났다. 그럴 순 없었다. 이렇게 매일 밤 아무 일 없이 보내기에 두 달은 너무 길었다.

그날 밤, 위기의식을 느낀 일레나가 오늘도 어김없이 침실을 찾은 메이하드 공작을 앉혀두고 진지하게 말했다.

"우리, 이대로 계속 아무것도 안 하나요?"

차마 맨정신에 말하기 힘들어 와인을 한잔 걸쳤다.

'……아니, 두 잔인가?'

사실 기억이 잘 안 난다. 어쨌든 마시긴 마셨다. 메이하드 공작은 술기운을 빌린 일레나의 솔직한 질문에 잠시 당황하는 듯하다 대답했다.

"그 점은 걱정하지 않아도 됩니다."

'걱정?'

"그대가 비록 내 아내긴 하나, 그대에겐 손끝 하나 대지 않겠습니다."

저게 무슨 말이야. 일레나는 취기가 돌아 멍해진 머리로 생각했다. 뭔진 몰라도 가만히 있어서는 안 되는 말이라는 것은 알겠다.

"그래요? 그럼 내가 좀 손대도 될까요?"

"예?"

일레나는 사실 남녀의 일에 대해 잘 몰랐다. 그러니까 밤일에 대해. 그간 읽어온 로맨스 소설은 전부 하녀들의 검열을 거친 것이어서 '그 부분'에 관한 자세한 묘사가 없었다. 그렇다고 그걸 따로 알아볼 정도로 일레나가 그쪽에 관심이 많지도 않았다.

성교육은 받았지만, 일레나의 교육을 담당했던 마담은 그녀에게 딱 이렇게만 말했다.

"몸에 힘을 빼고 부군께 모든 걸 맡기세요. 그럼 부군께서 알아서 할 겁니다."

정말이지 아무짝에도 도움이 되지 않는 말이었다. 일레나는 이 순간 절실히 깨달았다. 하지만 그토록 무지한 일레나라도 아는 것은 있었다. 바로 남녀가 밤을 보내려면 옷을 벗어야 한다는 것.

일레나는 당황하는 메이하드 공작에게 무작정 손을 뻗었다.

"벗어요."

"잠깐, 부인."

"입고 할 거예요? 아니잖아. 벗어!"

일레나의 주량은 정확히 와인 두 잔 반이다. 조금 전 일레나는 침실에서 메이하드 공작을 기다리며 긴장감에 와인을 물처럼 마셨다. 정확히 얼마나 마셨는지는 안 세어봐서 모른다. 하지만 어렴풋이 떠올려 보건대 주량을 넘긴 건 확실했다.

본능만 남은 일레나의 거침없는 행동에 메이하드 공작이 당황해서 눈동자만 흔들었다.

"벗으라니까!"

"부인, 일단 진정하고……."

"벗으라고, 좀! 왜 안 벗는데! 가죽이냐?"

술기운은 굉장했다.

물론 일레나가 아무리 날뛰어도 메이하드 공작을 제압하고 옷을 벗긴다는 건 불가능한 일이었다. 오히려 일레나는 매우 쉽게 제압당했다. 메이하드 공작은 그의 옷을 좀체 포기할 생각이 없어 보이는 아내의 가느다란 손목을 붙들고 고민에 고민을 거듭했다.

이윽고 그가 찾은 해답은 바로 이불이었다. 메이하드 공작은 일레나를 이불에 돌돌 말았다.

"뭐야, 벗으라니까 왜 더 입히고 있어! 이거 안 풀어요?"

"……가만히 있어요."

"갑갑해! 풀어줘!"

"잡시다."

몸을 감싼 이불 때문에 움직임을 제압당한 일레나가 버둥거렸다. 메이하드 공작은 일레나가 이불을 벗지 못하도록 그녀의 몸을 안고 침대에 누웠다. 원체 체구가 가는 그의 아내는 이불에 돌돌 말려 부피를 키웠음에도 그의 품에 남김없이 들어왔다.

"이거 풀어……."

일레나의 반항이 점점 칭얼거림처럼 변했다. 그 목소리에서 잠기운을 읽어낸 메이하드 공작이 얼른 품에 안은 그녀의 등을 토닥였다. 그러곤 잠깐 망설이며 아주 작게 중얼거렸다.

"……자장, 자장."

말해놓고 후회하기 직전, 일레나가 색색 고른 숨소리를 내었다. 놀랍게도 효과가 있었다.

"……."

메이하드 공작은 그 뒤로도 한동안 일레나의 등을 토닥이는 손을 거두지 않았다.

밤이 깊었다.

다음 날, 평소보다 늦게 눈을 뜬 일레나는 살짝 죽고 싶었다.

남편인 메이하드 공작의 지시가 있었는지 침실 하녀는 오늘따라 조금 늦은 시각에 일레나를 깨우러 들어왔다. 일레나는 하녀가 떠온 세숫물을 보며 생각했다.

'여기에 얼굴을 박으면…….'

매우 꼴사납고 고통스럽게 가겠지. 일레나는 고개를 흔들었다. 정말 세숫물에 코 박고 죽었다는 사람 얘기는 들어본 적이 없었다. 들어봤어도 그렇게 허무하게 생을 끝내고 싶지는 않았다. 일레나의 입에서 한숨이 흘러나왔다.

제법 무겁고 깊은 숨에, 세숫물을 떠온 하녀가 주인마님의 눈치를 보다가 물었다.

"마님, 무슨 일 있으신가요?"

일레나는 침묵했다.

'무슨 일?'

있지……. 그것도 엄청난 일이 있었다.

그러나 차마 제 입으로 말할 수는 없다. 일레나는 하녀의 질문에 대답하는 대신 미지근한 세숫물을 얼굴에 끼얹었다. 그녀의 머릿속에 이젠 꽤 오래전 일이 되어버린 과거의 일화가 떠올랐다.

국법은 성년인 보호자의 감독만 있다면 미성년자에게도 음주를 허가한다. 일레나는 성년식을 두 해 앞둔 열다섯에 처음 술을 배웠다. 세 살 위 오빠인 에드워드의 짓이었다. 그는 생일 선물로 받은 독한 증류주를 가지고 와 희희낙락 여동생과 잔을 기울였다.

결과는…….

"너 앞으로 술 마시지 마라."

"오빠가 먹이지만 않았어도 마실 일 없었어."

"어쨌든 나랑은 마시지 마!"

일레나는 그날 술에 취해 에드워드의 머리채를 잡았다. 얼마나 세게 쥐고 흔들었는지 나중에 에드워드의 정수리 부근에서 땜빵이 발견되었다. 일레나의 언니 릴리아나는 그 사실을 전해 듣고 바로 비웃었다.

"그러게 평상시에 행실을 잘했어야지. 그럼 일레나가 아무리 취했어도 네 머리채를 잡진 않았을 거 아니야."

일레나는 적극 동의했다. 술을 마셨다고 없던 폭력성이 생긴 것은 아니다. 그냥 사람이 좀 솔직해졌던 것뿐. 마침 에드워드는 그 무렵 개인적인 일이 잘 안 풀렸는지 화풀이를 일레나에게 하고 있었다. 대단한 것은 아니고, 지나가면서 말로 툭툭 갈군다거나 하는 방식으로. 같잖게 여겼지만 반복되니 은근 마음에 쌓였던 모양이다.

일레나는 술기운에 평소 품었던 불만을 마음껏 표출했다. 말하자면 에드워드는 응분의 대가를 치른 셈이었다. 하지만 그날 만들어놓은 땜빵이 워낙 커서인지 일레나는 에드워드에게 약간 미안했고, 그 후 자기 주량 내에서 술을 마시는 바람직한 버릇을 길렀다.

그리고 그 버릇은 그녀가 성인이 된 후에도 그런대로 잘 유지되고 있었다. 어제까지는.

……첨벙.

"마님!"

일레나가 세숫대야에 얼굴을 박았다. 하녀가 깜짝 놀라 외쳤다. 참고로 정말 세숫물에 코 박고 죽으려고 한 짓은 아니다. 단지 생각을 좀 환기할 요법이 필요했을 뿐. 일레나는 금방 물이 뚝뚝 떨어지는 대야에서 얼굴을 꺼냈다.

"가져가서 찬물로 다시 내오너라."

"네, 네?"

"빨리. 최대한 차게."

잠시 후, 일레나는 닿기만 해도 피부가 시린 것 같은 찬물에 재차 얼굴을 박았다. 효과는 정말 좋았다. 머리에 있는 생각이 통째로 날아가는 기분이었다. 어젯밤의 추태도 잠시지만 날아갔다.

그렇게 과격한 세수로 잠깐이나마 평온을 찾은 일레나가 옷을 갈아입었다. 오늘따라 이상하게 구는 주인마님의 얼굴을 흘긋흘긋 살피며 하녀가 조심스럽게 물었다.

"식사는 어떻게 하시겠습니까?"

일레나는 시계를 확인했다. 평소보다는 약간 늦은 시각이었지만 식당에 내려가기에는 무리가 없었다. 일레나는 고민하다 작게 대답했다.

"……서재로 가져다주렴."

일레나가 머무는 침실에는 개인 서재가 딸려 있었다. 일레나는 근래 그곳에서 상당한 시간을 보냈다. 대개 안주인으로서 알아야 하는 업무를 익히는 데 쓰는 시간이었다. 가령 예산 감사라든가.

"알겠습니다."

하녀는 순순히 대답했다. 일레나가 서재에서 아침을 해결하는 건 처음 있는 일도 아니었다.

그때 하녀에게 일레나가 덧붙였다.

"그리고 점심도, 저녁 식사도 오늘은 서재에서 하마."

"……?"

하녀의 고개가 잠시 갸우뚱했다. 세 끼니를 전부? 엄청 바쁘신가? 의아했지만 베테랑 하녀는 주인의 명령에 사족을 달지 않는 법.

"그렇게 준비하겠습니다."

고개 숙여 대답한 하녀가 물러갈 자세를 취했다.

"잠깐."

그때 돌연 일레나가 하녀를 불러 세웠다. 베테랑 하녀는 당황하지 않고 바로 돌아섰다.

"네, 마님."

그러나 불러놓고 일레나는 한동안 말이 없었다. 묵묵히 기다리던 하녀가 슬쩍 먼저 물었다.

"따로 분부하실 일이라도?"

굳게 다물려 있던 일레나의 입이 열린 것은 그보다 조금 후였다.

"내가 예쁘지 않니?"

"네?"

"어렵게 듣지 말고 편히 말해주렴. 그냥 궁금해서 묻는 것이니까."

그렇게 말하는 일레나의 머릿속은 온통 어제 있었던 일로 가득 차 있었다. 정확히는 메이하드 공작이 했던 말로.

"그대가 비록 내 아내긴 하나, 그대에겐 손끝 하나 대지 않겠습니다."

어젯밤 자신이 저지른 추태에 대한 충격을 걷어내고 나니, 다음 타자가 기다리고 있었다. 사실 저게 가장 충격이었다. 저 말은 달리 어렵게 해석될 여지도 없었다.

나는 너와 잠자리를 하지 않겠다.

그게 다였다. 어떻게 봐도 그 외에 다른 의미로는 해석할 수 없었다. 일레나는 그것이 정말 엄청나게 충격이었다.

'왜?'

왜 잠자리를 갖지 않겠다는 거지? 부부인데? 부부간에 그…… 행위는 당연한 것이 아닌가?

'내가 매력이 없나?'

진짜 설마 싶었지만, 사고가 그런 쪽으로밖에 흐르지 않았다.

하녀는 일레나의 난데없는 질문에 당황하는 듯하더니 곧 표정을 바꾸고 대답했다.

"예쁘십니다. 아름다우세요."

"그래?"

그런데 공작은 왜…….

일레나가 그렇게 생각할 때 하녀의 말이 청산유수로 이어졌다.

"그럼요. 갓 피어난 꽃망울처럼 맑고 싱그러운 분홍빛 눈동자. 구름을 가져다 엮어낸 듯 하얗고 눈부신 은발."

베테랑 하녀의 말재간은 화려했다. 일레나는 저도 모르게 제 머리카락을 만지작거렸다.

'맞아. 내 은발이 좀 예쁘긴 하지.'

일레나는 어딜 가면 꼭 머리 색 칭찬을 듣곤 했다. 사람들이 가장 주목하는 것이 바로 그녀의 은발이었다.

문득 그녀가 여태 만난 남자 중에 자신의 은발을 칭찬하지 않은 남자는 없다는 사실이 떠올랐다. 놀랍게도 가족을 포함해서였다. 주둥이만 열면 얄미운 말을 지껄이기 바쁜 에드워드도 일레나의 은발이 예쁘고 화사하다는 것에는 동의하곤 했다.

"이목구비도 무척 조화롭고 예쁘시죠. 눈은 크고 눈매가 부드러우며, 코는 오뚝하고 크기와 균형이 완벽합니다. 입술은 적당히 도톰하며 화장을 하지 않으셔도 탐스럽게 붉은 기가 돌지요."

하녀의 범상치 않은 칭찬이 계속되었다. 일레나는 솔깃해서 그녀를 부추겼다.

"……그리고?"

"잡티라곤 찾아볼 수 없이 희고 매끄러운 피부에 뺨에는 복숭앗빛 생기가 돌고, 얼굴형은 작고 갸름하시며 이마는 넓지도 좁지도 않고 적당히 둥글고."

"……거기에?"

"키는 큰 편이되 체구가 늘씬하여 허리는 한 줌이며 손목도 발목도 가늘고 어깨는 둥글고 쇄골은 반듯하고 다리는 곧고 길며 걸음걸이는 가벼워 우아하시지요."

엄청나다. 일레나는 하녀의 말을 홀린 듯 듣다가 곁눈질로 거울을 보았다.

'맞는 말인 것 같기도 하고.'

"거기다 목소리는 또 어떠시고요."

'끝이 아니었어?'

일레나가 놀라는 사이 하녀가 매끄럽게 말을 이었다.

"말씀하실 때마다 노래하듯 들릴 정도로 고우시죠."

'……그런가?'

이쯤 되니 간혹 거울을 보며 자화자찬을 아끼지 않는 일레나도 살짝 부끄러워졌다. 하녀가 쐐기를 박았다.

"감히 이 미천한 입으로 단언하건대, 마님을 보며 아름답다고 느끼지 않을 남자는 세상에 없을 겁니다. 공작님을 포함해서요."

"고마워."

일레나는 진심을 담아 대답했다. 마음에서 우러나왔다. 하녀는 살포시 웃었다.

"뭘요. 제 눈에 보인 그대로 솔직하게 말씀드린 것뿐인데요."

'이 하녀는 크게 될 하녀다.'

이름이 뭐였더라. 아비였나? 일레나는 하녀의 이름을 마음에 새기곤 말했다.

"조금 전에 했던 말 중 하나는 취소하마."

덕분에 확신을 얻었다. 자신에겐 아무 문제가 없다. 문제가 있다면, 그건 상대겠지.

"공작님께 전해라. 바쁘신 일이 없으면 점심은 함께 들자고."

일레나는 그렇게 말했다가 정정했다.

"아니, 바쁜 일이 있어도 함께 식사하자고 전해라."

이유를 들어야겠다. 부부 사이인데 어째서 그 중요한 부부 관계를 하지 않겠다는 건지. 일레나의 분홍색 눈이 타올랐다.

베테랑 하녀는 이번에도 군소리 없이 대답했다.

"네."

일레나는 식당에서 메이하드 공작과 한 식탁에 앉아 침을 꼴깍 삼켰다.

두 사람의 거리는 제법 떨어져 있었다. 공작의 자리는 항상 상석으로 정해져 있었으니, 이 자리 배치는 일레나의 선택이었다. 일레나는 식탁에 고정한 눈을 좀처럼 떼지 못했다.

'원래 가까이 붙어 앉으려고 했는데…….'

식당에 들어오기 전까지만 해도 당연히 그럴 작정이었다. 서로의 간격이 가까워야 얘기하기도 편하고, 무슨 말을 했을 때 반응도 자세히 살필 수 있을 테니까.

그러나 막상 식당에 들어가 메이하드 공작을 본 순간, 일레나의 몸뚱이가 알아서 그와 가장 먼 자리에 착석했다. 여기까지 오는 것만으로도 준비한 용기를 다 소모했으니 그 이상은 욕심내지 말라고 몸이 명령하는 것 같았다.

일레나는 자리에 앉은 뒤로 음식이 다 나올 때까지 공작이 있는 쪽으로는 시선도 주지 못했다. 머릿속에서는 흐려진 줄 알았던 어제의 추태가 생생한 고화질로 신나게 재생되었다.

'아아…….'

일레나는 탄식을 삼켰다. 제게 손끝 하나 대지 않겠다고 말한 이유를 반드시 캐묻고 말겠다며 투지로 타올랐던 아침의 자신이 우스웠다.

역시 그런 일이 있고 하루도 안 되어서 얼굴을 본다는 건 무리한 시도였을까. 아침의 충동적인 결정이 이제 와 후회가 될 듯 말 듯 했다.

일레나가 식탁 아래로 둔 손을 꼼지락거리고 있을 때, 메이하드 공작이 먼저 침묵을 깼다.

"몸은 좀 어떻습니까?"

일레나는 저 말이 숙취를 뜻한다는 걸 바로 알았다. 대답하기 매우 고통스러웠지만, 무시할 순 없었으므로 일레나는 입을 열었다.

"……괜찮아요. 아무렇지도 않아요. 걱정해 줘서 고마워요."

"그렇다니 다행이군요."

일레나의 시선이 한결 메이하드 공작과는 먼 곳으로 옮겨갔다.

일레나는 그러다 결심을 굳히고 마침내 고개를 돌렸다. 이대로 피하기만 하다가 식사를 마칠 수는 없었다.

고개를 돌린 일레나와 메이하드 공작의 새파란 눈이 마주쳤다.

"……."

아. 망했다.

일레나의 머릿속에 외마디 외침이 울려 퍼졌다.

또 재생된다. 또.

이번에는 그녀가 저지른 추태만 재생되는 것이 아니었다. 이불로 그녀의 몸을 돌돌 말아 끌어안던 공작의 팔. 이불의 포근함과 술기운에 취해 제대로 느끼지도 못했지만, 기억을 더듬어보건대 분명 힘 있고 단단했다. 마침 눈앞의 메이하드 공작도 셔츠 소매를 걷은 상태라 팔 근육이 얼핏 드러났다.

일레나는 순간 저도 모르게 침을 삼켰다. 목이 타서 잔에 담긴 물을 단번에 들이켰다.

'갑자기 덥네.'

실내 온도를 좀 올렸나? 과연, 근래 일을 배우면서 보니 공작성의 예산이 충분하다 못해 넘쳐흐르던데, 그래서 땔감도 아끼지 않고 막 쓰는가 보다.

일레나가 그렇게 생각하며 손부채질을 할까 말까 고민하는 사이 메이하드 공작이 말했다.

"따로 부르기 전까지 전부 들어오지 마라."

사용인에게 하는 말이었다.

"네, 공작님."

고분고분 대답한 사용인들이 일제히 우르르 자리를 비웠다.

일레나는 갑자기 둘만의 장소가 되고 만 식당 상황에 당황해서 메이하드 공작을 쳐다보았다. 물론 그녀 역시 적당한 때를 봐서 사람들을 잠시 물려달라 요청할 생각이기는 했다. 남의 귀가 듣는 곳에서 그…… 부부 관계에 관한 이야기를 꺼낼 순 없었으니까.

'가만. 그럼 설마?'

불쑥 든 생각에 일레나가 눈을 동그랗게 키우는 순간 메이하드 공작이 말을 꺼냈다.

"어제는……."

"……."

"혹시 술김이 아니라 진심이었습니까?"

왔다. 정말 그 주제다. 올 것이 와버렸다.

메이하드 공작이 그녀에게 진심이었냐고 물을 만한 것이 달리 뭐가 있겠는가.

어젯밤 침대에서 일레나가 술에 취해 그의 옷을 억지로 벗기려고 들었던 것, 그것뿐이지.

일레나는 눈을 꾹 감았다 떴다. 심호흡하고 손을 말아 쥐었다. 민망함에 얼굴이 달아오르다 못해 터지려고 했지만, 어차피 기다리던 주제였다.

"네."

"……."

"술기운을 좀 빌리긴 했지만, 그렇다고 마음에 없는 행동을 한 건 아니에요. 아, 물론 그…… 제 행동은 사과드려요."

"아닙니다."

후. 일레나는 재차 물을 들이켰다.

"말이 나와서 말인데, 난 기다릴 만큼 기다렸다고 생각해요."

"……."

"식을 올린 지 벌써 삼 주가량 되었는데, 우리 아직…… 초야도 치르지 않았잖아요."

지금 이렇게 주둥이를 쉬지 않고 용건을 꺼내는 용기는 어디에서 오는 것인가. 일레나는 어젯밤의 추태에서 오는 걸지도 모른다고 생각했다.

'이미 어제 그런 꼴을 보였는데, 이제 와 못 할 말이 뭐가 있어?'

……같은 느낌.

"내가 얼마나 더 기다려야 할까요? 이렇게 당당하게 말할 건 아니지만, 사실 난 참을성이 별로 없어요."

마지막은 좀 세게 나갔다. 뱉어놓고 나서야 일레나는 가슴이 두근거렸다. 답이 뭐라고 올까. 어찌 보면 도발적인 일레나의 말에 메이하드 공작은 잠시 침묵하다가 입을 열었다.

"집안에서 후계를 필요로 합니까?"

"네?"

"백작가에 부인 외에 형제가 두 명 더 있다고 알고 있습니다. 혹시……."

그는 어떤 표현을 쓰면 좋을지 모르겠다는 기색으로 머뭇거리며 말을 이었다.

"두 사람에게 어떤 문제가 있는 것은."

"아뇨? 아닌데요."

일레나는 화들짝 놀라 일단 대답했다. 그러니까 저 말은, 그녀의 위로 두 사람이 아이를 가질 수 없는 몸이냐는 말인가? 그래서 유일하게 애를 낳을 수 있는 일레나가 후사를 봐서 집안의 대를 이어야 하는 거냐고?

전혀 아니다. 그녀의 언니와 오빠 둘 다 그런 쪽으로는 아무런 문제가 없다고 알고 있다. 일레나는 왜 공작이 그런 생각을 하게 된 것인지 종잡을 수 없어 당황스러웠다. 그러나 메이하드 공작은 일레나가 바로 부정하자 오히려 그 점에 당황한 것 같았다.

"그게 아니면 왜……."

잠시 혼란스러워하나 싶던 그의 얼굴에 이윽고 다른 이해의 빛이 떠올랐다.

"혹시 결혼 조건을 잘못 이해해서—"

"이 결혼에 후사 관련한 조항이 없다는 건 나도 알아요."

일레나는 약간 날카로워져서 쏘아붙이듯 받아쳤다. 이 결혼이 그냥 평범한 결혼이 아니라는 건 그녀도 알고 있었다. 그녀의 숙부와 메이하드 공작 간 거래에서 부정을 방지하기 위한 담보. 단지 그런 의미에 지나지 않는다는 거, 이미 잘 아는 사실이었다.

'하지만 그걸 꼭 저렇게 '조건'이라는 단어를 써가며 상기시킬 필요는 없잖아.'

일레나는 그렇게 생각하다 문득 멈칫했다. 왜 내 기분이 가라앉는 거지?

'이상하다. 모르고 있었던 것도 아니잖아. 어디까지나 미엘르를 대신해서 온 처지라는 거…….'

그런 것으로 비관에 빠지거나 할 시기는 지났는데. 일레나가 혼란스러워하는 사이, 그녀보다 배는 혼란스러워 보이던 메이하드 공작이 운을 뗐다.

"……그럼 왜?"

"……?"

"왜 나와 밤을 보내길 바란다는 겁니까?"

일레나는 순간 당황하는 것조차 잊어버렸다.

지금 저게 무슨 질문이야?

"부부잖아요. 다른 특별한 이유가 필요한가요?"

물론 일레나에겐 메이하드 공작과의 동침을 바라는 다른 특별한 이유가 있었다. 지금으로부터 약 20년 후 있을 마수의 침공에서 세계를 구해낼 용사를 낳아야 하니까.

'당신의 아이가 미래에 그 용사가 될 거거든요.'

……하지만 그렇게 말할 수는 없는 노릇이었다. 미래를 보고 온 것은 일레나 혼자였고, 증거를 댈 수도 없으니까.

'이럴 때 만약 노파가 있었다면…….'

대체 그 노파는 어디로 사라진 것일까.

일레나가 노파의 행방을 고민하며 아쉬워할 때 메이하드 공작의 입이 열렸다. 그는 일레나의 답을 듣고 잠시 한 대 얻어맞은 얼굴을 했지만, 이후에 흘러나온 목소리는 단호했다.

"미안합니다."

"미안하다고요?"

이 흐름에서 미안하다는 말이 나온다면 그것이 의미하는 바는 하나뿐이었다. 일레나는 불안해졌다.

아니나 다를까 그녀의 불안은 바로 현실이 되었다.

"나는 부인이 원하는 것을 줄 수 없습니다."

"그 말은…… 나와 밤을 보낼 수 없다는 거예요?"

"그렇습니다."

"왜요?"

일레나가 생각하는 부부간 잠자리는 무척 당연한 행위다. 거부할 거라면, 그걸 설명할 특별한 이유가 필요했다.

'못 하는 건 아닐 거 아냐.'

일레나는 일부 남성들의 고민인 어떤 신체적 문제에 대해 떠올려 보았다. 그러나 그건 메이하드 공작과는 관련 없는 사항일 거다.

'아예 못 하는 거였으면 처음부터 노파가 내게 그런 방법을 알려주었을 리 없잖아.'

생기는 것부터 불가능한 아이가 미래에 용사가 될 운명이라는 게 말이나 되는 소린가?

"이유를 말해줘요, 왜…… 설마 내가 싫어서예요? 아니죠?"

일레나는 자신이 공작성에 오고 뭘 했는지 생각해 보았다.

아무것도 안 했다.

그러니까 뭘 하긴 했는데, 그중 메이하드 공작에게 미움을 살 만한 일은 없었다. 적어도 그녀가 판단하기로는.

순간 어젯밤의 추태가 얼핏 떠오르긴 했지만, 그전부터 메이하드 공작은 그녀와 잠자리할 마음이 없었던 건 같으니 그건 해당 사항이 없다.

'……없겠지?'

그때 메이하드 공작이 다행히도 부정했다.

"아닙니다."

"그래요."

그럴 줄 알았다. 일레나는 내심 안도의 한숨을 쉬었다. 그래, 내가 싫어서라니. 그렇게 거창한 뭔가를 벌인 기억은 없었다.

"그럼요?"

메이하드 공작은 뭔가를 고민하는 건지, 아니면 그냥 입을 열 생각이 없는 건지 묵묵부답이었다.

'설마…….'

일레나는 다음 말을 꺼내기 전에 심호흡을 한번 했다.

"……그럴 마음이 전혀 들지 않을 만큼, 내가 이성으로서 매력이 없어서도 아닐 거고요."

"아닙니다."

부정하는 메이하드 공작의 눈이 살짝 커진 것 같았다. 그녀가 그런 생각을 했을 줄은 몰랐다는 눈치였다.

"그래요, 아니면 됐어요."

심장이 두근거렸다. 부정하는 대답이 조금이라도 늦게 나왔다면 살짝 상처받을 뻔했다.

"……그럼 뭐가 문젠데요? 내가 싫어서도 아니고, 내게 매력이 없어서도 아니고."

당신에게 치명적 문제가 있어서도 아닐 거고.

"이런데도 당신이 나와 밤을 보내지 않을 이유가 남아 있다는 말이에요?"

"……미안합니다."

'이유도 알려줄 수 없다는 건가?'

일레나는 조금 당황스러워져 눈을 깜박거리며 메이하드 공작을 쳐다보았다.

"오해할까 싶어 말하지만, 부인의 문제는 아닙니다. 내 문제입니다."

'그래서 그게 뭔데?'

장담하건대 노파의 말이 아니었으면 진작 다른 쪽으로 오해하고도 남았을 거다.

메이하드 공작은 자기 말이 불러올 수 있는 오해를 모르는 건지, 아니면 그런 오해를 받아도 상관없다는 건지 그 외에 별다른 설명을 덧붙이지는 않았다. 대신 아래와 같이 말했다.

"그 대신이 될지 모르겠으나, 그 외에 부인이 원하는 것이라면 뭐든 들어주겠습니다."

일레나는 드러내놓고 코웃음 치고 싶은 것을 참았다.

뭐든? 필요 없다. 그녀가 원하는 건 결혼 첫날이나 지금이나 하나뿐이었다. 세상을 구할 메이하드 공작의 아이, 그뿐이다.

"……알겠어요."

하지만 일레나는 일단 물러나는 척했다. 이 자리에서 상대를 더 다그친다고 해서 저 답답한 입이 순순히 그녀가 원하는 말을 해주진 않을 거라는 생각이 들었기 때문이다.

'작전상 일보 후퇴.'

일레나는 지금 이 상황을 그렇게 정리했다.

일이 이렇게 되면, 일레나에게도 생각은 있었다.

'덮친다.'

일레나는 신중한 눈길로 서고에서 책을 골랐다. 나와 잠자리하지 않겠다고?

'그래, 그러든가.'

너는 하지 마라. 대신 내가 할 테니까.

'왜 안 하겠다는 건지, 이유는 나중에 들으면 돼.'

궁금하긴 하지만 당장 중요한 문제는 아니었다. 일레나에게 무엇보다 중요한 것은 사명이었다. 오직 그녀만이 알고 있는 처참한 미래를 바꿔야 한다는 사명.

'……정말 나만 알고 있는 게 맞나?'

우뚝, 책장에서 책을 고르던 일레나의 손이 멈췄다. 그러나 그 의혹은 곧 자취를 감췄다. 당연히 그럴 것이다. 그게 아니라면 지금쯤 메이하드 공작의 아이를 노리는 손길이 여기저기서 있어야 한다.

'그런데 그러기는커녕 미엘르는 태평하게 공작과 잠자리하면 저주가 옮을 거라는 소리나 하고 있고…….'

대체 누가 퍼뜨린 유언비어인지는 몰라도 기가 막혔다. 성병이야? 어? 저주가 아니라 성병이냐고! 일레나는 속으로 투덜거리며 책장을 훑었다.

아무튼, 그녀는 결심했다. 메이하드 공작을 덮치기로. 어쩔 수 없는 일이었다. 꼭 해야 하는 일인데 그쪽에서 하지 않겠다면, 이쪽에서 하는 것이 당연한 이치.

'할 수 있어. 벌써 한 번 해 봤잖아. 취중에 하나, 맨정신에 하나 그게 그거지.'

매우 큰 차이가 있었지만 일레나는 애써 외면했다. 그래도 일레나는 그때처럼 막무가내로 메이하드 공작을 덮칠 생각은 없었다. 그래 봐야 똑같은 결과만 반복될 것이 너무 뻔했기 때문이다. 일레나는 뭣도 모르면서 무작정 상대의 옷을 벗기겠다고 덤볐다가 이불에 둘둘 말려 움직임만 차단당하고 끝난 어젯밤을 상기했다.

"……."

물론 그건 술김에 충동적으로 한 짓이었고, 작정하고 뭘 어쩌려던 것은 아니었지만, 어쨌든 지금 이 상태로 계획 없이 덮쳤다간 비슷한 결과가 나올 게 자명했다.

일레나는 본인의 문제를 알았다. 그건 바로 지식의 부재. 그녀에게 부족한 것은 다른 것보다 지식이었다.

'그래, 덮쳐도 뭘 알아야 제대로 덮치지.'

지식을 우선 익히고……. 그다음은 기술. 이 두 가지가 어우러져야 성공적으로 원하는 걸 쟁취할 수 있을 거다.

일레나는 그래서 서고를 찾았다. 책은 지식의 집약체. 지식이든 기술이든 원하는 것은 여기서 찾을 수 있을 것이다. 그리고 이내 일레나의 눈에 책 한 권이 들어왔다.

〈부부의 모든 것〉

분류는 무려 교육 서적.

"……."

일레나는 비장한 눈빛으로 그 책을 빼냈다. 그러곤 평범한 감색 표지를 넘겨 목차부터 확인했다. 이내 일레나의 목울대가 움직였다.

'이거다.'

찾았다.

일레나의 눈이 빠르게 주변을 훑었다. 서고에는 아무도 없었다. 본래 상주하는 사서가 있지만, 지금은 일레나의 부탁을 받고 잠시 자리를 비운 상태였다.

'……좋았어.'

일레나는 떨리는 손을 다잡으며 책의 첫 장을 넘겼다.

다음 날.

서고에 틀어박혀서 하루를 보낸 일레나가 퀭한 얼굴로 방으로 돌아왔다.

"어머나, 마님!"

주인 없는 침실을 정돈하던 하녀가 일레나의 몰골을 마주하고는 깜짝 놀랐다. 일레나는 하녀가 놀라든 말든 신경 쓰지 않았다. 그녀의 머릿속은 지금 다른 생각으로 가득했다.

'엄청났어…….'

일레나는 밤을 새워 총 다섯 권의 책을 독파했다. 교육 서적은 이름만 교육 서적이 아니었다. 책은 그야말로 훌륭한 스승이 되어주었다. 일레나는 새로운 세상을 보았다. 정말 놀라웠다.

"……씻으시겠어요?"

일레나의 퀭한 얼굴을 곁눈질하며 하녀가 물었다. 일레나는 고개를 끄덕였다.

"목욕을 해야겠다. 입욕제는 피로 회복에 도움되는 것으로 준비해 줘."

"알겠습니다."

공손하게 읍한 하녀가 물러났다. 일레나는 밤새운 피로가 덕지덕지 묻은 얼굴로 목욕물이 준비되기를 기다렸다.

잠시 후, 목욕을 마치고 나온 일레나는 여전히 머리가 멍했다.

'아…… 역시 아예 밤을 새우는 건 무리였나.'

조금이라도 눈을 붙였어야 했을까. 하지만 책이라는 훌륭한 스승이 주는 가르침에 취해 미처 그럴 새도 없었다.

'후회는 없다.'

그러나 후회가 없는 것과는 별개로 잠이 부족한 일레나는 꾸벅꾸벅 졸았다. 점심때가 지나고 오후가 되었을 때, 결국 일레나는 티 테이블에 이마를 쾅 박고야 정신을 차렸다.

"……마님, 괜찮으세요?"

"괜찮다."

"잠 깨는 차를 더 가져다 드릴까요?"

"아니. 넌 부를 때까지 나가 있으렴."

"네, 마님."

일레나는 태연한 얼굴로 하녀를 내보낸 후, 티 룸에 혼자 남겨지자마자 이마를 마구 문질렀다.

'아파!'

얼마나 세게 박았는지 눈물이 찔끔 날 만큼 아팠다.

'혹 나는 거 아냐?'

그런 의혹이 들 정도였다. 일레나는 욱신거리는 이마를 문지르다가 창밖을 보았다. 해가 중천에서 살짝 기울었다. 낮잠 잠깐 정도면 몰라도, 아예 푹 자버리기에는 너무도 어중간한 시간.

"하아……."

이마의 통증이 살짝 가시자 일레나의 입에서 한숨이 흘러나왔다.

"대체 뭘 하는 건지."

대체 왜 자신이, 이 시각에, 이렇게 티 룸에서, 하녀에게 이마를 박는 광경을 보여주며 졸음을 참아야 하는가.

'왜긴 왜야.'

허탈함은 곧 분노로 변했다.

'전부 그 인간 때문이지.'

대상이 명확한 분노였다.

'그 인간이 식당에서! 그렇게 말하지만 않았어도!'

그 인간.

분노에 휩싸인 일레나는 남편이라는 말도 쓰고 싶지 않았다.

'그 주둥이로 부부면서 부부의 의무를 다하지 않겠다 나불대지만 않았어도!'

잠이 부족해서 예민해진 신경은 점점 생각을 거칠게 전개시켰다.

'……그렇지.'

대상이 명확한 분노는 표출할 곳도 정해져 있게 마련. 일레나는 문득 어제 식당에서 메이하드 공작이 그녀에게 덧붙인 말을 떠올렸다.

'분명…….'

분홍색 눈을 반짝 빛낸 일레나가 망설이지 않고 자리에서 일어나 티 룸을 벗어났다.

일레나가 티 룸을 나와서 쳐들어간 곳은 바로 메이하드 공작의 집무실이었다.

"부인."

공작은 비교적 침착한 태도로 일레나를 맞이했다. 그걸 본 일레나는 자신이 이렇게 집무실로 쳐들어온 것이 처음이 아니라는 사실을 기억해 냈다. 별로 중요한 것은 아니었다. 일레나는 거침없이 상대에게 다가갔다.

메이하드 공작은 저번에도 그랬던 것처럼 가까워지는 일레나를 가만 내버려 두었다. 일레나는 손을 쭉 뻗으면 닿을 거리까지 다가가서 가슴을 펴곤 팔짱을 꼈다.

"잠시 시간 되죠?"

"부인……."

"왜요?"

"……아닙니다."

뭐지? 방금 내 얼굴을 빤히 본 것 같은데.

'뭐가 묻었나.'

일레나는 자기 뺨을 한 번 쓸어보았다. 그렇지만 묻어나는 것은 없었다. 하긴, 고작 차 한 잔 마시고 왔는데 뭐가 묻었을 리가.

일레나는 말끔한 손을 확인하곤 입을 열었다.

"시간 되냐고 물었어요."

"됩니다. 뭔가 필요한 거라도 있는 겁니까?"

"필요한 거요?"

당연히 있다. 있으니까 찾아왔지. 그건 바로…….

'당신의 당황한 얼굴.'

일레나는 속말을 꿀꺽 삼켰다. 그녀는 몸을 휘감는 분노를 주체하지 못해 화풀이하러 여기까지 찾아왔다.

거창한 짓을 하려는 건 아니었다. 일레나는 그저 저 침착한 얼굴이 당황해서 굳거나 어쩔 줄 모르게 되는 걸 보고 싶었다. 그러면 자신을 타오르게 하는 이 분노가 조금은 가라앉지 않을까 싶었다.

일레나는 팔짱을 풀지 않은 채 말했다.

"어제 식당에서 나한테 한 말, 기억해요?"

"기억합니다."

무슨 말인지나 알고 기억한다는 건지. 일레나가 정확히 언급하며 쐐기를 박았다.

"내가 원하는 것은 뭐든 들어준다고 했잖아요."

"그랬습니다."

"그럼 첫 번째로 원하는 거예요. 내가 다짜고짜 여기 찾아온 것에 대해 아무 책임도 묻지 말아요."

메이하드 공작이 순순히 고개를 끄덕였다.

"알겠습니다."

"내가 제 발로 나갈 때까지 나를 억지로 쫓아낼 생각도 하지 말고요. 이게 두 번째."

"그것도 알겠습니다."

"그리고 세 번째는……."

일레나는 고개를 돌며 집무실 한쪽에 서서 대기하고 있는 하인을 응시했다.

“당신과 나 외에 다른 사람은 여기서 물러줘요.”

메이하드 공작의 눈길이 일레나의 얼굴에 잠시 머물렀다. 마치 그녀가 무슨 생각을 하는 것인지 가늠하기라도 하려는 듯. 뭔가를 얻었는지 얻지 못했는지, 메이하드 공작이 이내 하인에게 까딱 손짓했다.

“부를 때까지 들어오지 마라.”

“네, 공작님.”

하인은 집무실의 문을 닫기 직전까지 메이하드 공작과 일레나를 흘끔거렸다.

탁. 곧 문이 닫혔다. 일레나는 하인이 집무실에서 나가자마자 팔짱을 풀었다. 하인을 내보낸 이유는 간단했다. 지금부터 하려는 행동을 딱히 남에게 보여주고 싶지 않았기 때문이다.

무슨 문제냐면, 그녀의 위신 차원에서 말이다.

“…….”

“왜요?”

일레나는 메이하드 공작의 책상에 걸터앉아 뻔뻔스럽게 그의 시선을 받아냈다. 걸터앉았다고는 해도 겨우 가장자리에 올라앉은 것이라 서류를 흩트리진 않았다. 물론 그렇다고 하더라도 그녀의 행동 자체가 파격적인 것임에는 변함이 없었지만.

‘에드워드는 내가 이러면 아주 질색하곤 했지…….’

에드워드가 일레나를 열 받게 하면 그녀는 말싸움하다가 종종 그의 책상에 올라앉고는 했다. 이유를 말하자면 생각보다 단순했다. 서서 말다툼하자니 다리가 아프고, 의자에 앉아서 하자니 눈높이가 달라져서 짜증 나고. 그래서 당장 눈에 보이는 책상에 걸터앉은 건데 그런대로 효과가 좋았다.

'아니, 그런데 이 인간은 키가 너무 커서…….'

일레나는 뒤늦게 문제점을 하나 깨달았다. 앉으면 발이 붕 뜨는 높이의 책상에 걸터앉으면 보통 상대가 일어서도 눈높이가 비슷하거나 자기가 높아져서 딱 좋았다. 하지만 메이하드 공작은…….

"……당신."

"네."

"일어나지 말아요. 그대로 계속 앉아 있어요. 이것도 내가 원하는 거예요."

일레나는 거듭 당부했다. 메이하드 공작은 이번에도 순순히 알겠다고 대답했다.

"……흠."

일레나는 고분고분한 메이하드 공작을 보자 문득 기분이 묘해졌다. 이 정도로 말을 잘 듣다니. 원하는 건 뭐든 들어주겠다고 한 말을 지키는 것이겠지만, 예상보다 더 순순했다.

일레나는 집무실에 내려앉은 침묵을 구태여 깨지 않으며 메이하드 공작을 살폈다. 앞머리가 살짝 흐트러진 검은색 머리카락. 여전히 얼굴 대부분을 차지한 새까만 얼룩.

일레나는 순간 움찔거리는 손을 꾹 잡아 눌렀다. 하마터면 또 손을 댈 뻔했다.

'왜 자꾸 만지고 싶어 하는 거야?'

만져서 어디에 쓰겠다고.

'부드럽기는 했지.'

일레나는 전에 한 번 더듬어 본 메이하드 공작의 얼굴 피부 감촉을 떠올렸다. 그래…… 말랑하긴 했다. 꼭 아기 피부처럼.

그렇게 생각하던 일레나는 언뜻 침묵이 너무 길어진다는 느낌에 입을 열었다.

"있잖아요. 내가 여기 이렇게 앉아 있다고 책상이 어떻게 되지는 않을까 너무 걱정하지 않아도 돼요."

"……."

"이래 봬도 내가 꽤 가볍거든요."

"그건 알고 있……."

"응?"

"아닙니다."

일레나가 눈을 깜박였다. 메이하드 공작은 말을 다 잇지 않았지만, 일레나는 어쩐지 그의 말을 들은 것 같은 기분이 되었다.

'지금…… 알고 있다고 말하려고 한 거야?'

그녀는 슬쩍 눈을 내려 책상 모서리를 쥔 자신의 손목이나, 드레스 자락이 올라가서 얼핏 드러난 발목 같은 것을 응시했다.

'……가는가? 음, 이렇게 보니 가는 것 같기도 하고…….'

키는 평균보다 조금 크지만, 전체적으로 뼈대가 가는 편이라는 말은 종종 들어봤다. 일레나는 왠지 갑자기 멋쩍어져서 작게 헛기침을 했다.

"크흠."

……아무튼.

당연한 말이지만 일레나의 돌발 행동은 여기서 끝날 예정이 아니었다. 고작 책상에 잠깐 걸터앉은 것으로 끝내기엔 여기까지 찾아온 정성이 아쉬웠다.

'더구나 생각만큼 별로 당황한 것 같지도 않고.'

일레나가 이런 식으로 책상에 올라앉을 때마다 펄쩍 뛰며 '아니, 무슨 여자애가!' 하고 질겁하던 에드워드를 생각하면 놀라우리만치 얌전한 반응이었다.

'물론 에드워드가 특히 유난이고 성차별주의자긴 해.'

아무렇지 않게 속으로 친오빠를 헐뜯은 일레나가 실내용 슬리퍼를 신은 발을 까딱였다. 메이하드 공작의 시선이 아주 잠깐 그 움직임에 머물렀다가 떨어졌다.

일레나는 발을 까딱이던 것을 멈추고 말했다.

"원하는 게 생겼어요."

"네."

"날 칭찬해 봐요."

그때, 메이하드 공작의 얼굴에 마침내 일레나가 그토록 바라던 당황이 번졌다.

"칭찬, 이라면……."

"글쎄요. 이를테면 외모에 대한 칭찬이라거나?"

"……."

"내가 얼마나 예쁜지?"

이거다.

일레나는 명백하게 당혹이 드러나는 메이하드 공작의 얼굴을 보곤 회심의 웃음을 삼켰다.

"아, 혹시 예쁘지 않다고 하려는 건 아니겠죠?"

"그건……."

"……."

"……아닙니다."

뭐야. 조마조마했네.

'저 대답이 뭐라고.'

일레나는 이유 모르게 두근거린 가슴을 가라앉히고 재촉했다.

"그럼 얼른 해 봐요. 원하는 건 다 들어준다면서요. 난 지금 칭찬이 무척 듣고 싶은 기분이거든요."

솔직하게 말하면 당신이 당황하는 얼굴을 더 보고 싶은 기분이지.

"어서요. 칭찬할 말이 하나쯤은 있을 거 아니에요."

"……."

"설마 없어요? 정말? 뭐야, 예쁘지 않은 건 아니라더니 순 거짓말—"

"아름답습니다."

일레나는 순간 저도 모르게 책상 가장자리를 짚은 손을 조금 미끄러뜨렸다.

"괜찮습니까?"

"……괜찮아요."

메이하드 공작이 놀라 물었다. 일레나는 바로 자세를 다잡았다. 넘어질 뻔한 것이 민망해서 그런지 얼굴이 뜨거웠다.

'놀랐잖아.'

왜 그 시점에서 손이…….

설마, 하도 들어서 지겨울 정도인 아름답다는 말에 놀라서 그런 것은 아닐 테고. 가슴이 벌렁거렸다. 일레나는 일부러 더 아무렇지 않은 척하며 입을 열었다.

"그래서, 어디가 어떻게 아름다운데요? 고작 그 말로 끝낼 생각이었던 건 아니죠?"

"……."

끝낼 생각이었나 보다. 겨우 잠잠해졌나 했던 메이하드 공작의 얼굴이 다시금 당혹으로 물들었다.

"구체적으로 말해줘요. 내 어디가, 어떤 식으로 아름다워요?"

메이하드 공작의 입이 딱 다물렸다. 일레나는 그의 반응이 나름대로 재미있고 신선했다. 외모 칭찬을 저렇게 어려워하는 사람은 일레나가 기억하기로는 이 남자가 처음이었다. 사람을 칭찬할 때는 보통 외모를 말하는 일이 가장 쉬우니까.

"은발이…… 화사합니다."

"그리고요."

"눈동자가 예쁩니다."

"정확하게?"

"……색이 선명하고 밝습니다."

메이하드 공작은 일레나의 요구에 따라 어딘가 힘겹게 말을 뱉었다. 없는 것을 가까스로 쥐어짜는 듯한 칭찬은 되레 기분이 나쁠 수도 있었지만, 일레나는 그런 감상을 받지 않았다.

저건 일레나에게 칭찬할 구석이 그만큼 없어서라기보다는…… 그냥 메이하드 공작이란 사람 자체가 칭찬이란 것에 어색해서 그러는 것처럼 보였으니까.

'이 사람, 설마 여태 남 외모를 칭찬해 본 적이 없는 건 아니겠지?'

……정말인가? 황당하지만 가만 생각하면 말이 전혀 안 되는 건 또 아닌 것 같기도 하고.

일레나가 그런대로 합리적인 의심을 하며 눈을 가늘게 떴다. 그런 일레나의 표정을 뭐라고 해석한 건지 메이하드 공작이 주저하는 듯하다가 입을 열었다.

"손가락이……."

'손가락?'

일레나의 눈이 동그랗게 변했다. 메이하드 공작의 말은 바로 이어지지 않았다. 그는 입술을 달싹이다가, 도중에 하려던 말을 바꾸기라도 한 듯이 어색하게 뒷말을 가져다 붙였다.

"……예쁩니다."

일레나는 동그랗게 뜬 눈을 깜박거렸다. 공작이 원래 하려던 말이 손가락이 예쁘다인지, 혹은 다른 무언가인지는 그녀에게 중요하지 않았다. 일레나는 생각했다.

'내가 너무했나?'

대체 칭찬할 게 얼마나 없었으면 느닷없이 손가락을…….

당황하는 모습을 보려고 시작한 것은 맞지만, 너무 고생하는 것을 보니 약간 죄악감마저 들었다.

"고마워요. 칭찬은 이제 됐어요."

일레나는 특별히 그를 고통에서 구제해 주기로 했다. 해방감이 묻어나는 표정을 지을 줄 알았는데, 메이하드 공작의 얼굴은 생각보다 큰 변화가 없었다.

일레나는 그의 표정 변화를 살피다가 어느새 다른 것을 뜯어 보기 시작했다. 이렇게 가만히 보고 있으니 하나씩 눈에 들어오는 것이 있었다.

가령 높고 균형 잡힌 콧대, 반듯한 이마. 적당히 깊은 눈매, 짧지도 길지도 않은 인중. 모양 좋게 다물린 입술, 섬세하지만 남자답게 깎아지른 턱…….

'어?'

일레나는 깜짝 놀랐다.

뭐야, 잠깐. 뭔데?

착각이 아니라면, 그녀의 남편은 무척 잘생긴…….

일레나는 당황해서 눈을 부산스럽게 깜박이다가 대뜸 말했다.

"내, 내 이름."

"……."

"내 이름이 뭐게요?"

아, 아무 말이나 던진다는 것이 하필……. 침통했다.

일레나는 최대한 질문이 그럴듯해 보이도록 아무 말을 주절주절 갖다 붙였다.

"그, 생각해 보니까 당신이 나를 이름으로 부른 적이 한 번도 없잖아요? 그렇다고 당신이 내 이름을 정말 모를 거라는 뜻은 아니고요. 그냥 혹시 해서……."

"일레나."

"……."

"성까지 붙여야 합니까? 일레나 소르테. 지금은…… 일레나 메이하드."

일레나는 가슴이 쿵쿵 뛰었다. 꼭 기습이라도 당한 것 같은 이 기분을 뭐라고 정의해야 좋을지 알 수 없었다. 다만 이 와중에도 그녀의 머리가 멋대로 생각했다.

'듣기 좋다.'

저 입에서 나오는 자신의 이름이 생각보다 듣기에 나쁘지 않다고. 머리가 멋대로 생각하더니, 다음 차례는 입이었다.

"……마지막으로 원하는 거예요. 둘만 있을 땐 앞으로 나를 이름으로 불러요."

내가 지금 뭐라고 한 거야?

일레나는 뒤늦게 자기 입에서 튀어 나간 말을 인식했다. 당황해서 눈이 흔들렸지만, 이미 나간 말을 주워 담기는 글렀다. 더 큰 문제는, 일레나가 내심 저 말을 주워 담고 싶지 않다는 거였다.

모르겠다.

일레나는 더 생각하지 않고 그냥 책상에서 뛰어내렸다.

"그럼 나는 이만! 바쁜데 나한테 시간 내줘서 고마웠어요!"

정확히는 일레나가 다짜고짜 쳐들어와 뺏은 거지만.

"아, 그리고 이제 내 침실에는 오지 않아도 돼요!"

일레나는 뭐라고 대꾸가 돌아오기도 전에 후다닥 집무실에서 빠져나갔다. 뭔가 전에도 이렇게 도망치듯 퇴장하지 않았나, 하는 생각이 들었지만 중요하지 않았다.

일레나는 방으로 돌아오자마자 침대에 주저앉았다. 이곳까지 정신없이 이동한 탓인지 가슴이 터질 듯이 두근거렸다.

저녁이 되자 일레나는 평온을 되찾았다.

'집무실에서는, 내가 좀…… 흥분 상태였나 봐.'

그럴 수 있다. 애초 제정신으로 찾아간 것이 아니었으니까. 피로와 분노에 눈이 살짝 뒤집혀서 앞뒤 생각하지 않고 쳐들어간 거였지.

물론 지금은 괜찮아졌다. 어차피 이제 해가 졌고, 일레나는 이른 잠자리에 들 테니 그녀를 힘들게 한 피로도 곧 풀릴 것이다.

그때, 부른 적 없는 하녀가 일레나의 방문을 두드렸다.

"무슨 일이니?"

"저……."

침실로 들어온 하녀는 일레나에게 공손히 인사하고는 이어 뭔가를 내밀었다.

"이건?"

"연고입니다."

"응?"

"공작님께서 마님께 보내 드리라 하셨습니다."

"이걸 왜 나한테……."

의아하게 묻던 일레나가 순간 우뚝 멈췄다.

"……나가봐."

하녀가 방에서 나가고, 일레나가 곧장 거울 앞으로 달려갔다.

"……!"

이마 한가운데, 누가 보기에도 불룩 튀어나온 혹이 보였다.

"악……!"

일레나는 비명을 크게 내지르고 싶은 마음을 참고 침대로 뛰어들었다. 시트에 얼굴을 박자 이마에 아릿한 통증이 전해졌지만 아랑곳하지 않았다. 그 자세로 일레나는 한참이나 베개를 퍽퍽 내려쳤다.

이마에 난 혹은 이틀 만에 가라앉았지만, 그러고도 일레나는 사흘을 더 몸부림쳤다.

그녀의 몸부림을 받아낸 베개는 처참하게 찌그러져 침대 구석에 박혔다. 일레나는 그 베개를 복잡한 눈으로 쳐다보다가 고개를 돌렸다.

지난 닷새. 그녀의 심정은 격한 변화를 거쳤다.

하나. 분노.

'이마에 혹이 있으면 보자마자 그렇다고 말을 해줘야지! 왜 말을 안 해서! 왜!'

둘. 자책.

'아냐. 내 몸인데 내가 몰랐으면 내 잘못이지. 그래. 내 탓이야…….'

셋. 체념.

'사람이 살면서 한 번쯤은 이마에 혹 달고 집무실에 쳐들어갈 수도 있는 거 아닐까?'

넷. 다시 분노.

'아니, 집무실까지 거리가 얼만데 거기까지 가는 동안 아무도 말을 안 해줄 수가 있어!'

그러한 폭풍의 시간을 거쳐, 지금 일레나는 이제 침대 협탁에 놓아둔 연고를 봐도 베개를 찾지 않을 만큼 진정했다.

"……후."

일레나는 짧게 한숨을 쉬고 침대에서 내려섰다. 늦은 시각이라 창밖은 온통 깜깜했다. 이젠 말끔해진 이마를 습관처럼 한 번 매만진 뒤, 일레나는 램프를 들고 방을 나섰다.

"어디 가십니까?"

문을 지키는 병사가 방에서 나오는 일레나를 보고 물었다.

"잠이 안 와서, 조금 걸을까 하고."

"늦은 시간이니 제가 모시겠습니다."

"괜찮아. 복도만 잠깐 걷고 돌아올 테니까."

일레나는 병사를 떼어놓고 복도를 걸었다. 복도는 어두웠다. 그뿐 아니라 밤이 깊은 만큼 지나다니는 사람이 거의 없어 매우 고요했다.

일레나는 어둡고 적막한 복도를 걸으며 생각했다.

'오늘이야.'

램프의 불빛을 받은 일레나의 분홍색 눈이 반짝였다.

'오늘, 덮친다.'

모퉁이를 돈 일레나는 다름 아닌 메이하드 공작의 침실이 있는 방향으로 향했다.

이날만을 기다렸다. 필요한 준비는 다 했다.

준비라고는 해도, 크게 보면 두 가지였다.

하나는 지식과 기술. 다른 하나는…….

'남편을 방심하게 만드는 거.'

어떤 상황에서든 방심한 상대는 그렇지 않은 상대보다 훨씬 다루기 쉬운 법이다.

닷새 동안, 일레나는 부끄러움에 몸부림치면서도 착실하게 연기에 공들였다. 남편과의 잠자리에 완전히 관심이 사라진 연기. 미련 따위 남지 않았다는 듯, 그녀는 남편 앞에서 무척 담백하게 행동했다. 아마 지금쯤이면 남편은 그녀의 연기에 깜박 속아 넘어가 일레나가 그와의 동침을 포기했다고 여기고 있을 터였다.

'순진한 사람.'

그럴 리가 있나.

'당신은 오늘 끝이야.'

이윽고 목적지인 남편의 침실 앞에 도착했다. 일레나는 침실 문을 조심스럽게 열었다. 그러곤 그 안으로 최대한 발소리를 죽여 살금살금 들어갔다.

남편은 침실에 호위를 세우지 않았다. 이유는 알 수 없지만, 어쨌든 일레나로서는 잘된 일이었다. 덕분에 호위를 회유하는 데 드는 수고를 덜었으니까.

탁. 침실로 들어선 일레나가 문을 닫았다. 램프의 불빛이 침실 안쪽을 은은하게 비췄다.

일레나가 넓은 방 한쪽에 놓인 크고 고풍스러운 침대로 천천히 다가갔다. 곧 무방비한 얼굴로 잠들어 있는 남편의 모습이 보였다. 일레나의 입꼬리가 주체할 수 없이 말려 올라갔다.

'됐어!'

떨리는 손이 탁자 위에 소리 죽여 램프를 내려놓았다. 분홍색 눈동자가 어느 때보다 의기양양하게 빛났다.

'끝났어!'

끝났다.

일레나의 계획이.

"아, 왜!"

분통을 터뜨리며 일레나가 발치의 돌을 걷어찼다. 화풀이 대상이 된 후원의 작은 돌멩이가 저 멀리 굴러갔다. 일레나는 그 광경을 보다가 자리에 풀썩 쪼그려 앉았다.

"이제 어쩐다……."

결과부터 이야기하자면, 남편을 덮친다는 그녀의 계획은 무참히 실패했다. 덮치기는커녕 손가락 하나 제대로 대지 못했으니 무참한 실패라고 말해도 좋을 것이다.

일레나는 남편을 덮치려고 야밤에 그의 침실로 두 번 숨어들었고, 두 번 다 실패했다.

첫 번째 침입 날에는 잠에서 깬 남편이 곧바로 일레나를 움직이지 못하게 이불로 돌돌 말아 건전하게 끌어안고 잤다. 일레나는 자신의 패착을 깨달았다.

그래서 두 번째 시도 때는 침실에 숨어들자마자 남편의 이불을 먼저 제거했다. 그러자 남편은 침대 시트를 뜯다시피 잡아빼 그걸로 일레나를 돌돌 묶었다. 일레나는 또 남편에게 건전하게 끌어안겨 잠만 자야 했다.

세 번째는 없었다. 다시 시도해도 어차피 결과는 같으리라는 걸 그녀가 깨달았기 때문이다.

"에잇."

일레나는 몸을 일으켜 자기가 걷어찬 돌을 따라가 다시 한번 걷어찼다. 당연하지만 의미라곤 없는 행동이었다. 허무해진 일레나가 눈에 보이는 아무 벤치에 앉아 한숨을 탁 뱉었다.

'정말 어쩌지?'

이제 밤에 몰래 남편의 침소로 숨어들어 덮치는 것 말고 새로운 방법을 고안해야 하는데, 말이 쉽지 막상 계획을 세우려니 막막하기만 했다. 일레나는 후원의 풍경을 묵묵히 응시하며 고민하다가 어느 순간 눈을 반짝 떴다.

'그냥 확 털어놔?'

20년 후에 세상이 멸망한다고? 순순히 나한테 협조해서 아이를 낳지 않으면, 20년 후엔 당신도 죽는다고?

"될 리가 있나……."

일레나가 재차 한숨을 섞어 중얼거렸다. 몇백 년간 코빼기도 보이지 않던 마수가 갑자기 세상을 침공해 멸망시킨다니. 대체 그런 말을 누가 믿어줄까.

'증거를 댈 수 있는 것도 아니고.'

괜히 저 말을 꺼냈다가 미친 사람 취급받지나 않으면 다행이다. 이럴 때면 노파의 존재가 더욱 아쉬워졌다.

'찾을 수 있을까?'

일레나는 문득 생각해 보았다. 그녀는 이제 메이하드 공작 부인이고, 꽤 많은 사람을 부릴 수 있다.

'해 볼까.'

용모파기를 만들어서 사람을 시켜 찾게 한다면.

노파의 기묘한 능력을 생각하면 그런다고 과연 찾을 수 있을까 싶긴 했지만, 혹시 몰랐다. 되든 안 되든 안 하는 것보다는 해 보는 편이 낫다.

결심한 일레나가 벌떡 몸을 일으켰다. 그러곤 다급한 걸음으로 후원을 빠져나오다가, 갑자기 시야에 튀어나온 벌을 보곤 놀라 발을 헛디뎠다.

"헉!"

균형을 잃은 몸이 속절없이 옆으로 기울었다.

'넘어진다!'

일레나가 눈을 질끈 감았다. 그러나 넘어지기 직전, 그녀의 몸을 붙잡는 손이 있었다.

"……괜찮으십니까?"

일레나는 질끈 감았던 눈을 떴다. 모르는 목소리라고 생각했는데, 눈을 뜨자 정말 처음 보는 얼굴의 남자가 있었다.

'누구지?'

의아했지만, 어쨌든 도움을 받은 마당이니 일레나는 인사부터 하려 입을 열었다.

"괜찮아요. 고마 ㅡ"

그런데 그 순간, 남자의 손이 닿은 부위에서부터 소름이 타고 올라왔다. 깜짝 놀라 일레나가 그대로 굳을 정도였다. 남자는 뻣뻣해진 일레나의 몸을 바로 세워준 뒤 그녀의 팔에서 손을 거뒀다. 그러자 소름이 올랐던 것도 잠잠해졌다.

'……뭐지?'

일레나는 자기도 모르게 남자가 붙잡았던 팔을 문질렀다. 착각인가?

혼란스러워하는 사이 남자가 먼저 입을 열었다.

"만나서 반갑습니다, 공작 부인."

"……날 아나요?"

"오늘 성에 도착해서 이야기를 들었습니다. 처음 뵙겠습니다. 잉칸 마르종입니다."

"마르종?"

일레나는 남자의 이름보다 성에 주목했다. 어디서 들어본 것 같았으니까. 기억은 금방 떠올랐다.

"아, 그 마르종!"

마르종 자작가는 약초 유통으로 이름이 난 가문이다. 일레나는 과거 파티에서 마르종 자작을 몇 번 본 적이 있었다. 그녀가 본 마르종 자작의 주변에는 항상 사람이 많았다.

"그럼 자네는 마르종 자작님의……."

일레나의 기억 속 마르종 자작은 중년 남성이었다.

"장남입니다."

그렇군.

일레나는 고개를 끄덕이며 별생각 없이 상대에게 악수를 청하려다 멈칫했다. 조금 전 팔을 타고 올랐던 소름이 떠올랐기 때문이다. 갈등하던 일레나는 결국 최대한 자연스럽게 손을 내리고 웃었다.

"성에는 어쩐 일인가?"

잉칸은 아직 작위가 없으니 공작 부인인 일레나와 신분 차가 명확했다. 일레나의 말투가 편해졌다.

"약초를 납품하러 왔습니다."

"자네가 직접?"

마르종 가문이 약초를 취급하는 건 익히 알지만, 이렇게 가문 사람이 직접 납품하러 오는 줄은 몰랐다.

'아, 계약을 새로 할 때가 된 건가?'

그런 것이라면 책임자가 필요할 테니 이해가 되었다. 그러나 잉칸은 일레나의 반응에 멋쩍은 얼굴로 뒷덜미를 긁으며 대답했다.

"공작성에는 매번 제가 직접 옵니다."

일레나는 잉칸의 얼굴을 보며 문득 자기 반응이 실례였을 수도 있겠다는 생각이 들었다.

"미안하군. 혹 기분 상했다면 이해해 주게. 내가 아직 성의 실정에 어두워서……."

"아닙니다. 괘념치 마십시오."

"음, 성에는 며칠 머무르는 건가?"

"그렇습니다."

"그래. 먼 길이었을 텐데 온 김에 푹 쉬다 가시게."

"배려에 감사드립니다."

잉칸의 생김새와 태도는 둘 다 멀끔했다. 일레나는 단정한 상대의 얼굴을 잠시 더 바라보다가 돌아서서 후원을 빠져나왔다.

"잉칸 마르종 영식 말씀이신가요?"

일레나는 방으로 돌아오자마자 아비를 불렀다. 아비는 일레나가 근래 가장 신뢰하는 하녀였다. 며칠 전 그녀가 일레나의 앞에서 엄청난 외모 찬사를 늘어놓았기 때문만은 아니었다. 그때 일레나는 아비에게서 뭔가 범상치 않은 유능함을 엿보았다.

그리고 그녀의 유능함은 금방 증명되었다. 과연 베테랑 하녀 아비는 기대를 저버리지 않고 묻자마자 잉칸에 대한 정보를 술술 읊었다.

"잉칸 마르종. 나이 스물일곱. 마르종 자작의 둘째이자 장남으로, 위로 누나 한 명과 아래 남동생을 한 명 두었습니다."

"스물일곱……."

생각보다 나이가 많았다. 일레나와는 무려 여덟 살 차이가 났다.

"결혼은 했나?"

귀족의 평균 혼인 나이가 이십 대 초에 머무른다는 걸 생각하면 결혼만 했을 게 아니라 애도 한둘 있어야 하는 나이였다. 그러나 아비는 고개를 가로저었다.

"아직 가정은 없습니다."

"혹시 결혼이 늦는 이유라든가…… 그런 건 없나? 가령 여자 문제로 소문이 나쁘다든지."

"그런 건 전혀 없습니다."

"그래?"

일레나는 가만 생각해 보다가 다시 물었다.

"성격은?"

"소문으로는 평판이 좋습니다. 아랫사람에게 잘하며 욕심이 없다는 평입니다."

"욕심이 없어?"

"가문을 이을 후계자가 누이인 레베카 마르종인데, 마르종 영식이 욕심이 없어서 그녀에게 자리를 양보했다는 소문이 파다합니다."

"흐음……."

일레나는 푹신한 소파에 몸을 묻었다. 어딘가 찜찜했다.

'그 소름…… 대체 뭐였을까?'

착각이었나 싶다가도 자꾸만 마음에 걸렸다. 그러나 믿음직하고 유능한 아비를 통해 들은 잉칸 마르종은 그냥 번듯한 청년인 것 같았다.

일레나는 곰곰이 생각하다가 입을 열었다.

"아비, 손 좀 줘볼래?"

아비는 의아해하면서도 군소리 없이 손을 내밀었다. 일레나는 그 손을 덥석 붙잡았다.

"……."

어쩌면 당연하게도, 아무런 느낌이 없었다. 일레나는 잉칸 마르종의 손이 닿았던 부위를 떠올렸다.

"여기 좀 붙잡아 봐."

"여기 말씀이신가요?"

"조금 위."

아비가 시키는 대로 일레나의 팔에 손을 얹었다.

"좀 세게 잡아볼래?"

"……."

'역시 아무 느낌 없잖아.'

정말 뭐였지.

일레나는 좀처럼 미련을 버리지 못하고 눈을 가늘게 뜨며 고민하다가, 문득 어떤 생각이 들어 방에서 나갔다.

똑똑.

노크 소리에 메이하드 공작이 손을 까딱했다. 하인이 집무실 문을 열었다. 문 앞에 서 있던 일레나가 메이하드 공작을 향해 멋쩍게 웃었다.

"……들어가도 되죠?"

일레나는 어색했다. 뭐가 어색하냐면, 이렇게 평범하고 얌전하게 집무실에 찾아와 보긴 처음이라 민망했다. 메이하드 공작도 어색한 건 마찬가지인지 잠시 말이 없다가 입을 열었다.

"괜찮습니다."

"그럼 들어갈게요."

일레나가 얼른 집무실 안으로 발을 들였다. 메이하드 공작에게 다가간 일레나가 무난하게 손님용 의자를 끌어와 앉았다.

"무슨 일입니까?"

"그게……."

일레나는 주저하다 말을 꺼냈다.

"손 좀 줘볼래요?"

"……손 말입니까?"

"네. 그 손."

일레나가 서류를 들지 않은 메이하드 공작의 빈손을 가리켰다. 그는 일레나의 의중을 알 수 없었지만 달라는 대로 순순히 손을 주었다. 일레나는 아비한테 그랬던 것처럼 그 손을 덥석 붙잡았다.

'……아무 느낌 없네.'

정확히 말하면 정말 '아무' 느낌도 없는 건 아니다. 메이하드 공작의 손은 놀랍게도 약간 재미있었다. 손등은 무척 부드러운 편인데, 손바닥은 여기저기 굳은살이 박여 거칠었다.

'그러고 보면, 검을 쓴다고 했지.'

일레나는 남편이 채 성인이 되기도 전에 기사단을 이끌고 산에 올라 몬스터를 때려잡았다는 소문을 떠올렸다. 거기다 불과 한 달 전, 일레나가 소박맞았다고 잠시 오해했던 그날 밤에도 메이하드 공작은 몬스터를 토벌하러 나갔었다.

신기했다.

'검을 쥔 모습은 본 적이 없는데…….'

틀림없이 잘 어울리겠지. 왜냐면 남편은 이상적인 검사의 몸을 지녔으니까. 가령 남보다 머리 하나는 큰 키, 벌어진 어깨, 긴 팔다리와 탄탄하게 잡힌 근육…….

"부인."

"헉."

일레나가 정신을 차렸다.

"왜, 왜요?"

"내 손에 뭐가 있습니까?"

일레나는 그제야 자기가 상념에 빠져 메이하드 공작의 손을 실컷 주무르고 있었다는 걸 깨달았다.

"……."

화들짝 놀라 메이하드 공작의 손을 놓은 일레나가 시선을 이리저리 옮기다가 대답했다.

"……재미?"

"……."

"아, 그러니까. 당신 손이 나보다 훨씬 크고 두껍잖아요. 그래서 만지는 재미가 있…… 나?"

어째서인지 질문하는 형태로 끝났다. 일레나는 당황스럽게 눈을 굴리다가 재차 덥석 메이하드 공작의 손을 붙들었다. 그러곤 그의 손바닥에 자신의 손바닥을 갖다 붙였다.

"봐요. 엄청 차이 나잖아요. 당신 손은 이만하고, 내 손은 요만해요."

그렇게 말하면서도 일레나는 내심 놀라워했다.

'정말이네.'

진짜 요만했다.

일레나는 자기 손이 요만하게 보였던 경험이 생각보다 많지 않았다. 그녀는 뼈대가 가느다랄 뿐 손발이 그리 작지는 않았으니까.

"……그렇군요."

메이하드 공작의 입에서 수긍하는 답이 떨어지자 일레나는 그의 손을 놓았다. 기분 탓인가. 마주 대보았던 손바닥이 간질간질했다.

"참, 나 부탁이 있어요. 어려운 건 아니고요."

"네."

"여기 한번 잡아볼래요?"

일레나가 팔을 내밀었다. 메이하드 공작이 멈칫했다.

"……예?"

"이상한 의도 아니에요. 아무리 나라도 이 시간에 이런 장소에서 그러지는 않아요."

제 발 저려 황급히 자신을 변호한 일레나가 말을 이었다.

"이유가 있어서 그래요. 나중에 말해줄게요."

"……."

"빨리."

말하다 보니 문득 불만이 생겨났다. 아니, 생각해 보니 상대방은 훨씬 중대하고 중요한 이유도 말을 안 해주고 있잖아. 그런데 나라고 시시콜콜한 것까지 다 설명해야 할 필요 있나?

"아니, 이유는 말 못 해요. 흥, 어쨌거나 잡아요."

고까운 마음에 부탁이 명령으로 변했다. 일레나는 메이하드 공작이 좀처럼 손을 움직일 생각을 않자 결국 비장의 카드를 꺼냈다.

"당신 기억하죠? 내가 원하는 건 뭐든……."

"알겠습니다."

그제야 메이하드 공작이 마지못해 일레나의 팔을 잡았다. 잡았다고 했지만, 사실상 '닿았다'라고 해야 옳을 정도였다. 일레나는 어쨌든 제 팔을 감싸고 있는 메이하드 공작의 손을 응시했다. 손이 워낙 커서 일레나의 마른 팔 정도는 무리 없이 감쌌다. 일레나는 문득 자기가 남편의 팔을 잡으면 어떻게 될까 생각해 보았다.

'……적어도 이런 그림은 절대 불가능하겠지.'

새삼 차이를 느끼게 된다. 일레나는 묘한 기분으로 조심스럽게 요구했다.

"약간 아래……."

"……."

"좀 더 세게……?"

미미한 힘이 손아귀에 더해졌다. 정말 미미해서 주의를 기울이지 않으면 달라진 걸 눈치채지 못할 수준이었다. 여기서 한 번 더 세게 쥐어보라고 한다고 뭔가 눈에 띄는 변화가 있을까.

일레나는 잠깐 침묵한 후 입을 열었다.

"……이제 됐어요."

메이하드 공작의 손이 기다렸다는 듯 얼른 일레나의 팔을 놓고 물러났다. 일레나는 내심 입을 살짝 삐죽거렸다.

참 나. 내가 뭐 병균도 아니고. 물론 그런 의미로 저렇게 구는 게 아닐 거라는 건 안다.

'그래도 그렇지. 괜히 사람 아쉽고 무안하게.'

솔직히 밤에 껴안고 잠도 잔 사이에 뭐 저런 거로…….

일레나는 의식의 흐름에 사고를 맡기다가 멈칫했다.

'무슨 생각을 하는 거야?'

일레나가 의자에서 벌떡 몸을 일으켰다. 의자가 뒤로 밀리며 약간 시끄러운 소리를 냈다. 일레나는 다소 뻣뻣하게 말했다.

"고마웠어요. 그럼 나는 가볼게요."

일레나가 바쁘게 집무실을 벗어났다. 문을 나설 때까지 뒤는 돌아보지 않았다.

어쩐지 찾아올 때마다 비슷하게 퇴장하는 것 같다는 느낌이 뒤늦게 들었지만, 이제 와서 어쩔 수는 없는 일이었다.

하루가 지났고, 일레나는 잉칸에게서 받았던 소름의 정체를 밝혀내지 못했다.

상관없었다. 그동안 일레나는 그보다 더 중요한 일을 했으니까.

"이 노파를 찾으라는 말씀입니까?"

노파의 용모파기를 받아 든 집사 벤이 일레나를 쳐다보았다. 일레나가 고개를 끄덕였다.

"시간이 걸려도 좋아. 비용은…… 그것도 얼마가 들든 상관없네. 만약 공작님의 결재가 필요하면 내가 가서 받아오지."

"아닙니다. 이 정도는 마님의 권한으로 충분합니다."

벤이 고개를 가로저었다.

"그나저나 찾을 수 있을지 잘 모르겠군요. 특이한 생김새가 아니라서."

벤의 말은 틀리지 않았다. 일레나는 사람을 불러 완성한 노파의 용모파기를 떠올렸다. 노파의 외모는 평범했다. 눈 색도, 머리 색도 특별하지 않다.

'그 귀기는 확실히 특별했지만…….'

하지만 노파가 기운을 감춘다면 그것도 소용없는 일이었다. 여러모로 쉽다고는 볼 수 없는 상황이었지만, 어쨌든 일레나는 거듭 당부했다.

"부탁하네. 최대한 알아봐 주게. 내겐 정말 중요한 사람이라."

'그리고 자네에게도, 자네 주인에게도…… 사실 이 세상의 모든 사람에게 중요하지.'

일레나는 뱉을 수 없는 사실을 꿀꺽 삼켰다.

"알겠습니다."

벤이 물러간 후 일레나는 창밖을 응시했다. 언제 이렇게 됐는지 해가 중천에 떠 있었다.

'아침 먹은 지 꽤 되긴 했지.'

시간을 자각하고 나니 배가 고픈 것 같기도 했다. 일레나는 서재에서 나와 식당으로 향했다.

복도 모퉁이를 돌기 전, 조잘거리는 목소리가 일레나의 귀에 걸렸다.

"그게 정말이야?"

"그렇다니까. 여자의 감이라는 거, 절대 무시할 수 없더라."

여자의 감.

일레나는 그 단어를 듣자 문득 잊고 있던 잉칸이 떠올랐다.

그 소름.

'혹시 그것도 일종의 감이라고 할 수 있지 않을까?'

일레나가 걸음을 멈추고 그렇게 생각했을 때 모퉁이 너머에서 목소리가 이어졌다.

"여자의 감이 아니라 그냥 네 감 아닐까? 난 감 없는데……."

"지금 그게 중요해? 어쨌든 그놈이 범죄자였다는 게 중요하지."

"하긴, 맞아. 누가 알았겠어? 겉으로는 그렇게 착해 보였는데 알고 보니 어린애만 납치해다가 파는 인신매매범이었다니……."

일레나가 미간을 찡그렸다. 정말 최악의 범죄자군.

"하마터면 그런 놈이랑 만날 뻔했다는 거 아냐. 끔찍해."

"네가 어떻게 알고 피했다고 했지?"

"말했잖아. 실수로 걔랑 손이 부딪혔는데, 소름이 쫙 타고 오르더라고."

일레나의 눈이 크게 뜨였다.

"맞아, 그랬지. 와…… 그 소름이 바로 그놈이 범죄자라는 걸 알려주는 신호였다니."

"너도 조심해. 누구랑 닿았는데 싸한 느낌이 들거나 소름이 끼치잖아? 당장 도망쳐. 여자의 감이 경고하는 거니까."

"알겠어……. 근데 나 정말로 감 없는데."

"있으면 어떡할래?"

그 뒤로 시시콜콜한 잡담을 몇 마디 더 주고받던 목소리는 이내 점점 멀어졌다. 일레나는 목소리가 완전히 멀어진 후에도 못 박힌 듯 한동안 그 자리에 서 있었다.

그때 뒤에서 누군가 그녀를 불렀다.

"공작 부인."

"헉!"

생각에 잠겨 있던 일레나가 깜짝 놀라 뒤돌았다. 잉칸 마르종이 어색한 미소를 지으며 서 있었다.

"죄송합니다. 저 때문에 놀라신 겁니까?"

"……아니, 괜찮아. 그냥 생각을 좀 하느라."

일레나가 빳빳한 입꼬리를 억지로 끌어 올렸다.

"식당에 가시던 길입니까?"

"아, 그렇긴 한데……."

"마침 저도 그리로 가던 중인데, 괜찮으시면 같이 가시겠습니까?"

일레나는 고개를 젓고 한 발 물러섰다. 억지로 끌어당긴 입꼬리에 경련이 일 것 같았다.

"아니, 다시 생각해 보니 나는 별로 입맛이 없군."

"아…… 그러시군요."

"자네라도 부족함 없이 들게. 그럼 난 이만."

일레나는 몸을 돌려 바삐 복도를 빠져나왔다. 분주한 걸음으로 걷는 일레나의 가슴이 빠르게 뛰었다.

'아니겠지?'

범죄자라니, 그럴 리가. 말이 쉽지 범죄자와 만나는 건 생각처럼 흔한 일이 아니었다. 더군다나 좋은 평판으로 주변을 속이는 범죄자라니…….

일레나의 걸음이 멎었다. 그녀는 고개를 돌려 더 이상 모습이 보이지 않는, 잉칸이 서 있던 자리를 응시했다.

일레나의 두 눈에 찝찝함이 어렸다.

"고민이 있는 겁니까?"

깨작거리는 일레나를 보며 메이하드 공작이 물었다. 일레나는 제 앞에 놓인 고기를 포크로 난도질하던 것을 멈추고 시선을 들었다. 망설이던 그녀가 이내 새침하게 말했다.

"있어도 안 알려줘요."

"……."

'너무 유치한가.'

뭐, 상관없다. 상대가 감추고 있는 것을 생각하면 자신도 이 정도쯤 해도 된다.

'고민이라고 할 만한 게 아니기도 하고…….'

지금 일레나의 주의를 빼앗고 있는 문제는 간단했다. 과연 잉칸 마르종은 본성을 숨긴 범죄자일까, 아닐까. 사실 범죄자라고 해도 일레나와는 크게 상관없는 일이다. 그가 일레나에게 범죄를 저지르지만 않는다면.

'맞아. 내가 무슨 수사관도 아니고…….'

증거는 없지만 느낌이 나쁘다면, 그냥 피해 다니면 그만이다. 어차피 공작성이 넓어서 지금도 잉칸과 자주 마주치는 건 아니었다. 일부러 찾아가지 않으면 오히려 얼굴을 보기 힘들었다.

'아까처럼 우연히 마주칠 때도 있긴 하지만.'

그럴 때야 핑계를 대고 얼른 자리를 벗어나면 그만. 거기다 잉칸은 공작성에 오래 머물 사람도 아니었다. 약초를 납품하러 잠시 들른 것이니 며칠이면 다시 떠날…….

'가만.'

일레나가 멈칫했다.

'약초?'

이내 그녀의 눈이 동그랗게 커졌다.

'맞아, 약초! 잉칸 이 인간, 공작성에 약초 납품을 맡고 있잖아?'

이 상황에서 만약 잉칸이 나쁜 놈이라면 어떻게 되는 걸까? 만에 하나 그가 그릇된 마음을 품고 몰래 공작성에 납품하는 약초에 손을 댄다면…….

'모르긴 몰라도 피해가 적진 않을 거야.'

그런데 만약 잉칸이 무슨 짓을 벌이기 전에 일레나가 먼저 그가 악인이라는 것을 밝혀낸다면? 그래서 그가 공작성에는 얼씬도 못 하게 한다면? 그렇게 되면 일레나는 미래에 공작성에 발생할지도 모르는 큰 피해를 하나 막는 거다.

그게 무슨 말이냐. 즉 메이하드 공작이 그녀에게 빚을 지게 된다는 뜻이었다.

'빚!'

빚을 졌으면 응당 갚아야 하게 마련. 일레나가 공작에게서 무엇으로 대가를 받을지는 이미 정해져 있었다.

일레나의 계획이 돌변했다. 잉칸을 피해 다니겠다는 이전의 다짐은 지금 완전히 다른 방향으로 바뀌었다.

'부탁한다, 잉칸.'

포크를 쥔 일레나의 손에 힘이 들어갔다.

'제발 범죄자여라!'

모처럼 찾아온 희망과 의욕으로 일레나의 분홍색 눈이 열렬하게 타올랐다.

저녁 식사 후 방으로 돌아온 일레나는 즉시 아비를 불러 조용히 지시했다.

"잉칸 마르종에 대해 따로 조사해 주렴."

"마르종 영식이요?"

"그래. 소문, 주변 관계, 그간 공작성에 머물면서는 뭘 했는지…… 혹시 조금이라도 미심쩍은 것이 발견되면 빠짐없이 내게 말해줘."

아비는 영문을 모르겠는 눈치였으나, 베테랑 하녀답게 순순히 알겠다고 하고 물러갔다.

다음 날, 일레나는 잉칸과 단둘만 참석하는 식사 자리를 만들었다.

당연하지만 상대를 가까이서 살피고 관찰하기 위한 자리였다. 잉칸은 몸 둘 바를 모르겠다는 태도로 일레나에게 말했다.

"영광입니다, 공작 부인."

"뭘. 손님에게 식사를 대접하는 게 내 일인데."

"제가 그 정도 손님은……."

"그건 내가 정해. 그리고 자네는 이미 후원에서 나를 한 번 도와준 적 있지 않나?"

'그 일이 지금 이 자리를 만들어낸 건 맞지.'

"그에 대한 보답이라고 생각하게."

"……알겠습니다. 감사합니다, 공작 부인."

하녀가 물을 내왔다. 잉칸은 빈 잔이 채워지는 것을 보다가 조심스럽게 물었다.

"참, 혹시 각하께서는……."

"공작님은 바쁘셔서 오찬에는 참석하지 못하시네."

일레나가 부드럽지만 단호하게 잉칸의 말을 끊어냈다. 그리고 속으로 회심의 미소를 지었다.

일레나는 일부러 이 식사 자리에서 메이하드 공작을 제했다. 남편이 있으면 자꾸 시선이 분산되어서 잉칸을 제대로 관찰하기 어려울 것 같았기 때문이다. 일레나는 탐색하는 기색을 최대한 숨기려 노력하며 잉칸을 주시했다.

"왜, 서운한가? 이 자리에 공작님이 안 계셔서?"

"예? 아니, 아닙니다. 제가 어떻게……."

잉칸은 황급히 고개를 가로저었다가 농담에 진지하게 반응한 꼴이 부끄러웠는지 뒷덜미를 긁었다. 그를 마치 순진한 청년처럼 보이게 하는 행동이었다.

'속으면 안 돼.'

일레나는 의심의 눈초리로 잉칸을 보며 생각했다.

'전부 철저하게 계산된 행동일지도 몰라.'

잉칸이 나쁜 놈이기만을 바라는 일레나는 이미 그가 보여주는 모든 모습을 편향적으로 해석할 준비가 되어 있었다.

식사는 잔잔하게 진행되었다. 그러다 중간에 작은 사고가 있었다.

쨍그랑!

"앗!"

"저런, 미안하군. 다친 데는 없나?"

"아, 아닙니다. 제가 잘못한 것인데……."

음식을 나르던 하녀가 실수로 잉칸의 팔에 부딪혀 바닥에 접시를 떨어뜨린 것이다. 요란한 소리가 나며 바닥이 순식간에 더러워졌다.

잉칸은 안절부절못하는 하녀를 어르듯 부드럽게 말했다.

"아니네. 내가 더 주의했어야 했는데, 면목 없군."

더러워진 바닥을 정리하고 물러나며 하녀가 슬쩍 얼굴을 붉혔다. 일레나는 붉어진 하녀의 얼굴을 보며 문득 잉칸의 생김새가 멀끔하다는 새삼스러운 사실을 인식했다.

'허우대는 멀쩡하지.'

잉칸은 잘생긴 편이었다. 어딜 가나 시선을 사로잡을 정도로 화려한 미남은 아니었지만 적어도 살면서 외모로 서러운 일을 당한 적은 없을 것처럼 생겼다.

'더더욱 의심스러워.'

극악한 범죄자일수록 외려 외모는 호감형인 경우가 많다고 했다. 그럴듯한 외모로 상대의 방심과 호의를 유발해서 남보다 손쉽게 범죄를 저지르는 거다.

일레나는 어떻게든 그럴싸하게 끼워 맞췄다.

"올 때마다 느끼는 거지만, 주방장의 솜씨가 무척 훌륭하군요."

"그래?"

"이런 솜씨 좋은 주방장을 기용하신 각하의 안목이 부럽습니다."

"뭐…… 공작님의 안목이야 늘 탁월하지."

"정말 그렇습니다."

자기가 칭찬받은 것도 아닌데 일레나는 어깨가 으쓱했다. 이런저런 대화가 한동안 이어지고 하녀가 디저트를 내왔다.

일레나는 고민했다. 식사하면서 내내 살펴본 잉칸에게선 이렇다 할 수상한 점을 발견할 수 없었다. 생각에 잠긴 일레나에게 잉칸이 제안했다.

"식사가 끝나면 잠시 산책하는 건 어떠십니까?"

"좋지."

식사를 완전히 마친 후 잉칸과 일레나는 후원을 걸었다. 후원 초입을 지났을 즈음 일레나가 말했다.

"잉칸, 자네가 매번 성에 약초를 납품하러 온다고 했었지."

"네, 부인."

"먼 길을 직접 오가는 것이 번거롭지는 않나?"

"괜찮습니다. 제가 원해서 하는 것이니까요."

'원해서 한다고…….'

욕심이 없어서 누이에게 후계를 양보했다는 소문까지 도는 판에 성과 때문은 아닐 테고.

일레나는 재차 떠봤다.

"아랫사람을 시키면 훨씬 수월할 텐데."

"그 대신 저는 좋아하는 일을 한 가지 잃겠지요."

"약초를 납품하는 것이 자네가 좋아하는 일이라는 건가?"

"네."

"괜찮다면 어디가 좋은지 물어도 되나?"

잉칸은 잠깐 침묵하다가 입을 열었다.

"약초는 누구에게나 필요한 것이 아닙니까."

"……."

"남자, 여자, 어린아이, 노인…… 남녀노소를 가리지 않고 사람들의 질병을 낫게 해주고, 고통을 줄여주고, 더러는 목숨을 살리기도 하는 것이 바로 약초지요."

후원에는 나비가 날아다녔다. 잉칸의 눈이 나비의 움직임을 따라 움직였다.

"그 점이 좋습니다. 그렇게 중요한 것을 사람들에게 전달한다고 생각하면, 제 일에 어떤 사명감이 느껴지거든요."

"……."

"좀 우습지요? 사실 제가 아니어도 되는, 누구나 할 수 있는 일에 사명감이라니."

"아니."

단호하게 흘러나온 답에 잉칸의 시선이 일레나에게 향했다.

"하나도 안 우스워."

"……."

"자네는 좋겠군. 보람 있는 일을 하고 있어서."

"……그렇게 말씀해 주시니 감사합니다."

"뭘."

일레나는 그렇게 대답하곤 속으로 한숨을 내쉬었다. 식당에서 하녀를 챙기던 모습도 그렇고, 질문을 던져도 돌아오는 답이 모두 그저 선한 사람의 표본 같았다. 편향적으로 보려고 해도 그렇게 볼 구석이 없었다.

'글렀나.'

범죄자였으면 좋겠다고 생각했는데 어쩌면 단순히 착각이었다는 결론으로 끝날지도 모르겠다.

'일단 오늘은 방에 가서 아비를 기다려 보고…….'

그때 생각에 빠진 일레나의 앞으로 벌이 날아들었다.

'이놈의 벌!'

일레나는 깜짝 놀라 뒷걸음질 치다가 이번에는 뒤로 넘어갔다. 잉칸이 재빨리 넘어지려는 일레나의 등을 받쳤다.

"괜찮으십니까?"

"……아, 응. 괜찮네. 고마워."

"자주 발을 헛디디시는군요."

일레나를 바로 일으켜 준 잉칸이 웃으며 농담을 던지듯 말했으나 일레나는 그의 말에 마주 웃지도, 대답하지도 못했다. 잉칸의 손이 닿았던 등을 타고 퍼진 불쾌한 소름에 그럴 정신이 없었으니까.

일레나는 정원사장 가드너를 만나 후원에 돌아다니는 벌을 모조리 어떻게든 하라는 지시를 내리곤 방으로 돌아왔다.

그 후 저녁이 되자 아비가 방문을 두드렸다.

"마님, 저 아비입니다."

"들어와."

침실로 들어온 아비가 조심스럽게 일레나의 곁으로 다가왔다.

"말씀하신 대로 알아보았는데……."

"뭐가 나왔니?"

"아뇨, 미심쩍은 점은 아무것도 발견할 수 없었습니다."

"……그래."

"다만……."

일레나가 숙였던 고개를 바로 들어 아비를 응시했다.

"다만?"

"마르좋 영식과 관련이 있다고 볼 수 있을지 모르겠습니다만."

주저하던 아비가 말을 이었다.

"마르좋 영식께서 성에 다녀간 후, 두 달 안으로 일을 그만두는 하녀가 매번 한 명씩 있었습니다."

"일을 그만둬?"

"네."

"……잉칸 마르좋이 성에 납품을 시작한 것이 언제부터지?"

"3년 전입니다."

"그 이후로 쭉 일을 그만두는 하녀가 있었나?"

"성내 기록을 보면 그렇습니다."

아비가 품에서 종이를 한 장 꺼내 일레나에게 내밀었다. 종이에는 잉칸이 약초 납품 때문에 공작성에 다녀간 날짜와 하녀가 일을 그만둔 날짜가 각각 적혀 있었다.

'시기가 고르지 않네.'

두 달 안이라고 말했지만, 어떤 하녀는 잉칸이 다녀가고 6주 만에 일을 그만두었고 어떤 하녀는 두 달을 꽉 채워서 그만뒀다. 더구나 잉칸이 공작성에 다녀가는 횟수는 고작 일 년에 두 번에서 세 번 정도.

애매했다.

'일하는 하녀의 수가 워낙 많으니 일 년에 이 정도 그만둔대도 특이한 것은 아닌데…….'

그러나 일레나는 이 정황을 그냥 지나칠 수 없었다. 그냥 지나치자니 낮에 후원에서 느꼈던 소름이 아직도 기분 나쁘게 등에 달라붙어 있는 것 같았다.

일레나는 종이를 들고 고민하다가 말했다.

"하녀장 룰라를 불러주렴."

"부르셨다고 들었습니다, 마님."

"그래."

일레나는 룰라를 맞은편 소파에 앉혔다.

"이 하녀들 말이야. 전부 여기서 일하다가 그만둔 하녀 맞나?"

아비가 가져다준 종이에서 하녀의 이름만 따로 옮겨 적은 종이를 룰라에게 내밀었다. 룰라는 종이를 받아 들고 금방 훑더니 바로 대답했다.

"맞습니다."

"혹시 그만둘 때 어땠는지 기억하나? 왜 그만둔다는지, 평소와 다른 점은 없었는지……."

이번에는 잠시 생각하는 시간을 가진 룰라가 말했다.

"그만두는 이유는 다 비슷했습니다. 갑자기 사정이 생겨서 고향에 내려가 봐야 한다고요."

"고향? 전부 이 영지 출신이 아니었나?"

"네. 모두 타지에서 올라온 아이들이었습니다."

일레나는 이 영지가 몇 년 전부터 본격적으로 사람이 불어났다는 것을 떠올렸다. 그걸 생각하면 크게 이상한 점은 아니었다.

"그리고 평소와 다른 점은…… 글쎄요. 저는 기억나는 것이 없습니다만, 이 하녀들과 친했던 아이들이 아직 성에 남아 있으니 필요하시면 불러 드리겠습니다."

"부탁하지."

잠시 후, 일레나는 여러 명의 하녀와 마주했다. 그중 한 하녀가 쭈뼛쭈뼛 나서서 입을 열었다.

"저 기억해요. 이상한 점이 있었어요."

"이상한 점이라면?"

"좀 아파 보였고…… 헛구역질도 했고요. 그리고 이런 말을 자꾸 중얼거렸어요."

"어떤 말?"

"'이럴 리가 없다'라고……."

"이럴 리가 없어?"

"네."

하녀가 열심히 고개를 끄덕거렸다. 그러자 다른 하녀들도 한 명씩 나서서 비슷한 말을 보탰다.

"저도 들었어요. 그런 말."

"전 '말도 안 돼……' 이렇게 말하는 것도 들었던 것 같아요."

"저도요. 이건 뭔가 잘못된 거라고, 이럴 리가 없다고 중얼거리는 걸 들었어요."

그러나 정작 상대가 왜 그렇게 말했는지 이유를 아는 사람은 없었다.

하녀들이 기억하는 이상한 점은 그것이 전부였다.

일레나는 하녀들을 방에서 내보낸 후 생각에 잠겼다.

'이럴 리가 없다…….'

무슨 뜻일까?

심지어 하녀들의 증언을 들어보면 일을 그만둔 사람 중 상당수가 저 말을 했다는 것 같았다. 바닥을 보며 생각에 잠겨 있던 일레나가 곧 고개를 들고 입을 열었다.

"아비."

"네, 마님."

가까이서 대기하고 있던 아비가 다가왔다.

"내가 말하는 걸 내일까지 준비해 줄 수 있겠니? 우선……."

일레나는 긴장을 몰아내기 위해 심호흡하며 손목에 찬 팔찌를 만지작거렸다. 그리고 마침내 처소 문을 두드렸다.

"공작 부인."

문이 열리고 나타난 잉칸이 놀란 눈으로 일레나를 내려다보았다. 일레나가 품에 안은 술병을 슬쩍 들어 보였다.

"자네에게 상담하고 싶은 고민이 있는데, 잠시 시간 되나? 이건 맨입으로 상담하자니 좀 그래서."

"……."

"귀한 거야."

거짓말은 아니었다. 일레나는 특별히 비싼 술을 엄선하여 준비했다.

비싸고, 매우 독한 술을.

잉칸은 일레나의 얼굴과 그녀의 품에 들린 술병을 번갈아 응시하더니 곧 문간에서 비켜섰다.

"……들어오십시오."

'술을 좋아한다고 들었는데, 정말이군.'

일레나는 빠르게 뛰는 가슴을 진정시키며 잉칸이 비켜선 문 안쪽으로 발을 들였다. 잉칸이 문을 닫고 돌아서며 말했다.

"술을 즐기기엔 이른 시간인 것 같은데요."

"그런가? 하지만 술 없이는 털어놓기 힘든 고민이라."

방 한쪽에 놓인 테이블에 술병을 내려놓으며 일레나가 방의 밝기를 살폈다. 초저녁이라 그리 밝진 않았지만 사물을 분간하기 어려울 정도로 어둡지도 않았다.

일레나가 커튼을 건드리며 물었다.

"커튼 좀 쳐도 되나? 난 술자리는 어두운 걸 선호해서."

"……그러시죠."

방을 원하는 만큼 어둡게 만든 일레나가 테이블 의자를 빼 앉았다.

"자네도 앉지."

자연스러운 권유에 잉칸은 잠깐 머뭇거리다가 일레나의 맞은편에 자리를 잡았다.

"무슨 고민이기에 저한테……."

"대단한 건 아냐. 다만 공작님의 귀에 들어가면 곤란해지는 고민이거든."

일레나가 술병을 따 잔에 기울이며 말했다. 잉칸이 자기가 하겠다고 나섰지만 일레나가 고개를 저었다.

"그런데 알다시피 지금 이 성에 외부인이 자네밖에 없지 않나?"

"……."

"그런 것과 별개로, 자네라면 입이 무거울 거란 판단도 들었고."

일레나가 술이 가득 채워진 잔을 잉칸 앞으로 밀었다.

"내 생각이 틀렸다면 지금 말해주게."

"……."

잉칸은 제 앞에 놓인 술잔을 묵묵히 보더니, 이윽고 그것을 들어 단숨에 비웠다.

"……좋습니다. 오늘 여기서 하신 말씀이 바깥에 나가는 일은 없을 겁니다."

"고맙군. 내 눈이 틀리지 않아 다행이야."

정말로 다행이다. 일레나는 빙그레 웃으며 술병을 잉칸 쪽으로 내밀었다. 잉칸이 술병을 들어 직접 자기 잔을 채웠다.

일레나는 그 틈에 제 잔을 들어 마시는 척하며 안에 든 술을 모조리 무릎에 부었다. 일레나의 무릎 위에는 술과 함께 가져온 두꺼운 수건이 깔려 있었다. 방의 조명이 어두워 그녀의 행동이 비교적 수월하게 가려졌다.

"술이 참 독하군요."

"좋은 술은 원래 독해."

"그런가요?"

고작 한 잔만 마셨을 뿐인데도 잉칸은 벌써 취기가 오르는 듯했다.

'그렇게 독한가.'

일레나는 술을 채운 자신의 잔에 코를 대고 킁, 냄새를 맡았다.

'……독하네.'

냄새만 맡아도 알겠다.

'아비, 정말 독한 것으로 구해줬구나.'

독한 걸 가져다 달라 부탁하긴 했지만, 이 정도면 일레나의 주량으론 한 잔을 다 비우기도 힘들 수준이었다.

'부디 부탁한다, 수건.'

일레나는 최대한 자연스럽게 취기가 오르는 척하며 잉칸과 잔을 부딪쳤다. 평소 술을 즐긴다던 잉칸은 독한 술이 꽤 마음에 드는 눈치였다.

"술 이름이 뭡니까?"

"주방에 가서 아무거나 가장 좋은 술로 달라고 한 거라. 이름은 몰라."

"흠……."

"마음에 들면 빈 병은 여기 두고 갈 테니 나중에 자네가 직접 알아보든가."

"하하, 그러죠."

일레나는 미미한 긴장감 속에서 잉칸과 잔을 나눴다. 물론 일레나 몫의 술은 대부분 수건이 마셨다.

무릎 위에 둔 두꺼운 수건이 축축해졌을 즈음, 잉칸의 눈이 살짝 풀리고 말이 눈에 띄게 느려졌다. 일레나는 저도 모르게 팔찌의 보석을 쓸며 안도의 한숨을 내쉬었다.

'휴우.'

"그래서…… 공작 부인께서 지니신 고민이, 뭡니까?"

"고민?"

그런 거 없다. 고민 상담은 그냥 이 자리를 만들어서 잉칸이 술을 퍼마시게 하기 위한 핑계였다.

'고민 말고, 궁금한 점이라면 있지. 잉칸 네가 일을 그만둔 하녀들에게 대체 무슨 짓을 한 건지.'

당장 따져 묻고 싶지만, 아무리 취했어도 대놓고 묻는 말에 답해주진 않을 거다. 일레나는 어떻게 말을 꺼내야 하나 고심하며 일단 대화를 이어 나갈 아무 고민이나 지어내서 입에 올렸다.

"말했듯이 대단치는 않은 고민이야. 아이 문제라고 할까."

"아이 문제요?"

'부부 사이에 아이 문제만큼 흔한 고민도 없지.'

일레나의 실제 고민과도 통하는 구석이 있고 말이다.

그때 잉칸이 말을 받았다.

"결혼한 지 얼마 안 되셨는데 벌써 그런…… 고민이 있으십니까?"

'아차.'

깜박했다. 일레나는 그제야 자기가 신혼이라는 걸 떠올렸다. 고작 결혼 한 달 차에 아이 문제라니. 전혀 있을 수 없는 일까진 아니겠지만 살짝 부자연스러웠다. 일레나가 얼른 이어 붙일 변명거리를 찾았다.

"그게 말이지. 아이가 안 생겨서 고민이라기보다는……."

"이해합니다."

"응?"

"공작 부인의 고민…… 이해합니다. 당연히 그러실 테죠."

'뭘 이해한다는 거야?'

뭐가 당연히 그럴 거라는 거지? 일레나는 잉칸의 말을 이해할 수 없어 순간 눈만 깜박였다. 그 틈에 잉칸이 이어서 입을 열었다.

"뭘 주시겠습니까?"

"뭐?"

“제가 부인의 고민을 해결해 드리면…… 대가로 저에게 무엇을 해주시겠습니까?”

의미심장한 말이었다. 일레나는 그의 말에서 느껴지는 지나칠 정도의 자신감에 설핏 미간을 찌푸렸다.

‘해결해 준다고? 뭘, 어떻게?’

단지 술기운에 호기를 부리는 거라기에는 어딘지 미심쩍은 데가 있었다. 더구나 일레나는 지금 잉칸의 모든 구석을 살피고 의심해 봐야 하는 처지였다.

잉칸의 기색을 살피며 일레나가 우선 받아쳤다.

“글쎄. 뭐든 해줄 수 있지 않겠나?”

“뭐든…….”

잉칸은 테이블을 내려다보더니 이내 술이 반쯤 남은 자기 잔을 쥐었다. 그러고는 잔의 술을 단번에 입에 털어 넣고는 말했다.

“뭐든. 알겠습니다.”

“…….”

“제게 약이 있습니다.”

“약?”

눈을 깜박이던 일레나의 표정에 곧 실망이 어렸다.

‘나는 또. 무슨 말을 하려는가 했더니.’

아이가 생기는 걸 돕는 약을 말하는 건가. 그런 약은 이미 시중에 널리고 깔렸다.

“회임을 돕는 약이 아닙니다.”

“응?”

“회임을 하게 하는 약입니다.”

일레나는 그 둘에 무슨 차이가 있는지 생각해 봤다.

'같은 말 아닌가?'

후자는 약의 효과를 좀 더 강조하는 것일 뿐이고…….

"이 약이면, 이성과 밤을 보내지 않고도 회임할 수 있습니다."

순간 일레나는 손에 쥐고 있던 술잔을 엎지를 뻔했다. 간신히 잔을 바로 세운 일레나가 잉칸을 응시했다.

"뭐라고 했나?"

"말씀드린 그대로입니다. 설령 처녀라도 약을 먹으면 바로 아이를 가질 수 있습니다."

"말도 안 되는……."

기가 막힌 나머지 코웃음이 나왔다. 아무리 술에 취했어도 할 농담이 있고 아닌 농담이 있는 법이다. 어디서 저런 시답지도 않은…….

일레나는 그렇게 생각하다가 순간 벼락이라도 맞은 듯 굳었다.

'잠깐.'

그녀의 머릿속에 전날 하녀들에게 들은 증언이 떠올랐다. 잉칸이 다녀간 후 두 달 안으로 일을 그만둔 하녀들이 거의 공통되게 했다는 말.

"'이럴 리가 없다'라고……."

"저도 들었어요. 그런 말."

"전 '말도 안 돼……' 이렇게 말하는 것도 들었던 것 같아요."

"저도요. 이건 뭔가 잘못된 거라고, 이럴 리가 없다고 중얼거리는 걸 들었어요."

'이럴 리가 없다…… 이럴 리가…… 설마?'

일레나의 심장이 빠르게 뛰었다. 잉칸은 말이 없어진 일레나를 향해 천천히 입을 열었다.

"검증을 마친 약입니다. 효과에 대해서는 신뢰하셔도 좋습니다. 어떻습니까?"

"……."

"마침 공작 부인께서 원하시는 약이 아닙니까?"

눈이 마주치자 잉칸이 말을 이었다.

"장차 공작위를 이어받을 후계를 낳고자 하는 마음은 있지만, 그렇다고 정말 괴물의 아이를 품고 싶지는 않으실 테니까요."

아.

일레나는 그제야 잉칸이 그녀의 고민을 어떻게 오해하고 있는지 깨달았다. 사실과 정반대였지만, 오히려 이 상황에서는 고마운 오해였다. 덕분에 잉칸이 숨기고 있던 것을 제 입으로 실토하는 자리가 만들어졌으니까.

온몸이 긴장되면서 가슴이 두근거렸다. 일레나는 잉칸의 머릿속에 든 오해를 정정해 주는 대신 다른 질문을 던졌다.

"검증을 마쳤다고? 어떻게?"

"그건……."

"사람을 대상으로 실험하기라도 했나?"

잉칸의 머리통이 이내 위아래로 움직였다.

"예."

"누구한테?"

"……."

"아니, 그런 실험을 했는데 어떻게 전혀 알려지지 않았지? 의아해서 말이야. 적어도 뭔가 뜬소문이라도 있었어야 하는데……."

일레나는 태연한 기색을 유지하려고 테이블 아래로 둔 손을 꾹 말아 쥐었다.

"이해가 잘 안 되는데. 자네 생각에도 그렇지 않나? 이걸 설명해 주지 않으면 내 입장에선 그 약의 효과를 믿기가 힘들어."

"……하녀들."

"……."

"하녀들에게 약을 먹여 실험했습니다."

말아 쥔 일레나의 손에 힘이 들어갔다.

"……하녀들?"

"그렇습니다. 처녀인 데다 다들 먼 타지에서 온 하녀들이라 주변 어디에도 사실을 알리지 않고 조용히 고향으로 내려가 혼자 아이를 낳았죠. 그래서 약효에 대해 퍼진 말이 없는 겁니다."

"……."

"설명이 되었습니까?"

"……그래. 충분해."

일레나는 방의 조명이 어두워서 정말 다행이라고 생각했다. 아무리 노력해도 안색까지 꾸며낼 수는 없었으니까.

'그래서였어. 그래서 다들 일을 그만둔 거야.'

퍼즐 조각이 딱딱 들어맞았다. 잉칸이 공작성에 다녀가고 하녀들이 일을 그만두기까지 6주에서 최대 두 달. 그 정도면 아이를 가졌다는 걸 알아차리기에 무리가 없는 시간이었다.

'이럴 리가 없다'라는 말의 뜻도 분명해졌다. 처녀인데 아이를 배었다. 할 수 있는 말이 저것밖에 없었을 것이다. 주변에 이유를 설명하지 못한 것도 당연했고.

'맙소사.'

일레나는 속이 울렁거렸다.

'무슨 짓을 저지른 거야?'

그런 약이 존재한다는 사실 자체도 충격이지만, 그걸 남에게 몰래 먹여 실험했다는 부분은 충격을 넘어서 역겨웠다.

'나가자.'

일레나는 품 안의 영상구가 무사한지 확인했다. 영상구는 처음부터 켜둔 채 품에 숨기고 방에 들어왔다. 잉칸의 말은 모두 녹음했다. 더는 여기 있을 이유가 없었다.

'더 있고 싶지도 않고.'

잉칸이 저지른 짓을 알고 나자 그가 사람이 아닌 오물로 보였다. 경멸의 욕설을 한바탕 퍼부어준 후 자리를 박차고 싶은 것을 꾹 참고 일레나가 몸을 일으켰다. 너무 멀쩡해 보이면 의심할까 봐 술에 취한 사람처럼 살짝 비틀거리는 것도 잊지 않았다.

몸을 일으키자 일레나의 무릎에 있던 수건이 바닥에 떨어졌다. 일레나는 그걸 발로 몰래 차서 의자 밑으로 보냈다. 잉칸의 시선이 갑자기 자리에서 일어선 일레나를 따라 올라갔다.

"공작 부인?"

"약에 대해선 잘 들었네. 그런 약이 있다니 놀라워. 다만…… 약을 쓸지 말지는 더 생각해 봐야 할 것 같군."

"……."

"결정을 하면 사람을 보내지. 술이 과해 어지러우니 오늘은 이만 돌아가 봐야겠어. 이렇게 시간 내줘서 고마웠네. 그럼……."

돌아서던 일레나의 몸이 멈췄다. 본인 의지가 아니었다. 일레나는 자기 손목을 붙잡은 잉칸의 손을 내려다보았다.

"이게 뭐지?"

"……."

"이거 놔. 잉칸 마르종 영식."

"공작 부인께서 분명 그러셨습니다. 공작 부인의 고민을 해결해 드리면, 대가로 제게 뭐든 해주시겠다고."

그렇게 말했다. 하지만 지금 나올 말은 아니었다.

"그건 내가 약을 받는다고 했을 때의 이야기고……."

"생각할 시간이 필요하십니까? 왜요? 약은 여기서도 당장 드릴 수 있습니다."

"……."

"약의 존재를 안 이상 공작 부인의 고민은 해결된 것이나 다름없습니다. 대가를 주세요."

뭐 이딴 막무가내가. 일레나는 미간을 좁히고 잉칸에게 붙잡힌 손목에 힘을 주었다. 꿈쩍도 안 했다.

'하…….'

일레나는 갑자기 이 어쩔 수 없는 완력의 차이가 서러웠다. 남편과 격차를 느낄 때는 그저 신기하기만 했는데.

일레나의 시선이 잉칸에게 붙잡히지 않은 그녀의 반대쪽 손목으로 향했다. 혀를 살짝 깨물어 초조함을 삼킨 그녀가 입을 열었다.

"자네 취했어. 술 깨고 나서 다시 말하게."

"술이요?"

잉칸이 피식 웃더니 품에서 어떤 약초를 주섬주섬 꺼내 입에 넣고 삼켰다. 잠시 후 그의 눈빛이 한결 또렷해졌다. 말도 빨라졌다.

"이제 됐습니까?"

'저게 뭔…….'

저딴 약초도 있었어? 하, 술자리에서 정말 더럽게 유용하겠다.

일레나는 잉칸을 사납게 노려보다가 입술을 뗐다.

"원하는 게 뭔데?"

"……."

"대가로 바라는 게 뭐야?"

잉칸은 대답하지 않았다. 그저 자기가 붙잡은 일레나의 손목부터 그녀의 목덜미까지 진득한 시선으로 느리게 훑었을 뿐.

일레나는 저 자식이 뭘 하나 인상을 찡그리며 쳐다보다가 이내 눈을 부릅떴다.

"설마?"

"……?"

"자네 미쳤나?"

그 어느 때보다 오싹한 소름이 일레나의 전신에 오소소 돋아났다. 기겁하는 일레나의 얼굴을 보며 잉칸이 말했다.

"같은 마음 아니었습니까?"

"뭐?"

"부인께서도, 저와 같은 마음이 아니셨습니까?"

일레나는 너무 충격적인 나머지 입을 떡 벌렸다.

"뭐라고? 내가 왜 자네를……."

"저를 뜨거운 눈으로 보시지 않았습니까. 어제, 저와 함께 계시던 내내."

"그건!"

수상한 점을 찾아내려는 관찰과 탐색, 더불어 의심의 눈초리였을 뿐이다. 설마 그걸 그딴 식으로 오해할 줄은 몰랐던 일레나가 붕어처럼 입을 뻐끔거렸다.

"……착각이야. 알겠어? 그건 자네의 착각이야. 알아듣나? 착각이라고!"

"그래요? 뭐…… 그렇다고 해도 상관없습니다."

"뭐?"

"처음 봤을 때부터 생각했습니다."

잉칸의 시선이 일레나의 얼굴에 지긋이 머물렀다.

"괴물에게는 아까운 미모라고."

"……."

"괴물의 안목에 감탄하는 날이 올 줄은 몰랐는데. 그래요, 인정해야겠습니다."

일레나의 눈썹이 꿈틀했다. 다른 개수작 같은 말은 귀에 잘 들어오지도 않았다.

괴물. 그 말이 연달아서 귀에 거슬렸다.

'그러고 보니 이놈, 아까도 괴물이라고 했었지.'

일레나의 눈초리가 날카로워지는 걸 아는지 모르는지 잉칸이 계속 지껄였다.

"원하는 게 공작 부인이라는 지위입니까? 더해서 장차 공작이 될 자식의 어머니? 그래요, 부인께서 무슨 이유로 괴물의 아내가 됐든 상관없습니다."

"……."

"전 부인을 생각해서 이런 제안을 드리는 겁니다. 그간 억지로 괴물의 아내 노릇을 하느라 힘겨우셨을 텐데, 간혹 이런 일탈도 있어야……."

"……쳐."

"예?"

"닥치라고!"

듣자 듣자 하니 진짜 더는 못 들어주겠다.

분노로 눈이 뒤집힌 일레나가 테이블 아래로 있는 힘껏 잉칸의 정강이를 걷어찼다.

퍽!

"윽!"

거기서 그치지 않고 술병을 집어 든 일레나가 그걸로 잉칸의 머리를 내려쳤다.

"크악!"

그제야 잉칸이 일레나의 손목을 놓았다. 일레나는 잉칸에게 강제로 붙잡혔던 손목을 감싸 쥐고 뒤로 물러나면서 소리쳤다.

"얌전히 들어주니까 이게 아까부터 누구한테 자꾸 괴물이래? 누가 괴물이냐고!"

"부인…… 지금……."

"부인이라고 부르지 마, 이 쓰레기야! 날 그렇게 부를 수 있는 건 내 남편뿐이야!"

일레나가 이를 박박 갈았다.

"괴물이 아니라, 내 남편이라고! 알아들어?"

잉칸의 얼굴이 사납게 일그러졌다. 테이블을 밀어 넘어뜨린 그가 일레나를 잡으려는 듯 몸을 움직였다. 그때였다.

타다닥!

바깥에서 요란한 발소리가 들렸다. 일레나의 표정이 환해지고, 반대로 잉칸의 얼굴은 굳었다.

곧 잉칸의 처소 문이 활짝 열렸다.

“마님!”

문 앞에는 다급하게 달려온 듯한 병사 여러 명과 걱정스러운 얼굴을 한 아비가 있었다.

“……아비.”

“마님, 괜찮으세요?”

아비가 한달음에 일레나에게 달려와 그녀를 살폈다. 일레나는 안도의 한숨을 쉬며 몸에서 힘을 풀었다.

일레나가 왼쪽 손목에 차고 있던 것은 마법 팔찌였다.

한 쌍으로 제작된 팔찌는 한쪽에서 신호를 보내면 다른 쪽이 신호를 받아 울리는 기능이 있었다. 일레나는 이를 이용해 아비에게 약 5분마다 한 번씩 주기적으로 신호를 보내기로 했다. 그리고 만약 신호가 끊기면 곧바로 병사를 데리고 방으로 쳐들어오라고 말을 맞춰두었고.

잉칸은 곧장 메이하드 공작 앞으로 끌려갔고, 일레나는 영상구에서 잉칸이 약 실험에 대해 자백한 부분만 골라 증거로 제출했다. 결과적으로, 잉칸의 본성을 까발리고 놈을 치죄하여 화려하게 공을 세우겠다는 일레나의 의도는 절반만 성공했다.

“뭐가 문제입니까?”

"뭐?"

"제가 약효를 검증하기 위해 몇 하녀의 도움을 받은 것은 사실입니다. 그런데 그 과정에서 동의가 없었다는 증거는 어디에 있죠?"

안타깝게도 영상구에 녹음된 잉칸의 자백에는 한 가지 허점이 존재했기 때문이었다.

"무슨 소리야? 네 약 실험에 동원된 공작성의 하녀 중 누구도 자기가 왜 아이를 가졌는지 알지 못했다. 증인도 있어. 이래도……."

"저는 공작성의 하녀에게 약을 먹이지 않았습니다."

"뭐?"

"저는 하녀에게 약을 먹였다고만 했지, 공작성의 하녀에게 약을 먹였다고는 하지 않았습니다."

"……!"

실수였다. 일레나는 잉칸의 본성을 까발리는 데는 성공했지만, 결국 증거가 부족해 그에게 죗값을 물을 수는 없었다.

"의심스러울 수 있는 우연인 것은 인정합니다. 그러니 저를 이대로 풀어주시면 저도 이 일을 이후 군이 정식으로 문제 삼지 않겠습니다. 아, 그리고 이 상처에 대해서도요."

잉칸은 도리어 일레나가 만든 머리의 상처를 두고 뻔뻔하게 협박하는 태도마저 보였다. 그래서 잉칸이 그대로 혐의를 벗고 무사히 풀려났느냐? 그렇지는 않았다.

"잉칸 마르종이 가문으로 돌아가기로 한 날짜가 언제지?"

"이틀 후입니다."

"그럼 그 안에 증거가 나오면 되겠군. 그동안 가둬 놔."

"가, 각하?"

"벤. 자네는 날이 밝기 전까지 내가 말하는 자를 성으로 데려오게."

메이하드 공작의 명령에 따라 벤이 다음 날 성으로 대령한 인물은 공작성에서 일하다가 수개월 전 일을 그만둔 의사였다. 의사는 마차로 보름은 걸리는 구석진 영지에 숨어 있었고, 그를 하룻밤 만에 공작성까지 데려오느라 마법사가 동원되었다.

일레나는 처음 그 사실을 듣고 기함했다.

"……벤, 대체 얼마를 썼나?"

마법사를 움직이려면 어지간한 무게의 금으로도 부족했다. 그것도 그 야밤에 불러 갑자기 일을 시켰다. 일레나는 집사 벤을 찔러 슬쩍 물었지만, 벤은 웃기만 했을 뿐 답해주지 않았다.

붙잡혀 온 의사는 심문 끝에 지은 죄를 자백했다. 그는 잉칸에게 매수당해 적절한 시기에 구실을 대고 하녀들을 진찰해 그녀들에게 회임 진단을 내렸다. 그러고는 그럴 리가 없다고 부인하는 그녀들을 살살 구슬려 일을 그만두고 고향으로 내려가 아이를 낳게 했다. 그런데 여기서 의사가 하녀들을 구슬리면서 한 말이 가관이었다.

"저주?"

아비는 다소 곤혹스러운 기색으로 말을 전했다.

"네. 저주일지 모른다고, 저주받았다는 사실을 주변에 알려서 좋을 것이 없으니 사실을 감추고 조용히 고향에 내려가 낳으라고 했답니다. 저주받은 아이보다는 아비 모르는 자식으로 키우는 것이 낫지 않겠냐고……."

"허."

일레나의 입이 떡 벌어졌다.

"비슷한 맥락으로 아이를 지우는 선택도 말렸다고 합니다. 함부로 지웠다가 더 큰 저주를 받으면 어떡하냐고요."

"그걸 믿었다고? 하녀들이?"

사람이 순진해도 정도가 있는 법이다. 도무지 이해가 안 된 일레나가 되물었다. 아비는 갈등하는 기색을 보였다. 그래도 한때 직장 동료였던 그녀들을 변호해야 하는지, 아니면 솔직하게 대답해야 하는지 고민이 되는 것 같았다.

베테랑 하녀 아비는 결국 후자를 택했다.

"귀족분들 사이에서 도는 소문은 보통 그분들을 모시는 아랫것들 사이에서도 돕니다."

"……."

"더러는 기존보다 더 부풀려진 형태로요."

아비가 하는 말을 알아들은 일레나의 얼굴이 딱딱하게 굳었다. 일레나가 말이 없자 아비가 얼른 고개를 숙였다.

"죄송합니다."

"……아니야. 네 잘못이 아니지, 이건."

일레나는 테이블 위 찻잔 옆에 둔 주먹을 힘주어 쥐었다.

그놈의 소문. 그놈의 저주. 그놈의 괴물. 그놈의…….

"……."

일레나는 입을 꾹 다물고 화를 다스렸다. 어쨌든 이 일에 한정해서 그녀들은 피해자다. 화가 나는 것과는 별개로 비난의 화살을 피해자에게 돌리고 싶지는 않았다.

대신 일레나는 합당한 방향으로 분노를 돌렸다.

"의사의 처분은?"

"양 손목과 혀가 잘렸습니다."

일레나의 표정이 조금이나마 개운해졌다. '저주' 운운한 발언을 차치하더라도, 의사가 잉칸에게 매수당해 저지른 짓은 공작성 전체를 능멸한 행위였다.

마땅한 처벌이었다. 주먹을 푼 일레나가 찻잔을 들어 차를 한 모금 마신 후 입을 열었다. 궁금한 점이 있었다.

"의사가 매수당했을 거란 사실을 어떻게 알았을까?"

혼잣말에 가깝게 중얼거렸는데 아비가 바로 대답했다.

"그 점은…… 아마 피해 하녀들이 늦어도 두 달 안에 일을 그만둔 것 때문일 겁니다."

"응?"

"저희 같은 하녀들은 몸이 좋지 않다고 해서 바로 의원을 찾지 않습니다."

일레나의 눈이 아비에게 향하자 설명이 이어졌다.

"만약 병이라도 발견되면 일을 그만두어야 한단 불안감도 있고…… 그게 아니라도 진찰비가 부담되기도 하고요. 성에 고용된 의사가 진찰비를 따로 받지 않는다고 해도, 거의 몸에 밴 버릇이죠."

일레나의 입술이 살짝 벌어졌다.

"……아."

그렇구나. 그런 점까지는 미처 생각하지 못했다. 일레나에겐 아프면 의사를 찾는 것이 당연했으니까.

'그럼 잉칸이 의사를 매수하지 않았다면…… 배가 눈에 띄게 불러올 때까지 회임 사실을 모른 하녀들도 있었겠구나.'

그건 잉칸이 원하는 바가 아니었을 거다. 그 상황까지 가면 주변에서도 하녀가 아이를 가진 것을 눈치채는 사람이 나올 테고, 말이 퍼지지 않을 수 없었을 테니까.

"……잉칸은?"

일레나는 생각이 미친 김에 물었다. 아비가 답했다.

"심문 중입니다. 증인과 증언까지 나왔으니 곧 자백할 것으로 보입니다."

"그래."

일레나는 차를 한 모금 더 마신 뒤 잔을 내려놓았다.

남편은 그녀가 놓친 사실을 바로 알았다. 그 말은 그가 자신이 부리는 사용인의 삶에 대해 충분히 알고 있었다는 거다. 세상엔 아랫것이 어떻게 사는지 관심을 두지 않는 통치자도 생각보다 많다. 적어도 메이하드 공작은 그런 주인이 아니라는 이야기였다.

일레나는 찻잔을 만지작거렸다. 곧 생각에 잠겨 있던 그녀의 입이 열렸다.

"공작님은 지금 어디 계시나?"

잉칸을 직접 심문하고 방에서 나오던 메이하드 공작이 일레나를 발견하곤 멈춰섰다.

“부인.”

“할 말이 있어요.”

그러더니 일레나는 대답도 듣지 않고 다짜고짜 그를 복도의 아무 방으로 끌고 들어가 문을 닫았다.

“…….”

덩치로 따지면 제 절반도 안 될 것 같은 상대의 미약한 힘에 순순히 끌려온 메이하드 공작이 의아한 눈으로 일레나를 쳐다보았다.

“할 말이라니.”

“질문 하나 할 건데요, 솔직하게 말해줘야 해요.”

“무슨 질문이기에…….”

“솔직하게 말한다고 약속해 줘요.”

메이하드 공작은 일레나의 말에 잠시 침묵하다 입을 열었다.

“그럴 수 있는 질문이면, 그렇게 하겠습니다.”

‘이것 봐. 빠져나갈 길을 만든다 이거지.’

일레나는 살짝 불만스럽게 메이하드 공작을 올려다보았으나, 곧 그래도 상관없다는 듯 콧바람을 훙 내뿜었다. 대답이 진심인지 아닌지는 이쪽에서 매의 눈으로 판별하면 된다. 무슨 말을 하려는지 한 손으로 벽을 짚은 일레나가 이내 입술을 움직였다.

“당신이 나와 밤을 보내지 않겠다고 한 이유 말이에요.”

“그건…….”

“내 질문 안 끝났어요.”

숨을 깊게 들이쉰 일레나가 고개를 들고 말을 이었다.

"그 이유가, 혹시 당신 소문이에요?"

"……."

"당신 평판 때문에, 혹은 당신이 소문대로 정말 저주받아서 나와 너무 가까이하면 내게 뭔가 나쁜 영향을 줄까 봐…… 설마 그런 것 때문이에요?"

일레나는 만약 그렇다는 대답이 나오면 어떻게 반응해야 할까 고민했다. 이성적으로 생각하면 기뻐해야 할 것이다. 만약 그렇다면, 정말 별것 아닌 이유라 당장 이 자리에서 해결이 가능할 테니까.

뭐가 어렵겠는가? 당사자인 일레나가 무작정 아니라고, 괜찮다고 하며 밀어붙이면 그만인데. 그럼 일레나의 고민은 즉석에서 해결되고, 더는 세상을 구할 용사를 낳는 문제로 그녀가 골머리를 앓지 않아도 된다. 더 볼 것도 없이 반기고 환영할 일이었다.

그런데 왜일까.

일레나는 메이하드 공작의 입에서 정말 긍정의 답이 나오면, 별로 기쁠 것 같지 않았다. 오히려 화가 날 것 같았다. 그것도, 꽤.

일레나가 입술 안쪽 살을 슬쩍 깨물었다. 계량하기 힘든 침묵이 흐르고, 마침내 메이하드 공작의 입이 열렸다.

"……아닙니다."

"……후."

일레나는 스스로조차 뜻을 모를 한숨을 내쉰 후 물었다.

"정말?"

"네."

"솔직하게 대답한 거예요?"

"솔직하게 대답한 겁니다."

일레나의 눈이 메이하드 공작의 얼굴을 집요하게 살폈다. 마치 거짓말하는 기색을 찾아보기라도 하려는 듯. 그러나 샅샅이 뜯어봐도 별달리 의심스러운 기색을 발견하지 못했는지, 집요하던 시선이 수그러들었다.

"……그래요. 그런 이유는 아니라는 말이죠."

저 답은 불행일까, 다행일까. 그리고 지금 이 심정은 실망일까, 안도일까. 자신의 속내가 이렇게 어렵게 느껴지다니. 일레나는 참 낯선 일이라고 생각했다. 여태 스스로를 단순한 편이라고 여기며 살아왔는데 말이다. 살다 보면 간혹 이렇게 갈피를 잡지 못하는 날도 있는가 보다.

"그럼 정말 이유가 뭐예요? 아, 됐어요. 이건 대답해 줄 거라고 기대해서 한 질문 아니니까."

물어놓고 일레나는 자기가 먼저 손을 내저었다. 벽을 짚었던 손을 내린 일레나가 처음보다 한결 누그러진 기세로 말을 덧댔다.

"아무튼…… 좋아요. 그거 물어보려고 온 거예요. 내 용건은 여기서 끝났어요."

"……."

"나한테 뭔가 더 할 말 없으면, 나갈까요?"

일레나는 잠깐 기다렸다가 상대에게서 그 이상 말이 없자 굳게 닫힌 문으로 손을 뻗었다.

그때 갑자기 크고 두꺼운 손이 튀어나와 그녀의 손을 가로막았다.

"잠시, 부인."

"……?"

"손목을 좀 볼 수 있겠습니까?"

일레나는 대수롭지 않게 소매를 걷어 자기 손목을 보여주었다.

"자요."

메이하드 공작이 고개를 저었다.

"그쪽이 아니라, 반대쪽 손목을 부탁합니다."

"……."

일레나가 조용해졌다. 그녀는 방금 스스럼없이 소매를 걷었던 것과 달리, 이번에는 잠시 생각하는 것 같더니 뒤로 물러섰다.

"생각해 보니까, 이건 좀 아닌 것 같아요."

메이하드 공작이 가리킨 손목을 등 뒤로 두어 감추며 일레나가 말을 덧붙였다.

"아무리 부부 사이라지만 이렇게 아무 데서나 막 맨살을 보여달라고 하고…… 그걸 들어주고, 그건 좀 아니지 않나요?"

"……."

"나한테도 때와 장소를 선택할 권한은 있다고 생각되거든요. 일단 나는 낮보다는 밤이 좋고, 이처럼 준비 안 된 낯선 방보다는 분위기 있는 침실이……."

"일레나."

"……."

"손목을."

입을 딱 다문 일레나가 그녀보다 한참 위에 있는 메이하드 공작의 얼굴을 흘끔거렸다.

"부탁입니다."

일레나는 결국 한숨을 내쉬고 어쩔 수 없이 등 뒤로 숨겼던 손목을 내밀었다. 마지못한 손길로 소매를 살짝 걷어 올리자, 시퍼렇게 멍이 든 손목이 드러났다. 누가 보기에도 손자국 모양으로 든 멍이었다. 피부가 워낙 흰 편이라 멍 자국이 더욱 또렷하게 보였다.

일레나는 얼른 소매를 다시 내렸다.

"이제 됐죠?"

"잉칸이 이런 겁니까?"

"아니라고 하면, 그런가 보다 하려고요?"

일레나가 살짝 툴툴거리듯 받아쳤다. 될 수 있으면 보여주고 싶지 않았는데, 결국 보이고 말았다.

'하, 부끄러워.'

태생적으로 피부가 약해서 흔적이 잘 남는 편인 게 모처럼 원망스러웠다. 잉칸 따위에게 이런 부상을 당하다니. 정말 치욕이었다.

메이하드 공작은 한동안 아무 말이 없었다. 정적이 이어지자 일레나는 부끄러움에 바닥으로 내렸던 시선을 다시금 들어 올렸다.

그때 메이하드 공작이 말했다. 기분 탓일까. 목소리가 굳어 있었다.

"왜 그랬습니까?"

"……왜 그러다뇨?"

"왜 이렇게 다치면서까지 구태여 잉칸 그 작자의 허물을 밝히겠다고 나선 겁니까?"

"다쳤다고 할 것까지는……."

일레나는 어물어물 대꾸하다가 곧 입을 삐쭉였다. 아니, 솔직히 그게 다 누구 때문인데.

'누군 좋아서 했냐고.'

그러잖아도 결과가 시원찮아서 불만스럽던 참이다. 잉칸의 잘못을 일레나가 까발리긴 까발렸는데, 결과를 보면 죄를 확증할 증인도 증언도 메이하드 공작이 찾아냈다.

어중간했다. 마치 문제를 발견하고 제기하는 것까진 일레나가 했는데, 정작 해결은 메이하드 공작이 해버린 느낌.

중요한 걸 빼앗겼다. 이래서야 일레나가 처음 생각했던 대로 메이하드 공작에게 당신 나한테 빚졌으니 그 빚 받겠다고 큰소리치기도 뭐하다. 그것 때문에 가뜩이나 기분이 좀 저조한데, 그 와중에 마치 나무라는 듯한 말까지 들으니 억울함에 더해 순간 심통이 확 솟았다.

일레나는 될 대로 되라는 심정으로 입을 열었다.

"왜겠어요? 당신 때문에."

"……."

"당신이 나랑 안 자겠다고 하니까!"

"……부인."

"내가 잉칸 일로 화려하게 공을 세워서 그걸 빌미로 당신한테 잠자리를! 받아내려고 했다고요! 그래서 그랬어요! 됐어요?"

말하다 보니 울컥 서러워진 일레나가 마지막에 가선 거의 외치듯 말을 뱉고는 씩씩거렸다. 그러고 나자 불시에 이성이 돌아왔다.

"……."

미치겠네. 나 뭐라고 지껄인 거람…….

뒤늦게 밀려드는 민망함과 그보다 더한 자괴감에 일레나가 흔들리는 시선을 둘 곳을 찾았다. 메이하드 공작은 그런 일레나를 보며 무슨 말을 하려는 것처럼 입을 달싹이다가, 이내 직접 닫힌 문을 열었다.

"약을 보내겠습니다."

일레나는 방에서 나가려는 듯 뒤돌아선 메이하드 공작의 등을 보다가 불쑥 말했다.

"……그냥 직접 주는 건 어때요?"

"……."

"내 방으로 가져와서 발라줘요. 오늘 밤에."

어떤 책에서 그랬다. 위기를 기회로.

그게 바로 성공한 사람의 삶의 방식이라고.

일레나는 뒤늦게 제 말이 너무 노골적인 수작처럼 들렸을까 봐 덧붙였다.

"와서 뭔가 하라는 게 아니에요. 그냥 약만……."

"알겠습니다."

긍정의 답을 얻은 일레나가 조금 전까지의 민망함을 이겨내고 활짝 웃었다.

오후가 되자 잉칸은 결국 모든 죄를 자백했다.

알고 보니 그간 잉칸의 실험에 동원된 피해자의 수는 무려 스물에 달했다. 그는 약초 납품을 핑계로 곳곳을 다니며 그곳의 하녀들에게 몰래 약을 먹여 실험 대상으로 삼았다. 일레나는 아비에게서 그 사실을 전해 듣고 하마터면 찻잔을 깨뜨릴 뻔했다.

'사명감이 어쩌고 잘도 나불대더니, 이 미친…….'

마르종가에는 즉각 그의 죄를 고발하고 책임을 묻는 내용의 서신이 전해졌다. 잉칸의 신변은 논의 끝에 우선 그의 가문에 이양하는 것으로 결정되었다.

잉칸은 죄인용 작은 마차에 몸을 구겨 싣고 공작성을 떠났다. 일레나는 창가에 서서 멀어지는 마차를 잠자코 지켜보았다.

잉칸이 저지른 짓이 알려지고, 공작성은 크게 술렁였다. 가장 동요한 것은 역시 하녀들이었다. 그녀들은 어쩌면 자신이 피해자가 되었을지 모른다는 사실에 역겨워했고, 이미 피해를 받은 이전 동료를 안타까워했으며, 마지막으로 의아해했다.

'왜 그런 짓을 했을까?'

그녀들은 잉칸이 그 같은 짓을 한 이유를 궁금해했다. 여러 추측이 난무하기도 했다. 그냥 취향이 더러운 변태일 것이다. 아니다, 무슨 사연이 있었을 것이다. 소문을 들으니 집안 사정이 복잡하던데, 어쩌면 어린 시절의 상처가 트라우마가 되어…….

일레나는 그 모든 추측을 모아 듣고 생각했다.

'가다가 벼락이나 맞아라.'

알 바 아니라고.

잉칸이 무슨 이유로 범죄를 저질렀든 간에 일레나가 알 게 뭐란 말인가. 일레나는 범죄자의 사연을 헤아려 줄 만큼 심성이 곱지도, 마음이 넓지도 않았다. 그녀는 다만 오물을 태우고 멀어지는 마차를 보며 자연이 알아서 저 오물을 치워주었으면 하고 간절히 염원했다.

이내 일레나는 창가에 커튼을 치고 뒤돌았다. 돌아선 그녀의 손에는 영상구가 들려 있었다. 영상구를 내려다보는 일레나의 표정이 복잡했다.

'……이걸 쓰지 않아도 돼서 다행이야.'

정확히는 영상구 후반부에 담긴 대화를 재생하지 않아도 돼서.

영상구 후반부에는 잉칸이 메이하드 공작에 대해 지껄였던 모욕적인 언사가 담겨 있었다. '괴물' 어쩌고 했던 말. 일레나는 만약 잉칸의 다른 죄를 입증하지 못할 것 같으면 이거라도 까발려 놈이 모욕죄로 처벌받게 해야 하나 고민했다. 결과적으로 그럴 필요가 없었고, 일레나는 진심으로 잘되었다고 생각했다.

'아무리 잉칸에게 죗값을 물리기 위해서라 해도, 이런 걸 들려주고 싶지는 않았으니까…….'

일레나는 영상구를 조작하여 그 안에 녹음된 대화를 모조리 지웠다. 잉칸의 제대로 된 자백은 다른 영상구를 통해 따로 남겨두었으니 이제 이것은 필요 없었다.

녹음 기록이 전부 지워진 걸 확인하고도 일레나는 다소 찜찜한 눈으로 영상구를 응시했다. 일회용이 아니었으니 얼마든지 다시 쓸 수 있었지만, 어쩐지 별로 그러고 싶지 않았다.

'버리자.'

일레나는 금방 결정을 내린 후 집사 벤을 불렀다.

"효용을 다했으니 이만 폐기하게."

마법 도구는 따로 폐기 절차를 거쳐야 한다. 벤은 공손하게 영상구를 받아 들고 물러갔다.

그날 밤, 약속한 대로 메이하드 공작이 약을 들고 일레나의 침실을 찾았다. 일레나는 일부러 침실의 조명을 은은히 켜두었다. 그뿐이랴. 은근슬쩍 향초도 가져와서 피웠다. 목적이 너무나 명백한 준비였지만, 메이하드 공작은 아무런 말도 하지 않았다. 일레나는 상대의 담백한 태도에 내심 입을 내밀었다.

'칫.'

뭐, 이럴 줄 알았다. 어차피 크게 기대한 것도 아니었다.

일레나는 제 손목에 약을 바르는 커다란 손을 응시했다. 메이하드 공작은 무척 조심스러운 손길로 그녀의 멍 자국에 살살 약을 발랐다. 어찌나 조심스럽고 섬세한지 마치 깃털로 약을 찍어서 바르는 것 같았다.

일레나가 간지러움을 참지 못하고 살짝 몸을 움츠리자 메이하드 공작이 바로 손을 멈췄다.

"아픕니까?"

일레나의 눈빛에 당황이 스몄다. 이 사람은 지금 자기 손에 들어간 힘이 어느 정도인지 객관적으로 판단하지 못하는 것이 틀림없었다. 고작 이런 멍이 아니라 극심한 상처라도 지금처럼 약을 바르면 간지럽기만 할 것이다.

"……간지러워요."

메이하드 공작은 일레나의 답에 안심한 듯 다시 약을 펴 발랐다.

'간지러우니까 좀 더 과격하게 바르라고 해볼까.'

갈등하던 일레나가 그냥 말을 아꼈다. 그녀는 간지러움을 참고 묵묵히 메이하드 공작이 약을 바라는 걸 지켜보았다. 그러다 커다란 손이 약을 다 바르고 그녀의 손목에서 멀어질 즈음 물었다.

"당신."

"네."

"검은 언제부터 잡았어요?"

뜻밖의 질문이었는지 약통을 닫던 메이하드 공작의 시선이 일레나에게 향했다.

"그냥…… 당신 손이 거칠어서요. 굳은살도 많고."

정확히는 손이 아니고 손바닥이 거칠었다. 손등은 부드러우니까. 사실 이건 지금 알게 된 사실이라기보다는, 전에 집무실에서 그의 손을 주물렀던 경험과 그때의 감각이 떠오른 것이지만.

일레나는 그렇게 생각했다가 곧 내용을 정정했다.

'주무르다니? 살짝 만진 거지.'

일레나가 그렇게 자신의 지난 행위를 왜곡할 때 메이하드 공작이 대답했다.

"여섯 살에 처음 쥐었습니다."

"그렇게 어릴 때요?"

일레나는 그녀의 오빠 에드워드가 처음 교양으로 검술을 배웠던 나이를 떠올렸다. 열둘인가, 그랬던 것 같은데.

'여섯 살…….'

일레나의 눈빛이 아득한 과거를 더듬듯 흐려졌다. 그때 내가 뭘 하고 있었더라. 잘 생각은 안 나지만, 아마 세상에 검이라는 것이 존재하는 줄도 모르지 않았을까. 아니, 기사가 악당을 물리치는 동화책을 읽을 나이니 알긴 했으려나. 실제로 어떻게 생겼는지 몰랐을 뿐.

'이거나 그거나.'

하여튼 까마득한 옛날이었다. 너무 어릴 때고. 일레나는 검을 잡은 여섯 살짜리 메이하드 공작을 머릿속에 그려보려 노력했다. 그 시도가 보였는지 메이하드 공작이 간단히 말했다.

"형편없었습니다."

"그……."

'그렇지 않았을 거다' 하고 자기도 모르게 변호하려던 일레나가 멈칫했다.

생각해 보면, 여섯 살짜리 아이가 그럴듯하게 검을 휘두르기가 더 힘들지 않을까. 우선 검의 길이가 아이의 키 정도는 될 텐데.

'더 되나?'

메이하드 공작의 말대로 영 형편없는 모습이었을지도 모른다. 그렇지만 일레나는 형편없다는 매정한 평 대신 기어코 다른 표현을 찾아냈다.

"……그보다는, 어설픈 모습이 무척 귀여웠겠네요."

말하고 나니 정말 그랬겠다는 생각이 들었다. 일레나의 표정이 조금 상기되고 목소리가 높아졌다.

"그렇지 않아요? 엄청 귀여웠을 것 같은데. 주변에서 그렇다고 안 했어요?"

"……글쎄요."

"했을 거예요. 당신이 지금 너무 나이가 들어서 기억하지 못하는 거고요."

일레나는 그렇게 말했다가 자신의 말에 오해의 소지가 있음을 깨닫고 재빨리 부연했다.

"내 말은, 세월이 그만큼 흘렀다는 거죠. 당신 나이가 많다는 뜻이 아니라. 이해하죠?"

메이하드 공작이 대꾸하는 대신 옅게 웃었다. 웃는 걸 보니 이해했네. 일레나가 안심하고 마주 웃었다.

"뭐…… 당신이 객관적으로 나이가 많은 건 아니죠. 나랑 다섯 살 차이던가?"

일레나는 현재 열아홉이었다. 그녀가 알기로 메이하드 공작은 스물넷.

"딱 좋네요. 예로부터 다섯 살 차이면 결혼할 때 다른 조건은 보지도 않는다고 했어요."

즉석에서 지어낸 말이었지만, 일레나는 천연덕스러웠다. 메이하드 공작은 딱히 그녀의 주장이 금시초문이라는 걸 지적할 의사는 없어 보였다.

"그렇습니까?"

"그럼요."

일레나는 메이하드 공작의 눈치를 보다가 슬쩍 덧붙였다.

"그리고 두 사람이 아이를 낳으면 그 아이는 훗날 큰 인재가 된다는 말도 있어요."

"……."

"얼마나 큰 인재라더라……. 세상을 구한다고 했나?"

"……."

"어떻게, 큼, 당신 나와 함께 세상을 구해볼 생각은……?"

"밤이 늦었습니다."

메이하드 공작이 손을 뻗어 침대맡의 램프를 껐다.

쳇, 안 먹히네.

일레나는 어쩔 수 없이 침대에 몸을 눕히며 툴툴거렸다.

"당신이 늦게 와서 그런 거잖아요. 아무리 내가 밤에 오라고 했다지만, 그렇다고 이 시각에 와요?"

야심한 시각이기는 했다. 따지자면 밤중에서도 한밤중. 덕분에 잘 준비를 모두 마치고 기다렸다. 이대로 누워서 눈만 감으면 될 정도로.

"하마터면 당신 기다리다가 잠들 뻔했다고요. 잠든 뒤에 약 발라줄 생각이었어요? 너무하네."

"그 점은 미안합니다."

갑작스러운 어둠에 시야는 곧바로 적응하지 못했다. 일레나는 침대의 매트리스가 약하게 흔들리는 것으로 메이하드 공작이 자리에 누웠음을 알 수 있었다.

"생각보다 일이 늦어져서……."

"정말 미안해요?"

"……."

"진짜 미안하면……."

"안 됩니다."

아니, 뭔 말을 하기도 전에 안 된대. 물론 그럴 만한 것을 요구할 생각이었지만. 일레나는 재차 입을 삐죽였다.

"알았어요, 알았어. 오늘은 내가 포기할게요."

'오늘은'. 의미심장한 말이었다.

"아, 참."

"……?"

"잉칸 그 자식 말이에요. 혹시 어떻게 그런 약을 만들었는지도 자백했어요?"

일레나가 누운 채로 물었다. 처녀가 혼자서 아이를 가질 수 있게 하는 약. 도대체 그 약의 성분이 뭔지, 어떻게 그런 약을 만들었을지 아무리 자료를 찾아봐도 알 수 없었다.

'연금술이나, 마법…… 그런 건가?'

자연법칙을 정면으로 위반하는 것이니, 그럴 확률이 높지 않을까. 솔직히 잉칸이 귀족만 아니었다면 당장 악마 혹은 그에 준하는 사악한 존재로 몰려 화형당했을 법한 약이다. 무에서 유. 어찌 보면 감히 생명을 '만들어내는' 약이니까.

일레나가 그렇게 생각할 때 답이 돌아왔다.

"본인 말로는, 짐승의 피를 섞었다고 하더군요."

"짐승의 피요?"

옆으로 돌아누운 일레나가 눈을 깜박거렸다.

"……혼자 새끼를 배는 짐승이 있던가요?"

이상했다. 그럴 리가.

일레나가 아는 세상의 모든 짐승은 암수가 있다. 어디 짐승뿐이랴? 알려진 바로는 몬스터도 암수가 있고, 그들 또한 교배를 통해서 새끼를 낳는다. 거기다 만에 하나 그런 짐승이나 몬스터가 있다고 해도 그들의 피가 사람의 몸에 들어가 효과를 내는 건 또 다른 문제다.

일레나의 혼란스러운 반응을 이해한다는 듯 메이하드 공작이 덧붙여 이야기했다.

"본인도 무슨 짐승의 피인지는 모르는 듯했습니다. 우선 심문 중에 입수한 약이 있으니 성분을 조사해 볼 생각입니다."

"그래요……."

짐승의 피라니. 정말이지 생각도 못 했던 재료였다.

'거짓말 아냐? 알고 보니 입에 담지 못할 재료를 사용했는데 그걸 실토할 수 없어서…….'

일레나의 생각이 합당한 의심을 향해 굴러갔다. 그러다가 그녀가 곧 작게 하품을 했다. 어쨌든 정말 늦은 시각이었고, 오늘 하루 신경을 쏟을 일이 많았기 때문인지 점점 졸음이 몰려왔다.

일레나는 바로 잠들지 않으려고 애쓰며 주절거렸다.

"있잖아요."

"네."

"당신, 여섯 살에 처음 검을 쥐었으면…… 거의 이십 년 가까이 검을 잡은 거네요?"

"그렇습니다."

"요즘도 종종…… 검 들고 훈련해요?"

일레나의 목소리가 티가 날 만큼 느려졌다. 메이하드 공작이 순순히 대답했다.

"합니다."

"정말? 근데 왜 나는…… 못 봤지."

사실 일레나가 볼 수 없었던 것은 당연했다. 그녀가 여태 메이하드 공작을 마주한 장소는 주로 식당이나 집무실이었으니까. 검을 수련하기에는 매우 적절하지 못한 장소였다. 말하는 도중 그 사실에 생각이 미친 일레나가 덧붙였다.

"연무장…… 다음엔 연무장에 가봐야겠네요."

"……."

"미리 말해줘요. 당신 언제 훈련하는지…… 그래야 내가 알고서 제때 연무장에 갈 것 아니에요."

"……."

"……알겠죠?"

메이하드 공작이 알겠다 대답하려고 입을 벌린 참이었다.

그 잠깐 사이, 새근새근 고른 숨소리가 들렸다.

그는 입을 도로 닫고는 잠든 상대를 응시했다. 눈이 어둠에 적응할 만한 시간이 흐르기도 했지만, 본래 메이하드 공작의 시야는 어둠에 별반 영향을 받지 않았다.

그는 혹여 막 잠든 상대를 깨울까 염려하듯 움직이지 않고 일레나가 깊이 잠들 때까지 그녀를 지켜보았다.

새벽.

일레나의 침실 옆 서재에서 희미한 불빛이 새어 나왔다. 녹음된 영상을 재생하는 영상구에서 나오는 불빛이었다. 어찌 된 일인지, 낮에 일레나가 집사에게 폐기를 명령했던 영상구가 그곳에 있었다.

-그래서…… 공작 부인께서 지니신 고민이, 뭡니까?

게다가 일레나가 분명 지워진 것을 확인했던 대화 기록이 그 영상구를 통해 흘러나오고 있었다.

-하녀들. 하녀들에게 약을 먹여 실험했습니다.

메이하드 공작은 묵묵히 이어지는 대화를 들었다. 대화가 진행되는 내내 그의 표정에선 별달리 변화라고 할 만한 것을 찾아볼 수 없었다.

-이거 봐. 잉칸 마르종 영식.

그러다 이 부분에서 메이하드 공작의 미간이 처음으로 미세하게 좁혀졌다. 그의 시선이 얼핏 잠든 일레나가 있는 침실로 향했다. 파란색 눈동자가 다소 어둡게 가라앉았다.

영상구는 계속해서 녹음된 내용을 재생했다.

-원하는 게 공작 부인이라는 지위입니까? 더해서 장차 공작이 될 자식의 어머니? 그래요, 부인께서 무슨 이유로 괴물의 아내가 됐든 상관없습니다.

일레나가 걱정하고, 들려주기를 꺼렸던 부분에선 오히려 메이하드 공작은 아무 반응이 없었다. 반응은 그보다 조금 뒤에 나타났다.

-크악!

-얌전히 들어주니까 이게 아까부터 누구한테 자꾸 괴물이래? 누가 괴물이

냐고!

-부인…… 지금…….

-부인이라고 부르지 마, 이 쓰레기야! 날 그렇게 부를 수 있는 건 내 남편뿐이야!

영상구가 격분한 일레나의 목소리를 그대로 재생했다.

-괴물이 아니라, 내 남편이라고! 알아들어?

이 뒤로 소란이 조금 더 이어지다가 영상이 끊겼다.

메이하드 공작은 잠잠해진 영상구를 말없이 응시했다. 영상구의 불빛이 꺼지고 서재가 어둠으로 덮였다. 그 어둠이 그의 표정을 가렸다.

그는 꽤 오랜 시간 어둠 속에서 미동도 하지 않고 가만히 꺼진 영상구를 바라보았다.

한 마리의 말이 이끄는 마차가 어두운 밤중에도 불구하고 길을 달렸다. 평탄한 길은 아니었다. 가뜩이나 작은 마차는 충격을 잘 흡수하지도 못했다.

덜컹!

"으윽."

마차가 흔들릴 때마다 마차 안에서 고통 섞인 신음이 흘러나왔다. 이번에도 어김없었다. 그리고 뒤이어 당연한 듯 욕설이 따라붙었다.

"이 빌어먹을 마부 놈아! 마차를 이따위로밖에 못 모느냐?"

마부석과 이어진 창을 통해 성난 목소리가 고스란히 들렸다. 마부가 바로 대답했다.

"죄송합니다, 나리. 좀 더 주의하겠습니다."

"주의, 주의. 네놈은 아까부터 말로만 주의하는구나."

"……죄송합니다."

"마차도 제대로 못 모는 마부라니. 어찌 저리도 쓸모라곤 찾아볼 수가 없는지…… 윽."

고삐를 쥔 마부의 손에 힘이 들어갔다.

'젠장. 누군 좋아서 너 같은 걸 태우고 마차를 모는 줄 알아?'

공작성에서 출발한 마차는 잉칸 마르종을 태우고 있었다. 마부는 잉칸이 죄인이라는 사실을 얼추 눈치챘다. 정확히 그가 무슨 죄를 지었는지는 몰라도, 가혹한 심문으로 몸이 멀쩡한 상태가 아니라는 것은 알았다.

어찌 모르겠는가? 성을 출발한 직후부터 마차가 조금이라도 흔들릴 때마다 상대가 저 지랄…… 아니, 난리를 피우며 티를 내는데.

'가뜩이나 이 시간에 마차를 모는 것도 마음에 안 드는데. 에이.'

밤중에 마차를 모는 것은 위험했다. 당연한 이야기다. 우선 밤은 낮보다 시야 확보가 어려웠다. 아무리 말과 마차에 등을 단다고 해도 저 먼 발치까지 훤히 보이는 것은 아니다. 뭔가 위험한 것이 나타났을 때 그것을 미리 발견하고 피할 수가 없었다.

'이 근방에서 뭐가 나타난다는 이야기는 따로 들어본 적 없으니 괜찮겠지만…….'

마부가 내심 투덜거렸다. 마부는 밤에 마차를 모는 것은 위험하니 하룻밤 여관에서 쉬고 내일 아침 출발하자 했지만, 잉칸이 고집을 피웠다. 밤새 마차를 달려서 하루빨리 이 거지 같은 영지에서 벗어나 수도로 돌아가자고 성화였다. 아무리 죄인이어도 귀족인 잉칸의 말을 고작 마부가 거역할 수는 없었다.

'이래서 귀족 놈들이란. 죄를 지어도 나보다는 상전이구나. 에휴…… 응?'

마차가 갑자기 멈췄다. 너무 갑작스러워 대비하지 못한 잉칸의 몸이 그대로 앞으로 쏠려 고꾸라졌다.

"악! 이 개 같은……!"

"나, 나리."

즉각 쌍욕을 쏟아내려던 잉칸의 입이 다물렸다. 마부의 목소리가 심상치 않았다. 그뿐 아니라, 바깥에서 들려오는 다른 소리도.

크르륵……크륵.

그르르.

착각이나 잘못 들은 것이 아니다.

'저게 뭐지?'

잉칸의 머리에 그 생각이 들어섰을 무렵 마부가 말했다.

"모, 모, 몬스터입니다."

"……뭐?"

"이, 이 길에 몬스터가 나온다는 말은 처음……히이익!"

히히힝!

말이 날뛰었다. 바퀴가 부서지며 마차가 내려앉았다.

잠시 후, 처절한 비명이 밤중에 울려 퍼졌다.

"다들, 그 이야기 들으셨나요?"

"무슨 이야기요?"

자리에 앉은 여러 부인의 눈길이 한 사람에게 향했다.

마담 가쉬브.

세상의 모든 자극적인 가십을 알고 있다 해도 과언이 아닌 그녀의 입술에 자연스럽게 모두가 시선을 모았다. 오늘은 과연 저 입에서 어떤 파격적인 소식이 나올까? 지루한 일상에 질린 부인들이 저마다 설레는 마음으로 그녀의 이야기를 기다렸다.

집중된 이목에 흡족함을 내보인 마담 가쉬브가 입을 열었다.

"이 자리에 계신 분 모두 마르종 자작가의 잉칸 마르종 영식을 알고 계실 거예요."

"당연히 알죠."

"그 영식이 왜요?"

"실은…… 그 잉칸 마르종 영식이 최근 크게 다쳤답니다."

"어머! 그게 사실이에요?"

"저런, 어쩌다가요?"

"밤중에 마차로 이동하다가 몬스터를 만나 변을 당했다네요."

"어머, 어머."

"몬스터라니, 맙소사……."

"어디서 그랬는데요?"

"메이하드 공작령 경계에서 조금 벗어난 지점이었대요."

"공작령 안쪽이면 메이하드 공작 측에 손해배상이라도 청구했을 텐데, 하필 또 바깥이네요."

"그러게나 말이에요."

"그런데 호위는요? 그 밤에 호위도 없이 이동했나?"

누군가 타당한 의문을 제시했다. 그러자 마담 가쉬브가 기다렸다는 듯 의문을 받았다.

"호위 기사가 있었는데…… 마부와 같이 그 자리에서 도망쳤다고 해요."

"뭐라고요? 도망?"

"마부는 그렇다 치고, 호위가 도망을 쳐요?"

"세상에, 그럴 수가 있나?"

"평소 마르종 영식과 사이가 대단히 나빴나요?"

"아무리 그래도 그렇지. 이 사실이 퍼지면 어느 가문에서도 그 호위를 써주지 않을 텐데……."

"기사를 그만두고 용병 일이라도 할 셈일까요?"

부인들이 수군거렸다. 그만큼 호위 기사가 주인을 버리고 도망쳤다는 사실은 충격적이었다.

"……저택으로 돌아가면 가문 기사들에게 무슨 불만은 없는지 살펴보아야겠군요."

"흠, 흠. 저도요."

"평소 서운하지 않게 대우하는 편이기는 하지만, 사람 일이라는 것이 혹시 모르니……."

위기감을 느낀 부인들이 귀가 후 할 일을 정할 때, 누군가 불쑥 물었다.

"그나저나 마르종 영식은 얼마나 크게 다친 건가요?"

"참, 그러게요."

"의식은 있는 거래요?"

그 순간, 마담 가쉬브의 미소가 짙어졌다. 마치 저 질문이 나오는 순간만을 고대했다는 듯.

"다행히 의식도 있고, 목숨에는 지장이 없다 하네요."

"정말 다행이네요."

"그만하면 천운이죠."

"다만……."

'다만?'

부인들은 직감적으로 알아챘다. 이다음에 나오는 것은 보통 소식이 아닐 것이다. 마담 가쉬브가 안타까움이 담긴 목소리로 말을 이었다.

"보기에 따라서는 목숨만큼 중하다고 여길 만한 것을 잃고 말았다고 해요."

"네?"

"그게 무슨……."

"헉, 설마?"

눈치가 좋은 몇몇 부인이 눈을 부릅떴다. 마담 가쉬브가 부채를 펼쳐 입매를 가리고 고개를 끄덕였다.

"그래요. ……가 되었다네요."

"헉!"

"허억!"

"……가 되었다고요?"

"……가 되다니, 어떻게 그럴 수가!"

눈치가 보통이거나 보통 미만인 나머지 부인들도 전부 입을 틀어막고 경악했다.

"신이시여……."

"세상에, 어찌 그런 일이……."

"어쩌다 하필 그리되었대요? 이유가 있나요?"

"마르종 영식이 바지춤에 약초를 지니고 있었는데, 매우 공교롭게도 그것이 몬스터를 자극하는 약초였다나 봐요. 하체를 집중적으로 공격당했다고……."

"아……."

"저런……."

"그런 약초가 있었다니……."

그 어느 때보다 침통한 분위기가 흘렀다.

"마담께서는 어찌 그러한 소식을 모두 아시나요?"

"왕국 각지에 저의 눈과 귀가 있답니다. 메이하드 공작령도 예외는 아니고요."

과연 가십의 여왕. 그 자리의 부인들이 내심 감탄했다.

마담 가쉬브는 자신을 향한 감탄의 눈길을 충분히 음미한 후 천천히 입을 벌렸다.

"한 가지 더, 재미있는 이야기를 해드릴까요?"

"재미있는 이야기요?"

"혹시 지금 들려주신 것과 관련한 이야기인가요?"

"그럼요."

마담 가쉬브의 눈빛이 반짝 빛났다. 흡사 먹음직스러운 사냥감을 물어온 사냥개처럼.

"사실은, 잉칸 마르종 영식이 그간……."

이야기가 이어질수록 부인들의 표정이 시시각각 변했다.

마담 가쉬브의 이야기가 끝났을 즈음, 잉칸을 안타깝게 여기는 부인은 거의 남지 않았다. 오히려 몇몇은 잉칸의 사고를 기껍게 여기게 된 것 같았다. 다만 남의 불행에 대놓고 기뻐하는 기색을 보이는 게 좀 그랬는지, 그녀들은 저마다 부채를 활짝 펼쳐서 올라간 입술 끄트머리를 가렸다.

"하하하!"

일레나는 대놓고 기뻐했다. 그녀는 소식을 전달해 준 아비의 손을 잡고 처소에서 팔짝팔짝 뛰었다.

"잘됐다! 잘됐어!"

일레나의 목소리는 들떠 있었고, 눈동자는 환하게 빛났다.

"잉칸 그놈이 고자가 되었다니!"

표현은 매우 거침없었다. 일레나는 싱글벙글 웃으며 잉칸이 떠나던 날 자신이 하늘에 빌었던 소원을 떠올렸다.

'저 범죄자가 가는 길에 벼락을 내려달라고 했었지.'

하늘은 화끈했다. 벼락은 아니어도, 그에 못지않은 파격적인 방식으로 잉칸에게 천벌을 주었으니까. 처음엔 목숨을 건졌다고 해서 살짝 아쉽기도 했는데, 생각해 보니 오히려 이쪽이 나은 것 같았다.

'차라리 잘됐어.'

죽으면 그걸로 끝이지만, 악몽은 평생 남는다.

'어디 매일 밤 식은땀 뻘뻘 흘리며 악몽이나 꿔라.'

곱게 죽는 것도 사치다. 살아서 오래 고통받는 것이 낫다.

일레나는 잔인한 생각을 아무렇지 않게 하며 기꺼워했다. 그러다 문득 어딘가에 생각이 미쳐 아비에게 말했다.

"공작님께 내가 지금 찾아간다고 기별을 넣어주렴."

"네."

아비가 나간 후, 일레나는 잠시 기다렸다 방을 나섰다. 자고로 기쁨은 나누면 두 배가 된다고 했다. 그럼 당연히 부부간에 이 좋은 소식을 나눠 기쁨을 배로 불리는 것이 인지상정. 일레나는 남편과 이 통쾌함을 공유할 생각에 부지런히 복도를 걸었다.

그러다 웬 못 보던 얼굴의 기사와 마주쳤다.

"안녕하십니까, 공작 부인."

"그래. 수고……."

기사를 그냥 지나치려던 일레나가 발을 멈췄다.

"경."

"예, 공작 부인."

기사는 빳빳하게 기합이 들어가 있었다. 일레나를 '마님'이 아닌 '공작 부인'으로 칭하는 것도 그렇고, 자세나 표정도 그렇고, 여러모로 신입 기사가 보여줄 법한 전형적인 모습이다.

일레나는 그를 물끄러미 살피며 고개를 갸웃했다.

'착각인가?'

분명 새로 들어온 기사는 맞는 것 같은데…… 그런 것치고 묘하게 낯이 익은 느낌이었다. 마치 어디서 본 것처럼.

'어디서 봤지?'

"경은 이름이?"

"헤이스트입니다."

헤이스트.

모르는 이름이었다.

"성은?"

"러너입니다."

헤이스트 러너.

역시 모르는 이름이었다. 기사의 얼굴을 좀 더 살피던 일레나가 물었다.

"공작성에는 이번에 새로 소속된 건가?"

"예, 그렇습니다."

"전에는 어디서 일했지?"

기계처럼 착실하게 대답하던 기사가 처음으로 머뭇거렸다.

"……그릇된 주인을 섬겼습니다. 하나 무척 감사하게도 새 주인께서 제게 불명예를 벗을 기회를 주셨으니, 이제는 새로운 마음가짐으로 새 주인께 이 한 몸 다 바쳐 충성할 생각입니다."

'그래서 어디서 일했다는 건데?'

일레나는 자세히 캐볼까 하다가 그만두었다. 뭐, 중요한 것은 아니니까.

'그냥 전에 지나가다 얼핏 스치기라도 했었나 보지.'

아니면 다른 사람과 착각한 것일 수도 있었다. 헤이스트라는 기사는 그만큼 흔한 인상이었다.

"좋아. 그럼 앞으로 공작성에서 수고해 주게, 헤이스트 경."

"명심하겠습니다!"

일레나는 뻣뻣하게 대답하는 기사를 두고 본래 목적지인 집무실로 향했다. 그런데 집무실에 도착하자 메이하드 공작이 예상외의 모습으로 그녀를 맞이했다.

"부인."

"……어디 가려고요?"

그는 책상에 앉지 않고 일어서 있었다. 어디 나가려고 그러나?

'아니면 나가려던 참인데 내가 찾아간다고 해서 기다려 준 건가?'

일레나가 그렇게 생각할 때 메이하드 공작이 그녀에게 성큼성큼 다가왔다. 다리가 길어서 그런지 몇 걸음 걷지 않은 것 같은데 벌써 그녀의 앞이었다. 일레나가 그의 책상으로 다가갈 때와는 걸음 수부터 달랐다.

'이런 것에서도 신체적 차이를 느껴야 한다니…….'

일레나가 미묘한 감상을 받은 찰나 메이하드 공작의 입이 열렸다.

"잠시 걷겠습니까?"

공작성의 정원은 어딜 둘러보든 완벽하다는 말이 어울릴 정도로 잘 관리되어 있었다. 어찌 보면 당연하다고 해야 할 것이다. 일하는 정원사의 수만 열이 넘고, 정원사장을 따로 두어 그들을 통솔한다는 걸 생각하면.

일레나는 깔끔하게 손질된 정원을 감상하며 묵묵히 걸었다. 말없이 걷던 그녀가 문득 고개를 젖혔다. 위쪽 공기는 어떠냐고 물어보고 싶을 정도로 한참 위에 메이하드 공작의 얼굴이 있었다. 앞을 응시하는 그의 얼굴에서는 별달리 표정이랄 것을 읽어내기 어려웠다. 목이 아파진 일레나가 금방 고개를 바로 했다.

'……뭐지?'

그녀에게 잠시 걷겠냐고 제안한 메이하드 공작은 곧장 정원으로 자리를 옮겼다. 일레나는 집무실에서 정원까지 이동하는 동안 열심히 머리를 굴려보았다. 도출된 결론은 하나였다.

'나한테 뭔가 할 말이 있나?'

그녀의 남편이 그녀에게 뭔가 할 이야기가 있는 것 같았다.

'그러니까 갑자기 이렇게 걷자고 했겠지.'

별다른 이유 없이 산책을 권하는 분위기는 아니었다. 건강을 위해 하루 중 얼마의 시간을 걷기에 할애하자는 의도도 아닌 것처럼 보였고.

'……그러고 보니.'

일레나는 문득 어떠한 사실 하나를 떠올렸다. 최근 들어 그녀의 남편은 뭔가 생각이 많아 보였다.

'정확히는 잉칸 일이 있고 난 후부터였지.'

잉칸이 성을 떠나던 날, 그쯤부터였다. 달리 말하면 메이하드 공작이 그녀의 손목에 약을 발라준 날 밤 이후.

'뭔가 관계가 있나?'

사실 그간 남편이 개인적인 일로 생각할 것이 많나 보다 했다. 그도 그럴 게 그녀의 남편은 공작이고, 이 성의 주인이며, 다스리는 영지도 있다. 거기에 세세하게는 몰라도 소유한 사업체가 여럿. 생각할 것이 많지 않다면 오히려 그게 더 이상할 일이었다.

그렇게 여겨서 그동안은 딱히 신경 쓰지 않았는데……. 이런 상황이 되니 어쩐지 생각이 많아 보였던 게 다른 이유 때문은 아니었는지 의심이 되었다.

'그렇지만 딱히 짐작 가는 게 없는데…….'

잉칸 일이야 사실상 마무리가 되었다. 그의 가문에 전달한 서신의 답신만 기다리는 상황. 순조로운 진행 상황을 나타내듯 일레나의 손목에 든 멍도 이제는 거의 빠졌다.

'뭘까?'

도대체 남편은 이렇게 장소까지 옮겨서 그녀에게 무슨 말을 하려는 것일까. 일레나의 머리가 그처럼 의문으로 가득 찼을 때 메이하드 공작의 입이 열렸다.

"부인은……."

기다리던 목소리에 일레나는 귀를 쫑긋 세웠다.

"무섭지 않습니까?"

"무서워요?"

일레나가 눈을 깜박이다 되물었다.

"뭐가요?"

귀신, 재해? 아니면 뭐, 질병?

"나와 이렇게 시간을 보내는 것 말입니다."

귀신도 재해도 질병도 아니었다. 일레나의 표정이 영문을 모르겠다는 듯 변했다.

"……그게 왜 무서운데요?"

설마 싶은 기색으로 일레나가 물었다.

"당신, 나한테 여기서 무슨 짓 할 거예요?"

뒤이어 구체적인 예시가 줄줄 따라붙었다.

"돌부리 근처에서 밀어놓고 왜 넘어지냐고 비웃는다거나? 머리에 붙은 나뭇잎을 떼어준다면서 실은 벌레를 올려놓는다거나?"

"……."

"음…… 아니면 좀 심하긴 하지만 벌집을 건드려 놓고 그 자리에 나만 남겨두고 도망간다거나?"

상세한 것은 둘째 치고 하나같이 치졸하기 그지없었다.

사실 그 모든 예시가 순전히 일레나의 상상에서 비롯된 것은 아니었다. 처음과 두 번째는 일레나가 당한 일이었고, 마지막 건 일레나가 상대에게 갚아준 일이었다.

상대란, 아니나 다를까 오빠 에드워드였다.

결과를 살짝 언급하자면 싸움은 일레나의 승리로 끝났다. 넘어지고 머리에 벌레를 얹은 일레나는 무릎이 까지고 기겁하는 것에서 끝났지만, 벌 떼에게 공격당한 에드워드는 장장 이틀을 앓아누웠으니까. 일레나는 앓아누운 에드워드의 침실 앞에서 승리감에 취해 매우 기뻐했다. 그리고 위험한 짓을 했다고 아버지에게 크게 혼이 나 무려 세 시간을 벌서야 했다.

어릴 때였다.

'벌집은 좀 너무하긴 했지…….'

어려서 뭘 몰랐다. 지금이라면 그보다 덜 위험하고 더 더럽고 치사하고 치졸한 방법으로 복수했을 텐데.

메이하드 공작은 일레나의 예시에 잠시 당황한 듯 침묵을 지키다가 대답했다.

"……아뇨."

"그렇죠? 솔직히 나도 당신이 나한테 그런 짓을 하는 건 별로 상상이 안 되네요."

오히려 잠자리를 거절당한 보복으로 내가 남편에게 저지른다면 모를까. 일레나는 말이 나온 김에 내심 진지하게 생각해 봤다. 물론 벌집을 건드리는 건 이제 위험성을 알았으니 하지 않을 거고. 벌레도 애초에 그녀가 손댈 수 있는 영역이 아니니 제외해야 하고……. 돌부리 근처에서 밀어서 넘어뜨리는 건?

'이건 가능하려나?'

일레나는 자신이 남편을 고의로 밀쳐서 넘어뜨리곤 모르쇠 하는 모습을 상상했다. 그리고 곧 그 상상에서 큰 문제점을 발견했다.

'안 넘어질 것 같은데…….'

일레나의 시선이 돌처럼 단단한 근육으로 이루어진 메이하드 공작의 상체에 닿았다. 다음은…… 하체. 다리. 저긴 사실 만져본 경험이 없어서 모르겠다.

'아쉽게도 본 적도 없고.'

그렇지만 말을 타고 적을 베는 기사의 하체가 단련되어 있지 않다는 건 어불성설. 짐작하건대 옷에 가려 보이지 않는 저 허벅지의 근육 또한 아마 돌과 같을 것이다. 일레나는 마지막으로 가느다란 자신의 팔을 내려다보았다.

'……밀지 말자.'

어차피 처음부터 그런 치졸한 짓을 할 생각은 없었지만, 어쨌든 하지 말자.

'먼저 밀어놓고 오히려 내가 나뒹구는 꼴사나운 광경을 연출할 의도가 아니라면.'

일레나는 속으로 그렇게 다짐하곤 입을 열었다.

"아무튼, 그런 게 아니라면 내가 당신과 시간을 보내는 걸 무서워할 이유가 있나요?"

"……내가 부인에게 위해를 가하는 일은 없을 겁니다. 그게 어떤 상황이라도."

"그래요. 나도 그렇게 생각하고 있어요."

"다만, 저주는 대개 사람의 의지와는 별로 관련이 없으니까요."

저주?

갑작스러운 이야기에 일레나는 눈꺼풀을 여닫았다. 저 말이 무슨 말인지 생각해 볼 시간이 필요했다. 3초면 충분했다.

"당신! 지금 당신 소문 이야기하는 거예요? 저번에는 내게 분명 그 이유 아니라고—"

"그건 아닙니다."

고개를 번쩍 치켜드는 일레나를 향해 메이하드 공작이 부인했다.

"부인의 앞에서 거짓말을 한 적은 없습니다. 내 소문 때문에 부인을 밀어낸 것이 아니라고 했던 건 진심입니다."

명확하게 부정하는 답을 듣고도 일레나는 의심의 눈초리를 쉽게 거두지 않았다.

"……그게 아니면, 갑자기 나한테 그런 이야기는 왜 하는 건데요? 저주라니."

"단순한 궁금증입니다."

"……."

"사실이 어떻든, 사람들은 나와 가까이하는 걸 꺼리거나 혹은 두려워합니다."

메이하드 공작이 너무 아무렇지 않은 목소리로 말해서 일레나는 순간 그가 남의 이야기를 하는 것인가 헷갈렸다.

"부인은 무섭지 않습니까?"

일레나의 미간이 좁아졌다.

아, 그래. 그러니까 저 질문은 '그런' 의미였군.

그녀가 곧장 코웃음을 쳤다.

"안 무서워요."

"……."

"난 오히려 무섭다는 사람들의 머릿속이 좀 궁금해지는데요. 왜 무서울까요? 당신 곁에 가면 당신의 얼굴의 얼룩이 자기에게 옮기라도 할까 봐?"

사촌 미엘르가 했던 말이 문득 떠올랐다. 일레나는 콧방귀를 꼈다. 언제 떠올려도 어이가 없었다.

"차라리 그럼 잘됐지. 옮는다면 다행이죠."

"다행이라니?"

"옮는다는 건 병이라는 거고, 병은 치료할 방법이 있잖아요."

"……."

"안 그래요? 고작 얼룩 가지고 거창하게 저주는 무슨."

일레나는 툴툴거렸다. 아, 그때 미엘르에게 이 말을 해줬어야 했다. 멍청하게 듣고만 있을 게 아니라.

메이하드 공작은 지나간 일에 대한 아쉬움에 주먹을 불끈 쥐는 일레나를 보며 무슨 생각을 하는지 한동안 말이 없었다. 이어지는 정적에 일레나가 의아한 시선을 올렸을 때쯤 그가 말을 꺼냈다.

"나는 성의 정원 중 동쪽 정원을 가장 좋아합니다."

갑작스러운 이야기였다. 그러나 일레나는 이미 알고 있던 것이기도 했다.

"알아요. 벤이 말해줬거든요."

일레나가 성에 오고서 얼마 안 되었을 때, 사람들을 소개받는 자리에서 벤이 해주었던 말이다.

"주인님께서 정원을 무척 아끼십니다. 그중에서도 동쪽 정원을 특히 자주 찾아오시지요."

일레나는 그 말을 기억하고 있었다. 한 번 들은 건 절대 잊어버리지 않는 대단한 기억력의 소유자는 절대 아닌데, 간혹가다 그럴 때가 있었다. 일견 별것도 아닌, 어쩌다 들은 말이 이상하게 오래 기억에 남을 때가.

"왜 동쪽 정원을 가장 좋아해요?"

주제가 바뀐 김에 일레나는 궁금했던 것을 물었다. 지금 이곳이 바로 그 동쪽 정원이다. 깔끔하게 잘 손질되어 있기는 하지만, 그건 성의 어느 정원을 봐도 마찬가지였다. 육안으로 보기엔 다른 곳과 별다른 차이도 없어 보이는데, 왜 하필 이곳일까.

메이하드 공작이 입을 열었다.

"어릴 때, 이곳을 관리하는 정원사가 무척 태만했습니다."

"그래요?"

"일을 제대로 하지 않아서 정원 곳곳에 지금 내 허리까지 오는 수풀이 엉켜 있었죠."

그 정도면 거의 일레나의 가슴 높이쯤 된다.

'그런 수풀이 심지어 곳곳에 엉켜서 있었다니.'

지금 정원의 모습을 생각하면 전혀 상상되지 않는 풍경이었다.

"수풀이 빽빽해서, 아이가 몸을 숨기면 전혀 보이지 않을 정도였습니다."

"……."

"그래서 어릴 때의 난 누군가 나를 발견하지 못했으면, 하고 바랄 때 그 수풀에 들어가 숨고는 했습니다."

숨바꼭질했던 이야기를 해주는 걸까?

'아니야.'

일레나는 곧바로 자신의 의견을 부정했다. 그보다는, 정말 혼자 있고 싶을 때마다 수풀을 찾았다는 말처럼 들렸다.

하지만, 왜 수풀이지?

일레나는 이상하단 생각이 들었다. 공작가의 아들이 타인에게 방해받지 않고 혼자 있을 장소가 정말 그런 곳밖에 없었을까? 엉킨 수풀은 거칠다. 아이의 피부에는 더 거칠었을 것이다.

'그런데도 혼자 있기 위해서 굳이 그런 장소를 찾아야 했다는 건…….'

일레나의 걸음이 우뚝 멈췄다. 메이하드 공작은 한 걸음 앞선 곳에서 멈춰서 그녀를 돌아보며 말했다.

"내가 정말 저주받아서, 그 저주가 타인에게도 영향을 끼친다고 믿는 건 아닙니다."

"……."

"다만, 이것이 저주이든 아니든…… 내 아이가 나와 같은 흔적을 지니고 태어날 수는 있겠죠."

돌아서서 일레나와 얼굴을 마주한 메이하드 공작이 말했다.

"난 자식을 낳을 마음이 없습니다."

"……."

"만일 부인이 어떤 이유로든 나와 후사를 보길 원했다면…… 그 점은 정말 미안하게 생각합니다."

일레나는 그제야 상대가 장소까지 옮겨가면서 그녀에게 하려던 말이 뭐였는지 알아챘다.

'저거구나.'

저 말을 하려고 산책을 제안했던 거다.

"……한 가지만 물을게요."

일레나는 우두커니 서 있다가 입을 열었다.

"아이를 원하지 않는 건, 당신의 어린 시절이 불행했기 때문인가요?"

답은 돌아오지 않았다. 그러나 답변을 듣지 못했다는 것만으로도 일레나는 대답을 얻은 기분이 되었다.

바람이 불었다.

드러난 일레나의 발목을 휘감고 지나가는 동쪽 정원의 바람이 이상할 만큼 차게 느껴졌다.

일레나는 처소에 돌아와 멍하니 있다가 아비를 불렀다.

"마님, 부르셨나요?"

"아비. 혹시 전 공작님과 공작 부인에 대해 들은 것 있니?"

전(前) 메이하드 공작 부부.

이 공작성의 전대 주인이었으며 현 메이하드 공작의 부모기도 한 그들은 이미 고인이었다. 그것도 꽤 오래전에 죽었다. 메이하드 공작이 공작위를 계승하기 직전에. 더 정확하게 말하자면, 그들이 죽으면서 지금의 메이하드 공작이 작위를 계승했다.

"글쎄요. 저는 그분들을 직접 모신 적은 없지만……."

현 메이하드 공작이 작위를 이어받은 것은 그가 열여섯이 되기 한 계절 전. 그의 나이를 생각하면 9년 전에 공작 부부가 유명을 달리했다는 계산이 나온다. 아비는 아직 20대 초반 정도로 보였다.

일레나가 예상했던 대답이라고 고개를 끄덕일 때 아비가 말을 이었다.

"소문으로 듣기론 좋은 분들이셨다고 합니다."

"이를테면?"

"두 분 다 성품이 자애롭고 너그러우셨다고요. 어린 고용인의 실수를 자주 눈감아주셨다고도 하고……."

이내 곰곰이 생각하던 아비가 재차 입을 벌렸다.

"그리고 또, 지금의 공작님을 무척 사랑하셨다고 들었습니다."

"사랑……."

그래, 사실 일레나도 그렇게 들었다. 일레나는 메이하드 공작 부부에 대한 소문을 들어본 적이 있었다. 실제로 만나본 적은 없었지만, 인연이 없어도 들려올 정도로 그들의 소문은 유명했다. 소문에 따르면 전 메이하드 공작 부부는 언제나 밝고 상냥했다고 한다. 만인에게 평등하게 친절했고…… 자식을 사랑했다. 그것이 그 두 사람을 둘러싼 가장 대표적인 미담이었다.

부부가 자식을 사랑하는 것이 왜 미담이 되었는가 하면, 그 자식이 보통 자식이 아니었기 때문이다. 모두가 악마에게 저주받았다고 수군거리고 손가락질하는 아이. 아무리 제 자식이라도 사랑으로 품기 쉽지 않았을 것이다. 세간은 그렇게 생각했다. 그래서 아이가 저주받았다고 수군거리는 것과는 별개로 공작 부부의 쉽지 않은 선택을 대단하게 여기고 칭송했다.

일레나는 그 소문을 처음 들었을 땐 그냥 그렇구나, 하고 반응했었다. 소문은 어디까지나 소문. 거짓일 수도, 진실일 수도 있었다. 그때는 저 소문이 거짓이든 진실이든 별로 상관없다고 생각했던 것 같다.

그러나 지금은 달랐다. 소문이 거짓이었을지도 모른다고 생각하자 가슴 한구석이 갑갑해지며 심장이 뛰었다. 별로 유쾌한 감각은 아니었다.

일레나는 가슴께에 손을 얹었다가 아비를 보며 입을 열었다.

"이 성에서 가장 오래 일한 사람이 누구지?"
"벤 집사님입니다."
"불러주렴."
잠시 후 벤이 일레나를 찾아왔다. 일레나는 고민이 어린 눈으로 벤의 주름진 얼굴을 응시하다가 말을 꺼냈다.
"벤, 자네 이 성에서 일한 지 얼마나 됐지?"
"올해 서른 해를 조금 넘겼습니다."
"오래 일했군. 그 정도면 지금의 공작님이 태어났을 때부터 줄곧 지켜봤겠어."
벤은 대답하지 않았다. 일레나는 상관없다는 듯 바로 질문했다.
"공작님의 유년시절이 어땠지?"
"그건……."
"솔직하게 말해주게. 평범하게 부모님의 사랑을 받으며 자라셨나?"
"죄송하지만, 마님. 그에 대해선 말씀드릴 수 없습니다."
"왜?"
"죄송합니다."
벤은 거듭 사과했을 뿐 그 이상 말을 꺼내지 않았다. 일레나는 고집스럽게 다물린 벤의 입에 잠시 시선을 주다가 그를 내보냈다.
"……나가봐."
벤을 내보낸 후 일레나는 침대에 풀썩 주저앉았다.
"설마 했는데……."
한숨인지 탄식인지 모를 한마디가 흘러나왔다. 정말 설마 했다. 감정이란 주관적인 거다. 그건 아이의 감정도 마찬가지. 객관적으로 봤을 때 아이의 환경이 풍족하고 불행을 느낄 만한 요소가 없더라도, 아이는 자신이 불행하다고 느낄 수도 있었다.

그러니까…… 메이하드 공작의 부모님이 소문처럼 정말로 그를 사랑했을지라도, 소문과는 별개로 그의 유년이 불행했을 수도 있었다.

'차라리 그런 것이었으면 했는데.'

그러나 벤의 태도로 확실해졌다. 그는 답을 회피했다. 일레나의 질문에 말씀드릴 수 없다고 못 박았다.

이유가 뭐겠는가?

답은 하나뿐이다. 벤의 눈에도 어린 메이하드 공작이 불행해 보였다는 뜻이었다. 주관적인 불행이 아니라, 제삼자의 눈에도 보일 만큼 객관적인 불행. 다시 말해 남편의 유년에 소문과 같은 부모의 사랑은 없었다.

소문은 거짓이었다.

"하……."

침대에 드러누운 일레나가 재차 가슴께에 손을 얹었다. 드디어 알았다. 남편이 왜 자신과 잠자리하지 않으려 했는지.

남편은 아이를 원하지 않는다. 태어난 아이가 자신과 같은 불행을 짊어지기를 바라지 않으니까. 그리고 그러한 결정에는 그의 불행한 유년 시절도 분명 한몫했을 것이다. 그토록 궁금해하던 사실을 이제야 알게 되었는데, 후련해지기는커녕 반대로 가슴이 뭔가로 콱 틀어막힌 것 같았다.

일레나는 옷에 주름이 지도록 가슴께를 움켜쥐고는 그대로 침대 위를 굴렀다.

"왜 그랬는데, 왜! 다 큰애도 아니고, 어린애한테 왜 그랬어!"

혼자 있고 싶어서 관리되지 않은, 사실상 거의 버려진 정원의 수풀을 찾았다고 했다. 공작가의 적자가 그런 취급을 받았다니. 가문의 어른과 식솔이 어린 남편을 어떻게 대했을지 보지 않아도 눈에 그려졌다.

"후회할 거야……."

일레나는 분을 못 이겨 진이 빠질 때까지 침대 위를 구른 후 천장을 보며 씩씩거렸다. 이미 죽은 사람을 포함해 모두가 후회할 거다.

'죽은 사람은 저승에서 후회하라지.'

그녀의 남편은 괴물이 아니다. 악마에게 저주받지도 않았다.

그는 세상을 구할 거다.

정확히 말하면 그의 자식이 세상을 구하는 것이지만, 그가 없으면 그의 자식도 없으니 결국 같은 말이었다.

'……물론 그러기 위해서는, 내가 남편의 아이를 낳아야 하겠지만.'

일레나는 천장을 응시하며 눈을 깜박거렸다.

"이제 어떡하지."

남편이 잠자리를 거부하는 것이 그런 이유에서인 줄은 생각지도 못했다. 아니, 솔직하게 말하면 생각해 보지 않았다.

'왜 그랬을까?'

자식에게 제 고통을 물려주고 싶지 않다. 어쩌면 평범하게 떠올릴 수 있는 이야기였을 텐데.

"아……."

일레나는 순간 탄식하며 양손으로 얼굴을 가렸다. 이유를 알 것 같았다. 그건 전부 아이가 태어난 '이후'의 일이었기 때문이다. 태어난 아이가 남편과 똑같은 얼룩을 타고날지 모른다는 것도, 그것 때문에 아이의 성장 과정이 불행할지 모른다는 것도. 전부 은연중에 일레나 자신과는 상관없는 일이라고 여겼다. 왜냐면 무의식중에 아이를 '낳는' 것만으로도 자신의 역할은 다하는 거라고 여겼으니까.

그러나 지금 이 순간 깨달았다. 그건 바보 같은 생각이라는 것을.

태어난 아이는 용사기 이전에 일레나의 아이였다. 남편의 자식이 아니라, 남편과 그녀의 자식.

'내가…….'

갑작스러운 깨달음에 일레나가 딸꾹질했다.

'어머니가 되는 거구나.'

이 모든 일을 너무 단순하게 생각했다. 그저 아이를 낳기만 하면 되는, 그렇게 간단히 해결될 문제가 아니었다. 아이는 세상을 구하기 전에 그녀의 자식으로 자랄 것이다.

'어머니. 내가 어머니가 된다고…….'

심란해진 일레나는 침대에서 벗어나지 못했다. 끼니때가 지났는데도 일레나가 침실에서 나오지 않자 하녀가 그녀를 찾았지만, 일레나는 입맛이 없다는 말로 돌려보냈다.

싱숭생숭한 일레나의 마음은 야밤까지 이어졌다. 깊은 새벽, 끼니도 거르고 생각에 열중하던 일레나는 드디어 마음을 다잡았다.

키우겠다고.

아이가 태어나면, 무정했던 남편의 부모와는 다르게 반드시 자신이 사랑으로 보듬겠다고.

주변에서 뭐라고 손가락질하고 수군거리든 흔들리지 않겠다고.

'내 자식이니, 내가 어머니로서 사랑해 줄 거야.'

비록 지금은 그 자식을 낳는 것부터 요원한 상황이지만, 어쨌든 일레나는 그렇게 다짐했다. 일레나에겐 크나큰 결심이었다.

'……배고파.'

그렇게 고민의 시간이 끝나자 뒤늦게 배가 고팠다. 일레나는 주저하다 설렁줄을 당겨 하녀에게 간단히 요기할 것을 부탁했다. 하녀가 가져온 따뜻한 수프를 목으로 넘긴 일레나가 한숨을 쉬었다.

"하, 이제 좀 살 것 같네."

이렇게 배가 텅 빌 때까지 생각에 빠져 있었다니.

'정작 중요한 건 해결도 못 하고 말이야.'

어머니가 될 결심을 했다지만, 그래서 어떻게 어머니가 되겠다는 건지 먼저 생각해야 했다.

'눈 딱 감고 일단 만들어주기만 하면 내가 정말 잘 키울 수 있는데…….'

하지만 무턱대고 이렇게 주장해 봐야 당연히 아무 소용없을 거다.

'뭐라고 설득하면…….'

"가만."

남은 수프를 깨작거리던 일레나가 멈칫했다.

'남편은 왜 갑자기 오늘 나한테 그런 걸 말해준 거지?'

일레나는 눈을 깜박거렸다. 생각해 보니 그랬다. 지금까지 그녀가 왜 잠자리를 거부하는 거냐고 그토록 캐물어도 요지부동이었으면서, 왜 오늘은?

그뿐인가. 단순히 이유만 말해준 것이 아니라 단편적이긴 해도 어렸을 적 얘기까지 해줬다. 지금 생각하면 꽤 개인적인 이야기였다. 어쩌면 치부에 가까운. 그런 이야기는 보통 가까운 사람이나, 적어도 믿는 사람에게…….

'믿는 사람.'

일레나는 수프를 휘젓던 스푼을 팽개치듯 내려놓고 입을 가렸다.

'내가 믿는 사람이 됐나 봐!'

그게 아니면 가까운 사람이 됐거나.

어쨌든 좋았다. 중요한 건 남편이 보통 남에게 잘 털어놓지 않을 개인적인 이야기를 일레나에게는 해주었다는 거다.

'왜지? 왜 갑자기? 헉, 혹시 잉칸 일 때문인가?'

깨달음이 일레나의 머리를 밝혔다.

'이거다!'

그래, 잉칸의 본성을 꿰뚫어 보고 나름대로 조치한 것이 남편에게 신뢰를 준 게 틀림없었다. 아무리 생각해도 남편에게 심경의 변화가 생길 만한 사건이라곤 그것뿐이었으니까.

'나를 믿을 만한…… 신뢰할 수 있는 사람이라고 여기게 된 걸까?'

가슴이 두근거렸다. 일레나는 입을 가렸던 손을 슬그머니 아래로 내렸다. 처음으로 인간말종 쓰레기 잉칸에게 아주 약간 고맙다는 생각이 들었다.

"……헤헤."

웃음이 새어 나왔다. 일레나는 침대에 다시 드러누워 베개를 껴안았다. 마음이 설렜다.

'헛수고가 아니었구나.'

잉칸의 범죄 행각을 밝혀낸 것. 정의 구현이라는 대의적인 측면 외에도 의미가 있었다.

'좋아. 잘했어. 장하다, 나. 그럼 여기서 한 발자국만 더 나아가면…….'

남편이 일레나를 믿기 시작했다. 그럼, 여기서 더 발전하면? 믿음이 커지고 신뢰가 두터워지면?

그땐, 털어놓을 수 있을지도 모른다. 그녀가 알고 있는 모든 사실을. 얼마나 참담한 미래를 보고 왔는지. 그 미래가 오지 않도록 막을 방법이 뭔지.

'그럴 수만 있다면…….'

모든 걸 털어놓고, 남편이 그걸 믿어준다면. 일레나는 희망적인 미래를 그리며 베개를 꼭 껴안은 채 눈을 감았다. 심장이 콩닥콩닥 뛰는 소리가 기분 좋게 들렸다.

잔뜩 부풀어 오른 이 마음과 설렘은 세계를 구할 수 있다는 희망에서 오는 것일까, 아니면…….

일레나는 스스로도 답을 알 수 없는 문제로 고민하기 전에 까무룩 잠들었다.

"……님, 마님."

"으응……."

단잠에서 깨우는 손길에 일레나는 모처럼 칭얼거리며 눈을 떴다. 어제 너무 늦게 잠들어서 그런지 피로로 눈가가 뻑뻑했다.

"벌써 아침이니……?"

"네, 마님. 그리고 집사님이 마님을 찾으세요."

"응, 누구……?"

"벤 님이요. 무슨 사람을 찾았다고 하시던데……."

"사람……."

일레나는 잠기운이 떨어지지 않는 눈을 멍하니 깜박이다가 이내 침대에서 튕기듯 일어났다. 일레나가 다급한 얼굴로 하녀를 돌아보며 입을 열었다.

"벤 지금 어디 있어?"

믿을 수 없었다. 일레나는 벤이 안내해 준 응접실까지 가는 내내 혹시 이것이 꿈이 아닐까 하고 생각했다.

"노파를 찾았습니다."

'정말 찾다니.'

솔직히 말해서 기대하지 않았다. 찾으면 좋겠다고 생각했지만, 한편으로 불가능할 거라고 여겼던 것이 사실이다. 그래서 벤에게 노파를 찾으라는 지시를 내려놓고—잉칸 일로 정신이 없기도 했지만—여태 거의 잊고 있었다.

'지금 이 안에…… 노파가 있다는 말이지.'

무슨 정신으로 이곳까지 걸어왔는지 모르겠다. 일레나는 굳게 닫힌 응접실 문 앞에 서서 잠시 심호흡한 후 명령했다.

"문을 열어라."

하인이 응접실의 문을 열었다. 이내 응접실 안으로 들어선 일레나의 숨이 잠깐 멈췄다. 노파는 일레나가 기억하는 모습 그대로 응접실 안쪽 소파에 앉아 있었다.

가슴이 세차게 뛰었다. 뒤늦게 현실감이 밀려들었다.

일레나는 시중을 들기 위해 응접실 안에서 대기하고 있던 하녀를 전부 내보낸 후 노파의 맞은편에 앉았다.

짧은 침묵이 흐르고 일레나가 먼저 입을 열었다.

"……노파."

일레나는 노파를 부르고 나서야 자신이 그녀의 이름도 모른다는 사실을 깨달았다.

"당신, 정체가 뭔가?"

처음 만났을 때 물어봤어야 했다. 늦어도 한참 늦은 질문이었다. 노파는 대답하는 대신 묵묵히 일레나를 쳐다보았다. 일레나는 침묵하는 노파를 살폈다. 노파는 처음 일레나와 만났을 때와는 달리 비렁뱅이 차림을 하고 있지 않았다. 그것만으로도 그녀는 꽤 다른 사람처럼 보였다.

'어떻게 찾은 거지?'

뒤늦게 그런 의문이 들었다. 가만 뜯어보면 외모는 같다지만 인상이 너무 달랐다.

'내가 준 용모파기를 들고 이 사람을 찾았다고?'

그때 노파의 입이 열렸다.

"정체라……. 그것이 궁금하여 이 늙은이를 찾으셨소?"

"그건……."

"대단하지 않소. 그저 남에겐 없는 재주를 하나 지닌 평범한 노인네일 뿐이오."

'평범한 노인네'라.

퍽 뻔뻔하기 그지없다는 생각이 들었지만 일레나는 반박하지 않았다. 지금 그녀에겐 사소한 말꼬투리를 잡는 것보다 훨씬 중요한 일이 있었다.

"그래. 자네의 정체가 뭐든 그런 건 아무래도 좋아. 노파, 나를 좀 도와주게."

일레나의 손이 노파의 주름진 손을 붙잡았다.

"도와달라니."

"내 남편…… 공작님께도 미래를 보여주게. 그리고 미래를 막을 방법도 알려줘."

노파의 손을 붙잡은 채 일레나가 호소했다. 이것이야말로 지금 일레나의 상황을 무엇보다 빠르게 해결해 줄 방법이다. 이견의 여지가 없었다. 일레나는 희망과 간절함을 섞어 노파를 응시했다.

그런데 별안간 노파가 깊은 한숨을 내쉬었다.

"하아……."

"……?"

"역시 이런 이유로 나를 찾으신 거로군. 와보길 잘했지."

"그게 무슨……."

일레나가 눈을 깜박였다. 노파의 말은 꼭 그녀가 제 발로 이곳에 찾아왔다는 말처럼 들렸다.

'벤이 찾아낸 것이 아닌가?'

하지만 벤이 노파를 이곳으로 데려온 것은 틀림없는 사실이었다. 그렇다면 저 말의 뜻은, 일레나가 사람을 찾는 것을 알고 노파가 일부러 벤 앞에 모습을 드러냈다는…….

"소용없소."

노파의 말에 일레나의 눈이 커다랗게 변했다.

"뭐?"

"내가 부인의 남편, 공작님께 미래를 보여준다고 해도 바뀌는 것은 아무것도 없을 거요."

"……무슨 말인가? 남편이 미래를 알게 되어도 내게 협조하지 않을 거라는 뜻이야?"

일레나는 그럴 리가 없다고 생각했다. 세상의 명운이 걸린 일이다. 더 좁게 말하면 당장 남편의 목숨도 달려 있다. 그도 20년 후 마수 따위의 습격으로 목숨을 잃고 싶진 않을 텐데.

노파가 고개를 내저었다.

"전에 이 늙은이가 드렸던 말씀을 기억하시오?"

"어떤……."

"영혼이 통해야만 용사가 태어날 것이라는 말."

"명심하시오. 영혼이 통해야만 용사가 탄생할 것이오."

일레나는 고개를 끄덕였다.

기억한다. 하지만 크게 의미를 두진 않았다.

그도 그럴 게 영혼이 통한다는 말은 생각보다 흔히 쓰이는 비유적인 표현이었으니까.

이를테면 의견이 일치하는 것을 두고 영혼이 통했다고 하고, 남녀가 배를 맞추면 영혼이 통했다고 일컬었다. 또 사랑이 이루어지면 그것을 두고도 영혼이 통했다고…….

"……설마?"

일레나가 뻣뻣하게 굳었다. 노파는 심각하게 굳어진 일레나의 얼굴을 보며 입을 열었다.

"이 늙은이가 말한 '영혼이 통한다'는 의미는, 바로 마음이 이어지는 것을 말하오."

"……!"

"쉽게 말해 사랑이지."

노파의 손을 쥔 일레나의 손에서 힘이 빠져나갔다. 노파가 말을 이었다.

"부인과 카이휜 메이하드 공작의 자식은 용사가 될 거요. 이건 변하지 않는 사실이오. 그러나 영혼이 통하지 않으면 무슨 짓을 해도 아이는 생기지 않을 거요."

"……."

"이제 왜 내가 소용없다는 답을 드렸는지 이유를 아시겠소?"

일레나의 입이 벌어졌다. 뭔가 말을 할 것처럼 입술이 달싹거렸지만, 끝내 아무런 말도 나오지 않았다.

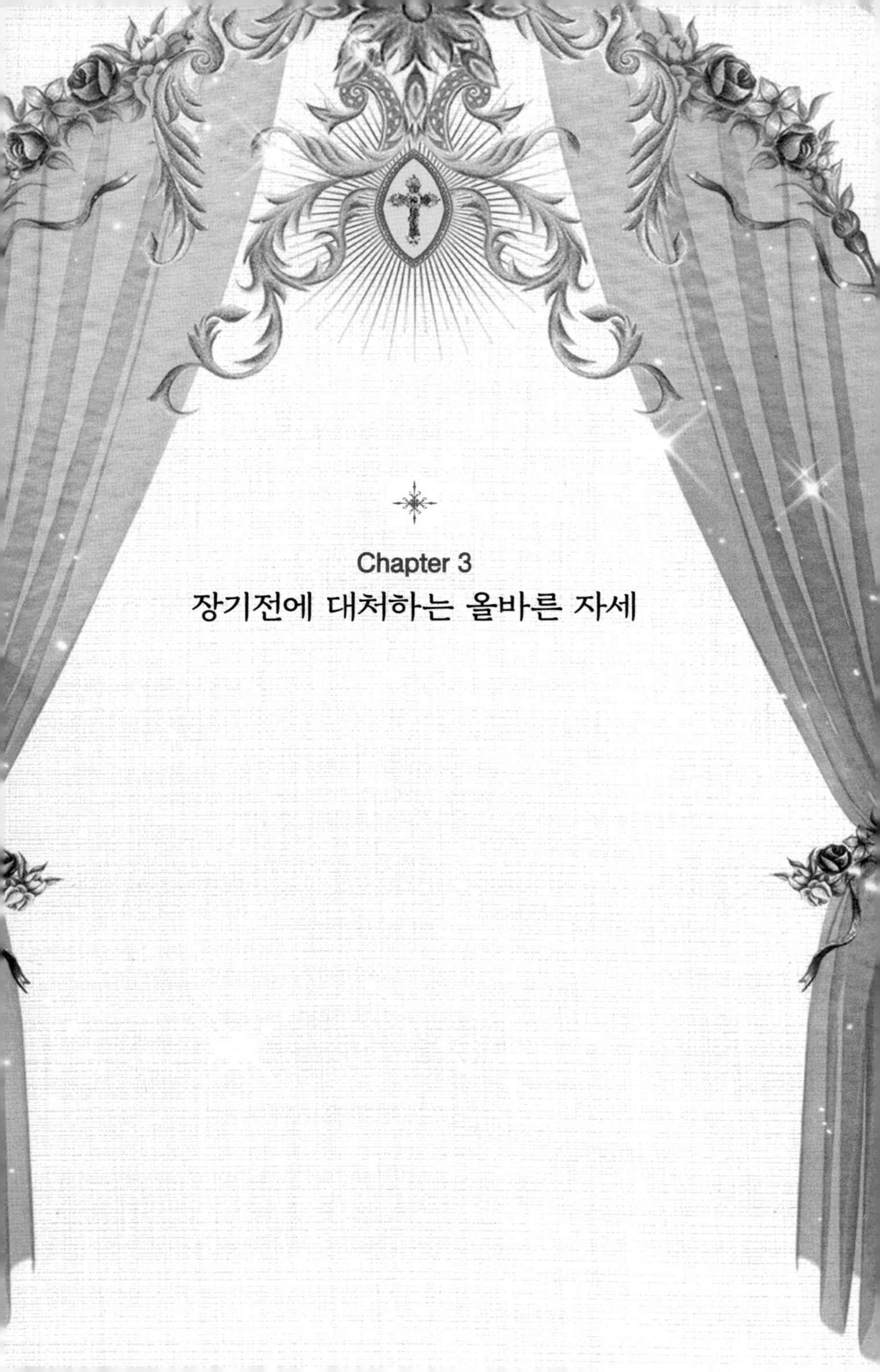

Chapter 3

장기전에 대처하는 올바른 자세

사랑이 있어야만 용사가 탄생한다.

노파는 그 말만 남기고는 자신의 역할을 다했다는 듯 홀연히 사라져 버렸다. 노파가 사라지기 전, 일레나는 가까스로 그녀를 붙잡고 한 가지를 물었다.

"잠깐, 부탁이니 그럼 이거라도 알려주게. 내 가족의 죽음을 막고 싶은데…… 방법이 있나?"

일레나의 가족은 마수가 세상을 침공하기도 전에 죽는다. 아버지는 병으로, 언니와 오빠는 마차 사고로. 바꿀 수 있는 거라면 반드시 바꾸고 싶었다.

그러자 노파는 의미심장하게 대답했다.

"바람이 분다 하여 나무의 뿌리와 기둥은 흔들리지 않지만, 잎과 가지는 흔들리지. 바람을 예측할 수는 없소."

노파의 마지막 말이었다.

노파가 떠난 후, 일레나는 한참 뒤늦게서야 기가 막혔다.

"자기가 뭔 시인이야?"

짜증이 났다. 노파는 매번 그런 식이었다. 빙빙 꼬아 추상적으로 말하지 않으면 죽는 병이라도 걸렸는지 말을 한 번에 직설적으로 하는 법이 없다.

복잡한 마음으로 정처 없이 걷던 정원에서 일레나는 발끝에 닿은 돌을 힘껏 걷어찼다.

"아……."

그리고 그만 신음을 흘리며 쪼그려 앉았다. 홧김에 걷어찬 돌이 생각보다 컸다.

잠시 끙끙거리다 벤치에 가 앉았다. 자신의 행동이 한심해 저절로 한숨이 났다.

하지만 한가하게 한숨이나 쉴 때가 아니었다. 일레나는 우선 노파가 마지막으로 남긴 말을 해석했다.

'나무의 뿌리와 기둥은 흔들리지 않지만, 잎과 가지는 흔들린다.'

차분히 생각해 보면 해석하기 그리 어려운 말은 아니었다. 전부 미래의 사건을 비유하는 말이겠지.

'큰 사건은 정해진 그대로 일어나지만, 작은 사건은 이전의 행동이나 상황에 따라 얼마든지 바뀔 수 있다는 걸까.'

그렇다면 큰 사건은 마수의 침공으로 인한 세계 멸망, 작은 사건은 일레나의 가족이 겪는 죽음 정도로 볼 수 있을 것이다. 즉, 가족의 운명은 얼마든지 바꿀 수 있다는 말이었다.

하지만 몇 년 뒤에 있을 가족의 죽음을 두고 일레나가 지금부터 뭔가를 할 수는 없었다. 노인의 말대로, 바람의 방향은 예측할 수 없는 법. 지금 아무리 노력해도 그때 가서 상황이 달라져 버리면 소용이 없다.

'……그래, 좋아. 이건 알겠어.'

일레나는 눈을 꾹 감았다가 떴다. 가족 문제는 그렇다 치고, 이제 더 중요한 것이 남았다.

'사랑이라니?'

이 허탈하고 억울한 심정을 어디 가서 어떻게 말하면 좋을까. 일레나는 마치 사기라도 당한 기분이었다.

단순히 남편과 결혼해서 아이를 낳기만 하면 되는 줄 알았는데. 그거면 모든 게 해결된다고 믿었는데.

그런데, 사랑?

"……!"

일레나는 재차 노파를 향한 분과 답답함을 이기지 못하고 멀쩡한 발을 쾅쾅 굴렀다. 결국 그녀는 노파를 만나, 지금까지 했던 노력이 전부 헛수고였다는 선고를 들은 셈이나 다름없었다.

억울하고 기가 막혔다. 그럴듯한 말에 사기당해 재산을 절반쯤 날리고 나면 이런 기분일까.

"처음부터 그냥, 사랑이 있어야 용사가 태어난다고 말했으면 좋았잖아……."

영혼이 통한다니. 그렇게 범용적인 표현으로 에둘러 말하면 당연히 모를 수밖에!

"……하."

일레나는 양손에 얼굴을 묻었다.

머리가 깨질 것 같았다. 희망과 소소한 낙담을 반복하다가 이제야 실마리가 보였다고 생각했다. 남편과 신뢰를 쌓아 그에게 제 처지를 전부 털어놓으면. 미래를 알게 된 남편의 협조를 얻으면.

'그렇게 남편의 아이를 갖고, 용사를 낳아 세상을 구할 그림이 마침내 머릿속에 그려졌는데.'

소용없었다. 처음부터 의미 없는 계획이었다. 일레나는 처음부터 다시 시작해야 했다.

'대체 어떻게?'

일레나가 얼굴을 가린 손을 내렸다. 이 상황에서 대체 뭐부터, 어떻게 시작하면 되는 걸까.

사랑. 너무 추상적인 말이었다. 사실을 밝히자면, 일레나는 사랑을 몰랐다. 로맨스 소설에 등장하는 사랑 정도야 안다. 그러나 현실의 사랑에 대해서는 문외한이었다. 마치 잠자리에 대해 아무것도 몰랐던 때와 같았다. 그러나 잠자리는 책이라는 스승을 통해 어찌어찌 배울 수라도 있었지, 사랑은…….

"……."

정원 벤치에 앉아 생각을 거듭하던 일레나는 이내 벌떡 몸을 일으켰다.

'따뜻한 차라도 마시자.'

우선 마음을 진정시킬 만한 것이 필요했다. 여기서 계속 이러고 있다간 정말 머리가 어떻게 돼버릴 것 같았다. 일레나는 곧장 처소로 돌아와 아비에게 차를 부탁했다. 베테랑 하녀 아비가 추천해 준 특제 차는 과연 심신 안정에 탁월한 효과가 있었다.

"후우……."

따뜻한 찻물을 목 안으로 넘긴 일레나가 소파에 몸을 묻고 길게 한숨을 내쉬었다.

그때였다.

"마님, 계십니까?"

"벤?"

귀에 익은 목소리에 일레나가 의아하게 반응했다. 딱히 시킨 일도 없는데 웬일이지.

"들어오게."

벤이 일레나의 처소로 몸을 들였다. 그는 차 시중을 들고 있는 아비를 보곤 잠시 멈칫하더니, 이내 일레나에게 다가왔다.

"무슨 일인가?"

"위자료에 대해 말씀드리러 왔습니다."

"위자료?"

일레나가 눈을 깜박였다. 위자료라는 말을 들으니 순간 노파에게 정신적 피해 보상금을 청구하고 싶다는 생각이 들었다.

잠깐 딴생각을 하는 사이 벤이 설명을 이었다.

"마님께서 원하시는 금액에 맞추도록 하겠습니다. 바라시면 상단이나 사업체의 권리증 형태로도 가능합니다. 어쨌든 최대한 마님의 의사에 맞춰 드리라는 것이 주인님의 지시……."

"잠깐, 잠깐."

일레나가 벤의 말을 끊었다. 뒤늦게 벤이 말하는 '위자료'가 머릿속에 들어왔다.

“지금 그 위자료가, 내가 생각하는 위자료가 맞나? 그러니까…… 공작님께서 내게 위자료를 주시겠다고?”

“아, 절차는 이혼이 아닌 혼인 무효로 진행될 겁니다. 그러나 위자료는 절차와 상관없이 충분히 지급…….”

탁!

찻잔을 내려놓은 일레나가 벌떡 몸을 일으켰다. 찻잔 바닥이 테이블과 부딪히며 요란한 소리를 냈다. 갑작스러운 행동에 벤의 입이 닫혔다. 일레나가 벤을 마치 노려보듯 응시하며 말했다.

“공작님, 지금 집무실에 계신가?”

쾅!

메이하드 공작의 집무실 문이 모처럼 요란하게 열렸다. 공작은 빠른 걸음으로 제게 가까워지는 일레나를 보며 우선 손을 까딱여 집무실에서 사람을 전부 내보냈다. 집무실이 비워지기 무섭게 메이하드 공작의 책상 앞에 도착한 일레나가 양손으로 책상을 내려쳤다.

쾅.

소리가 꽤 크게 났다. 메이하드 공작이 놀란 듯 눈을 살짝 크게 떴다.

“부인, 손…….”

“날 봐요.”

일레나는 제 손으로 향하는 남편의 시선을 붙잡았다. 책상과 세게 부딪힌 것이 신경 쓰이는지, 일레나의 손을 응시하던 메이하드 공작의 눈길이 그녀의 얼굴로 향했다.

"당신, 나랑 이혼하려고? 진짜예요?"

메이하드 공작은 단단히 화가 난 것처럼 보이는 일레나를 응시하며 그녀가 뭔가 오해하고 있다고 생각했다. 그래서 그 오해를 정정했다.

"이혼이 아닙니다. 식을 올리고 아직 반년이 지나지 않았으니 혼인 무효로 진행할 수 있습니다. 부인에게 오점이 남는 일은 없을……."

"이거나 그거나! 어쨌든 나를 여기서 쫓아내겠단 거잖아요!"

메이하드 공작의 입이 딱 다물렸다.

쫓아낸다. 그런 표현은 생각지도 못했다는 표정이었다.

일레나가 입술을 꾹 깨물었다. 여기까지 오면서 이미 몇 번이나 심호흡했다. 그런데도 목소리가 떨려 나올 것 같았다. 말을 심하게 떨거나 더듬지 않도록 턱에 잔뜩 힘을 준 채 일레나가 말을 이었다.

"……갑자기 왜요? 왜 갑자기 나랑 갈라서겠다는 건데요?"

"그건……."

"내가 뭐 잘못했어요? 그래서 싫어진 거예요?"

이렇게 하루아침에? 말도 안 되는 일이었다. 일레나의 손에 힘이 들어갔다.

남편이 개인적인 이야기를 들려줄 정도로 저를 믿게 되었나 보다, 드디어 남편의 신뢰를 얻었나 보다 하고 기뻐한 지 이제 만 하루도 안 됐다.

'그런데 이혼이라니?'

설마…….

일레나는 순간 덜컥 깨달았다. 착각이었나?

'나를 믿어서 그런 이야기를 해줬다고 생각한 게, 실은 착각이었을까?'

어쩌면 반대의 의미였을지 모른다. 어차피 이제 헤어질 테니까 마지막으로 이유라도 알고 가라는 거였을지도. 먹고 떨어지라는 의미의 친절이었나.

"내게…… 질렸다고 하기엔, 너무 짧은 시간이었다는 것 당신도 알죠?"

"그런 게 아닙니다."

당황했는지 메이하드 공작이 벌떡 몸을 일으켰다. 방금까지 약간 아래에 있던 눈높이가 일레나의 머리 위로 껑충 솟았다. 일레나가 목이 아플 정도로 고개를 꺾었다. 그 모습에 메이하드 공작이 다시 의자에 앉아 눈높이를 낮추며 입을 열었다.

"……왜 그런 생각을 했는지는 모르겠지만, 그게 아닙니다."

"아니면요?"

"부인이 이 혼인을 유지하고 싶어 하지 않을 거라고 생각했습니다."

"뭐라고요? 내가 왜요?"

"부인이 원하는 것을 내가 줄 수 없으니까요."

"내가 원하는 거라면……."

"아이 말입니다."

일레나가 멈칫했다. 메이하드 공작이 그녀의 안색을 살피며 말을 이었다.

"부인이 나와 결혼한 목적이 아이라고 생각했습니다. 이유는 알 수 없지만……. 어쨌든 난 부인께 후사를 원하지 않는다고 말했죠."

"……."

"그래서 부인이 이 결혼을 없던 것으로 되돌리고 싶어 할 것이라고 판단했던 건데……. 내 판단이 틀렸던 겁니까?"

메이하드 공작은 퍽 조심스러운 목소리로 물었다.

일레나는 아무 대답도 할 수 없었다. 공작의 지적은 정확히 정곡을 찌르고 있었다. 다만 후사를 원하지 않는다는 그의 말에도 일레나가 그와의 잠자리를 포기하지 않았다는 것이 실제와 다르다면 다른 점일까.

"그……."

일레나는 입술을 달싹였다. 당신 말이 일부 맞지만, 나는 아직 당신과의 아이를 포기하지 않았다고 여기서 곧이곧대로 말할 수는 없었다. 일레나는 잠시 입술만 우물거린 끝에 대답했다.

"그래요. 당신이 잘못 판단했던 거예요. 틀렸어요."

"……그렇습니까?"

"난 당신과 이혼 안 해요. 그럴 마음 없어요. 혼인 무효도 마찬가지고요."

마른침을 넘긴 일레나가 단호하게 못 박듯 말했다.

"앞으로 쭉, 무슨 이유로도 내가 당신과 먼저 갈라서고 싶어 하는 일은 없을 거예요. 내 의사는 변하지 않으니까 명심해요."

마음 같아선 널 놓아주는 일은 없을 테니 평생 이혼은 꿈도 꾸지 말라고 하고 싶었다. 하지만 그건 너무 집착하는 말인 것 같아서 참았다. 특히 지금처럼 명색만 부부이고 실제론 아무것도 아닌 상황에서는 더.

일레나는 그 말을 남기고 바로 돌아서려다가 멈칫했다. 이내 머뭇거리던 그녀가 무척 작은 목소리로 물었다.

"그런데…… 정말 그 이유가 전부예요?"

"예?"

"나랑 갈라서려던 거…… 순전히 내가 그걸 원할 거라고 생각해서 진행하려던 거 맞냐고요."

숨을 살짝 들이마신 후 일레나가 말을 덧붙였다.

"혹시 당신이 이 결혼 생활에 어떤 불만이 있어서……."
"아닙니다."
답은 빨랐다. 일레나는 들이마셨던 숨에 안도를 얹어 내뱉었다.
"정말 아니에요? 뭐, 아주 작은 불만 같은 거라도 없나?"
"일레나, 당신은……."
메이하드 공작이 잠시 주저하는 듯하더니 입을 열었다.
"정말 잘해주고 있습니다. 내 아내로서."
"……."
"과분할 만큼."
이어진 말에는 어딘지 이해할 수 없다는 기색이 담겨 있었지만, 일레나는 말의 내용에만 집중하느라 그 안에 숨겨진 감정을 놓쳤다.
'정말 잘해주고 있다고? ……내가 그랬나?'
일레나는 공작성에 온 뒤 자신의 업적을 떠올려 보았다. 음, 잉칸을 잡긴 했다.
'그리고?'
그리고 또 뭐가 있지?
……별로 떠오르는 것은 없었다. 그렇지만 뭔진 몰라도 아무튼 잘하고 있었나 보다.
"크흠, 그래요. 당신이 그렇게 생각한다면 됐어요."
일레나가 한결 밝아진 표정으로 뒤돌았다. 곧장 집무실에서 나가려는데 문득 남편의 목소리가 들렸다.
"손에 바르기 좋은 연고와 크림을 같이 보내겠습니다."
일레나는 저도 모르게 손을 내려다보았다. 그러고 보니 조금 전 분노로 이성을 잃고 남편의 책상을 조금 세게 내려치긴 했다.

'시간이 지나면 부으려나.'

일레나는 머쓱해져선 돌아보지 않고 대꾸했다.

"괜찮아요. 연고는 보내지 않아도 돼요."

"……."

"분명히 괜찮다고 말했어요. 보내지 마요!"

"……보내지 말라니까, 진짜."

일레나는 복잡한 기분으로 제 앞에 놓인 연고와 보습 크림을 쳐다보았다.

대답을 듣지 않고 집무실을 나와 버린 게 문제였을까. 남편은 보내지 말라는 걸 굳이 보내왔다. 절로 한숨이 흘러나왔지만, 일레나는 남편이 보낸 것들을 굳이 돌려보내지는 않았다.

'잠들기 전에 바르고 자는 게 좋겠지.'

지금 바르면 손을 쓰기 불편할 거다. 일레나는 그렇게 생각하며 연고와 크림 통을 만지작거리다가 침대 헤드에 몸을 기댔다.

"와……."

뒤늦게 몸에서 힘이 쭉 빠지면서 탄식 같은 것이 흘러나왔다.

'십 년 감수했네.'

수명이 줄어든 기분이었다. 정말로.

일레나는 오른손으로 제 왼쪽 가슴을 꾹 눌렀다. 심장 박동이 평소보다 조금 빨랐다. 아까는 진짜 그대로 심장이 터져 버리는 줄 알았다. 혹은 멈추거나.

벤에게서 위자료와 혼인 무효라는 말을 듣고 남편의 집무실까지 찾아가는 동안, 솔직히 말해 일레나는 반쯤 제정신이 아니었다. 집무실까지 가는 길이 그렇게 길게 느껴졌던 건 처음이었다.

'……정말 깜짝 놀랐네.'

이번 일로 일레나가 깨닫게 된 것이 있었다.

'그래, 이혼. 이혼이 있었지.'

왜 한 번 결혼하면 영원히 부부로 있을 거라고 생각했을까? 결혼은 제도일 뿐이다. 다시 말하면, 이혼이라는 제도로 얼마든지 깨버릴 수 있었다.

일레나는 그 당연한 사실을 잊고 있었다. 그래서 제대로 대응할 수 없었던 것이다. 아예 생각지도 못했던 무언가에 부딪힌 기분이었으니까.

일레나는 진지하게 생각에 잠겼다.

'이래선 안 돼.'

오늘 알았다. 그녀와 메이하드 공작에겐 이혼이 너무 쉽다는 걸.

이건 매우 큰 문제였다. 보통 귀족 간의 결혼에는 이권이 무척 복잡하게 얽힌다. 그래서 양쪽 다 이혼을 쉽게 생각하지 못한다. 이혼하는 순간 잃게 되는 것이 크니까.

그러나 메이하드 공작에게는 해당되는 이야기가 아니었다. 일레나는 중요한 사업과 관련된 담보였지만, 애석하게도 미엘르의 대타일 뿐이었다. 일레나와 이혼하고 나면, 공작은 계약 당사자인 린든 후작에게 새 담보를 요구하면 된다.

언뜻 불합리한 요구로 보이기도 하지만, 린든 후작은 그것을 받아들일 것이다. 그는 사랑하는 딸 미엘르를 팔아넘기려고 했을 정도로 메이하드 공작과의 사업에 욕심을 보였으니까.

'숙부가 원래 그렇게 물욕이 큰 사람이 아닌데…….'

무슨 광산 사업이라고 했던가. 일레나가 미간을 좁혔다.

어쨌든 메이하드 공작의 사정은 그렇고, 일레나의 사정을 살펴보자면……. 놀랍게도 메이하드 공작보다 더 잃는 것이 없었다.

애초에 일레나는 이 결혼으로 크게 얻은 것도 없었다. 그녀가 우겨서 성사된 결혼이었다. 숙부 린든 후작이 계약으로 얻는 사업 수익의 절반을 나눠주기로 했지만, 사실 그거야말로 있어도 그만 없어도 그만인 돈이었다. 일레나의 가문은 이미 부유했으니까.

결국, 양측 다 이혼으로 인한 피해가 없어도 너무 없었다. 각자에게 이혼이란 꼬리표가 붙는다는 것이 유일한 피해였다.

'그마저도 혼인 무효로 진행하면 피해를 최소화할 수 있지.'

큰일 났다. 이대로는 안 된다. 돌아가는 상황이 영 나빴다.

일레나는 위기의식을 느꼈다. 그녀는 이제부터 어찌 됐든 남편을 사랑하고, 남편도 자신을 사랑하도록 노력해야 했다. 시간이 얼마나 걸릴지 모르는 장기전이었다. 이 '이혼'이라는 최대 위험 요소가 계속 별것 아닌 것으로 여겨지게 놔둘 수는 없었다.

일레나의 시선이 침대 위에 놓인 연고에 닿았다.

일레나는 자신이 해야 할 첫 번째 일을 깨달았다.

"조심히 다녀오십시오."

벤의 인사를 받으며 일레나가 마차에 올랐다.

첫 외출이었다. 아니, 첫 외박이라고 해야 하나. 일레나는 공작성을 벗어나 장거리를 이동하게 되었다. 결혼하고 메이하드 공작저로 온 뒤론 처음 있는 일이었다.

'그래 봐야 한나절이 조금 안 되는 거리지만.'

이제부터 일레나는 대여섯 시간 정도 마차를 탈 거다. 피곤하겠지만 중간에 한 번 쉴 걸 생각하면 그럭저럭 하루 안에 이동할 수 있는 거리였다. 다만 왕복 시간도 생각해야 했기에 일레나는 아예 목적지에서 하루 이틀쯤 지낸 뒤 공작성으로 귀가하기로 했다. 남편의 허락은 싱거울 정도로 쉽게 떨어졌다.

일레나는 마차에 오른 후 마차 창밖을 흘끗 내다보았다. 공작 부인을 배웅하느라 사용인이 잔뜩 나와 있었지만, 그 사이에서 남편을 찾는 일은 허무할 만큼 쉬웠다.

볼 때마다 드는 생각이지만 남편은 키가 참 컸다. 건장한 하인을 상대로도 머리가 반 개 이상은 더 크니 어디서든 눈에 띄었다. 어쩌다 왜소한 하녀라도 옆에 서게 되는 날엔 비교 자체가 무의미했다. 하녀가 고목나무에 붙은 매미처럼 보일 지경이니.

'난 그래도 평균보다 조금 큰 편이니까…….'

키 차이가 꽤 나긴 하지만, 그래도 이만하면 보기 좋은 정도 아닐까.

일레나가 그런 생각을 하는 사이 마차가 출발했다. 그녀는 마차의 흔들림을 거의 흡수하는 푹신한 최고급 시트를 느끼며 창가에서 시선을 뗐다.

"빨리 가자."

마부는 혹여 귀한 마님이 불편함을 느낄까 봐 마차를 최대한 느긋하게 몰고 있었다. 일레나의 재촉에 마부가 그제야 속력을 올렸다.

"일레나!"

마차는 공작령을 벗어나 서쪽으로 장장 다섯 시간 반을 달렸다. 중간에 잠깐 휴식한 것을 포함해서 꼬박 여섯 시간 만에 일레나는 목적지에 도착했다.

"로잘린."

작고 가는 몸이 일레나의 몸을 으스러지게 껴안았다. 체구와는 어울리지 않는 강한 힘이었다.

"이게 얼마 만이니, 일레나! 정말 보고 싶었어!"

"반가운 건 알겠지만…… 갈비뼈가 아프니 이만 놔줄래?"

"앗, 미안."

로잘린이 헤헤 웃으며 일레나의 상체를 구속하던 팔을 풀었다. 일레나는 잠깐 사이 자기 상체 사이즈가 조금 줄어든 것 같다고 생각했다.

"그나저나 우리 일레나는 만날 때마다 점점 몸이 가늘어지네."

"너 때문일 수도 있어."

"응?"

"아냐. 오랜만이네. 잘 지냈어?"

일레나가 찾아온 곳은 다름 아닌 그녀의 친구 로잘린의 영지였다. 정확히는 작년에 로잘린과 결혼한 그녀의 남편, 맥스 백작이 소유한 영지.

로잘린이 결혼해서 수도를 떠난 뒤로는 첫 만남이었다.

'그땐 이렇게 다시 만나게 될 줄은 몰랐는데…….'

각자 결혼해서 누군가의 부인이 된 채 재회하다니. 일레나가 미묘한 감상에 사로잡혀 있을 때 로잘린이 대답했다.

"당연히 잘 지내지. 넌? 너도 잘 지냈어? 결혼했다는 말은 얼마 전에 들었는데……."

로잘린은 말끝을 늘어뜨리더니 조심스럽게 덧붙였다.

"혹시 내가 미엘르를 불러서 밟아주면 되는 상황일까?"

미엘르의 강요에 억지로 그녀를 대신해 메이하드 공작과 결혼하게 된 거냐는 질문이었다. 일레나는 친구의 물음에 쓴웃음을 삼켰다.

'다른 사람의 눈엔 결국 그렇게 보이는구나.'

미엘르에게도 약간 미안했다. 사촌을 자기 대신 팔아넘겼다는 오명이라니. 물론 미엘르의 성격이라면 실제로 그런 기회가 왔을 때 놓치지 않았을 것이다.

하지만 자신의 결혼이 그렇게 보여서는 안 됐다.

'오늘은 그걸 다잡으러 온 거기도 하고.'

오늘의 계획을 상기한 일레나가 이내 고개를 저었다.

"됐어. 그런 거 아니니까 이만 들어가자."

"나한테 밟히면 미엘르가 죽을까 봐 그래? 나 알잖아. 안 죽게 적당히 밟아주면 돼."

"로잘린, 너야말로 날 몰라? 내가 미엘르가 강요한다고 해서 싫은 결혼을 억지로 할 사람이야?"

로잘린의 입이 딱 다물렸다. 그녀가 눈을 깜박거렸다.

"그건 아니지……?"

"알면 됐네. 들어가자."

이내 일레나와 로잘린이 나란히 백작성 안으로 들어섰다. 복도를 걸으며 일레나가 입을 열었다.

"내가 부탁한 건……."

"후원에 준비해 놨어. 이대로 바로 가면 돼."

"고마워."

로잘린은 복잡한 표정으로 제 친구를 흘긋 쳐다보았다. 부탁하기에 들어주었지만, 사실 그녀는 아직도 일레나가 왜 그런 부탁을 했는지 이유를 모르고 있었다.

지금 물어볼까, 끝나고 물어볼까, 로잘린이 고민하는 사이 어느새 두 사람의 눈에 후원으로 통하는 문이 보였다.

'나중에 물어봐야겠네.'

그때 문 앞에 선 일레나가 로잘린을 향해 말했다.

"로잘린. 한 가지 더 부탁할 게 있어."

"응?"

"지금부터 이 안에서 무슨 일이 생기든, 절대 나서면 안 돼. 가만히 있어줘. 그럴 수 있지?"

일레나의 말에 로잘린은 덜컥 겁을 먹었다.

'무슨 짓을 저지르려고?'

지금 문 너머의 후원 안에서는 티타임이 진행되고 있다. 각 영지의 귀부인과 영애를 잔뜩 초대해 만든 자리였다.

"일레나…… 딱 한마디만 할게. 살인은 안 돼."

"그런 거 아니야."

겁에 질린 로잘린을 뒤로하고 일레나가 후원으로 들어섰다. 원형 테이블에 빙 둘러앉아 서로서로 담소를 나누던 이들이 새 사람의 등장에 그녀에게 시선을 주었다.

"어머, 이분은……?"

"소개할게요. 일레나 소…… 아니, 일레나 메이하드 공작 부인이에요."

로잘린이 앞으로 나서서 일레나를 소개했다. 자리에 앉은 귀부인과 영애들의 시선이 단숨에 일레나에게로 쏠렸다.

"저 사람이……."

"메이하드 공작이라면, 그 괴—"

"쉿."

눈치 없는 한 귀부인의 입을 옆자리 사람이 틀어막았다. 인상 좋은 귀부인이 몸을 일으키며 말했다.

"이리로 와서 앉으세요, 공작 부인."

"그래요, 어서 앉아요. 이런 자리에선 처음 뵙네요."

"여기 오신 걸 보니 맥스 백작 부인과는 본래 친분이 있으셨나 봐요?"

일레나를 향해 이런저런 말과 관심이 쏟아졌다. 일레나는 살면서 타인의 주목을 받아본 일이 적지 않았다. 일레나의 외모는 객관적으로 봐도 아름다웠고, 사람들 틈에서 단연 눈에 띄었으니까.

그러나 지금 이 주목은 여태 받아왔던 그것과는 달랐다.

노골적인 흥미. 호기심.

일레나는 자신이 마치 거리에 전시된 희귀한 구경거리가 된 듯한 느낌을 받았다.

"안녕하세요."

일레나의 얼굴에 그린듯한 미소가 올라갔다.

"다들 처음 뵙네요. 정말 반가워요."

"으……."

티타임이 끝난 자리는 순식간에 말끔하게 정리되었다. 일레나는 아무것도 없는 테이블 위로 엎어지며 앓는 소리를 냈다.

"로잘린, 나 얼음물……."

"어휴."

일레나가 얼음물을 찾을 줄 알았다는 듯 로잘린이 미리 준비해 놓은 잔을 옆에 내려놓았다.

"……고마워."

일레나가 몸을 일으켜 잔을 들고 벌컥벌컥 마셨다. 그걸 지켜보며 로잘린이 팔짱을 꼈다.

"대체 무슨 생각이야?"

로잘린은 조금 전 있었던 티타임 자리를 떠올렸다.

놀라울 만큼 무례한 자리였다. 적어도 도중에 다섯 번은 테이블을 엎어버리고 싶었다. 실제로 그럴 힘도 그녀에겐 충분히 있었다.

하지만 로잘린은 꾹 참았다. 일레나가 그녀에게 나서지 말아 달라고 미리 부탁했으니까.

"이러려고 나한테 그런 부탁을 했던 거야? 대체 왜?"

로잘린이 이해할 수 없었던 건 일레나의 태도였다.

평소 일레나의 성격을 생각하면, 그녀는 조금 전 티타임에서 상대의 얼굴에 찻물을 열세 번 정도는 뿌렸어야 했다. 실수인 척 테이블 아래로 상대의 발등뼈가 으스러지게 밟아주는 건 세 번 정도.

그러나 정작 일레나는 티타임 내내 방긋방긋 웃기만 했다. 중간에 한두 번 정도는 어떻게 그런 말을 할 수 있냐는 듯, 상처받았단 기색으로 눈가를 손수건으로 찍어내기도 했다.

하지만 그뿐이었다.

처음에는 화가 나고 답답했던 로잘린은 나중에 가서는 소름이 돋았다. 그리고 지금은 걱정이 되기 시작했다.

"너 설마…… 그거야? 사람은 죽기 직전이 되면 갑자기 안 하던 걸 하고 싶어진다던데……. 혹시……."

"아니야."

친구가 불치병에 걸렸는지 진지하게 의심하는 로잘린을 향해 일레나가 고개를 저었다. 깔끔하게 비운 잔을 테이블에 내려놓고 일레나가 한숨을 쉬었다. 좀 살 것 같았다.

'……위험했지.'

응, 위험했다.

일레나는 빈 물 잔을 만지작거리며 티타임 자리를 회상했다. 무슨 말을 들어도 인형처럼, 백치처럼 생긋생긋 웃기만 하겠다고 단단히 다짐하고 나왔다.

그러나 남편에 대해 안 좋은 소리가 나온 순간, 일레나는 하마터면 감정을 주체하지 못하고 평소 하던 대로 할 뻔했다.

덕분에 일레나는 티타임 도중 차를 꽤 많이 마셨다. 울컥해서 찻잔을 들었는데 내용물을 상대의 얼굴에 끼얹을 수가 없으니 마실 수밖에. 그 탓에 별다른 걸 먹지 않았는데도 여태 배가 불렀다.

일레나가 고개를 들었다. 로잘린이 여전히 걱정과 의아함을 담아 그녀를 내려다보고 있었다. 잠시 망설이던 일레나가 결국 입을 열었다.

"대단한 이유 아냐. 소문이 좀 필요해서 그랬어."

"소문?"

"응."

티타임 내내 일레나가 상대에게 보여주고자 한 모습은 단 하나였다. 남편에게 완전히 푹 빠져 버린, 바보 같을 정도로 착한 공작 부인.

그 이미지를 심어주기 위해 최선을 다했다. 의도대로 잘 되었을지는 모르겠지만.

"내가 남편을 너무 사랑하고…… 이 결혼 생활에 불만이 단 하나도 없고…… 그러면서 또 성격은 엄청 유약하고 착하고. 뭐, 그런 소문."

"그런 소문이 퍼져서 네가 얻는 게 뭔데?"

로잘린이 진심으로 궁금하다는 듯 물었다. 일레나는 그 질문에는 바로 대답하지 못했다. 사실 저 소문이 퍼져서 자리 잡으면, 일레나가 얻게 되는 것은 단 하나였다.

이혼 시의 리스크.

소문이 퍼진 상황에서 일레나가 메이하드 공작과 이혼하게 된다면, 일레나에겐 분명 엄청난 오점이 따라붙게 될 거다.

간단한 이야기였다. 착하고, 남에게 싫은 소리 못 할 정도로 순하며, 남편을 너무나도 사랑하는 공작 부인이 이혼당했다. 왜 이혼당했을까? 서로 합의해서 이혼했다고 발표해도 사람들은 믿지 않을 거다. 일레나가 일방적으로 이혼당했다는 전제를 깔고, 각종 추측과 의혹을 꺼내놓겠지.

'그렇게 되는 순간 내 평판은 완전 바닥으로 떨어지는 거고.'

사실이 어떻든, 일레나는 이미 신체적으로든 정신적으로든 어딘가에 심각한 하자가 있는 여자가 되어버릴 것이다.

'남편도 그 사실을 알 거고…….'

이게 중요했다.

남편은 누구보다 소문이 가진 힘을 잘 알고 있을 사람이었다. 그리고 다정했다. 비록 사랑하지 않아도 한때나마 아내였던 여자에게 그런 추문이 생기도록 둘 사람이 아니었다.

다시 말해 전보다는 일레나와의 이혼을 훨씬 어렵게 생각하게 될 거란 말이었다. 적어도 일레나가 이혼을 원할 거라는 생각은 하지 못하게 되겠지.

'만약 정말로 이혼하게 될 경우 내가 입는 피해가 너무 크지만…….'

일레나는 그때의 일까진 미리 생각하지 않기로 했다. 어차피 두 사람이 갈라서는 순간, 남은 미래는 멸망뿐이다. 그렇게 되면 소문이나 평판 따위가 뭐가 중요할까. 재혼 같은 것도 하지 않고 집안의 재산이나 축내며 살다가 마수의 침공과 함께 미련 없이 세상을 뜨면 그만이었다.

'물론 절대 안 그럴 거지만.'

그렇게 흘러가는 일은 없게 할 거다. 일레나는 새삼 다짐한 후 로잘린을 보며 입을 열었다.

"있어. 자세한 건 나중에 이야기해 줄게."

"흐음……."

"그나저나 로잘린, 아까 티타임에서 내 왼쪽에 앉았던 사람 딜리버 자작 부인 맞지? 마담 가쉬브와 절친하다는."

일레나는 인상 좋은 얼굴로 자신에게 먼저 자리에 앉을 것을 권했던 귀부인을 떠올리면서 물었다.

"맞아."

세상 모든 가십의 여왕, 마담 가쉬브. 그녀에게 여러 소잿거리를 전달하는 딜리버 자작 부인.

'끝났군.'

일레나는 확신했다. 이제 며칠 내로 사교계에 그녀의 이야기가 파다하게 퍼질 것이다.

"내가 부탁하긴 했지만, 정말 확실한 사람을 초대해 줬네."

"마침 근처 영지에 볼일이 있어서 내려와 있었거든. 운이 좋았지."

"어쨌든 고마워."

"……오늘 너한테 고맙다는 인사 하나는 실컷 듣는구나."

로잘린이 복잡한 눈길로 일레나를 쳐다보았다.

"네 부탁이니까 다 들어주긴 했지만…… 네게 도움이 되는 일, 정말 맞는 거지?"

"맞아. 이 은혜는 잊지 않을게."

"어휴, 우리 사이에 무슨 은혜씩이나."

로잘린이 손사래를 쳤다. 일레나는 그걸 보며 씩 웃은 후 맞은편 자리를 가리켰다.

"그보다 로잘린, 나 네 조언을 구하고 싶은 일이 있는데."

"조언?"

"앉아봐."

의아해하며 로잘린이 우선 의자를 빼고 앉았다. 일레나는 잠시 뜸 들이다가 입을 열었다.

"있잖아. 남녀가…… 서로 사랑에 빠지려면 어떻게 해야 할까?"

일레나가 이 질문을 하필 로잘린에게 하는 덴 이유가 있었다.

연애의 여왕.

결혼 전, 로잘린은 한때 그런 별명으로 불렸다.

로잘린은 빼어난 미녀가 아니었다. 그렇다고 육감적인 몸매를 지녔느냐, 그것도 아니었다. 그러나 로잘린이 사교계에서 활동하던 당시 그녀와 만났던 남자들은 하나같이 그녀에게 푹 빠져 정신을 차리지 못했다.

그 당시에는 로잘린이 이성에게 인기가 많든 적든 관심 없었다. 일레나는 연애에 흥미가 없었으니까. 하지만 지금은 다르다. 사정이 변했고, 로잘린은 지금 누구보다 일레나에게 큰 도움을 줄 수 있는 사람이었다.

로잘린은 진지한 얼굴을 한 제 친구를 가만 쳐다보다가 이내 고개를 옆으로 기울였다.

"너…… 뚜쟁이 노릇 하니?"

"뭐?"

"아니면 연극 각본 같은 걸 쓴다든가…… 아니지, 그런 취미는 금시초문인데."

로잘린의 표정이 시시각각 변했다. 이내 그녀가 믿을 수 없다는 듯 상체를 내밀어 일레나에게 바짝 얼굴을 들이밀었다.

"지금 일레나가 나한테 남자를 유혹하는 방법을 물어본 거야? 정말?"

남자를 유혹하는 방법…….

일레나는 침을 꿀꺽 삼켰다. 표현이 좀 달라진 것 같지만, 어쨌든 틀린 말은 아니었다. 그녀는 이제부터 남편을 유혹해 자신과 사랑에 빠지게 해야 한다. 일레나에게 생겨난 새로운 소명이었다.

"……맞아."

"맙소사."

로잘린이 숨길 생각도 없이 크게 탄식을 터뜨렸다.

"네가! 남자를! 유혹한다고! 내 친구! 일레나가!"

"로잘린, 반응이 너무 지나친 거 아냐?"

당황한 일레나가 저도 모르게 주변을 둘러보았다. 사용인을 물린 후원에는 아무도 없었다.

"네가 내 입장이라고 생각해 봐. 안 이러겠니? 객관적으로 너 자신을 돌아보란 말이야."

"……아니, 그렇지만 나도 연애 경험이라면 있거든?"

로잘린의 호들갑에 머쓱해진 일레나가 반박했다. 그러나 그녀에게 전혀 도움되지 않는 말이었다.

"뭐? 너 성인식도 치르기 전에 일주일 만나고 헤어진, 그거?"

"……."

"그게 연애니? 그게 연애야? 더군다나 그놈은……."

"미안. 내가 실언했어. 그러니까 그만해."

일레나는 친구의 입을 통해 자신의 어두운 역사가 까발려지기 전 상대의 말을 끊었다. 로잘린이 어깨를 으쓱했다.

"뭐, 좋아. 어쨌든 들어나 보자. 어떤 사람인데?"

"어떤 사람이냐고?"

일레나가 눈을 깜박였다. 저런 질문을 들을 줄은 생각하지 못했다.

로잘린이 타박하듯 말을 이었다.

"어떤 사람인지 알아야 내가 맞춰서 조언을 해주지. 설마 세상 모든 남자를 같은 방법으로 꼬실 수 있다고 생각하는 건 아니지?"

"……아니야?"

"이것 봐. 이러니까 내가 아직도 남자를 유혹해 보겠다는 네 말이 안 믿기지."

"……."

"털어놔 봐. 어떤 남잔데?"

"……다정한 사람이야."

일레나는 우물쭈물 고민하다 한마디를 꺼내놓았다. 남편에 대해 생각하자 그 말이 가장 먼저 떠올랐다.

"그리고?"

"친절해."

"어떤 면에서?"

"배려심이 많은 것 같아. 대화할 땐 내가 무슨 말을 하든 내 눈을 보고 경청하고…… 아, 눈치도 좋은 것 같아."

"눈치?"

"내가 뭘 숨기려고 하면 바로 알아채거든."

가끔은 생각을 읽는 게 아닐까 싶을 때도 있었다. 일레나는 남편을 덮치려다 실패했던 지난 기억들을 떠올렸다. 아, 그리고 손목의 멍을 감추려 했지만 들켰던 것도.

"그래, 또?"

"날 대하는 태도도 상냥해. 내 손목에 멍이 들어서…… 직접 약을 발라준 적이 있거든. 손길이 너무 간지러워서 참기 힘들었어."

그래, 그랬지. 지난 일을 하나하나 떠올리던 일레나는 갑자기 얼굴에 열이 오르는 것 같다고 느꼈다.

'왜 이러지?'

일레나가 괜히 빈 물 잔을 한 번 들었다가 놓았을 때 로잘린이 말했다.

"그렇게 다정한 남자지만, 널 사랑하는 건 아니다?"

"……응."

일레나가 시무룩해져서 고개를 끄덕였다.

이건 확실하다. 일레나는 사랑에 대해 아는 것이 별로 없었지만, 적어도 사랑하는 사람과 헤어지고 싶어 하는 사람은 없다는 것 정돈 알았다.

그놈의 위자료. 그놈의 혼인 무효!

아직도 등골이 서늘했다. 일레나는 빈 물 잔이 남편이라도 되는 것처럼 힘껏 쥐었다.

"까다로운 타입이네……. 그럼 그냥 타고나길 친절하단 건데, 이런 타입이 주변에 여자가 많거든. 경쟁자가 꽤 되겠어."

"아, 그건 괜찮아. 나 말고는 다 그 사람을 피하거든."

일레나가 아무 생각 없이 사실을 말했다.

로잘린이 멈칫했다. 곧 그녀의 표정이 괴상망측하게 변했다.

"……너, 설마 유혹하겠다는 게, 남편이야?"

"뭐? 당연하지."

일레나가 왜 그런 것을 묻느냐는 얼굴로 받아쳤다.

"남편이 아니면 누구겠어? 난 불륜 안 해."

"미엘르 때문에 억지로 한 결혼이 아니라는 게…… 진짜였구나."

"그렇다니까."

그걸 이제 알았냐는 듯 일레나가 눈총을 줬다. 로잘린이 몸을 뒤로 빼며 팔짱을 꼈다.

"그런 거면, 뭐…… 덮쳐! 부부 사인데 뭐 어때! 몸 정이 마음 정 된다는 말 들어봤지?"

"이미 해 봤어."

"쿨럭, 뭐라고?"

로잘린이 마신 것도 없으면서 사레들린 양 기침했다.

일레나가 한숨을 쉬었다. 물론 그때는 유혹할 목적으로 덮치려고 했던 건 아니지만, 어쨌든 실패한 건 실패한 거였다.

"아무튼 그건 안 돼. 상대가 빈틈이 없어. 다른 방법으로 알려줘."

일레나는 남편을 떠올렸다.

그는 비록 후사를 이유로 일레나와의 관계를 거절했지만, 생각해 보면 그게 아니어도 마음 없는 잠자리는 하지 않을 사람이란 생각이 들었다.

"허, 허허."

넋 나간 듯 웃음을 흘리던 로잘린이 이내 입을 열었다.

"메이하드 공작 부인, 아무래도 우리 초면인 것 같은데요. 혹시 이 자리로 일레나 좀 불러주실래요? 제 친구와 하고 싶은 이야기가 있어서요."

"농담할 시간 없어. 나 마음 급해."

일레나가 눈썹을 찡그리며 재촉했다. 로잘린이 어쩔 수 없다는 듯 입을 벌렸다.

"그래……. 육탄전이 먹히지 않는 다정한 남편을 유혹해야 한다, 그 말이지."

"……."

"그럼 이렇게 하자. 정석대로 가는 거야. 우선……."

일레나는 이틀 만에 백작성을 떠나 공작령으로 귀가하는 마차에 올랐다.

실은 며칠 더 있을까 생각하기도 했다. 오랜만에 만난 친구와 보내는 시간이 생각보다도 즐거웠기 때문이다. 그러나 일레나가 본래 목적대로 일찍 마차에 오르게 된 데는 이유가 있었다.

"나 돌아가고 나면 바로 화해할 거지?"

"……몰라."

로잘린이 심통이 난 듯한 얼굴로 고개를 홱 돌리며 대답했다.

로잘린이 남편인 맥스 백작과 싸웠다. 사소한 의견 차이로 인해 시작된 부부간의 다툼은 생각보다 크게 번졌다. 일레나는 백작성을 걸어 다니는 사용인이 발소리도 제대로 내지 않았던 것을 떠올리곤 고개를 내저었다.

"분위기 살벌하던데. 기왕이면 빨리 화해해."

"아, 모른다니까. 빨리 마차에 타기나 해."

로잘린이 괜히 일레나를 구박했다. 일레나는 우선 마차에 올랐다. 마지막으로 인사하려고 창밖을 내다보는데 로잘린이 말했다.

"진전 있으면 나한테 편지 보내주기야."

"당연하지."

"이 스승은 언제나 제자를 응원하고 있다는 사실을 잊지 마."

"네, 스승님."

일레나는 픽 웃곤 창밖으로 손을 흔들었다. 로잘린도 그에 맞춰 손을 흔들어 주었다.

'부부 싸움이라.'

공작성으로 돌아가는 동안 일레나는 로잘린 부부의 다툼에 대해 생각했다. 크게 걱정되진 않았다. 두 사람은 누가 봐도 서로 사랑하는 사이처럼 보였으니까.

사랑해도 싸우긴 싸운다. 일레나는 어렸을 때 툭하면 에드워드를 어떻게 하면 낭떠러지 아래로 밀어버릴 수 있을까 고민했지만 그래도 가족이라 사랑했다.

'로잘린보단 내가 걱정이지.'

일레나가 고민하는 사이 마차는 공작성에 도착했다. 그런데 집사가 어딘지 당황한 얼굴로 그녀를 맞이했다.

"마님, 오셨습니까?"

벤은 재빨리 표정을 가다듬었지만, 일레나는 그의 얼굴에 스치고 지나간 기색을 놓치지 않았다.

'뭐지?'

일레나는 예정된 일정대로 돌아왔다. 딱히 늦거나 빠른 귀가도 아니었다.

"여독을 푸셔야죠. 목욕물을 준비하라 이르겠습니다."

"됐네. 그건 내가 나중에 알아서 하지."

긴 여정의 피로를 풀 목욕보다 먼저 하고 싶은 것이 있었다. 일레나의 기억 속 아버지는 먼 길을 다녀오고 나면 언제나 어머니를 가장 먼저 찾았다. 마치 당연하다는 듯한 그 행동이 어린 일레나의 눈엔 어쩐지 무척 좋아 보였다. 그래서 그 무렵 친구와 소꿉장난을 하면 항상 같은 놀이를 하고는 했다.

'잘 다녀왔어요, 여보'놀이.

그랬는데, 지금은 놀이가 아니라 실제 상황이다.

'기억에 있는 그대로 하려면 뺨에 키스해야 하지만…….'

아무래도 그건 아직 이르겠지.

로잘린이 알려준 '갓 시작하는 연인'의 스킨십 단계는 1부터 10까지 있었다. 그중에서 '볼 뽀뽀'는 무려 중간 단계쯤에 있었다.

별것 아닌 줄 알았더니.

'아쉽지만 오늘은 얼굴 보면서 잘 다녀왔다고 인사만 하고…….'

그리고 또, 남편의 얼굴을 마주 보며 하고 싶은 것이 한 가지 더 있었다. 일레나의 걸음이 저절로 조급해졌다.

그녀는 일단 처소에 들러 옷부터 갈아입었다. 바깥에 오래 있었으니

옷에 먼지가 묻어 더러워졌을지 몰랐다. 새삼 신경 쓰였다.

"공작님께선 지금 집무실에 계시나?"

웃시중을 받으며 일레나가 하녀에게 물었다. 이 시각이면 남편은 무조건이라고 해도 좋을 정도로 집무실에 있었다. 당연히 그렇다는 대답을 기대하고서 한 질문이었다.

그런데 어쩐 일로 하녀가 고개를 저었다.

"아뇨, 오늘은 일찍 침소에 드셨습니다."

"응? 벌써?"

놀란 일레나가 다시 시계를 확인했다. 시곗바늘은 이제 겨우 저녁때를 조금 지난 시간을 가리키고 있었다.

'이 시각에 침실에 들었다고?'

일레나가 아는 그녀의 남편은 잠이 적었다. 잠자리에 드는 시각은 예외 없이 매일 늦은 밤이었다. 시계가 고장 난 것이 아니라면, 빨라도 너무 빨랐다.

'왜 이렇게 일찍……?'

가만. 어떤 가정이 일레나의 머릿속을 스쳤다.

'어디 아픈 거 아냐?'

떠올리고 나니 그럴듯했다. 그러고 보면 집사가 귀가한 일레나를 보고 당황했던 것도 남편이 마침 아파서 그랬다고 하면 앞뒤가 맞았다.

일레나는 급히 처소를 벗어났다. 그러나 남편의 침실 앞에서 그녀는 생각지도 못했던 난관과 맞닥뜨려야 했다.

"죄송합니다. 아무도 들이지 마시라는 명령입니다."

일레나는 남편의 침실 문을 막아선 병사를 보며 당황스럽게 눈을 깜박였다.

'호위…… 를 세워놨어?'

남편의 침실은 여태껏 몇 번이나 들락거려 봤다. 하지만 이처럼 문 앞에 누굴 세워놓은 건 처음이었다.

'대체 어디가 얼마나 안 좋은 거지?'

안 세우던 호위를 세울 정도면 몸이 약간 아픈 정도가 아닐 것 같았다. 일레나가 전전긍긍하며 병사에게 바짝 다가갔다.

"비키게. 나는 공작님의 아내야."

"죄송합니다. 절대 누구도 들이지 마시라고 하셨습니다."

"난 예외라니까? 이 공작성의 안주인이 누군지 모르나? 비켜."

"죄송합니다."

병사는 앵무새처럼 죄송하다는 말만 반복할 뿐 문에서 비킬 생각은 없어 보였다. 속이 답답해져서 일레나가 인상을 찌푸렸다.

그때였다.

맞은편 복도에서 걸어오던 누군가가 일레나와 병사를 발견하곤 멈칫하는 것이 보였다. 집사였다.

"벤! 마침 잘 왔네. 공작님이……."

일레나가 말을 멈췄다. 벤의 손에는 물이 담긴 대야와 수건이 들려 있었다.

"……아프신 듯해 방문하려고 했는데, 이미 준비를 다 해왔군. 어디가 안 좋으신 거지?"

벤은 일레나의 물음에 잠시 망설이는 듯하다가 입을 열었다.

"감기십니다."

"감기라고?"

일레나는 잠깐 당황했다.

남편과 감기.

왠지 굉장히 어울리지 않는 조합처럼 들렸다.

'아니, 중요한 건 아니지.'

어쨌든 감기도 제대로 걸리면 무척 몸과 마음이 힘들다. 주변 사람의 간호가 필요했다. 일레나가 손을 내밀었다.

"일단 이리 주게. 내가 들어가서 간호할 테니."

"……독한 감기입니다. 마님께도 옮을 겁니다."

"괜찮아. 난 보기보다 감기에 잘 안 걸리거든. 한겨울에 얼음물을 마셔도 앓을까 말까 해."

"전염성이 아주 강한 놈입니다. 제가 하겠습니다."

"옮는 게 걱정이면 나보다 집사가 더 문제 아닌가? 집사, 올해 나이가 몇이지?"

일레나의 지적에 벤이 멈칫했다. 그러나 그는 쉽사리 물러서지 않았다.

"이 늙은 몸의 가치를 어찌 마님과 비교하겠습니까?"

"자네가 나보다 이 성에서 맡은 일이 많다는 건 알지? 자네가 앓아누우면 그 일은 다 누가 하라고? 내가? 잔말 말고 빨리 내놓게."

일레나도 물러서지 않았다. 의견이 팽팽하게 대립했다.

일레나는 슬슬 이 상황이 이해되지 않기 시작했다. 고작 병간호를 누가 하느냐의 문제였다.

'이게 이 정도로 실랑이가 오고 가야 할 일인가?'

그것도 안주인과 집사 사이에서?

일레나가 의구심을 느낄 무렵 벤이 돌연 한숨을 쉬었다.

"……죄송합니다, 마님. 부디 결례를 용서하십시오."

"뭐? 그게 무슨…… 잠깐, 이것 놔라!"

병사가 갑자기 일레나를 움직이지 못하게 붙잡았다. 그리고 그사이 벤이 남편의 침실 문을 열고 안으로 들어가 버렸다.

쾅. 문이 닫혔다.

일레나는 기가 막혀서 입을 벌렸다. 방금 무슨 일이 일어난 건지 바로 인지할 수가 없었다. 병사는 벤이 침실 안으로 들어가자마자 일레나를 붙잡은 손을 놓고 사과했다.

"죄송합니다."

"……."

일레나는 그제야 자신이 놓치고 있던 사실 한 가지를 발견했다. 병사는 여성이었다. 머리가 짧은 편이고 갑옷을 입고 있어서 몰랐다.

"……하."

일레나의 입술 틈으로 허탈한 숨이 흘러나왔다.

병사는 호위가 아니었다. 호위가 아니라, 문지기였다. 그것도 아마 일레나를 막기 위한.

'왜?'

일레나는 못 박힌 듯 자리에 서서 닫힌 문과 병사를 쳐다보다가 몸을 돌렸다.

기분이 이상했다. 뭐라고 설명하기 힘든 느낌이었다.

처소로 돌아온 일레나는 멍하니 앉아 시간을 보냈다.

'나는 안 되고, 집사는 된다고?'

아니, 아니.

일레나는 고개를 흔들었다. 이것도 중요하지만, 그것보다 더 중요한 것이 있었다.

'아무리 생각해도 이상해.'

왜 그렇게까지 일레나가 남편의 침실에 들어가는 것을 막은 걸까?

'감기가 옮을까 봐?'

말도 안 된다. 단순히 감기의 전염성 문제로 설명하기엔 조금 전 집사의 행동은 분명 지나친 감이 있었다.

'……감기가 아닌가?'

어디 크게 아픈 걸까? 그 사실을, 자신에게 숨기는 거고?

머리가 점점 번잡해졌다. 일레나는 입을 꾹 다물고 있다가 아비를 불렀다.

"집사가 공작님의 침실에서 나오면 즉시 내게 알려주렴."

벤이 남편의 침실을 벗어났다는 소식이 들린 것은 그로부터 약 한 시간쯤 지난 후였다. 일레나는 망설임 없이 방을 빠져나와 움직였다.

남편의 침실로 들어가는 방문은 막혔다. 병사가 절대 비켜주지 않을 것이다.

'그럼 문이 아니라 다른 데로 들어가면 되지.'

일레나는 이내 비장한 얼굴로 제 앞에 놓인 나무를 응시했다. 고개를 들자 남편의 2층 침실 발코니가 보였다.

'좋아.'

나무를 타고 오르면 충분히 발코니 안으로 건너갈 수 있을 것 같았다. 적어도 일레나의 눈엔 그렇게 보였다.

'할 수 있어.'

단단히 다짐한 일레나가 나뭇가지에 등불을 건 후 나무 밑동에 발을 얹었다. 이어서 심호흡을 한 뒤 나무를 오르기 시작했다.

'나무를 타는 건 13년 만이지만…….'

정확히 여섯 살 무렵이 마지막 기억이었다. 하지만 할 수 있으리라 생각했다.

'이 정도쯤은 얼마든지 가능하지.'

그리고 그 판단은 현실이 되었다. 일레나의 체력과 운동신경은 보기보다 나쁘지 않은 편이었다. 더구나 팔다리는 길고, 체중은 가벼웠다. 다른 건 몰라도 나무타기에는 유리한 조건이었다.

'됐어!'

나무에 매달린 일레나가 숨을 몰아쉬었다. 다 왔다. 고지가 눈앞이었다. 이제 발코니 난간으로 건너가기만 하면 됐다.

'아래는 보지 말자.'

일레나가 조심조심 손을 뻗었다. 손끝에 난간이 닿자 그걸 단단히 움켜쥐었다.

한 손, 한 발. 또 한 손. 차례대로 나무에서 난간으로 몸을 옮겼다. 이제 오른발만 가져오면 끝이었다.

거의 다 됐다는 생각에 일레나의 몸에서 순간 긴장이 풀렸다.

그러나 마음을 놓은 탓인지, 그만 오른발을 가져오다 실수해서 발등이 난간에 세게 부딪혔다. 그런데 여기서 문제는 그 부위가 하필이면 불과 며칠 전 정원에서 돌을 잘못 걷어차 다쳤던 바로 그곳이었다는 거다.

"……!"

예상치 못한 통증에 순간 몸을 지탱하던 다른 쪽 발에서 힘이 빠지며 일레나의 몸이 쭉 미끄러졌다. 발밑이 꺼지는 듯한 아찔한 감각이 그녀의 몸을 덮친 순간이었다.

일레나의 팔을 덥석 붙잡는 손이 있었다.

일레나는 터질 것 같은 심장을 안고 가까스로 고개를 들었다.

"……일레나."

그녀의 남편, 메이하드 공작이 믿을 수 없다는 표정으로 일레나의 팔을 붙잡은 채 그녀를 내려다보고 있었다.

메이하드 공작은 놀라운 힘으로 일레나를 단번에 난간 위로 끌어 올리더니 그녀를 침실 안으로 데리고 들어왔다. 일레나는 남편의 침실에 앉아 벌렁거리는 가슴을 겨우 진정시킨 뒤 흘끔 시선을 들었다.

침대에 걸터앉은 그녀의 남편은 파격적일 만큼 허술한 차림을 하고 있었다. 맨몸에 급하게 걸쳤는지 가운의 앞섶이 죄 풀어져 있었다. 일레나는 드러난 남편의 맨살에 시선을 주지 않으려 최대한 노력했다. 이 상황에서 일레나가 지킬 수 있는 최선의 양심이었다.

메이하드 공작은 말없이 복잡한 눈으로 일레나를 쳐다보다가 입을 열었다.

"부인."

"……네."

"지금……."

그는 바로 말을 잇지 못했다. 다시 생각해도 지금 이 상황이 당황스럽고 기가 막힌 듯했다.

"내가 만약 부인을 발견하지 못했으면 어떡하려고 그랬습니까?"

"……."

"크게 다칠 뻔했습니다. 알고 있습니까?"

"치료하면 나을 정도였을 거예요."

죽지는 않았을 거란 주장이었다. 물론 전혀 도움은 안 됐지만.

메이하드 공작의 표정이 딱딱하게 굳었다.

"나을 수만 있으면 팔다리 하나 정도는 부러져도 상관없습니까? 말도 안 되는 소리 하지 마십시오."

혼났다.

일레나는 아래로 내리깐 눈을 깜박거렸다. 그녀가 여태 들어본 것 중에서 가장 차가운 목소리였다.

'……남편도 화를 내는구나.'

그렇겠지. 사람이니 당연히 화를 내지.

일레나는 새삼스러운 깨달음에 무릎에 둔 손만 꼼지락거리다가 슬쩍 물었다.

"화났어요?"

"……."

"……미안해요. 내가 잘못했어요. 그러니까 너무 화내지 말아요."

"화난 게 아니라……."

일레나가 순순히 반성하는 자세로 나오자 메이하드 공작도 뭐라고 더 할 말이 없었는지 이내 한숨 쉬며 대답했다.

"놀라고 걱정했습니다. 부인이 다쳤을까 봐."

"나도 걱정했어요."

"예?"

"나도 당신 걱정했다고요. 그래서 이런 방법으로라도 여기까지 찾아온 거예요."

일래나는 상대의 태도가 누그러진 틈을 놓치지 않았다.

"당신 아프다면서요? 벤이 물 대야와 수건 들고 여기로 들어오는 거다 봤어요. 그런데 난 못 들어오게 하고……."

복도에서의 일이 떠오른 일레나가 서러움에 울컥했다.

살면서 차별을 겪어본 경험이 없는 건 아니다. 하지만 오늘 그 일은 살면서 겪었던 그 어떤 차별보다 서럽고 뼈아팠다. 일레나의 목소리에 저절로 서러움이 서렸다.

"물론 집사가 나보다 훨씬 오래 당신과 함께했죠. 그 사실은 나도 알아요. 그렇지만…… 그래도 난 당신 아내잖아요."

머리로는 알았다. 그래, 결혼한 지 이제 두 달도 안 된, 아무 감정 없는 아내보다는 당연히 오랜 세월 함께한 집사가 더 믿음이 갈 것이다.

이성적으로 생각하면 이해할 수 있다. 그러나 감정은 받아들이길 거부했다. 뭐라고 해도 일레나는 남편의 아내였다. 그의 부인, 배우자. 평생을 서로 한 몸처럼 아끼고 사랑하겠다고 신의 이름 앞에서 맹세한 부부.

"부인."

"그래요, 나 당신 부인이에요. 아직 허울뿐이긴 하지만…… 아무리 그래도 아내인데, 남편이 아플 때 병간호도 못 해요?"

"그건……."

"……아니면 설마, 내가 아파서 무방비한 당신한테 무슨 짓이라도 저지를까 걱정한 건 아니죠?"

"……."

"……."

일레나는 제 입으로 말을 내뱉고 나서 크나큰 충격에 휩싸였다. 그러고 보면 먼저 잠자리를 조르고, 밤중에 몰래 침실에 침입해 자는 사람을 덮치려고 하고, 차마 신뢰가 쌓이기 힘든 일을 잔뜩 저지르긴 했다.

'이건가.'

일레나의 얼굴이 새빨갛게 달아올랐다.

"그, 그렇다면 그건 당신이 크게 오해한 거예요. 이제부턴 절대, 절대 안 그럴 거라고요. 내 말이 아직 믿음이 안 갈 수는 있는데……."

치미는 부끄러움과 수치심에 일레나가 횡설수설하기 시작했다.

"에잇, 아니, 그런 게 걱정되었으면 나와 집사를 한자리에 놔두면 됐잖아요! 안 그래요?"

결국 마지막은 적반하장이었다. 역으로 남편에게 따지듯 말하며 일레나가 고개를 번쩍 들었다. 그런데 그때 평소와 다른 남편의 얼굴이 그녀의 눈에 들어왔다.

붉어진 얼굴. 이마에 맺힌 땀방울. 저게 뭘 의미하는 것인지 잠시 생각한 끝에 일레나가 의자에서 벌떡 일어섰다.

"열나잖아! 당신, 빨리 누워요!"

메이하드 공작이 뭐라고 할 새도 없이 그를 강제로 침대에 눕힌 일레나가 그의 이마로 손을 가져갔다.

'……맙소사.'

일레나는 탄식을 삼켰다. 이마가 불덩이 같았다. 이런 몸으로 조금 전까지 자리에서 일어나 움직였다는 사실이 놀랍게 느껴질 정도였다.

'열을 내릴 뭔가가…….'

일레나가 초조하게 주변을 둘러보았다. 천은 아무거나 쓰면 되고, 정 없으면 제 치마를 찢어도 된다.

'욕실에 들어가면 받아둔 물이 있을까?'

그때, 닫혀 있던 남편 침실의 문이 달칵 열렸다. 물을 채운 대야와 새 수건을 들고 나타난 벤이 일레나를 발견하곤 멈칫했다.

"벤."

"……마님?"

벤의 손에 들린 것들을 본 일레나가 화색이 되었다.

"마님께서 어떻게 여기……."

"지금 그게 중요한가? 나중에 다 설명해 줄 테니 어서 그것들 들고 이리와."

일레나는 마음이 급했다. 잠깐 만져본 남편의 이마는 너무, 너무 뜨거웠다.

벤은 당황한 기색으로 이러지도 저러지도 못하고 자리에 우두커니 서 있기만 했다. 그러자 메이하드 공작이 누운 채로 벤에게 작게 손짓했다. 괜찮다는 의미였다. 그에 메이하드 공작과 일레나를 번갈아 쳐다본 벤이 뜻 모를 한숨을 내쉰 후 일레나의 곁에 대야를 내려놓았다. 수건까지 일레나에게 넘긴 벤이 물러섰다.

"전 나가보겠습니다. 부탁드립니다, 마님."

"뭐? 자네는?"

"한 사람만 있으면 됩니다."

벤은 그렇게 말하곤 미련 없이 침실에서 퇴장했다. 병사를 동원해 완력까지 써가며 일레나가 처소에 들어오는 것을 막았던 사람치고는 허무할 만큼 싱거운 퇴장이었다.

'뭐, 잘됐지.'

이왕 이렇게 된 거, 일레나는 이참에 혼자서 정성껏 남편을 간호해 이전과는 달라진 자신의 모습을 보여주기로 했다. 일레나는 수건을 물로 흠뻑 적신 후 비틀어 짰다.

후드득.

물이 대야에 떨어지며 요란한 소리를 냈다. 물기를 적당히 없앤 수건으로 일레나가 남편의 얼굴을 꼼꼼히 닦기 시작했다.

땀이 맺힌 이마와 목덜미 위주로 닦은 다음은 몸이었다. 가운을 벗기기 전 일레나가 잠시 멈칫했다.

"……열을 내리려는 거예요. 알죠? 다른 의도는 전혀 없어요. 오늘 당신은 나한테 그냥 환자예요."

이건 남편에게 하는 말이기도 하고, 일레나 스스로에게 하는 말이기도 했다.

이내 일레나가 남편의 가운을 벗겼다. 땀에 젖은 상체가 침실의 불빛 아래 고스란히 드러났다.

근육으로 빈틈없이 짜인 육신은 더없이 근사했지만, 지금만큼은 조각 같은 육신보다 흥건한 땀이 먼저 눈에 들어왔다. 일레나가 다급하게 수건에 새로 물을 먹여 비틀어 짜곤 그 수건을 남편의 몸에 가져갔다.

그 순간이었다.

'……흉터?'

어깨를 닦으려던 일레나의 손이 살짝 주춤했다. 가운을 막 벗겼을 때는 몰랐는데, 지금 보니 남편의 어깨에는 마치 불로 지진 것 같은 화상 흉터가 있었다.

'오래된 것 같은데…….'

10년? 혹은 그것보다 더 된 것 같았다.

'어쩌다 이런 흉터가 생겼을까…….'

일레나는 마음속에 생겨난 의문을 숨긴 채 남편의 어깨를 묵묵히 닦아주었다.

검을 쥐는 사람은 몸에 흉터가 없으면 오히려 수치라고들 한다. 하지만 10년 전이면 남편의 나이가 고작 열 서넛이었을 때다. 심지어 자상도 아니고 화상이라니.

'흉터는 어깨에만 있네.'

일레나는 남편의 가슴과 복부, 옆구리도 꼼꼼히 닦았다. 어깨 외에는 딱히 흉터나 상흔을 찾아볼 수 없었다.

'그나저나, 열이 너무 높은 거 아닌가?'

찬물을 먹인 수건은 남편의 체온에 금세 미지근해졌다. 일레나의 걱정이 크기를 키웠다. 옛날 오빠 에드워드가 고열로 사경을 헤맸던 것이 떠올랐다.

'그때 거의 이 정도로 열이 났던 것 같은데.'

"돌아누워 봐요."

등을 닦을 차례다. 일레나가 대야에 수건을 담그며 말했다.

"……."

"뭐 해요, 얼른."

남편의 동작이 굼떴다. 일레나는 답답함에 채근했다.

이내 남편이 옆으로 돌아누웠다.

일레나는 드러난 남편의 넓은 등에 바로 수건을 가져다 대려다가 손을 멈췄다.

빼곡한 흉터.

어깨에서 본 것과 같은 흉터가 남편의 등을 온통 뒤덮고 있었다.

일레나는 잠시 아무것도 하지 못했다. 머릿속이 새하얗게 비어 제대로 생각을 할 수 없었다.

얼마나 그렇게 굳어 있었을까, 남편의 목소리가 들렸다.

"……어렸을 때."

"……."

"어머니가 내 얼굴의 얼룩을 불로 지지려고 한 적이 있었습니다."

일레나는 하마터면 손에 든 수건을 떨어뜨릴 뻔했다. 그녀가 제 귀를 의심하는 사이 남편이 덤덤한 목소리로 말을 이었다.

"어깨의 화상은 그걸 막으려다가 생긴 겁니다. 불씨가 어깨로 떨어졌거든요."

"……등은."

일레나가 힘겹게 말문을 열었다.

"등은…… 어쩌다가……."

"……그날, 난 고통을 이기지 못해 괴로워하며 바닥을 굴렀습니다. 그걸 본 어머니는 무슨 생각이 드셨는지, 그 이후로 모임 따위에 다녀오고 나면 날 묶어놓고 내 등을 불로 지졌죠."

감정을 찾아보기 힘든 건조한 목소리와는 상반되는 내용이었다. 기어코 일레나의 손에서 수건이 떨어졌다. 손이 떨렸다. 일레나는 가까스로 입을 움직였다.

"공작, 선대 공작님은……."

"알고 있었지만, 방관했습니다."

"……."

"눈에 보이는 곳은 건드리지 말라는 경고 정도는 했던 것 같긴 합니다."

일레나가 눈을 질끈 감았다가 떴다.

거짓말 같은 이야기였다. 아니, 부디 거짓말이기를 바라게 되는 내용이었다. 눈에 보이는 증거가 버젓이 있으니 현실이라는 걸 부정할 수 없었지만, 현실 같지가 않았다.

남편의 어린 시절이 불행했다는 건 얼추 예상했다. 결코 순탄하지 않았을 거라고.

하지만 이건. 이렇게까지는…….

"얼마나……."

"……."

"얼마 동안…… 겪은 거예요, 이런 걸?"

"처음 시작은 그저 어릴 때부터였다는 것 정도만 기억납니다. 마지막은……."

"……."

"그들이 죽기 전날이었군요."

일레나는 침묵했다. 말이 나오지 않는 것인지, 하고 싶은 말이 없는 것인지 분간하기 어려웠다. 손바닥에 침대의 시트가 닿았다. 일레나는 그걸 힘껏 움켜쥐었다.

남편의 몸에 이런 말도 안 되는 흔적을 만든 이들은 이미 죽었다. 죽은 사람들이라 찾아가서 따질 수도, 소리 지르며 화를 내고 욕을 퍼부어줄 수도 없다.

갈 곳 없는 분노가 일레나의 가슴을 가득 메웠다. 당장에라도 속이 타버릴 것처럼 갑갑한데, 터뜨리고 표출할 곳이 없었다.

메이하드 공작은 일레나가 한참 말이 없자 몸을 돌려 그녀를 쳐다보았다가 깜짝 놀랐다.

"……부인."

얼마나 놀랐는지 침대에서 몸을 일으키려는 그를 일레나가 손을 뻗어 막았다.

"일어나지 마요. 당신 환자잖아요."

"부인, 그……."

"이건 눈에 먼지가 들어가서 그런 거예요."

그보다 흔할 수 없는 변명을 입에 담으며 일레나가 손등으로 눈을 비볐다. 메이하드 공작은 일레나의 얼굴에서 당황한 시선을 한참 거두지 못하다가 입을 열었다.

"울리려고…… 한 말은 아니었습니다. 오래된 일이고, 사실 이제 내겐 아무런 감흥이 없는 일들입니다."

"……."

"다만 흉터가 생긴 이유를 설명하고…… 부인을 이곳에 들어오지 못하게 막았던 이유가 부인이 생각하는 그런 게 아니라는 걸 알려주려고……."

"알겠어요. 고마워요."

일레나는 횡설수설하는 기미가 보이는 남편의 말을 끊었다. 고작 제가 눈물을 좀 보였다고 저렇게 당황하는 것이 신선하기도 하고, 기분이 좀 묘했다.

일레나는 떨어뜨렸던 수건을 다시 쥐었다. 대야에 담가 물을 실컷 먹이곤 힘껏 짰다.

"……등 못 닦았어요. 다시 돌아누워 봐요."

일레나의 눈물이 가져온 여파가 여전히 남아 있는 것인지, 남편은 순순히 그녀의 말을 들었다.

일레나는 오래된 흉터로 가득한 남편의 넓은 등에 새 수건을 가져갔다. 젖은 수건이 해묵은 상처 위를 꼼꼼히 훑었다.

"많이 아팠겠어요."

"지금은 괜찮습니다."

"그때는 안 괜찮았을 거고요."

일레나는 당연한 이야기를 하며 남편의 등을 닦았다. 수건이 한 차례 닦고 지나간 자리마다 일레나의 시선이 다소 오래 머물렀다.

이렇게 닦는다고 흉터가 옅어질 리 없다는 걸 알았다. 그래도 그러길 바라는 것처럼, 조금이라도 지워지길 바라듯 일레나의 눈이 미련을 담고 손을 따라 움직였다.

"있잖아요, 당신 혹시 기억해요? 나와 잠자리하지 않는 대신 내가 원하는 건 뭐든 들어주기로 했었잖아요."

"……기억합니다."

"원하는 게 있어요."

"……."

"나, 당신 이름으로 부를래요. 그래도 되죠? 카이휜."

의외의 요구였는지 답은 돌아오지 않았지만, 일레나는 알아서 침묵을 긍정으로 해석하곤 하던 일을 계속했다.

남편의 등을 빼곡히 채운 상흔을 훑는 일레나의 손길에 한 가지 다짐이 새겨졌다.

이 사람이 반드시 나를 사랑하게 하겠다. 그렇게 해서 용사를 낳고, 꼭 세상을 구해서, 이 사람을 이렇게 잔인하게 대한 자들이 틀렸다는 것을 증명해 보이겠다.

이날 일레나의 마음속에 미래를 바꾸고자 하는 이유가 하나 더 생겨났다.

Chapter 4
첫걸음은 언제나 의욕적이다

밤늦게까지 남편의 침실을 지킨 것이 일레나의 마지막 기억이었다.

그런데 눈을 뜨니 그녀는 자기 처소의 침대에 누워 있었다. 일레나는 일어나자마자 시계를 확인했다. 평소보다 늦은 시각이었다. 여태 하녀가 깨우러 오지 않았다는 건, 남편의 별도 지시가 있었다는 말이다.

'열은 내렸을까?'

일레나가 줄을 당겨 하녀를 불러 물었다.

"공작님은?"

"집무실에 계십니다."

상식적으로 생각하면 열이 내렸으니 일을 하고 있다는 뜻일 것이다. 하지만 안심이 되지 않았다.

일레나는 자기 눈으로 직접 확인할 생각으로 세안만 마치고 바로 남편의 집무실로 찾아갔다.

"……부인?"

아내의 방문이 갑작스러웠는지 공작의 얼굴에 의문이 떠올랐다.

'멀쩡하네.'

다행히 겉으로 보이는 남편의 상태는 멀끔했다.

"아무것도 아니에요. 그럼 일 봐요."

일레나는 마음을 놓으며 바로 집무실을 나왔다. 마침 복도를 지나가는 집사가 보였다.

"벤."

일레나는 길 가던 벤을 불러 세운 뒤 말했다.

"잠시 시간 되나?"

"정말 죄송합니다."

일레나는 벤의 동그란 정수리를 보며 눈을 깜박거렸다. 정수리 사이로 살짝 벗겨진 게 보였지만 벤은 나이를 생각하면 머리숱이 꽤 풍성한 편이었다.

'아니, 이게 중요한 게 아니라.'

"……갑자기 사과를?"

"어제 주인님의 처소 앞 복도에서 보였던 결례를 사과드리는 겁니다."

"아."

병사를 시켜 저를 못 움직이게 붙잡았던 일을 말하는 건가. 일레나는 손을 내저었다.

"됐어. 나는 아주 관대한 편이니까 지난 일은 굳이 꺼낼 필요 없네. 그보다 내가 자네를 붙잡은 건 자네에게 사과나 듣기 위해서가 아니야."

"하실 말씀이라도……."

"어제, 공작님 말이야."

일레나는 속으로 품었던 의문을 바로 꺼내놓았다.

"감기 아니었지?"

제법 긴 시간 남편을 간호하며 곁을 지켰다.

그녀가 곁을 지키는 내내 남편의 온몸에서 열이 펄펄 끓었지만, 그뿐이었다. 다른 증세는 전혀 찾아볼 수 없었다. 기침이든, 뭐 다른 것이든.

"왜 그렇게 심하게 열이 나셨던 건가?"

"……정확한 원인은 저도 모릅니다."

일레나의 의혹에 벤은 순순히 시인하고 설명했다. 더는 일레나에게 딱히 뭔가를 감춰야 할 필요를 느끼지 못하는 것 같았다.

"다만 일 년에 한 번 정도 그렇게 갑작스러운 고열에 시달리십니다."

"혹시 언제부터 그랬는지 알고 있나?"

일레나가 딱딱하게 굳은 얼굴로 물었다. 공작의 말투는 담담했지만 학대받은 기억이 쉽게 잊힐 리 없다. 어쩌면 그때의 고통을 몸이 기억하고 있는 건…….

벤이 그녀의 생각을 읽은 듯 대답했다.

"아주 어릴 때부터 그러셨습니다. 죽은 그자들이 주인님께 손을 대기 전부터입니다."

"그렇군……."

학대로 인한 트라우마 증상 같은 건 아니라는 건가. 일레나는 그렇게 생각하다가 문득 방금 들은 말을 되짚었다.

"응? 잠깐, 그런데 방금 '그자들'이라고?"

"예, 무슨 문제라도?"

"……존칭을 쓰지 않는군?"

아무리 죽은 사람이라지만 전 공작 부부다. 심지어 생전에는 벤의 주인이었던 자들.

벤이 코웃음 쳤다. 일레나가 처음 보는 집사의 감정적인 모습이었다.

"저는 제 주인으로서 자격이 있고 의무를 다하는 사람에게만 존칭을 씁니다. 짐승에겐 물론 말을 높이지 않죠."

전 공작 부부는 사람도 아니라는 말이었다.

"벤, 지금 보니 자네도 마음에 드는 구석이 있군."

"그전까진 없으셨나 보군요."

"농담도 할 줄 알고."

일레나가 새삼스러운 시선으로 벤을 응시했다.

"자네, 사람이 약간 변한 것 같은데?"

"솔직하게 말씀드리겠습니다. 전 마님께서 언제 이곳을 떠나실지 모르는 분이라고 생각했습니다."

"……."

"그 생각이 바뀌게 된 건 어젯밤이고요."

"……그래."

그런 흉터를 본 이상 더는 '외부인'으로 취급하긴 어렵겠지. 일레나는 고개를 끄덕였다.

"다시 소개하겠습니다. 이 성의 집사 벤입니다. 앞으로 잘 부탁드리겠습니다."

"……."

"혹시 지금까지 무례했다면 용서하십시오."

일레나는 세월이 묻어나는 벤의 얼굴을 가만 보다가 입을 열었다.

"내 생각엔 지금까지의 자네보다 앞으로의 자네가 훨씬 더 무례할 것 같은데."

"바로 보셨습니다."

"뭐, 그래. 편하게 대해. 나도 그편이 좋으니까."

일레나가 픽 웃었다. 이제야 집사가 자신을 진심으로 이 성의 안주인으로 여긴다는 느낌을 받았다. 나쁘지 않은 기분이었다.

"그럼, 벤. 친해진 김에 뭐 하나만 묻지."

"말씀하십시오."

"……혹시 그날의 마차 사고는 왜 일어났던 건가?"

"마차 사고라면……."

"9년 전 일어난 그 사고 말이야."

전 메이하드 공작 부부는 마차 사고로 죽었다.

두 사람뿐만 아니었다. 그 마차에는 한 살 터울이던 현 공작의 남동생도 타고 있었다. 결국 카이휜을 제외한 일가족 전원이 마차 사고로 목숨을 잃게 된 셈이었다.

일레나는 여태 그 사건을 그냥 운이 나빠서 일어난 불행한 사고 정도로 인식했다. 하지만 지난밤, 전 공작 부부의 민낯을 알게 된 후 생각이 변했다.

"그냥 우연히 벌어진 사고가 아니었지?"

세간에선 메이하드 공작의 저주 때문에 일어난 일이라고 떠드는 그 사고에 뭔가 다른 진실이 숨어 있을 거란 생각이 들었다. 벤은 놀란 듯 살짝 눈을 크게 떴다가 대답했다.

"왜 그런 생각을 하셨습니까?"

"느낌이 그래. 맞아, 아니야?"

"……맞습니다."

벤이 주저하는 듯하다가 입을 열었다.

"그 사고가 있기 한 달 전, 공작성에서 하녀 한 명이 실종되었습니다."

"하녀?"

"무척 어린 하녀였습니다. 그때 나이가 열넷인가 그랬으니까요."

"왜 실종된 건데?"

"실은 실종이 아니었습니다. 실종으로 처리됐지만, 사실 살해당한 것이었습니다."

"살해당해?"

일레나가 깜짝 놀라 멈칫했다. 그러나 진짜 놀라운 얘기는 그다음이었다.

"범인은 바로 현 공작님의 동생, 당시의 둘째 공자였습니다."

"……!"

"처음부터 죽일 생각은 없었을 겁니다. 둘째 공자도 어렸으니까요. 아마 호기심에 제 또래 하녀를 건드리려다…… 실수였든 뭐든 그렇게 된 거겠죠."

"……."

"사실을 알게 된 전 공작 부부는 바로 하녀의 죽음을 은폐했습니다. 죽은 하녀는 심부름을 나갔다가 실종된 것이 되었죠."

한때나마 제가 모셨던 주인 일가의 치부를 입에 담는 벤의 목소리는 담담했다. 일레나가 미간을 찡그렸다. 끔찍한 이야기였다.

"……그 하녀의 죽음이 마차 사고와 관련이 있는 건가?"

"그렇습니다. 사고가 있던 날, 그 마차를 몬 하인이 바로 죽은 하녀의 오라비였습니다.”

일레나의 눈이 커졌다.

“그 말은…….”

“마차에 탔던 공작 부부와 둘째 공자는 이 사실을 몰랐습니다. 죽은 하녀와 그 하인은 이복형제라 닮은 구석이 거의 없었고, 공작성 내에서도 비밀로 하고 있었으니까요.”

일레나는 탄식을 흘렸다. 그랬겠지. 당연히 몰랐을 거다. 몰랐으니 자기들이 죽인 하녀의 오라비 손에 그처럼 순순히 마차를 맡겼겠지.

“그랬군…….”

이제 알겠다. 그날의 마차 사고는 사고가 아니었다. 마차를 몰던 하인이 일으킨 동반 자살이었던 것이다. 이유는 당연히 죽은 여동생의 복수였고.

일레나의 표정이 가라앉았다. 생각했던 것보다 어두운 진실이었다.

“그런데 그 마부는 용케 자기 여동생을 죽인 범인을 알았군.”

일레나가 문득 말했다.

죽은 공작 부부가 허술하게 사건을 은폐했을 것 같지는 않았다. 그리 엉성한 성격이었다면 죽기 전 그들의 소문과 평판이 그렇게 좋을 수는 없었을 거다.

벤이 대답했다.

“둘째 공자는 이른 나이에 술을 배웠습니다. 자고로 술은 손쉽게 사람의 판단력을 흐려놓죠.”

범인이 술 처먹고 자기 입으로 전부 까발렸단 소리였다.

“…….”

일레나는 말을 아꼈다. 너무 한심하고 기가 막혀서 비웃어줄 기운도

나지 않았다.

"뭐, 그래. 아무튼, 그렇게 된 거였다니…… 누가 봐도 자기들이 자초한 죽음……."

잠깐만. 일레나가 인상을 찡그리며 입을 열었다.

"왜 공작성에선 이 사실을 비밀로 한 건가?"

지금까지 일레나는 전 공작 부부 일가를 덮친 마차 사고를 우연으로만 알고 있었다. 일레나뿐만이 아니었다. 사고 사실을 아는 모두가 그랬다. 일레나는 마음이 답답해졌다.

"벤, 자네도 알잖아? 그 사고 때문에 내 남편, 공작님이 어떤 오명을 뒤집어썼는지."

악마에게 저주받았다는 소문이 도는 공작가의 첫째 아들. 그리고 하루아침에 사고로 죽은 나머지 가족.

홀로 남은 첫째 아들은 소문을 키우고 부풀리기에 너무 좋은 소재였다.

"우연한 사고가 아니었다는 걸 밝히고 정정했으면……."

"주인님께서 진실을 알리는 걸 반대하셨습니다. 저도 그랬고요."

"……왜?"

벤은 잠시 뜸 들였지만, 이내 순순히 대답했다.

"주인님께선 자신의 책임이 일부 있다고 생각하십니다."

"책임?"

"그날 마차를 몬 하인이 죽은 하녀의 이복 오라비라는 사실을 알고 있었지만, 가족에게 알리지 않았으니까요."

일레나의 입이 벌어졌다. 기가 막혀서였다.

"……지금 장난치나? 그것 때문에 그날의 사고가, 아니, 하녀 오라비의 복수가 내 남편의 탓이라고?"

"어디까지나 주인님의 생각이 그렇다는 걸 말씀드린 겁니다."

"자네는? 자네는 어떻게 생각했는데? 설마 그 의견에 동의해서 진실을 알리는 걸 반대했던 건 아니겠지?"

벤이 그렇다고 대답하면 가만두지 않을 기세였다. 벤은 신변이 위협받을 수도 있는 상황에서도 침착하게 대답했다.

"당연히 아닙니다. 그리고 그렇게 따지자면 주인님보단 제 책임이 훨씬 큽니다. 아니, 오히려 그날의 사고를 일으킨 주범이 저라고 봐야겠군요."

"……그게 무슨 소리야?"

"동생의 실종에 관한 진실을 이복 오라비에게 알려준 사람이 바로 저였으니까요."

일레나가 눈을 휘둥그레 떴다..

"뭐? 아니, 잠깐. 분명 조금 전엔 둘째 공자가 술을 먹고 다 털어놓았다고……."

"그날 그 하인에게 둘째 공자의 술 시중을 시킨 사람이 접니다."

벤이 태연하게 고백했다. 일레나는 찰나 말을 잃고 눈만 깜박였다.

"……일부러 그랬나?"

"술 시중을 든 다음 날, 하인이 제게 찾아와 눈물을 흘리며 고맙다고, 이 은혜를 죽어서도 잊지 않겠다고 말하긴 하더군요."

"……."

일레나가 말없이 벤을 바라보았다. 생각지도 못했던 이야기를 들어서 그런지 그녀의 기세는 다소 누그러졌다.

"벤, 자네 생각보다 좀 무서운 사람이었군."

"그런가요?"

"칭찬이야. 큰일을 했네. 잘했어. 그런데 그럼 마차 사고의 진상을 알리는 건 왜 반대했던 거지?"

"사고를 일으킨 하인에게 가족이 남아 있었습니다. 국법에 따르면 귀족을 죽인 평민은 이유 불문 사형에, 죄질에 따라 일가친척까지 모조리 목이 잘리죠."

사고의 진상이 밝혀지면 마차를 몰았던 마부는 귀족을 셋이나 죽인 죗값을 피할 수 없게 된다. 하인의 남은 가족을 살리기 위하여 진실을 감췄다는 의미였다. 언뜻 그럴듯하게 들렸지만 일레나의 의문은 아직 해소되지 않았다.

"다른 이유도 있지?"

"……."

"정말 그 이유가 전부였으면 하인의 가족을 숨겨주거나 도피시키는 방법도 있었을 텐데. 공작가가 고작 그런 것 하나 못 할 리 없고."

"……."

"자네가 반대했던 진짜 이유가 뭐야?"

벤과 일레나의 시선이 허공에서 마주쳤다. 마지못한 벤이 입을 열었다.

"……공작 일가가 죽었을 당시, 그들의 평판이 너무 좋았습니다. 그게 이유입니다."

"그게 왜? 그러니까 오히려 진실을 알려서 그 평판을 뒤집어줬어야지."

"사람들은 자기가 믿고 싶은 걸 믿습니다. 고집을 쉽게 꺾지 않죠."

"……."

"진실이 알려지면 사람들은 처음엔 조금 동요하다가도, 어떻게든 모든 일을 주인님의 탓으로 몰고 갔을 겁니다."

벤은 차분히 말했지만, 말 중간에 탄식 같은 한숨이 섞여 있었다.

"죽은 그자들이 악행을 저질렀던 건 주인님의 저주에 영향을 받아 그랬던 것이다, 그렇게 떠들 수도 있었겠죠."

일레나는 반박하고 싶었으나 하지 못했다. 정말 그럴 수도 있었다는 걸 알았기에.

"그들의 역겨운 짓거리가 주인님의 탓이 되느니, 차라리 그들의 죽음이 주인님의 탓이 되는 게 낫다고 생각했습니다."

"……그래서, 지금도 그 결정에 후회는 없나?"

마차 사고는 생각보다도 더 큰 파장을 낳았다. 일레나는 남편이 지금처럼 귀족 사회에서 괴물로 완전히 낙인찍히게 된 데에는 그날의 사고가 큰 역할을 했다고 생각했다. 그때 사고의 진실을 밝혔다면 어쩌면 지금보다는 남편의 평판이 덜 나빴을지도 모른다.

"……글쎄요."

"……."

"솔직히 말씀드리면, 조금 후회하는 것 같습니다."

일레나는 벤의 주름진 얼굴에 죄책감이 스치는 걸 읽었다.

후회. 자책.

사실 저 두 감정을 느껴야 할 사람들은 따로 있는데도.

일레나는 숨을 크게 들이쉬었다가 내쉬었다. 이내 그녀가 벤을 보며 말했다.

"자네는 이제부터 다른 생각 말고 건강 관리에나 유념해. 그래서 20년 후에도 반드시 쌩쌩하게 살아 있어."

"예?"

"진짜 후회해야 할 이들이 자네보다 백 배쯤 후회하는 걸 보게 해줄 테니까.”

그 말을 남긴 후 일레나는 바로 돌아섰다. 벤은 알 수 없는 말을 남기곤 멀어지는 일레나를 향해 물었다.

“마님, 어디 가십니까?”

일레나가 씩씩하게 대답했다.

“남편 유혹하러!”

당당하게 말하고 나왔지만, 일레나는 사실 조금 헤맸다.

‘이제 뭘 하면 되지?’

로잘린이 알려준 성공적인 연애를 위한 첫 단계, 상대를 이름으로 부르기.

사실 로잘린은 처음에는 이름이 아니라 둘만의 애칭을 언급했지만, 일레나가 여태 남편을 ‘당신’이라고만 불렀다는 걸 알자 기겁하며 당장 이름으로 부르게 시켰다.

어쨌든 그래서 불렀다.

카이휜.

일레나는 이제부터 기회가 있을 때마다 남편을 종종 이름으로 부를 생각이었다. 그러기 위한 마음의 준비는 전 날 끝냈다.

그리고? 이다음은?

‘두 번째 단계가…… 그래, 취향과 취미를 파악하란 거였지.’

남편의 취향, 취미.

일레나에겐 두 단어 모두 어렵게 느껴졌다. 바로 생각나는 것이 없었기 때문이었다.

‘벤한테 좀 물어볼 걸 그랬나.’

아니, 아니지. 일레나는 고개를 흔들었다. 그런 편법을 쓰라고 로잘린이 두 번째 단계를 일러준 건 아닐 터였다. 취향과 취미를 자연스럽게 알 만큼 남편과 자주 시간을 보내고 상대방 위주로 대화하란 거겠지.

'좋아!'

웬일로 바람직한 제자의 자세를 보인 일레나가 의욕적으로 걸음을 옮겼다.

'그럼 취향부터…….'

일레나는 연무장으로 이동했다. 차 한잔 들자고 말하러 남편의 집무실로 향하던 와중 하녀에게서 남편이 막 자리를 비워 연무장으로 향했단 말을 들었기 때문이다.

일레나가 막 연무장에 들어섰을 무렵이었다.

챙!

기사의 손에서 빠져나간 검이 바닥에 꽂혔다.

"……졌습니다."

연무장에 도착하자마자 일레나가 본 것은 검을 놓친 후 남편을 향해 꾸벅 고개를 숙이는 기사의 뒷모습이었다.

'대련 중인가?'

넓은 연무장 한가운데 남편과 기사 둘만 서 있었다. 남편은 오른손에 쥔 검을 늘어뜨린 채 담담히 말했다.

"다음."

그러자 검을 놓쳤던 기사가 연무장 가운데에서 물러나고 다른 기사가 그 자리로 나와 남편의 앞에 검을 들고 섰다.

"잘 부탁드립니다!"

이후 펼쳐진 결과는 조금 전과 같았다. 남편과 몇 차례 검을 부딪치지도 않았는데 기사의 손에서 검이 허무하게 날아가 저 멀리 처박혔다.

"……지도 감사합니다."

"다음."

'우와.'

일레나는 그 광경을 다소 신기하게 지켜보았다. 제아무리 일레나가 검에 문외한이라지만, 지금 남편이 기사들을 상대로 압도적인 실력을 보여주고 있다는 것 정도는 알 수 있었다.

"크윽, 졌습니다."

"다음."

'엄청나네. 엄청난 거 맞지?'

남편이 뛰어난 검사라는 것은 이미 알고 있었다. 익히 들은 이야기가 있었으니까. 그래도 말로만 듣던 그 솜씨를 눈으로 직접 보는 건 느낌이 완전히 달랐다.

'내 남편 잘한다.'

일레나는 어쩐지 어깨가 으쓱해졌다. 목에 빳빳하게 힘도 들어갔다.

때마침 네 번째 기사를 맞이한 공작이 연무장에 나타난 일레나를 발견했다. 그녀는 남편이 멈칫하는 걸 보곤 그가 자신을 발견했다는 사실을 알아차렸다. 무척 반갑긴 했지만 대련 중이니 다가가서 아는 체를 할 순 없었다. 아쉬운 대로 일레나는 자리에서 열심히 두 손을 흔들었다.

"……."

남편의 눈길이 그제야 그녀에게서 떨어졌다.

이내 대련이 계속되었다. 그런데 이전까지와는 약간 달라진 점이 있었다. 남편과 대련하는 기사들의 검이 하나같이 같은 방향으로 날아가기 시작했다. 일레나가 서 있는 곳과 반대 방향이었다.

처음엔 일레나도 그 사실을 몰랐다. 그런데 날아가는 기사의 검을 따라 연이어 고개를 돌리다가 깨달았다. 일레나는 연무장의 오른쪽 구석에 있었고, 기사들이 놓친 검은 연무장 왼편에 차곡차곡 쌓여만 갔다.

"……?"

일레나는 어안이 벙벙해져서 연무장 한쪽에 쌓인 검과 남편을 번갈아 쳐다보았다.

'저게 가능해?'

대련 도중 상대의 검을 어디로 날려 보낼지도 정할 수 있나? 원래 저 정도는 실력이 뛰어난 기사라면 누구나 하는 건데 저만 모르는 건가?

일레나가 그렇게 생각했을 때 그녀의 주변 기사들이 떠들었다.

"봤냐? 오늘은 무슨 묘기를 보여주고 계시는데……. 하아, 이래서야 어느 세월에 각하를 따라잡지?"

"각하를 따라잡을 생각을 했다고? 꿈도 야무지네."

"아니, 그래도 발가락 정도는 따라가야 할 거 아냐."

"그럼 처음부터 각하가 아니라 각하의 발가락이라고 똑바로 얘길 했어야지. 물론 그것도 너한텐 야무진 꿈인 것 같지만."

"뭐가 어째?"

일레나는 귀를 쫑긋 세웠다. 남편의 칭찬을 엿듣는 건 생각보다 달콤했다.

'그나저나, 기사들은 남편을 잘 따르는 모양이네.'

남편을 실제로 만나본 적도 없으면서 소문만 듣고 험담하고 깎아내리는 외부인. 남편의 얼굴을 제대로 쳐다보지도 못해 시중을 들던 도중 실수하는 하녀.

그런 꼴을 몇 번씩 보다가 저렇게 잘 따르는 모습을 보니 신선하고 새로웠다. 괜히 뿌듯하고 기쁘기도 하고.

'아무래도 기사들이다 보니 실력주의인가?'

이걸 편견이라고 해야 할지 환상이라고 해야 할지.

일레나는 무관에게 일종의 고정관념을 가지고 있었다. 무관끼리는 출신도 평판도 그 어떤 조건도 따지지 않고 오직 실력으로만 상대를 평가할 거란 생각이었다.

그리고 그 고정된 인식은 오늘 이 자리에서 나름대로 경험적 근거를 얻어가는 듯 보였다.

그때였다.

"……아, 부럽다, 부러워. 불공평해서 못 살겠네."

"토마스?"

토마스라고 불린 기사는 검 끝으로 바닥을 긁으며 투덜거렸다.

"누군 매일같이 뭐 빠지게 연무장 바닥을 굴러도 실력이 제자린데, 누군 어쩌다 한 번 연무장에 얼굴 비치면서 매번 남들 머리 위에서 놀고……. 타고난 게 이래서 좋아."

일레나가 눈살을 찌푸렸다. 관대하게 들으면 저것도 결국 남편의 솜씨를 인정하는 말이긴 했지만, 말하는 방식이 영 좋지 못했다.

'부러우면 그냥 부러워하기만 할 것이지.'

부러움에 열등감과 질투가 섞이는 순간 저리 추한 꼴이 되게 마련이다.

'그래, 평생 그렇게 시기 질투나 하면서 살아라.'

결국은 이게 다 남편이 잘났고 저놈이 못났기 때문인 것을. 일레나는 그렇게 생각하며 토마스라는 기사의 말을 못 들은 셈 치려고 했다.

그런데 그때 토마스가 다시 입을 나불거렸다.

"이럴 줄 알았으면 나도 엄마 배 속에 있을 때 얼굴에 얼룩이나 생기게 해달라고 빌 걸 그랬어."

"뭐?"

"무슨 말이야, 토마스?"

"너희 들은 적 없어? 저게 다 악마한테 받은 재주라는 말이 있잖아. 저런 걸 보면 저주란 것도 제법 쓸 만하다니까? 나도 다음 생에는 태어날 때 신전의 축복 말고 악마의……."

"토마스 경."

토마스의 고개가 돌아갔다. 맑고 청아한 목소리였다. 어느새 그의 앞에 선 일레나가 빙긋 웃으며 그를 올려다보고 있었다.

"반갑네. 우리 초면이지?"

"예? 아, 예. 공작 부인…… 아, 아니, 마님."

일레나의 등장에 놀랐는지, 아니면 그녀의 미모에 놀랐는지 토마스가 허둥지둥했다. 일레나는 미소를 유지하며 말을 이었다.

"내가 실은 경에게만 따로 할 말이 있는데 말이야……."

일레나가 목소리를 작게 줄였다. 토마스가 저도 모르게 일레나를 향해 무방비하게 몸을 숙이며 귀를 기울였다.

그 틈을 놓치지 않고 일레나가 토마스의 발을 힘껏 밟았다. 날카롭고 뾰족한 구두 굽이 상대의 발등을 사정없이 짓이겼다.

"……!"

"……이렇게 연약한 여성의 발도 피하지 못할 정도면, 경이 설령 악마의 힘을 받는다고 해도 아무짝에도 쓸모가 없을 것 같은데."

"마, 마님, 이, 이 발…… 발 좀……."

"내 생각은 그런데, 경은 어떻게 생각하나?"

"자, 잘못…… 잘못했습니다."

"뭐?"

"제가, 제가 실언했습니다, 마님. 그러니 부디……."

"흥."

일레나는 토마스의 거듭된 사과와 애원을 듣고 나서야 그의 발등에서 발을 떼어냈다. 체중을 실어 힘껏 밟았으니 아마 가죽신 안의 발에 피가 배었을지도 모르겠다.

'굽이 뾰족한 구두를 신고 나오길 잘했지.'

일레나가 발을 치우고 돌아서자마자 토마스가 자리에 주저앉았다.

상대의 발등을 단어 그대로 조져놓고도 일레나의 분은 풀리지 않았다. 씩씩대며 고개를 들었다가 문득 남편과 눈이 마주쳤다. 대련은 그새 얼추 마무리된 모양인지 더는 남편의 앞에 서는 기사가 없었다.

일레나는 수건을 든 하인이 남편에게 가려는 것을 보곤 재빨리 걸어 하인을 따라잡았다.

"이건 내가 들고 가지."

자연스럽게 하인에게서 수건을 빼앗아 든 일레나가 남편에게 다가갔다. 카이휜은 가까워지는 일레나를 말없이 응시하다가 그녀가 건네는 수건을 받았다.

"……고맙습니다."

"뭘요."

"연무장에는 어쩐 일입니까?"

"원래는 당신 집무실로 가던 길이었는데, 당신이 여기에 있다고 하잖아요."

당신 보러 왔다는 말에 카이휜은 잠시 멈칫했다가 먼지를 대충 닦아낸 수건을 하인에게 넘겼다. 그렇게 많은 기사를 상대로 대련하고도 남편은 땀 한 방울 흘린 것 같지 않았다.

일레나는 무심코 이러니 남이 질투할 만하다는 생각을 했다가 바로 고개를 흔들었다. 누가 뭐래도 토마스 그놈, 그 기사 나부랭이는 용서할 수 없었다.

"당신 이제 뭐 해요? 집무실에 가나요?"

"그럴 겁니다."

"음, 혹시 일이 엄청 바쁜가요?"

"……아뇨, 괜찮습니다."

"그럼 같이 가요."

남편의 집무실에는 손님맞이용 자리가 잘 마련되어 있었다. 차 한잔 들기에도 나쁘지 않았다.

그런데 남편과 나란히 연무장을 나와 걷는 일레나의 표정이 언뜻 심각하게 가라앉았다.

카이휜이 물었다.

"무슨 일 있습니까?"

"있잖아요. 공작성에 기사가 꽤 많은 걸로 아는데, 한 사람 정도는 내보내도 되지 않을까요?"

"토마스 말이군요."

일레나가 눈을 깜박거렸다.

"……어떻게 알았어요?"

종종 그가 제 생각을 읽는 것 같다고 느꼈는데 정말로 그런가. 남편에게 독심술의 재능이 있는 건 아닌가, 의심할 때 카이휜이 답했다.

"발을 밟는 걸 봤습니다."

"아, 그걸 봤어요?"

멋쩍어진 일레나가 어색하게 눈을 한 바퀴 굴렸다.

"크흠, 혹시 오해할까 봐 말하는데 그쪽이 먼저 잘못해서 밟은 거예요. 나 이유 없이 사람 발 밟고 다니는 여자 아니에요."

"예상은 됩니다. 평소 토마스의 언사가 신중하지 못한 편이기는 하죠."

"신중하지 못한 정도가 아니라…… 아니, 지금 그걸 알면서 가만둔다고요?"

일레나가 펄쩍 뛰어올라 카이휜의 앞을 가로막았다. 걸음을 멈춘 카이휜이 일레나를 내려다보면서 말했다.

"그래 봬도 꽤 성실한 기사입니다. 실력도 준수하고요."

"인성이 그 모양인데?"

"공작성에 크게 해를 끼치는 부분은 아니죠."

일레나가 카이휜을 물끄러미 쳐다보며 입술을 몇 번 달싹였다. 이내 한숨이 흘러나왔다.

"실력으로만 판단하는 건 저쪽이 아니라 이쪽이었네……."

"부인?"

"아무것도 아니에요. 가요."

이 다정한 보살 남편과 연애하고 아이를 낳기까지, 거쳐야 할 고난이 제법 많을 것 같았다.

뭐, 어쩔 수 없지.

'내가 그만큼 강인해지는 수밖에.'

일레나는 단단히 마음먹으며 거침없이 걸음을 내디뎠다.

"……말도 안 돼."

문제의 고난은 예상보다 이르게 찾아왔다.

"어떻게 이런 일이……."

일레나의 목소리가 잘게 떨렸다. 분홍색 눈동자가 믿을 수 없다는 듯 눈을 감은 벤의 창백한 얼굴을 응시했다.

"내 남편에게 취향이 없다니! 벤, 이게 사실인가? 공작님께 정말 취향이 없어?"

벤이 뻑뻑한 눈을 떴다. 몇 시간 좀 무리해서 업무를 보았더니 벌써 눈이 피로했다. 이놈의 늙은 몸뚱이. 혈액 순환도 예전 같지 않아 걸핏하면 얼굴에서 핏기가 사라지곤 한다.

벤이 되돌릴 수 없는 세월을 아쉬워하며 일레나에게 대답했다.

"네, 없습니다."

"왜?"

일레나는 매우 당황스러웠다.

성공적인 연애를 위한 두 번째 단계, 상대의 취향과 취미 파악하기.

두 번째 단계를 위해 일레나는 지난 며칠, 남편 카이휜과 꾸준히 시간을 보냈고 상당히 많은 대화를 나눴다.

그리고 깨달았다. 남편에게 취향이 없다는 걸.

그녀의 남편에겐 세간에서 흔히 '기호'라고 부르는 것이 존재하지 않았다. 특별히 좋아하는 것도 없고, 싫어하는 것도 없다. 음식부터 사람,

사물에 이르기까지 모든 영역에서 그랬다. 여기에 한술 더 떠서, 취미도 없는 듯 보였다.

지금까진 남편이 매일같이 집무실에 박혀 있는 게 일이 너무 바빠서인 줄 알았는데, 요 며칠 유심히 관찰하고 나서야 눈치챘다. 남편은 그냥 일 외에는 달리 할 게 없는 사람 같았다.

취향 없고, 취미 없음.

결론, 아무것도 없음!

'사람인가?'

일레나는 의심하기 시작했다. 사실 그녀의 남편은 돌이 아닐까? 사람 모양 돌인데, 움직이고 말도 하는 건 대충 마법의 힘이 깃들어 가능하다는 설정인 거다.

'그럴듯해.'

과거, 기회를 틈타 눌러봤던 남편의 가슴과 팔근육은 마치 돌처럼 단단했다. 사람 몸이 어떻게 저러나 싶었는데, 진짜 돌이라서 그랬던 거라면 모든 게 설명된다.

일레나는 말도 안 되는 생각을 진지하게 하다가 이내 한숨을 내쉬었다. 충격적이었다.

"벤, 자네 의견을 좀 말해봐. 사람이 취향도 취미도 없을 수 있어?"

"글쎄요. 어쨌든 주인님께는 둘 다 없지요. 가능한가 봅니다."

"잘 떠올려 보게, 벤."

일레나가 진지하게 말했다. 사실 그녀가 벤을 찾은 이유는 단순히 이 상황을 하소연하기 위해서가 아니었다.

"자넨 지금까지 매우 오랜 시간 공작님을 곁에서 모셨지. 지금도 모시는 중이고."

"그렇지요."

"공작님도 모르는 공작님의 취향…… 뭐 그런 거 없나? 아주 잘 떠올려 봐. 물건을 고를 때 무의식중에 특정 색을 더 자주 골랐다든지……."

"없습니다."

"잘 떠올려 보라니까? 방금 지난 세월을 되짚어보는 노력이 전혀 없었는데?"

"되짚어도 똑같습니다. 제가 봐온 주인님께서는 늘 취향이라고 할 만한 것이 딱히 없었습니다."

일레나의 마지막 희망이 깨졌다. 그녀는 흩어지는 제 희망의 파편을 보며 생각했다.

'큰일 났다.'

남편에게 취향이 없다. 이로 인해 한 가지 문제가 생겼다.

'세 번째 단계는 어쩌지?'

성공적인 연애를 위한 세 번째 단계, 상대의 취향에 맞춘 사소한 선물로 환심 사기.

'……별수 없이 알아서 아무거나 선물해야 하나?'

하지만 '상대의 취향을 꿰뚫은 사소한 선물'과 '사소한 선물'은 말의 어감에서부터 차이가 난다. 전자는 사소한 섬세함이 느껴진다면 후자는 그냥 사소하기만 했다.

'이렇게 되면…… 사소한 거 말고 차라리 거창한 걸 준비해?'

그때, 불현듯 로잘린의 당부가 떠올랐다.

"말해두는데, 더 큰 호감을 사겠답시고 거창하고 큰 선물을 할 생각은 하지 마."

"……왜?"

"선물 목록에 부담과 불편함을 추가하고 싶으면 그렇게 하든가."

맞다, 그랬지.

"……하아."

일레나는 시무룩해졌다. 그렇다면 남은 답은 하나였다.

'정성을 강조하는 수밖에.'

벤을 향해 일레나가 입을 열었다.

"벤, 외출해야겠으니 마차를 준비해 주게."

일레나는 남편에게 줄 선물을 사러 상점가로 나왔다. 정성을 강조하겠다고 했지만, 직접 만든 선물 같은 걸 줄 마음은 없었다. 이유는 두 가지였다.

첫째는 아직 좀 과하지 않나 싶었기 때문이고.

둘째는…… 사실 이게 진짜 이유인데, 일레나의 손재주가 매우 형편없었기 때문이다.

'내가 만들기는 뭘 만든다고…….'

보통 부인이 남편에게 주는 직접 만든 선물이라고 하면 대개 수를 놓은 손수건 같은 것을 생각하게 마련이다. 하지만 일레나의 바느질 솜씨는 최악이었다. 꿰매고 기우는 것뿐만 아니라 바늘과 실을 사용하는 모든 작업에서 항상 돌이킬 수 없는 결과물을 내놓았다. 모두가 일레나의 손에서 탄생한 무언가를 보곤 고개를 흔들었다. 일레나 본인도 포함이었다.

'잘 고르기나 해야지.'

그래서 일레나가 강조하기로 한 정성은 물건을 '직접 사러 나가서' 손수 고르는 정성이었다. 보통 귀족은 살 것이 있으면 상인을 저택으로 부른다. 나름대로 정성이라면 정성이긴 했다.

"저쪽으로 가자."

일레나가 마차 창밖으로 거리를 유심히 보다가 마부에게 지시했다. 마차는 보석상이 있는 골목으로 들어섰다.

'고른다는 게 결국 흔한 품목인 건 좀 아쉽지만…….'

어떤 선물을 할까. 공작성을 나서기까지 일레나의 고민은 제법 깊었지만, 결국은 무난한 결론에 도달했다.

커프스링크. 셔츠 소매에 다는 남성용 장신구였다.

처음엔 이런 장신구 말고 검과 관련한 무언가를 선물할까 생각도 해봤다. 남편이 검사였으니까. 그러나 금방 단념했다.

'내가 언제 그런 걸 사본 적이 있어야지.'

이제 와 밝히자면, 일레나의 주변 남자들은 하나같이 놀라울 만큼 검과 인연이 없었다. 소르테 백작은 전형적인 문사였고, 그런 아버지의 피를 고스란히 이어받은 오빠 에드워드는 상태가 더 심각했다.

두 사람 외에 일레나가 가까이 지낸 남자로는 소꿉친구가 한 명 있었지만, 사정을 따지자면 그쪽이 제일 나빴다. 날 때부터 몸이 약해 검은커녕 바깥에서 제대로 뛰논 적도 별로 없었으니까. 지금 와서 하는 말이지만 일레나는 어릴 적 소꿉친구와 시간을 보내며 종종 생각했다. 얘가 언제쯤 피를 토할까. 그럼 그때 저는 어떻게 대처하면 좋을까.

하지만 다행인지 뭔지 소꿉친구는 피를 토하기 전에 수도를 떠났다. 달라져서 돌아오겠다는 말을 남기고 떠났는데, 여태 소식이 없었다.

'그러고 보니 잘 지내나 모르겠네……. 더 약해져서 나타나는 건 아니

겠지?'

일레나는 시체가 된 소꿉친구와 재회하는 장면을 상상했다. 별로 좋진 않았다.

"아, 이쯤에서 마차를 세우고 기다리게."

남편에게 줄 선물로 무난한 장신구를 택해야만 했던 사정을 생각하는 사이 마차가 원하던 보석상 앞에 도착했다. 일레나는 마차를 세우곤 수행 하녀와 함께 마차에서 내렸다.

그때였다.

"도둑이야!"

"소매치기 잡아라!"

'소매치기?'

일레나는 저도 모르게 소란이 이는 방향으로 시선을 주었다.

쫓기는 행색의 남자가 이쪽으로 바짝 달려오고 있었다. 남자는 일레나를 발견하더니 아예 그녀를 목표로 삼은 듯 점점 가까워지기 시작했다.

"어어?"

수행 하녀가 당황 섞인 목소리를 냈다. 갑작스러운 상황에 당황한 것은 일레나도 마찬가지였다.

"마님, 위험……!"

하녀가 일레나를 감싸려는 것과 동시에 앞에서 '퍽' 하는 소리가 났다. 짧은 비명과 함께 이내 소매치기의 몸이 허물어졌다. 거리가 한참 떨어진 곳에서 웬 기사가 숨을 몰아쉬고 있었다.

"헉, 헉. 어우 씨, 발만 안 다쳤어도 저런 놈은 돌이 아니라 달리기로 그냥……."

"……토마스?"

일레나가 황당하게 중얼거렸다. 한 번 봤지만 도무지 잊기 힘든 얼굴이 그녀의 앞에 보였다. 마침 상대도 일레나를 발견했다. 토마스의 표정이 멍청해졌다.

"……마님?"

토마스는 오늘 휴일이었고, 상점가에 필요한 물건을 사러 나왔다가 우연히 소매치기를 발견해 잡게 되었다고 이야기했다.

일레나는 팔짱을 낀 채 그를 가만 응시했다. 일레나가 믿을 수 없는 건, 토마스가 지금처럼 상점가에서 좀도둑을 잡은 것이 한두 번이 아니라는 사실이었다. 뒤통수에 돌을 맞고 기절한 소매치기를 치안병에게 넘길 때 치안병이 '또 토마스 경이시군요! 매번 고맙습니다'라고 말하는 걸 들었으니까.

심지어 토마스는 소매치기를 넘기며 대수롭지 않아 하는 기색을 보였다. 당연히 해야 할 일을 했다는 듯한 태도였다.

'성실한 기사라더니…….'

일레나는 남편이 했던 말을 떠올렸다. 매일같이 연무장에 나와 구르기만 하는 걸 말한 게 아니라, 설마 범죄자를 잡는 것도 포함되어 있었을까. 복잡한 심경으로 토마스를 물끄러미 보던 일레나가 입을 열었다.

"발은 좀 괜찮나?"

"예? 아, 예. 괜찮습니다."

토마스가 일레나에게 밟힌 쪽 발을 슬쩍 뒤로 감췄다. 마치 일레나가 지금 신고 있는 구두를 경계하는 듯 보이기도 해서 일레나는 살짝 헛웃음이 났다.

"오늘 일은 고마웠네."

"아뇨, 별말씀을."

"하지만 지난번 일에 대한 사과는 안 할 거야. 그땐 분명 경이 그럴 만한 잘못을 했었으니까."

일레나의 기습에 토마스가 허둥거렸다.

"아, 그, 그럼요. 그건 당연하죠. 그때는 제가 정말 잘못했습니다. 지금도 반성하고 있습니다."

"……사실 난 그날 대단히 화가 나서, 경을 공작성에서 내쫓고 싶었거든?"

토마스의 몸이 뻣뻣하게 경직되었다. 흡, 하고 숨을 들이켜는 소리가 들린 것 같기도 했다.

"그런데 공작님께서 막았어. 경이 성실하고 실력도 준수한 기사라더군."

"……."

"입버릇은 좀 모났지만."

"죄, 죄송합니다."

"뭐, 공작님께선 그것도 괜찮다고 하시긴 했지. 하지만 난 안 괜찮으니 만약 내게 잘 보일 생각이 있다면 고치는 게 좋을 거야."

"반드시 시정하겠습니다!"

대답하는 목소리가 쩌렁쩌렁했다. 일레나는 기합이 잔뜩 든 토마스를 황당하게 바라보았다. 토마스는 아무래도 현재 장소를 잠시 잊은 듯했다. 상점가 골목을 지나다니던 사람들이 일레나와 토마스를 힐끗힐끗 쳐다보았다.

'그래, 어쨌든 우물쭈물하면서 제대로 대답 못 하는 것보다는 낫지.'

좋게 생각하기로 한 일레나가 고개를 끄덕였다.

"좋아. 그럼 휴일 잘 보내고 복귀하게."

"……감사합니다."

일레나는 토마스를 놓아두고 미련 없이 몸을 돌렸다. 상점가에 온 진짜 목적을 이룰 때였다.

공작성에 돌아온 일레나는 약간 심란했다.

선물 때문은 아니었다. 선물은 잘 샀다. 오히려 너무 잘 산 나머지 오는 길에 한동안 자신의 안목을 두고 자아도취에 취할 정도였다.

다만 일레나의 기분을 복잡하게 하는 건 따로 있었다.

'토마스.'

그 기사가 생각보다 좋은 인간일지도 모른다는 가능성을 확인하고 나자, 그때부터 일레나는 심란해지기 시작했다. 그녀는 혹시나 해서 공작성 안에서 토마스의 평판이 어떤지 알아보았다.

놀랍게도 대체로 긍정적이었다. 특히 사용인들이 좋은 평을 주었다. 평소 토마스가 훈련을 끝내고 돌아가는 길에 마주치는 하녀나 하인을 자주 도와주었던 모양이었다.

'허…….'

토마스의 좋은 면모가 추가로 드러나자 일레나는 더 심란해졌다. 그녀는 마지막으로 이 성을 관리하는 집사의 의견을 듣기 위해 벤을 찾아갔다.

"벤. 한 가지 물어볼 게 있는데, 혹시 토마스라는 기사……."

그런데 벤의 반응이 예상치 못하게 격했다.

"그 자식이요?"

일레나가 멈칫했다.

"……그 자식?"

"아, 실수했습니다. 정정하죠. 그놈이요?"

더 심해졌다.

이쯤 되면 토마스를 어떻게 생각하냐는 건 벤에게는 의미가 없는 질문일 정도였다. 일레나는 질문의 내용을 바꿔 물었다.

"자네, 토마스 싫어하나?"

"할 수만 있다면 진작 성에서 내쫓았을 겁니다. 제 권한 밖의 일이니 참는 거죠. 쯧, 눈치가 있으면 제 발로 알아서 나갈 것이지 질기기만 질겨서……."

"왜 그렇게 싫은데?"

"왜냐고요?"

벤이 기다렸다는 듯 두 눈에 쌍심지를 켰다.

"마님께서 그 미친놈이 정신 나간 주둥이로 지껄이는 소리를 듣고 나면 이해하실 겁니다."

그 자식, 그놈, 미친놈.

일레나는 벤의 격렬한 토마스 호칭 3단 변화를 말없이 곱씹은 후 물었다.

"그 토마스라는 기사…… 어떤 기사지?"

"아주 간단합니다. 쥐뿔도 없으면서 주인님을 향한 열등감으로만 똘똘 뭉친 자식이죠."

"쥐뿔도 없어?"

"……아니, 사실 쥐뿔도 없는 건 아니긴 하지만."

여태 실컷 욕해놓고 그건 또 아니다 싶었는지 벤이 작은 소리로 정정했다. 그리고 한숨을 내쉬더니 기세가 한결 누그러졌다.

"죄송합니다. 우선 제가 앞서 마님께 보인 미숙한 모습부터 사과드립니다. 나이가 드니 특정 이름만 들으면 감정적이 되는 몹쓸 버릇이 생겼는데, 개중 하나가 토마스라서요."

"이해해."

"감사합니다."

벤이 헛기침으로 감정을 가다듬곤 말을 이었다.

"토마스는…… 작년에 공작성의 기사단에 입단했습니다. 실력은 꽤 괜찮은 편입니다. 아니, 사실 특출나죠. 원래 자기가 있던 지역에서는 신동으로 불렸으니까요."

"그래?"

신동이라니. 예상 밖의 고평가에 일레나가 살짝 놀랐다.

'준수한 실력이라더니…….'

준수한 실력이라는 게 언제부터 한 지역에서 천재로 불릴 정도를 뜻하는 거였나. 일레나가 뜻하지 않게 남편의 실력 평가 기준을 확인하는 사이 벤이 말을 이었다.

"어린 나이에 적수가 없었으니 제법 기고만장했을 겁니다. 그런데 그 오만할 정도의 자신감이 이곳 공작성에 와서 주인님을 만나고 깨지게 되었죠."

일레나는 자신이 목격했던 남편의 대련 장면을 떠올렸다. 고개가 끄덕여졌다.

"그랬겠네."

"깨졌으면 깨진 대로 얌전히 현실을 받아들이고 훈련에 매진하든가,

아니면 다시 고향으로 돌아가서 신동 소리나 계속 들으며 살면 될 일이지, 이 미친놈이 주제도 모르고 건방지게…… 아, 죄송합니다."

"괜찮아."

오늘따라 여러모로 친근한 모습을 보여주는 벤이 재차 헛기침했다.

"크흠, 아무튼, 이 미숙한 인성과 그보다 더 미숙한 혓바닥을 지닌 기사는 주인님께 형편없이 깨진 뒤, 주인님을 향해 열등감과 시기를 내보이기 시작했죠."

"그게 내 남편을 상대로 입을 조심하지 않는 형태로 나타났고?"

"바로 그렇습니다. 제가 주인님을 뵐 때마다 그놈의 혓바닥을 자르든가! 아니면 이곳에서 내쫓자고! 그렇게 줄기차게 말씀드렸지만!"

"안 들으셨겠군."

"……예. 입버릇이 경솔한 거야 어쨌든 기사로서 실력은 문제가 없다고 하시더군요."

"흠, 그런데 말이야. 그 토마스라는 기사, 혓바닥을 제외하고 다른 면에서는 평가가 아주 좋던데?"

일레나의 언급에 벤이 코웃음을 쳤다.

"알 게 뭡니까? 그 자식이 평소 어디 가서 어떤 선행을 얼마만큼 저지르든, 그놈의 혓바닥이 주인님을 상대로 건방지기 짝이 없다는 건 변함없는 사실인데요. 가만둘 수 없죠."

"역시 그렇지? 내 말이 바로 그거야!"

"예?"

"그 기사가 알고 보니 뭐 얼마나 좋은 기사든, 잘못한 건 잘못한 거지. 잘못했으니 벌 받는 건 당연하고. 그렇지 않나?"

"……무슨 일 있으셨습니까?"

"실은……."

일레나가 며칠 전 연무장에서 있었던 일을 벤에게 고스란히 털어놓았다. 벤은 이야기를 전부 듣고 이보다 더 속이 시원할 순 없다는 표정을 지었다.

"어쩐지 전에 봤을 때 볼품없이 절뚝거리면서 가더라니……. 마님, 정말 잘하셨습니다. 존경합니다. 진심입니다."

"그런데, 벤. 남편이 내가 토마스 발을 밟는 걸 봤거든?"

"예. 그런데요?"

"그…… 혹시 내가 사람을 일부분만 보고 성급하게 판단해서 경솔하게 행동했다거나, 뭐, 그런 식으로 보였을까 봐……."

일레나는 토마스의 발을 짓이긴 일이 신경 쓰였다.

물론 토마스가 신경 쓰인다는 말은 아니었다. 오히려 토마스를 상대로 일레나는 누구보다 당당했다. 네가 발을 밟힐 짓을 했으니 밟힌 거라는 의견은 변함이 없었다.

그러나 다만, 만에 하나 제 행동이 남편의 눈에 좋지 않게 비쳤을까 봐. 오직 그게 마음에 걸렸다.

'내가 이렇게 소심했나?'

스스로 생각하기에도 황당할 만큼 소심한 고민이란 자각이 있었지만, 그와 별개로 그 고민을 떨쳐낼 재간이 없었다.

벤은 일레나의 심각한 표정을 보며 눈을 깜박였다. 이내 그게 무슨 소리냐는 듯 고개를 흔들며 말했다.

"마님, 장담하는데 그럴 일 없습니다. 주인님께서 토마스 그놈을 가만두시는 건 그 자식의 실력이 쓸 만해서지, 다른 이유가 절대 아니니까요."

"……그래?"

"솔직히 말씀드리죠. 주인님께선 그놈 평판이나 다른 데는 관심도 없으실 겁니다. 그저 검을 잘 다뤄서 쓸 만한 기사, 늙은 집사가 툭하면 그놈의 경솔한 주둥이 때문에 열을 내게 하는 기사, 이 정도로 생각하고 계시겠죠."

"……오호."

"마님께서 그놈의 발을 짓이기신 거요? 그냥 그럴 만한 일이었다고 여기고 계실 겁니다."

"그럴까?"

"장담합니다. 마님, 제가 누굽니까? 이 성에서 가장 오래 주인님의 곁을 지켰습니다. 저를 믿으세요."

"……집사!"

일레나의 표정이 상쾌해졌다. 그녀가 진심을 담아 말했다.

"고맙네."

"뭘요, 마님께서 토마스 그 자식의 발등을 작살내 주셨으니 제가 더 감사하지요."

"아냐, 내가 더 고마워."

"제가 더 감사합니다."

하하 호호. 집사와 안주인의 얼굴에 웃음꽃이 피었다. 공작성의 분위기가 화기애애했다.

해가 저물고 시간이 조금 더 흘렀을 때 누군가가 공작의 집무실의 문

을 똑똑 두드렸다.

"……바빠요?"

일레나였다. 카이휜이 읽던 서류를 내려놓고 답했다.

"괜찮습니다."

빈말이 아니었다. 카이휜은 오늘 해야 하는 급한 일을 전부 끝냈다. 보고 있던 서류도 사실 그가 직접 처리하지 않아도 되는, 이를테면 잡무였다.

일레나가 잘됐다는 듯 웃으며 제안했다.

"그럼 나랑 산책해요."

공작성의 정원은 어딜 가나 경관이 좋았다.

일레나는 달이 뜬 정원을 남편과 말없이 걸었다. 발에 밟힌 들풀이 몸을 숙이는 소리, 풀벌레 우는 소리가 이따금 들렸다. 조용히 걷던 일레나가 입을 열었다.

"어릴 때 말이에요."

"네."

"혼자 있고 싶을 때 종종 정원에 숨곤 했었다고 했잖아요."

"그랬었죠."

"혹시 정원을 보면 그때 일이 떠오르거나…… 하진 않아요?"

남편은 정원을 아꼈다. 둘러보는 걸 좋아한다고 하기도 했다. 하지만 어릴 때의 일이 그렇게 좋은 추억은 아닐 텐데.

그때, 카이휜이 대답했다.

"아무도 날 찾을 수 없는 곳에 혼자 숨어 있으면, 마음이 무척 편해지곤 했습니다."

"……."

"그 편안함만 기억이 납니다."

"……그렇구나."

일레나는 마음을 다스렸다. 다행이라는 생각이 들면서도, 한편으로 어린 남편을 학대했던 이들에 대한 어쩔 수 없는 분노가 생겨났다.

'진정하자.'

이미 죽은 사람들일 뿐이다. 살려내서 다시 죽인다면 모를까 이제 와 어떻게 할 수는 없다. 일레나는 겨우 감정을 가라앉히곤 말했다.

"잠깐 앉을까요?"

벤치에 앉은 일레나가 등 뒤로 감춘 손을 꼼지락거렸다. 주먹 쥔 손 안쪽에서 작고 단단한 감촉이 느껴졌다.

"……당신, 잠깐 소매 좀 줘봐요."

생각하기에 따라 불리했던 상황이 얼마든지 좋은 기회가 되기도 한다. 일레나는 남편에게 취향이 없다는 점을 최대한 긍정적으로 받아들이기로 했다.

우선, 마음에 안 드는 선물을 줘서 호감도가 깎일 일은 없었다.

'뭘 주든 최소한 기본은 한다는 거지.'

그리고 여기에 한 가지 더, 생각지도 못했던 장점이 있었다. 일레나는 카이휜이 순순히 내놓은 소매를 쥐고 열심히 움직이던 손을 떼어냈다.

"……짠."

"……."

"선물이에요."

셔츠 소매에 달린 커프스링크가 은은한 달빛 아래 반짝 빛났다. 일레나는 그 모습을 눈에 담으며 입을 열었다.

"당신, 취향이 하나도 없잖아요. 좋아하는 색도 없고, 싫어하는 색도 없고……. 맞죠?"

"……네."

"그럼 이제부터 하나씩 만들어보는 건 어때요?"

밝은 데서 보는 것보다야 못하긴 하겠지만, 정원의 어스름한 불빛 밑에서도 커프스링크 가운데 박힌 보석은 제 색을 잃지 않았다. 바로 일레나의 눈과 꼭 같은 색이었다.

"좋아하는 색은 분홍, 큼, 분홍색으로 해요."

"……."

"나쁘지 않죠? 이거 봐요. 예쁘잖아요."

일레나는 처음엔 파란색 보석이 장식된 커프스링크를 구매하려고 했다. 당연히 그게 남편과 가장 잘 어울릴 거라고 생각했으니까.

그런데 막상 보석상에 들어가자 예상치 못하게 핑크 다이아몬드가 박힌 커프스링크가 그녀의 시선을 잡아끌었다.

"어머, 어쩜. 부인의 눈동자 색과 똑같은 색이네요! 어느 분께 선물하실지는 몰라도, 이걸 볼 때마다 부인의 눈이 떠오르시겠어요."

장사 좀 할 줄 아는 점원의 말이 결정타였다. 정신을 차려보니 어느새 일레나는 핑크 다이아몬드가 박힌 커프스링크를 손에 들고 가게를 나오고 있었다.

뒤늦게 너무 성급하게 고른 것이 아닌가 하는 생각이 들었지만, 시간이 흐를수록 점점 잘 골랐다는 생각으로 변했다. 실제로 일레나가 산 커프스링크는 품질이 좋은 물건이었다. 보석의 색을 빼놓고 봐도 세공이 아름다운 티가 났다.

일레나는 커프스링크를 산 뒤 내친김에 말도 안 되는 주장까지 생각해 냈고, 그 주장에 나름 설득력을 부여하기 위해 열심히 주절거리기 시작했다.

"당신도 봐서 알겠지만, 지금 이 커프스링크가 당신한테 엄청 잘 어울리거든요? 이게 무슨 뜻이냐면, 당신과 분홍색이 의외로 상성이 잘 맞는다는 뜻이에요."

"……."

"아니, 뭐. 물론 내 눈동자도 마침 분홍색이기는 한데, 이건 의도한 게 아니라 어디까지나 매우 우연히……."

쓸데없는 말을 덧붙이다 보니 점점 이야기가 산으로 가기 시작했다. 위기감을 느낀 일레나가 얼른 하던 말을 끊고 다시 본론을 꺼냈다.

"……아무튼, 분홍색이 당신이랑 잘 맞아요. 그러니까 오늘부터 정한 거예요. 앞으로 누가 당신한테 좋아하는 색이 뭐냐고 물어보면, 분홍색이라고 대답해야 해요."

아니, 역시 좀 억지인가. 처음 떠올렸을 땐 '이거다!' 싶었는데 직접 실행에 옮기니 어째 상상했던 것과는 조금 느낌이 달랐다. 민망함을 아는 일레나의 얼굴이 은근히 달아오르기 시작했을 때 카이휜이 대답했다.

"알겠습니다."

"……."

"그렇게 하겠습니다. 선물, 고맙습니다."

"……."

"마음에 듭니다."

일레나는 커프스링크를 쳐다본단 핑계로 숙이고 있던 고개를 슬쩍 들었다.

남편은 웃고 있었다.

일레나는 미소 짓는 카이휜의 얼굴에서 잠시 눈을 떼지 못하다가 이내 애꿎은 정원의 경관을 눈에 담으며 말했다.

"그, 정말 마음에 들어요?"

"네. 정말로요."

"그럼 자주 하고 다녀요. 안 그러면 진심이 아니라 빈말이었구나, 생각할 거예요."

"알겠습니다."

카이휜의 대답엔 옅게 웃음기가 서려 있었다. 일레나는 평소보다 가슴이 약간 빠르게 뛴다고 생각했다.

이건 성취감일까? 생각했던 바를 이루어내서 느끼는 뿌듯함?

잘은 모르겠지만, 좀처럼 마음의 파동이 가라앉지 않아 일레나는 그 뒤로도 한동안 남편의 얼굴을 쳐다볼 수 없었다.

그날 밤, 일레나와 카이휜은 나란히 잠자리에 들었다.

일레나는 침대 위에서 옆으로 돌아누워 남편의 얼굴을 빤히 쳐다보았다. 두 사람이 밤마다 당연하다는 듯 같은 침대에 눕기 시작한 건 며칠 된 일이다.

시작은 로잘린의 당부였다.

"너희 부부지? 그럼 같이 자. 이건 부부니까 쓸 수 있는 번외 단계고, 나름 중요한 전략이야. 손만 잡고 자도 되니까 매일같이 한 침대 써. 알겠어?"

반쯤 선생 로잘린의 꼭두각시가 된 제자 일레나는 그 말을 충실히 따랐다.

사실 굳이 로잘린의 말이 아니어도 남편과 함께 잠자리에 드는 건 늘 나쁘지 않았다. 그래서 냉큼 그러마 했다. 카이휜은 어쨌든 부부니까 한 침대를 쓰자는 일레나의 주장에 큰 이견을 보이지 않았다.

일레나는 그때 새삼 깨달았다. 아이 문제를 빼면, 남편이 그녀가 하자는 것을 들어주지 않은 적은 한 번도 없다는 걸.

"……."

일레나의 집요한 시선에 카이휜의 입이 열렸다.

"……진부한 질문인 건 알지만, 혹시 내 얼굴에 뭐가 묻었습니까?"

"아뇨. 이유 없이 그냥 보는 거니까 안심해요."

일레나는 남편의 얼굴을 물끄러미 쳐다보며 눈을 깜박였다.

'그때 정원에선 왜 그런 거지?'

왜 이 얼굴을 쳐다보기가 힘들었을까? 지금은 이렇게 잘만 눈에 들어오는데. 알 수 없는 일이었다. 일레나는 내심 갸웃하며 입을 열었다.

"참, 당신."

"네, 일레나."

"잠깐 이리 와봐요. 아니지, 내가 가야겠다."

꾸물꾸물 몸을 움직여 카이휜과 간격을 좁힌 일레나가 그의 이마로 손을 뻗었다. 저녁 산책을 해서 그런지 약간 서늘하게 식은 손이 카이휜의 이마를 덮었다.

"흠…… 오늘도 열은 없네요."

"……매일 확인하는 겁니까?"

"혹시 모르잖아요."

멀쩡한 체온을 확인한 일레나가 손을 떼어냈다.

"그날은 대체 왜 그렇게 열이 끓었던 걸까요."

"……."

"이제 와 묻는 거지만, 안 힘들었어요?"

"어떤 점에서……."

"그냥, 그렇게 아픈데도 나 때문에 움직이고 말도 하고."

"……."

"나도 어릴 때 고열에 시달려 본 적 있는데, 그저 가만히 누워 있기만 해도 머리가 깨질 것 같고 되게 힘들었거든요."

일레나는 한숨을 쉬었다. 뒤늦게 그날의 일을 조금 더 반성했다. 열이 펄펄 끓는 환자를 발코니 같은 외부에서 힘이나 쓰게 만들다니.

'다음부터 나무를 탈 때는 더 신중해야야지.'

설마 또 그럴 일이 있겠냐마는. 근본적인 잘못과는 한참 거리가 먼 반성을 마친 일레나가 말을 이었다.

"아무튼, 그래서 미안하니까 앞으로는 당신 간호할 일 있을 때마다 벤 대신 내가 하려고요."

"……."

"당신이 그날 봤나 모르겠네요. 수건에 물을 먹여서 짜던 내 솜씨가 예사롭지 않았는데. 못 봤죠? 이거 안 되겠네. 다음엔 꼭 보여줄게요."

일레나는 은근슬쩍 그렇게 말해놓고 내심 남편의 기색을 살폈다. 이내 카이휜이 대답했다.

"기대하겠습니다."

그제야 일레나의 표정이 밝아졌다.

저건 허락의 의미였다. 이젠 그가 아플 때 얼마든지 그의 처소에 출입해도 된다는.

'가만. 수건 물 짜는 거 지금부터 연습해야 하나…….'

마귀가 깃들었다는 자신의 손재주는 과연 물수건 짜기에도 영향을 줄 것인가.

'그날엔 그런대로 잘 짰던 것 같은데.'

일레나는 그런 생각을 하면서 입을 열었다.

"당신, 그 대답 절대 무르기 없기예요."

"네."

확답을 듣고 나서야 일레나는 안심했다. 기분이 좋아진 그녀가 옅게 미소 지으며 속삭였다.

"……그럼 잘 자요."

금방 대답이 돌아왔다.

"좋은 꿈 꾸길, 일레나."

늦은 밤, 일레나는 눈을 떴다.

오늘은 낮에 상점가에 다녀오고 저녁엔 산책도 했다. 몸이 피곤하지 않을 리 없는데 웬일인지 바로 잠들지 않았다.

일레나가 옆으로 돌아누웠다. 남편은 눈을 감고 고른 숨소리를 내고 있었다.

'자는 걸까.'

그녀는 어두운 침실 안에서 잠든 남편의 모습을 말없이 눈에 담았다. 잠자리에 든 사람치고는 갑갑해 보일 만큼 빈틈없이 단추를 채운 남편의 옷이 눈에 들어왔다.

"……."

전에는, 저게 그냥 남편의 성격 때문인 줄 알았다. 물론 평상시에도 단정하고 흐트러짐 없는 복장하고 있으니 남편의 성격이 맞을 것이다. 하지만 자면서까지 저렇게 옷이 흐트러지지 않게 신경 쓰는 건…….

'꼭 성격 때문만은 아니겠지.'

눈을 깜박이던 일레나의 움직임이 느려졌다.

가슴이 꼭 뭔가로 막힌 듯했다. 나중엔, 남편이 제 앞에서만큼은 차림이 편해지는 날이 올까. 언젠가 올 거라면 조금만 더 빨리 왔으면 좋겠다.

일레나는 그렇게 생각하며 오지 않는 잠을 다시 청했다.

"딸꾹."

모처럼의 휴일을 밤늦게까지 실컷 즐긴 토마스가 어두운 상점가 골목을 걸었다.

'윽, 내 발…….'

괜찮아진 줄 알았는데, 이리저리 돌아다녀서 그런지 발등의 통증이 다시 도졌다.

'하, 내 신세야.'

토마스는 며칠 전의 일을 곱씹었다. 늘 하던 대로 주둥이를 놀린 것뿐인데, 하필이면 그 자리에 공작 부인이 있는 걸 왜 못 봤을까.

'보통 성질이 아니던데. 그 앞에선 입조심 해야지…….'

날카로운 구두 굽이 사정없이 발등을 짓이기던 기억이 떠오르자 솜털이 쭈뼛 섰다. 그날의 고통을 떨쳐 버리려는 듯 고개를 흔들며 걷던 토마스가 이내 멈칫했다.

"응?"

"기사님, 도와주세요……."

그가 걷는 방향에 웬 가녀린 여자가 주저앉아 도움을 호소하고 있었다. 토마스는 잠시 생각했다.

'내가 기사인 건 어떻게 알았지?'

그러다 제가 허리춤에 검을 차고 있다는 사실에 생각이 미쳤다. 아, 그렇지.

"무슨 일입니까?"

토마스는 일단 여자에게 다가갔다. 술을 마셨지만, 몸을 제대로 가누지 못하거나 발음이 꼬일 정도는 아니었다.

"제가 발목을 접질려서 걷기가 힘든데……. 괜찮으시다면 큰길까지만 부축해 주시면 안 될까요?"

여자는 힐끗 보기에도 체구가 작고 가늘었다. 보는 이로 하여금 저절로 보호 본능을 일으켰다. 거기다 가까이서 보니 젊고 예뻤다.

사내라면 응당 도와주지 않을 수 없었다. 토마스는 사내였고, 사실 그게 아니어도 평소 사람들을 돕는 일은 자주 해왔다.

"어디까지 갑니까? 혹시 마차를 타야 한다면 마차 보관소까지 부축해 드리겠습니다."

"아, 감사합니다. 그럼 집이 근처니 이 앞까지만……."

여자가 가녀린 손으로 토마스가 내민 손을 잡았다. 단지 연약해 보이는 여자의 앞에 섰을 뿐인데 토마스는 저도 모르게 내심 긴장했다.

'하필 그때 일이 생각나서……'

그의 발등을 무자비하게 짓이겨놓은 공작 부인도 겉보기엔 꼭 이렇게 가녀렸었다.

'하지만 나풀거리는 드레스 아래 무기를 숨겨놓고 있었지.'

심지어 보기보다 힘도 만만찮았다. 발등이 재차 욱신거리는 듯했다. 토마스는 몸에서 긴장을 풀지 못하며 여자를 부축했다.

그런데 그때, 힘없이 토마스에게 몸을 기대어오는가 싶던 여자가 갑자기 돌변해 품에서 흉기를 꺼내 들었다. 날카로운 공격이 정확히 토마스의 명치를 노리고 파고 들어왔다.

"……!"

예고 없는 기습에 깜짝 놀랐으나 다행히 토마스는 간발의 차로 피해낼 수 있었다. 여자의 몸놀림이 어설펐던 데다 마침 토마스도 긴장을 늦추지 않은 덕이었다.

토마스는 당황한 와중에도 여자의 손을 쳐서 흉기를 떨어뜨리고 그녀를 제압했다.

"……젠장!"

그러자 근처에 숨어 이 광경을 지켜보고 있었던 한 남자가 몸을 돌려 달아나는 것이 보였다.

토마스가 급한 대로 제압 중이던 여자의 목 뒤를 내려쳐 기절시켰다. 그리고 잠시 고민하다 냅다 신발을 던져 도망치는 남자의 뒤통수에 명중시켰다.

"켁!"

낮에 비슷한 걸 한번 해 봤다고 어쩐지 명중률이 더 높아진 것 같았다. 토마스는 쓰러진 남자에게 다가갔다. 골목 어귀를 비추는 달빛 아래 남자의 얼굴이 드러났다.

"넌……."

"……빌어먹을. 그래, 나다."

"누구지?"

토마스가 자길 알아보지 못하자 남자가 쓰러진 채로 발악했다.

"이 새끼! 날 기억 못 해? 개새끼! 누군 너 때문에 감옥에서 5년이나 썩었는데!"

토마스는 남자가 일어서서 도망치지 못하게 그의 등을 발로 밟은 채 상대의 발악을 구경했다.

'5년이라.'

여전히 기억은 나지 않지만, 그쯤이면 고향에 있을 때 잡아서 넘겼던 범죄자인 모양이었다. 토마스는 혀를 찼다.

미련한 인간이었다. 이번에 저지른 죄로 다시 감옥에 처넣으면 5년이 뭐야, 최소 50년은 나오지 못할 것이다. 보복 범죄는 일반 범죄보다 형량이 셌다. 그리고 이 범죄자는 무려 기사를 해치려고 했다. 기사는 준귀족이었다.

"빌어먹을 새끼! 내가 어떻게 수소문해서 네놈을 찾아냈는데, 이날을 얼마나 기다렸는데!"

"시끄럽다."

"대체 어떻게 그 기습을 피한 거지? 네가 예쁘고 가녀린 여자를 상대로는 세상에서 제일 머저리같이 방심한다는 걸 내가 다 아는데! 어떻게 피한 거냐고!"

"아, 시끄럽다니까."

이 자식을 지금 기절시키는 게 나을까.

토마스가 고민할 때, 마침 소란을 듣고 치안병이 달려왔다.

"토마스 경! 아니, 그자는 대체……."

"잘 왔네. 데려가요."

토마스는 앞으로 다시 세상 빛을 보긴 그른 남자와 기절한 여자를 치안병에게 넘기고 골목을 빠져나왔다.

"후우."

십 년 감수했다. 술기운이 다 달아났다. 아찔했던 조금 전 순간을 떠올리자 토마스의 입에서 저절로 한숨이 흘러나왔다.

'방심하고 있었으면 정말 큰일 날 뻔……'

토마스의 걸음이 점점 느려지다 이내 멈췄다. 그의 발에 밟힌 채 남자가 발악하며 외쳤던 말이 떠올랐다.

"네가 예쁘고 가녀린 여자를 상대로는 세상에서 제일 머저리같이 방심한다는 걸 내가 다 아는데!"

열 받는 말이었지만, 사실 틀린 말은 아니었다.

토마스도 알고 있었다. 그는 어릴 때부터 힘이 센 남자가 힘이 약한 여자를 지켜주어야 한다고 배웠다. 한번 여자를 힘없고 약한 존재라고 인식하자 그 생각을 바꾸기란 쉽지 않았다.

실제로 토마스가 봐온 여자란 대체로 연약했고, 외양이 가녀린 것은 말할 필요도 없었다. 자기보다 약한 것을 경계하는 사람은 거의 없다. 하물며 여자가 젊고 예쁘다? 혈기왕성한 청년의 경계심은 형태도 남기지 않고 흐물흐물 녹아내렸다.

만약 공작 부인과의 일이 아니었다면, 토마스는 평소처럼 방심했을 테고 여자의 칼에 무방비하게 급소를 내주었을 것이다.

"……."

그렇다면 결국 오늘 그의 목숨을 구해준 것은…….

토마스는 자리에 서서 움직이지 않았다. 물 빠진 듯 칙칙한 적색 머리카락 위로 달빛이 어떤 깨달음처럼 쏟아졌다.

일레나는 기분이 좋았다. 좋은 꿈을 꿨기 때문이었다.

잠을 청하기 전 잠자리에서 들은 남편의 인사가 도움이 된 것일까. 간밤의 꿈은 모처럼 일레나의 마음에 쏙 들어맞았다.

일레나는 꿈속에서 죽은 전 메이하드 공작 부부와 그들의 둘째 아들을 만났다. 어떻게 생겼는지는 일전에 초상화를 통해 본 적이 있었던 터라, 상대의 얼굴을 보자마자 그들의 정체를 알아차렸다. 꿈이라 그런지 그들은 죽지 않고 멀쩡하게 살아 있었다.

일레나는 잘됐구나 싶어 그들을 벼랑 아래로 밀어 끝장냈다. 그런데 놀랍게도 그들이 살아 돌아왔다. 그래서 또 끝장내고, 또 살아 돌아오고, 다시 끝장내고, 다시 살아 돌아오고……. 끝장내고, 끝장내고, 끝장내고.

'화형, 익사, 단두대에도 보내봤고. 또 뭘 했더라?'

계속 살아 돌아오는 건 그들의 의지가 아니었던 모양인지, 나중에 가서는 그들이 제발 이러지 말고 영영 보내달라고 눈물을 흘리며 매달렸다. 매우 짜릿한 꿈이었다.

일레나는 아침부터 너무나 상쾌해 콧노래가 절로 흘러나왔다.

그런데 복도에서 우연히 마주친 집사도 어쩐지 굉장히 상쾌한 얼굴을 하고 있었다.

"벤, 뭐 좋은 일 있나?"

"아, 마님. 좋은 아침입니다. 다름이 아니라 토마스가 오늘 휴가에서 복귀하자마자 조금 전 저를 찾아왔었습니다."

"그런데?"

토마스와 관련된 문제라면 표정이 지금 보는 것과 반대여야 하는 것 아닌가.

그때 벤이 예상치 못한 말을 했다.

"지금까지 자기의 경솔했던 태도와 행동을 반성한다고, 깊이 뉘우친다면서 바닥에 머리를 박고 갔습니다."

"으응?"

"그래서 제가 여기서 이럴 게 아니라 공작님께 찾아가서 사죄하라고 했더니, 주인님께는 이미 다녀왔다고 하더군요."

"흐음?"

"갑자기 무슨 심경의 변화인지는 몰라도, 이마에 피가 나도록 머리를 박았으니 거짓말은 아닐 겁니다. 속이 아주 시원합니다."

벤은 앓던 이가 빠진 사람처럼 후련해했다. 토마스가 개과천선해서 새 혓바닥을 얻었다면, 벤의 입장에선 앓던 이나 다름없는 골칫거리가 해결된 셈이었다.

일레나는 의아했지만, 일단 축하해 줬다.

"그거 잘됐군. 휴가를 다녀와서 정신을 차리다니, 휴가 때 무슨 일이 있었나?"

"그럴 지도요. 뭐, 아니면 사람이 살면서 갑자기 철이 드는 시기가 오듯 그놈, 아니, 그 자식, 아니지, 토마스 경에게도 그런 순간이 온 것이 아닐까요."

이번 호칭 3단 변화는 매우 긍정적이었다. 어쨌든 집사와 안주인은 그렇게 생각지도 못했던 좋은 소식을 아침부터 나눴다.

그날의 좋은 소식은 거기서 끝이 아니었다.

"……안녕하세요, 마님."

"……좋은 아침이에요, 마님."

식당 입구에서 마주친 하녀 둘이 일레나에게 쭈뼛쭈뼛 인사하고는 재빠르게 사라졌다.

일레나는 두 하녀를 알고 있었다. 안리와 마리였다. 일레나가 이 성에 오고 얼마 안 됐을 때, 잘못을 저질러 채찍질과 금식 형을 받았다.

그 뒤로 일레나를 보면 인사는커녕 도망치기 바빴는데, 며칠 전부터는 저런 식으로 태도가 은근히 바뀌었다.

"……?"

도망칠 땐 별로 신경 쓰지 않았지만, 태도가 달라진 것은 의아하긴 했다.

그때, 하녀장 룰라가 지나가다 그 광경을 보곤 말을 걸었다.

"안리와 마리를 보셨군요."

"룰라."

"한동안 끙끙거리기만 하다 이제야 겨우 용기 내 마님께 인사드리기 시작했습니다. 제가 말씀드리기엔 다소 주제넘은 이야기긴 하나, 부디 귀엽게 봐주세요."

"끙끙거렸다고?"

"마님께서 잉칸 마르종 그 작자가 공작성에서 저지른 끔찍한 일을 밝혀내시지 않았습니까."

"그랬지."

"그 일이 영향을 준 모양입니다. 실제로 마님께 은혜를 입었다고 여기는 하녀들이 꽤 있습니다."

"……."

"만일 잉칸의 짓이 발각되지 않았다면, 훗날 자기가 피해자가 되었을지도 모르는 일이니까요."

아. 일레나는 그제야 이해했다. 그녀가 고개를 끄덕였다.

"그렇군. 전해줘서 고맙네, 룰라."

"뭘요. 저도 개인적으로 마님께 늘 감사하고 있습니다."

안리와 마리의 일 때부터 이 성의 하녀들을 아끼는 기미를 보였던 룰라가 그렇게 말하곤 물러갔다. 일레나는 잠시 룰라가 사라진 곳을 보다가 식당으로 들어섰다.

덕분에 까맣게 잊고 있던 이름이 떠올랐다.

'잉칸.'

사고—일레나는 천벌이라고 굳게 믿고 있다—로 성기능을 잃고 사교계에서도 매장되어 사실상 귀족 영식으로서의 삶은 끝난 것이나 다름없었지만, 아직 남은 문제가 있었다. 잉칸 일에 대한 정식 입장을 표명한 마르종 자작가의 서신이 진작 공작성에 도착했어야 했다. 하지만 일레나는 아직 서신이 도착했다는 이야긴 듣지 못했다.

'이것들, 일부러 늑장 부리는 것 같은데.'

그리고 그날 아침 식사 도중, 일레나는 생각지 못했던 이야기를 들었다.

"네?"

일레나가 접시에 올라간 요리를 자르던 손을 멈췄다.

"잉칸이 뭐 어떻게 됐다고요?"

카이휜에게서 친절하게 같은 답이 돌아왔다.

"마르종 자작이 잉칸에게 영지 근신 처분을 내렸습니다. 기한은 평생입니다."

때마침 기다리던 마르종 자작가의 서신이 오늘 아침 이르게 공작성의 문을 두드렸다. 서신은 이번 일로 잉칸이 가문 내에서 받게 된 처벌을 명시하고 있었다.

"……그거 진짜예요?"

"그럴 겁니다. 서신에서 조작된 흔적은 따로 찾지 못했으니까요."

조작 흔적이 있는지 없는지 살펴봤단 소리다. 카이휜이 보기에도 서신의 내용이 의외였던 것 같았다.

일레나는 눈을 깜박이며 생각했다.

'잉칸, 알고 보니 버린 자식이었나?'

영지 근신. 기한은 평생. 말 그대로 잉칸이 앞으로 자기 영지 바깥으로 평생 나가지 못하게 되었다는 이야기였다.

영지에 틀어박혀 여생을 보내는 귀족은 많았다. 그러나 자진해서 영지에서 나오지 않는 것과 무슨 일이 있어도 그 안에서 평생 나올 수 없다는 건 당연한 이야기지만 완전히 달랐다.

게다가 잉칸은 약초를 납품한다는 핑계로 일 년 내내 영지를 떠나 있는 편이라고 들었다.

'그랬는데 영지에 감금이라.'

아마 좀이 쑤셔 죽을 맛일 것이다.

'증거로 남을 서신에 대놓고 평생이라는 표현을 써서 못 박았을 정도면, 정말 앞으로 영영 잉칸을 영지에서 꺼내줄 마음이 없다는 건데…….'

일레나는 두 가지 가능성을 생각했다.

잉칸이 단단히 밉보인 자식이라 마르종 자작이 이참에 평생 영지에 처박아두고 없는 자식 취급하려는 속셈이거나. 혹은 남은 평생 요양과 격리가 필요할 정도로 잉칸의 건강 상태가 육체적이든, 정신적이든 간에 심각하거나.

'아니면 둘 다일 수도 있고, 어쨌든 잘됐지.'

일레나는 멈췄던 칼과 포크를 다시 움직였다. 속사정이 어떻든 간에, 결과만 놓고 보면 일레나에겐 충분히 좋은 소식이었다.

마르종 자작가의 영지에 직접 찾아가지 않는 이상 앞으로는 어디에서도 잉칸을 다시 볼 일이 없게 된 결말. 마음에 든다.

"잘됐네요."

접시에 놓인 요리를 써는 칼의 움직임이 경쾌했다.

'나중에 룰라와 마주치면 슬쩍 말해줘야겠다.'

틀림없이 기뻐할 것이다.

그때 카이휜이 말했다.

"그리고 보상에 관한 내용도 서신에 있었습니다."

"보상이라면?"

"사죄의 의미로 향후 50년간 공작성에 무상으로 약초를 납품하겠다고 합니다."

"그것도 잘됐네요."

"다만 지난 일을 계기로 약초를 거래하는 곳은 바꾸려고 합니다."

아, 그렇군. 일레나는 고개를 끄덕였다. 이해할 수 있는 결정이다.

'그래도 준다는 건 받겠지?'

약초는 비싸고 쓰임새가 무궁무진하다. 이따가 벤을 만나면 마르종 가문에서 무상으로 보낸다는 약초는 꼭 받으라고 해야지.

일레나가 그런 생각을 할 때 카이휜이 말을 이었다.

"그리고……."

처음으로 뜸을 들이는 카이휜의 모습에 일레나가 의아하게 그를 쳐다보았다.

"잉칸이 사용했던 약 말입니다."

"아, 그 약이요. 그 약이 왜요?"

일레나가 저도 모르게 미간에 주름이 지려고 하는 것을 겨우 참았다. 잉칸이 하녀를 상대로 실험했던 약. 다시 떠올려도 소름이 끼치고 불쾌한 약이었다.

"약에 사용된 재료를 아직 확인하지 못했습니다."

"그래요?"

일레나가 눈을 깜박였다. 잉칸에게서 입수한 약 성분 분석을 전문가에게 맡긴 건 시일이 꽤 지난 일이었다. 심지어 분야를 막론하고 의뢰를 맡겼다고 들었다. 약제사, 마법사, 나아가 연금술사까지.

"잉칸의 주장은 짐승의 피를 섞었다는 거였죠?"

"그렇습니다."

"음……."

짐승의 피. 여전히 쉽게 믿을 수 없는 이야기였다. 세상 어느 짐승의 피가 사람 혼자 아이를 배게 한단 말인지.

"어쩔 수 없죠, 뭐. 그냥 굉장히 수상한 재료를 썼겠거니 생각하는 수밖에."

이제 와 잉칸의 입을 열 수는 없을 것이다. 잉칸은 전신이 너덜너덜해질 정도로 모진 심문에도 약의 재료가 짐승의 피라는 주장을 고수했다.

'그런 걸 보면 되게 켕기는 재료를 쓴 건 맞는 모양인데.'

밝혀지는 순간 자신의 처지가 심히 곤란해지는.

사실 일레나는 잉칸의 태도 때문에라도 약의 재료를 알고 싶었다. 궁금하기도 했지만, 약의 재료가 잉칸을 영영 보내 버릴 증거가 되면 더 좋을 것 같았으니까.

'하지만 이미 마르종 자작이 깨끗하게 해결해 줬으니…….'

어차피 이제 잉칸은 영지에 갇혀 평생 바깥으로 나올 수 없다. 일레나의 마지막 미련이 사라졌다.

"혹 추후라도 약의 성분이 밝혀지면 그때 다시 말해주겠습니다."

"좋아요."

잉칸을 주제로 한 대화가 얼추 마무리되었다. 일레나는 한동안 식사에 집중했다.

"아, 혹시 이거 먹어봤어요?"

"아뇨, 입에 맞습니까?"

"으음. 주방장이 뭔가 새로운 시도를 한 것 같긴 한데 너무 새로워서 뭐라고 평가해야 할지……."

그러면서 일레나는 내심 기회를 엿보고 있었다.

사실 남편에게 따로 할 말이 있었다. 다만 마르종 자작가에서 날아온 서신에 그만 선수를 빼앗겼을 뿐이었다.

"저, 당신……."

그런대로 적절한 순간을 잡은 일레나가 입을 열었을 때였다. 두 사람이 앉은 식탁으로 추가 요리를 내오던 하녀가 그만 발을 헛디뎠다.

"꺄악!"

접시에 담겨 있던 요리가 일레나의 어깨로 쏟아졌다. 카이휜이 재빨리 팔을 뻗었다. 카이휜의 팔에 부딪힌 요리가 바닥으로 후드득 떨어졌다.

"괜찮습니까?"

일레나는 어안이 벙벙했다. 워낙 순식간에 일어난 일이라 상황 파악에 시간이 걸렸다.

"죄, 죄송……."

하녀는 자기 실수에 놀랐는지 사과도 제대로 하지 못하고 뻣뻣하게 굳었다. 카이휜이 우선 하녀를 내보냈다. 일레나는 그제야 엉망이 된 카이휜의 소매를 발견했다.

"세상에, 당신 셔츠가……."

"세탁하면 됩니다."

소매에 묻은 흔적을 물수건으로 대충 닦아낸 카이휜이 소매를 걷어 올렸다. 더러워진 부분이 생각보다 넓었기에 카이휜은 팔을 제법 드러내야 했다. 일레나는 훤히 드러난 카이휜의 단단한 팔뚝을 힐끔거렸…… 으면 차라리 좋았을 테지만, 대놓고 쳐다봤다.

일레나가 자기 시선을 통제하지 못하고 있을 때 카이휜이 말했다.

"그보다 일레나, 하려던 말이 뭐였습니까?"

"응? 아, 맞다."

헛기침한 일레나가 입을 열었다.

"그, 당신. 요새 엄청 바쁜가요? 혹시 언제쯤 나한테 하루 정도 시간을 내줄 수 있나 해서요."

"언제든 상관없지만…… 혹시 따로 다녀오고 싶은 곳이 있는 겁니까?"

"네. 그렇지만 어딘지는 비밀이에요."

카이휜이 순순히 고개를 끄덕였다.

"알겠습니다. 부인께서 원할 때 바로 다녀올 수 있게 시간을 비워놓겠습니다."

"……."

"왜 그렇게 봅니까?"

"……아니에요."

일레나는 시선을 슬쩍 내렸다. 걷어 올린 남편의 소매가 보였다.

'뭔가…… 약간 더 친절해진 것 같기도 하고……?'

하지만 그녀의 남편은 항상 친절하고 다정했으니 기분 탓일 수도 있었다. 일레나는 애꿎은 접시 위의 요리를 난도질했다.

"저, 마님."

아침 식사를 마치고 처소로 돌아온 일레나는 문 앞에서 웬 하녀를 마주쳤다. 왠지 낯이 익다고 생각하는 순간 하녀가 넙죽 고개를 숙였다.

"조, 조금 전 식당에선 정말 죄송했습니다."

아, 누군가 했더니 발을 헛디뎌 실수로 요리를 쏟았던 그 하녀인 모양이었다. 조금 전의 일을 떠올리자 일레나의 머릿속에 저절로 남편의 단단하고 굵직한 팔뚝이 그려졌다.

일레나의 입이 자기도 모르게 움직였다.

"괜찮아. 잘했어."

"……네?"

"응, 잘했어. 리나."

일레나는 하녀들의 이름을 전부 외워두었었다. 공작성에 와서 처음으로 했던 일이었다. 내친김에 일레나는 리나의 어깨를 툭툭 두드려 주곤 처소로 들어갔다.

"……."

이내 리나가 어리둥절한 얼굴로 자기 일터로 돌아왔다. 그녀의 주변으로 다른 하녀들이 옹기종기 모여들었다.

"어땠어? 사과드렸어?"

"받아주셨어?"

"안리, 마리 걔들 벌 받았던 거 생각하면 나는 좀 무섭던데……."

"……있잖아."

리나가 얼떨떨한 얼굴로 말했다.

"나보고 잘했대."

"뭐?"

"잘했다고?"

"비꼬신 건가?"

"아니…… 그런 느낌은 아니었어. 정말 칭찬해 주셨어. 내 이름도 알고 계셨고."

그렇게 이야기한 리나가 바로 뒷말을 이어붙였다.

"내 생각엔, 고작 실수 하나로 너무 주눅 들지 말란 뜻에서 일부러 칭찬해 주신 것 같아."

"어머."

"세상에, 배려심이……."

"……마님께서 그렇게 좋은 분이셨다니."

감동한 리나가 곧 눈물을 글썽였다.

"실수여도 어쨌든 내 잘못이고, 처벌받아도 할 말 없는 일이었는데……. 흑, 나 이제 마님 험담하는 나쁜 애들이랑은 겸상 안 해……."

"나도, 나도."

"나도 그럴게."

친구의 감정에 쉽게 동화된 어린 하녀들이 함께 눈물을 글썽였다. 그 자리에 있던 모두가 한마음으로 똘똘 뭉쳤다.

처소로 돌아오니 마침 일레나 앞으로 편지가 와 있었다. 발신인은 로잘린 맥스였다.

일레나는 처소에서 사람을 모두 내보낸 후 편지를 뜯었다. 내용은 간단했다.

[이 스승은 제자의 성취가 매우 궁금하다.]

본문은 그 한 줄이 끝이고, 편지 하단에 자기는 남편과 화해했으니 혹여라도 걱정하지 말라는 추신이 작게 붙어 있었다.

굉장히 간결하지만 말하고자 하는 바가 명확한 편지를 보며 일레나가 픽 웃었다.

로잘린은 전부터 이랬다. 실제로 만나면 말이 많은데, 성격인지 편지만 보냈다 하면 본론이 두 문장을 넘어가는 일이 거의 없었다.

일레나는 변함없는 친구의 편지를 들고 서재로 들어가 펜을 쥐었다. 잠시 망설이던 그녀가 이내 빈 편지지에 대고 첫 문장을 써 내려갔다.

[순조로운 듯함. 아마도.]

……너무 소심한가?

제가 써놓은 글귀를 보며 일레나가 고민에 빠졌다. 그 순간 식당에서 있었던 일이 재차 떠올라 일레나의 머릿속 한 칸을 차지했다.

일레나가 쓰던 편지를 구겨서 책상 한쪽으로 던져 버리곤 새 편지지를 가져와 펜을 움직였다.

[매우 순조로움.]

좋아. 용기 냈다.

어쩐지 두근거리는 심정으로 일레나가 다음 문장을 이어붙였다.

[현재 3단계에서 4단계로 넘어가려는 중.
매 순간 스승의 가르침에 감사하는 마음을 잊지 않으며 최선을 다하고 있음.]

거기까지 막힘없이 써 내린 일레나의 손이 다시 멈췄다. 잠시 후 멈췄던 깃펜이 조금씩 움직였다.

[……차차 스킨십도 1단계부터 시작하려고 함.]

다 썼다.

답장 작성을 마친 일레나가 마치 누가 볼까 염려하는 사람처럼 서둘러 편지를 밀봉하곤 하인을 불렀다.

"맥스 백작령으로 바로 보내라. 혹여 분실하는 일이 있었다간 크게 경을 칠 줄 알아라."

"아, 예. 알겠습니다."

주인마님이 엄포를 놓는 일은 드물었다. 하인은 긴장한 기색으로 편지를 받고 물러갔다.

하인을 보내고 몸을 돌리는 일레나의 귓가가 약간 붉게 달아올라 있었다.

"마님, 저 벤입니다."

벤은 이른 아침부터 일레나의 처소에 딸린 서재를 찾았다. 전날 그녀가 이야기했던 예산 자료를 전달하기 위해서였다.

"마님?"

서재 안에선 답이 없었다.

'하녀의 말로는 분명 서재에 계시다고 했는데.'

무슨 일이 있나.

잠시 고민하던 벤이 서재의 문을 열었다.

"마님, 저 들어갑니……."

문을 열고 서재 내부의 풍경을 시야에 담은 벤이 이내 눈을 휘둥그레 떴다.

"마님!"

벤의 외침에 서재 책상에 뺨을 붙이고 있던 일레나가 비몽사몽 고개를 들었다.

"어, 벤……? 벤인가?"

주인마님이 서재에서 쓰러져 어떻게 된 줄 알고 다급히 안으로 뛰어 들어오던 벤이 멈칫했다.

책상과 바닥을 어지럽힌 여러 자료. 퀭한 일레나의 눈 밑.

벤이 안도 반, 허탈함이 반 섞인 목소리로 물었다.

"……마님, 혹시 이곳에서 밤을 새우셨습니까?"

정답이었다. 일레나는 서재에서 하룻밤을 꼬박 새웠다.

처음부터 그럴 목적이었던 것은 아니었다. 다만 한 가지 문제를 둘러싼 고민과 갈등이 깊어졌고, 그걸 해결하려 애쓰다 보니 어느새 창밖으로 동이 터왔을 뿐이었다.

"으응, 뭐…… 어쩌다 보니 그렇게 됐네. 아침 해란 생각보다 빨리 뜨는 것이더군……."

"아니, 대체 뭘 하시느라……."

황당해하던 벤의 발치에 종이가 걸렸다. 벤이 종이를 집어 들고 적힌 내용을 읽었다.

"……축제?"

그랬다.

일레나는 다름 아닌 데이트 장소 선정을 놓고 고민하다가 밤을 꼴딱 지새웠다.

성공적인 연애를 위한 네 번째 단계. 데이트를 통해 둘만의 추억 쌓기.

전날 로잘린에게 마음을 눌러 새긴 답신을 보내고, 일레나는 의욕에 가득 차 있었다. 마침 남편의 시간도 하루 확보했다. 지체할 이유는 없었다.

그녀는 마음에 쏙 드는 데이트 장소를 찾기 위해 온갖 자료를 잔뜩 긁어모았다. 그러곤 엄중한 심사를 거쳐 최종 후보를 두 곳 남겼다.

하나는 축제. 다른 하나는 뱃놀이.

둘 다 데이트 장소로서 각각 장단점이 있었다.

축제는 수많은 사람 틈에서 정신없이 돌아다녀야 하지만, 즐길 거리가 많아 그만큼 다양한 추억을 만들 수 있었다.

뱃놀이는 조용하고 그럴듯한 분위기에서 둘만의 시간을 보낼 수 있지만, 남길 수 있는 추억이 한정적이었다.

축제냐, 뱃놀이냐.

뱃놀이냐, 축제냐.

이 앞까진 순조롭게 잘 진행했는데, 바로 최종 장소 선택 단계에서 문제가 발생한 것이다. 양자택일의 고뇌가 일레나를 밤새 서재에서 나가지 못하게 만들었다.

그렇게 고민하다 그냥 둘 다 가면 된다는 답이 나왔지만, 그러자니 또 어딜 '먼저' 가느냐 하는 문제가 생겼다. 먼저 가는 곳이 바로 첫 데이트 장소가 되는 거였으니까.

'그놈의 첫 데이트!'

일레나는 살면서 처음이라는 것에 의미를 부여해 본 적이 별로 없었다. 오히려 처음이면 처음인 거지, 다들 뭐 그렇게 유난이냐는 생각을 한 적이 더 많았다.

'그랬는데 내가 밤새 그 유난을 떨다니.'

일레나는 스스로가 이해가 되지 않아 약간 기가 막혔다. 동이 트는 걸 보면서 허무함마저 느꼈을 정도였다.

'뭐, 그래도 어쨌든 고르긴 골랐으니…….'

밤을 새운 끝에 일레나는 결국 택일에 성공했다.

그녀의 선택은 바로 뱃놀이였다. 그래, 첫 데이트인데 사람에 치이느니 오붓하게 둘이서 시간을 보내는 것이 나을 터다.

역시 축제보단, 뱃놀이다.

"축제에 다녀오시려고요?"

"아니, 잠깐 그럴까 생각하긴 했지만 지금은……."

"그러고 보면 주인님께선 축제에 다녀오신 적이 없군요."

일레나가 멈칫했다.

"뭐?"

"죽은 그 작자들은 주인님을 바깥에 드러내는 걸 무척 꺼렸습니다. 축제 같은 외부 행사에는…… 뭐, 말할 것도 없었지요."

벤이 깊은 감정이 담긴 한숨을 내쉬었다.

"일가족이 축제를 둘러보러 나가면 어린 주인님께선 늘 아프다는 핑계를 대고 공작성을 지키셔야만 했습니다."

"……."

"그 때문에 주인님께서 선천적으로 몸이 약하다는 소문이 퍼진 적도 있었지요. 말도 안 되는 소문이었습니다. 그 나이 때 이미 검을 쥐고 연무장을 몇 바퀴는 뛰셨는데……."

"……."

"하여간 이미 죽었지만, 지옥에서도 천벌받을……."

"벤."

일레나가 조금 전까지 제 손 밑에 깔고 있던 뱃놀이 관련 자료를 옆으로 치워 버렸다. 그러곤 축제 장소와 일시가 적힌 종이를 가져오며 말했다.

"한 가지 부탁할 것이 있는데, 내게 마법사를 좀 소개해 주겠나?"

일레나가 마법사를 소개받으려 한 이유는 간단했다.

그녀가 눈여겨본 축제는 다른 영지에서 열렸다. 이곳에서 마차로 이틀쯤 가야 하는 장소였다. 데이트 한 번 하자고 마차를 이틀, 돌아오는 걸 포함해서 나흘이나 탈 수는 없었으니 필연적으로 마법사의 손을 빌려야만 했다.

"기왕 소개해 주는 김에 전에 벤 자네가 의뢰했던 마법사면 좋겠는데. 그 왜, 일전에 여기서 일했던 의사를 잡아 오는 데 도움을 줬던 마법사."

그때 마법사는 공작령에서 마차로 보름이나 떨어진 곳에 숨어 있던 의사를 하루 만에 공작성으로 데려왔다. 기억에 남는 유능함이었다.

그런데 벤은 일레나가 꺼낸 요구에 다소 당황하는 기색을 보였다.

"……그 마법사요?"

"왜? 뭐 문제라도 있나? 비용이 너무 비싸다든가, 일정이 무척 바쁘다든가……."

"문제라고 하면…… 아닙니다. 마님이라면 괜찮으시겠죠. 지금 바로 만나보시겠습니까?"

그리하여 지금, 일레나는 마법사와 마주하게 되었다. 그리고 이제 와 생각했다. 그때 벤이 하려다가 삼킨 말이 어쩌면 '문제라고 하면…… 그 마법사 자체가 문제입니다' 이런 거였을지 모르겠다고.

"처음 뵙겠습니다."

새하얀 로브 자락이 강풍에 사정없이 펄럭였다.

"흑탑의 주인, 마스터 시드리온입니다."

일레나는 멍하니 남자를 쳐다보았다. 고개가 아프고, 눈이 부셨다.

그건 남자가 키가 크고 미남자라서가 아니었다.

"……알았으니 이만 거기서 내려오는 것은 어떨까?"

그가 다름 아닌 공작성 꼭대기에 올라가 자기소개를 하고 있었기 때문이다. 일레나는 시야를 침투하는 햇빛이 눈 부셔 눈살을 찌푸렸다.

'왜 저런 데서 저러고 있는 거야?'

한 가지 더 이해할 수 없는 점이 있었다. 바로 마법사가 꼭대기에서 하는 말이 일레나의 귀에 똑똑히 들린다는 점이었다.

일레나는 지면에 있었다. 공작성의 높이와 강풍을 생각하면 불가능한 일이었다. 그럼 결국 마법을 썼다는 말일 텐데, 왜 이딴 데에 마법을 쓰는 건지 일레나는 통 알 수가 없었다. 세상에서 가장 사치스럽고 쓸데없는 마법 남용이었다.

일레나의 말을 들었는지 마법사가 꼭대기에서 폴짝 뛰어내려 그녀의 앞에 사뿐히 착지했다.

"다시 인사드립니다. 시드리온이라고 합니다."

"음……."

일레나는 잠시 말을 골랐다. 조금 전엔 당황해서 하대를 했지만, 소개를 들으니 남자는 한 단체의 수장이었다. 아무리 일레나가 공작 부인이어도 말을 놓기가 조심스러웠다.

그녀의 기색을 읽었는지 남자가 말했다.

"말씀은 편하게 해주셔도 됩니다."

"그래, 반가워. 흑탑의 주인이라고 했던가?"

"네."

흑탑에 대해서는 대략적으로만 들어봤다. 위치상으론 왕국에 속해 있지만 왕국의 말을 듣지 않는, 마법사로만 이루어진 독립적인 단체.

왜 하필 흑탑인가 하면, 그건 탑이 온통 검은색이라 그렇게 부르게 되었다고 들었다.

'벤이 생각보다 유명 인사에게 일을 의뢰했네. 거물이라고 해야 하나.'

사람이 좀 이상해 보이는 것은 둘째 치고, 어쨌든 한 단체의 수장이니 범상치 않은 인물이었다. 일레나는 그렇게 생각하며 입을 열었다.

"그럼 흑탑주라고 부르면 되겠군."

순간 상대가 멈칫했다.

"……흑탑주요?"

"응. 흑탑의 주인이니까 흑탑주 아닌가?"

마법사, 시드리온이 잠시 말을 아꼈다. 틀린 말은 아니었다. 틀린 건 아닌데…….

"……그렇게 불리기는 처음이라 좀 어색하긴 합니다."

"그래? 그럼 남들은 어떻게 부르는데?"

"마스터, 혹은 마스터 시드리온이라고 부릅니다."

"아아."

일레나는 시드리온의 자기소개를 떠올렸다.

'그래서 자기 입으로 마스터 시드리온이라고 소개했던 거군.'

이해했다. 하지만 일레나는 흑탑주라는 명칭을 고수하기로 했다. 물론 이유는 있었다.

"마스터는 자네와 내가 주종 관계인 것 같고, 마스터 시드리온은 너무 기니 흑탑주로 하지."

"……아니면 그냥 시드리온으로 불러주시면."

"이름으로 부르면 너무 친근하잖아. 거리감이 필요하니 흑탑주가 딱 좋겠어."

시드리온의 눈이 흔들렸다. 여기서 밀리면 꼼짝없이 앞으로 흑탑주라고 불려야 한다는 사실에 그의 머리가 바쁘게 돌아갔다. 이내 시드리온이 입을 열었다.

“공작 부인의 남편 되시는 공작님과 제가 절친한 사이입니다. 친우라고 할 수 있지요. 이름 정도는 부르셔도…….”

“남편의 친우인 거지 내 친우는 아니잖나. 이런 사이일수록 더 거리감이 중요하다고 보네.”

졌다. 시드리온은 입을 다물었다.

매우 찜찜한 얼굴을 한 채 조용해진 시드리온을 향해 일레나가 본론을 꺼냈다.

“내가 흑탑주 자네를 왜 보자고 했는지는 집사에게 들었나?”

“흑탑…….”

이내 체념한 표정으로 시드리온이 대답했다.

“대략적으로나마 들었습니다. 이동 마법이 필요하시다고요.”

“맞아. 여기서 마차로 이틀 정도 떨어진 곳에 용건이 있는데, 하루 안에 다녀오려고 하거든.”

“그런 거라면 문제없지요. 오늘 당장 출발하시는 겁니까?”

“아니, 조만간.”

축제가 시작되려면 며칠 남았다. 일레나가 말을 이었다.

“자네를 미리 부른 건 일정이 되는지, 그리고 비용은 얼마인지 물어보기 위해서네.”

“일정은 상관없습니다. 필요하신 날에 언제든 불러주시면 됩니다.”

‘한가한가?’

일레나는 문득 그런 생각을 했다. 그녀가 알기로 흑탑은 그리 작은 단체가 아니었다. 탑을 이끄는 수장이니 시간이 그렇게 여유롭지 않을 것 같은데.

'나야 잘됐지만.'

"그리고, 비용은…… 따로 청구하지 않겠습니다."

일레나의 눈이 휘둥그레 커졌다.

"응?"

"돈을 받을 의사가 있었으면 제 휘하의 탑 소속 마법사를 보냈을 겁니다. 친우를 도울 생각으로 온 것이니 편하게 여기십시오."

"자네……."

일레나의 눈빛이 변했다. 충격적인 첫 등장의 여파로 시드리온을 이상한 사람 보듯 하던 시선은 온데간데없었다.

"좋은 사람이군."

일레나의 목소리에서 진심을 읽은 시드리온이 슬쩍 제안했다.

"그럼 앞으로 시드리온으로 불러주시면……."

"조만간 벤을 통해 다시 연락하지. 오늘 고마웠네, 흑탑주."

"……."

그날, 시드리온은 약간 시무룩한 얼굴로 공작성을 떠났다.

"시드리온을 만났다고 들었습니다."

크게 바쁘지 않은 한 메이하드 공작 부부는 꼬박꼬박 식사 자리에 동석했다. 저녁 식사 자리에서 남편이 꺼낸 말에 일레나가 고개를 끄덕였다.

"낮에 잠깐 봤어요."

"……혹시 그 녀석이 무례하게 굴지는 않았습니까?"

일레나가 눈을 깜박거렸다.

"아뇨?"

전혀 그렇진 않았다. 첫 등장이 지금 다시 생각해도 황당하긴 했지만 무례함과는 별로 상관이 없었다.

그러나 일레나는 카이휜의 물음에 한 가지 사실을 알 수 있었다.

'평소엔 무례한 인간인가 보군.'

일레나가 낮에 본 시드리온은 얌전했다. 흑탑주라는 호칭이 마음에 안 든다는 기색을 내비치면서도 결국 받아들인 걸 보면, 한편으로 말을 잘 듣는다는 인상도 있었다.

"그렇군요. 다행입니다."

"혹시 당신에겐 무례하게 구나요?"

"아뇨. 그건 아니지만……."

"그래서 내게도 예의를 차렸나 봐요. 내가 당신 아내니까."

일레나는 벤이 시드리온을 불러주기 전 지나가듯 덧붙였던 말을 떠올렸다.

"마님이라면 괜찮으시겠죠."

아마 그 말은 이런 의미가 아니었을까 싶었다.

일레나는 자기 입으로 말을 꺼내놓곤 괜히 민망해져 얼른 주제를 바꿨다.

"그나저나, 그 마법사가 말하길 자기가 당신과 절친한 사이라고 하던

데. 친우라고. 어쩌다 친해진 거예요?"
"아, 그건……."
포크와 나이프를 내려놓은 일레나가 턱을 괴었다. 그리 대단한 사연은 아닐지라도 남편의 이야기였다. 귀를 쫑긋 세운 일레나는 속절없이 이야기에 빠져들었다.

저녁 식사가 끝나고 일레나는 혼자 산책에 나섰다. 전날 밤을 새우긴 했지만, 오전 중에 쪽잠을 잤기 때문인지 몸 상태는 그리 나쁘지 않았다.
사실 사람의 몸 상태라는 게 객관적인 건강 상태보다도 기분에 더 영향을 받게 마련이다. 그런 의미에서 지금 일레나의 기분은 최상이었다. 조만간 첫 데이트를 할 생각을 하니 마음이 벌써 설렜다.
일레나는 들뜬 걸음으로 공작성 주변을 돌아다녔다. 잘 닦인 길을 따라 정원을 걷는 것도 좋지만, 이런 식의 발이 닿는 대로 걷는 막무가내 산책도 나름대로 묘미가 있었다. 사실 기분이 좋아서 뭐든 즐겁게 느껴지는 것일 수도 있다.
일레나는 그렇게 정처 없이 걷다가 연무장 근처까지 오게 되었다.
'여길 들어가서 둘러볼까 말까.'
잠시 고민하는데 안쪽에서 목소리가 들렸다.
"……핫! 이야앗!"
'사람이 있나?'
일레나는 하늘을 올려다보았다. 어두웠다. 해가 떨어지면 그날의 훈련도 끝난다. 누군가 정규 훈련이 끝난 후에도 자진해서 몸을 단련하고 있는 걸까.

일레나는 열정적인 기사의 정체를 슬쩍 확인이나 해볼 생각으로 연무장에 들어섰다.

그때, 연무장 안쪽에서 검을 늘어뜨린 채 호흡을 가다듬던 기사가 중얼거렸다.

"……하아. 이래서야 어느 세월에 각하의 발가락을 따라잡지."

"……?"

저게 무슨 말인가 생각하던 일레나는 곧 기사의 정체를 떠올릴 수 있었다. 며칠 전 남편이 연무장에서 기사들과 대련하던 날, 바로 그 자리에 있었던 기사였다.

'여전히 목표가 남편의 발가락인가 보네.'

그때도 발가락 운운하며 동료 기사와 티격태격했었다.

일레나는 문득 저 기사가 안쓰러워졌다. 저렇게 열심히 하는데, 목표를 너무 높게 잡아서 번번이 좌절하다니. 도와줘야겠다는 생각이 들었다. 일레나는 모처럼 이타적인 마음을 안고 기사에게 다가갔다.

"경."

"누구…… 앗, 마님?"

"이 시간에 혼자 훈련이라니, 열심이군."

"아뇨, 뭘. 원래 다들 이 정도는 합니다. 오늘은 마침 제가 연무장에 나와 있을 뿐이죠."

칭찬받은 것이 쑥스러운지 기사가 대답하며 목덜미를 긁었다.

"경, 이름이 뭐지?"

"7기사단의 맥스라고 합니다."

공작성의 기사단은 총 13개로 나뉜다. 실력순은 아니고, 처음엔 입단순이었다가 작년부터는 제비뽑기로 기사를 배치하고 있다고 했다.

"그래, 맥스 경. 실은 내가 조금 전 본의 아니게 경의 말을 엿들었는데…… 목표가 공작님의 발가락이라고?"

"네? 아, 그건……."

"꼭 발가락을 목표로 해야 할 필요가 있나?"

"예?"

맥스라는 기사는 아마 발가락이 가장 낮은 수준이라고 생각해서 목표로 삼았을 것이다. 그러나 일레나는 고개를 흔들었다.

"발가락도 결국 공작님의 신체 일부. 자네가 당장 따라잡기엔 무리가 있을 수 있어."

"그럼 전 뭐를 목표로……."

"신발 밑창."

"……!"

"신발 밑창을 먼저 목표로 삼아. 따라잡은 것 같으면 다음은 신발코, 그다음은 신발 전체."

기사의 얼굴이 점점 깨달음으로 물들기 시작했다. 일레나가 진지하게 조언했다.

"거기까지 되고 나면 그때 다시 공작님의 발가락을 목표로 삼는 거야. 내 말 알겠나?"

"네! 알겠습니다!"

맥스라는 기사가 무척 우렁차게 대답했다. 일레나는 그 대답을 들으며 흡족하게 고개를 끄덕였다.

"그럼 힘내게."

"감사합니다!"

일레나가 곧 몸을 돌려 연무장을 빠져나갔다. 그 뒷모습을 응시하는 맥스의 눈이 초롱초롱 빛났다.

연무장을 나와 걷던 일레나는 소리 높여 떠드는 기사 한 무리를 발견했다. 그런데 가만 들어보니 한 사람이 동료들에게 집중적으로 구박당하고 있었다.

"또 그 얘기냐?"

"지겨워 죽겠어, 아주!"

"술 한 잔 들어갔다 하면 저 혼자 자꾸 8년 전으로 회귀해!"

"우리 콜린, 앞으로 식사 때마다 와인 압수."

집중 공격을 받는 기사의 이름이 바로 콜린인 모양이었다. 딱히 관심은 생기지 않았다. 일레나가 그냥 지나치려는 그때, 어느 기사의 목소리가 그녀의 귀에 꽂혔다.

"공작님 따라서 산에 올라 몬스터 토벌했던 그거, 뿌듯한 건 알겠는데 안 궁금하거든?"

"그때 공작님이 얼마나 멋있었고 활약이 어땠는지, 그런 건 네 처소에서 혼자 떠들라고."

"그래! 우린 알고 싶지 않……."

"난 알고 싶은데."

"누구– 마, 마님?"

어느새 무리에 낀 일레나가 콜린이라는 기사를 보며 말했다.

"그 토벌 이야기, 괜찮으면 자리를 옮겨서 내게 자세히 들려줄 수 있을까?"

멍하니 눈을 깜박이던 콜린의 얼굴에 이내 화색이 돌았다.

그날, 콜린은 아무도 마지막까지 들어주지 않았던 자신의 8년 전 추억을 마음껏 풀어놓았다. 일레나는 세상에서 가장 흥미로운 이야기를 듣는 표정으로 끝까지 콜린의 말을 경청해 주었다.

"잘 들었어. 고맙네, 콜린 경."

이야기를 다 들은 일레나가 떠난 후, 콜린은 홀로 눈물을 훔쳤다.

'이 보잘것없는 기사를 위해……. 마님…… 저는 이제 더는 여한이 없습니다.'

눈물을 닦아낸 콜린의 눈이 초롱초롱 빛났다.

"다 됐습니다, 마님."

"어쩜, 너무 아름다우세요."

일레나를 둘러싼 하녀들이 호들갑을 떨었다.

축제를 앞둔 며칠은 빠르게 흘렀다. 그리하여 어느새 축제 첫날, 다시 말해 일레나가 기다리고 기다리던 첫 데이트 날이 다가왔다.

"눈이 부셔요."

"요정 같으세요."

"미의 여신이 시샘할 것 같아요."

하녀들은 치장이 끝난 일레나를 찬양하느라 입을 쉬지 않았다.

'……?'

오늘 일레나가 유독 공들여 꾸민 것은 맞지만, 그걸 고려해도 하녀들의 태도는 이상할 정도로 열성적이었다.

며칠 전 일로 하녀들 사이에 제 이미지가 어떻게 자리 잡았는지 모르는 일레나가 고개를 갸웃한 후 거울 속 자신의 모습을 쳐다보았다.

옆으로 땋아 늘어뜨린 매끄러운 은발. 어깨를 살짝 드러낸 노란빛 도는 드레스. 목과 쇄골의 허전함을 가려주는 파란색 보석이 세공된 목걸이.

'……너무 공들였나?'

일레나는 괜히 좀 머쓱해져서 우아하게 땋아 내린 제 머리카락을 만지작거렸다. 머리나 옷차림뿐만 아니라 화장도 평소보다 공들이긴 했지만, 사실 얼마나 화려한 치장이든 크게 의미 없었다.

오늘 일레나가 다녀오려는 축제는 바로 가면 축제였으니까.

"마님, 여기 있습니다."

아비가 마지막으로 일레나에게 새하얀 가면을 내밀었다.

"고마워."

일레나는 가면을 쓰기 전, 문득 거울을 통해 아비와 눈을 마주하며 질문했다.

"아비, 네가 보기엔 지금 내 모습이 어떻니?"

그러자 베테랑 하녀 아비가 기다렸다는 듯 입을 열었다.

"날개를 다 치료했으면 지상에서 더 머뭇거리지 말고 어서 하늘로 올라오라는 전언이 곧 마님 앞으로 도착할 것 같습니다."

"……!"

주위 하녀들의 얼굴이 순식간에 감탄과 경계의 빛으로 물들었다. 고작 '천사 같으세요' 이 여섯 글자를 저렇게 장황하고 그럴듯하게 풀어 말할 수 있다니.

'보통이 아니다.'

자리의 하녀들이 긴장해서 서로 눈빛을 주고받는 그때였다. 누군가가 일레나의 처소 문을 두드렸다. 이 시점에 일레나의 처소를 찾을 사람이라면 한 명뿐이다. 일레나가 한 손에 가면을 든 채 화색이 되어 몸을 일으켰다.

"문을 열어라."

하녀가 문을 열자 아니나 다를까 단장을 마친 카이휜이 그 자리에서 서 있었다. 일레나는 한달음에 상대에게 다가갔다.

"왔어요?"

예상 이상으로 반겨준다 싶었는지 카이휜이 멈칫하더니 말했다.

"혹시 내가 늦은 건……."

"아니에요. 나도 마침 막 준비를 끝냈거든요."

카이휜은 정장 계열의 외출복을 빈틈없이 차려입고 있었다. 단추를 목 끝까지 단정하게 채운 옷차림에서 얼핏 금욕적인 분위기가 풍겼다.

일레나는 흘긋 남편의 소매를 확인했다. 그녀가 준 커프스링크가 당당하게 존재를 과시하고 있었다.

"갈까요?"

싱글벙글 웃으며 일레나가 카이휜을 이끌었다.

둘은 응접실로 이동했다. 오늘 두 사람을 축제 장소로 옮겨줄 시드리온이 그곳에서 기다리고 있었기 때문이다.

"아, 참."

일레나는 복도를 걷다 말고 발을 멈추고 조심스럽게 주변을 돌아보았다. 마침 주변에 사람이 없었다. 일레나가 이때다 싶어 카이휜에게서 한 걸음 물러났다.

"나 어때요?"

참고로 이런 질문을 할 때는 제자리에서 한 바퀴 돌아주는 거라고 배웠다. 일레나가 선 자리에서 빙글 회전했다. 끝단으로 갈수록 노란빛이 진해지는 드레스가 마치 활짝 피어나는 꽃처럼 둥글게 퍼졌다.

카이휜이 주저 없이 대답했다.

"아름답습니다."

"……."

일레나는 자리에 서서 물끄러미 남편을 쳐다보았다. 칭찬이었다. 칭찬이긴 한데…….

"오늘은 별로 당황 안 하네요?"

"예?"

"전엔 내가 칭찬해 보라고 하니까 엄청 곤란해했잖아요."

얼마나 된 일이더라. 일레나는 카이휜의 집무실에서 있었던 일을 떠올렸다. 그때 남편을 골려주겠단 속셈으로 갑자기 그에게 칭찬을 요구했었다. 그녀의 요구에 남편은 세상에서 가장 어려운 과제를 받은 것처럼 쩔쩔맸었다.

"아, 그건……."

카이휜도 그날을 기억하는지 대답이 금세 나왔다.

"그때는, 처음이라."

"……처음이요?"

"타인의 외적인 면을 칭찬해 본 건 그때가 처음이었습니다. 그래서 그랬습니다."

일레나는 눈을 깜박거렸다.

'정말이었어?'

그날 그 자리에서 지나가듯 그런 생각을 하긴 했었다. 이 사람, 혹시 남의 외모를 칭찬해 본 적이 없는 건 아닐까 하고. 반은 농담처럼 떠올렸던 그 생각이 사실이었다니.

'역시 사람이 아니라, 사람 모양 돌…….'

일레나는 지난번에 품었던 의혹을 다시 떠올리며 남편을 샅샅이 뜯어보다가 말했다.

"그럼 당신, 지금까지 누굴 보며 예쁘거나 아름답다고 느껴본 적이 없는 거예요? 아니면 그렇게 느끼긴 했지만 굳이 그걸 말로 표현할 계기가 없었던 거예요?"

"전자입니다."

"그래요?"

무심코 카이휜의 답을 곱씹던 일레나가 이내 멈칫했다. 일레나는 카이휜에게서 처음으로 아름답다는 말을 들은 사람이다. 그 이야기는 즉…….

"큼, 카이휜."

"네, 일레나."

"당신 내 앞에서 혹시 마음에 없는 말 한 적 있어요? 그러니까, 지금 이 순간을 포함해서?"

카이휜은 갑자기 일레나가 왜 저런 것을 묻는지 모르겠다는 표정이었으나 순순히 대답했다.

"없습니다."

"……과거부터 현재까지 쭉? 단 한 번도?"

"네."

일레나가 짧게 침묵했다. 이내 그녀가 카이휜을 이끌고 재빨리 걸음을 옮겼다.

"……빨리 가요! 흑탑주가 기다리겠어요."

재촉하며 앞장서는 모양새가 정말 급해 보였던 탓에, 카이휜은 차마 일레나에게 흑탑주라는 호칭에 관해 묻지 못했다.

"다시 뵙습니다, 공작 부인. 시드리온입니다."

시드리온이 응접실에서 몸을 일으켜 일레나에게 인사했다. 지난번에 소개한 이름을 굳이 다시 꺼내는 것은 자길 이름으로 불러달란 무언의 요청일까. 일레나는 집요한 시드리온의 바람을 깔끔하게 무시한 후 물었다.

"지금 바로 출발할 수 있는 건가?"

"……네, 가능합니다."

"그럼……."

그때였다. 노크 소리와 함께 문이 열리더니 한 남자가 응접실로 들어와 카이휜을 찾았다.

"저, 공작님. 실례지만 급히 의논드릴 일이……."

카이휜 밑에서 업무 보좌를 담당하는 행정관 알리였다. 표정을 보아 정말 급한 일인 듯했다.

카이휜이 일레나를 돌아보았다.

"미안합니다, 부인. 금방 돌아오겠습니다."

"괜찮아요. 기다릴 테니 천천히 다녀와요, 카이휜."

일레나는 여유롭게 카이휜을 보냈다. 급할 것은 없었다. 축제는 밤늦도록 이어질 테고 시드리온은 유능한 마법사니 두 사람을 금방 축제 장소로 데려다줄 것이다.

그렇게 느긋한 마음가짐을 안고 뒤돈 일레나의 눈에 미묘한 표정을 짓고 있는 시드리온이 보였다.

"왜?"

"……카이휜을 이름으로 부르시는군요."

그의 말에 일레나의 표정도 미묘해졌다.

"흑탑주 자네도 이름으로 부르네?"

"전에 말씀드리지 않았습니까. 친우라고."

"뭐, 그야 남편에게도 그렇게 듣긴 했지만……."

이름까지 부를 정도면 친하긴 정말 친한 사이인가 보다. 일레나는 어딘지 경계심 어린 눈빛으로 시드리온을 쳐다보았다. 그 눈빛에 시드리온이 순간 황당해할 때 일레나가 문득 말했다.

"그러고 보니 자네, 마법사가 되기 전에는 사제였다면서?"

"아, 네."

"그래서 그렇게 입고 다니는 건가?"

시드리온이 입은 로브는 온통 새하얬다. 지난번에도 저런 색의 로브를 입었었는데, 이번에도 달라진 건 없었다. 예상치 못한 질문인 듯 잠시 멈칫한 시드리온이 대답했다.

"……그건 아닙니다. 그런데 제가 사제였다는 건 카이휜에게 들으셨습니까?"

"응."

"혹시 다른 이야기는 없었고요?"

"다른 이야기? 무슨 이야기?"

일레나가 들은 건 시드리온이 원래 사제였고, 카이휜과 만난 후 사제를 그만두고 마법사가 되었다는 것뿐이었다. 그 과정에서 서로 마음이 맞아 친우로 지내게 되었다고.

곧 시드리온이 고개를 저었다.

"아무것도 아닙니다. 그리고 제가 흰 로브를 고집하는 이유는 단지 제게 잘 어울리기 때문입니다."

"흐음?"

"그렇지 않습니까?"

시드리온이 당당히 말했다. 실제로 말간 피부에 금발과 금안을 소유한 시드리온에게 흰색 복장이 썩 잘 받기는 했다.

"뭐…… 흑탑주보단 백탑주처럼 보이기는 하네."

"……탑이 흰색이 아니라서 정말 다행이군요."

시드리온이 진심을 담아 대답했다.

흑탑주도 당황스러웠지만, 백탑주는 정말 받아들이기 힘든 어감이었다. 만약 흑탑의 외벽을 흰색으로 칠하겠다는 마법사가 나타나면 죽여야겠다는 생각이 시드리온의 머릿속에 들어섰을 때, 응접실 문이 열렸다.

"카이휜."

금방 돌아오겠다더니 정말 금방 왔다. 일레나가 반갑게 그를 맞이하는 것과 동시에 시드리온이 말했다.

"그럼 슬슬 출발하실까요?"

일레나는 카이휜과 나란히 가면을 쓴 채 축제가 한창인 거리를 구경했다. 가면 축제니만큼 거리를 돌아다니는 모든 사람이 각양각색의 가면을 쓰고 있었다. 그 덕에 일레나와 카이휜의 가면은 그리 눈에 띄지 않았다. 일레나는 거리를 조금 걷다가 별안간 헛기침했다.

"크흠, 큼."

"……?"

"거리가 무척 혼잡하네요."

실제로 거리에는 사람이 많은 편이었다. 무척 혼잡하다고 표현할 정도인지는 모르겠지만. 일레나는 꿋꿋이 말을 이었다.

"이대로 그냥 걸어 다녔다간, 큼, 자칫하면 서로 떨어지게 될지도 모르겠어요."

카이휜은 일레나가 하는 말을 들으며 가만히 그녀를 쳐다보다가 곧 무슨 말인지 깨달은 듯 손을 내밀었다. 일레나가 화색이 되어 냉큼 그 손을 잡았다. 입꼬리가 절로 하늘로 올라갔다.

이로써 갓 시작하는 연인을 위한 스킨십 1단계, '손잡기'를 완료했다.

'잘하면 오늘 3단계까지는…….'

야망이 일레나의 심장을 데웠다.

일레나는 뜨거워진 가슴을 안고 축제 거리를 둘러보았다. 거리는 화려했다. 가는 곳마다 각종 등과 꽃으로 꾸며져 있었다. 해가 진 후가 더 예쁘다는 말이 자료에 있어 일부러 해 질 무렵에 맞춰 왔는데, 아마 거리 곳곳에 걸린 등 덕분에 그런 이야기가 있었던 것 같았다.

'예쁘긴 예쁘네.'

그저 둘러보기만 했을 뿐인데 벌써 기분이 들뜨는 것이 느껴졌다.

카이휜은 일레나의 걸음에 보폭을 맞췄다. 남편과 손을 잡은 채 걷던 일레나가 말했다.

"카이휜."

"네."

"혹시 당신, 전에 이렇게 누구랑 축제에 와본 적 있어요?"

"아뇨. 이번이 처음입니다."

"나 만난 후로 당신이 처음 해 보는 게 많네요."

일레나의 말에 카이휜이 그녀를 내려다보았다.

"……그렇군요."

새삼 깨달았다는 듯한 목소리였다. 그의 답변에 일레나는 어쩐지 기분이 좋아졌다.

"앞으로 더 많아질 거예요. 나랑 처음 해 보는 것들."

요새 일레나에게 전에 없던 버릇이 생겼는데, 바로 일단 말을 뱉고 나서 부끄러워하는 것이다. 아니나 다를까 자기가 말해놓고 혼자 민망해진 일레나가 재빨리 주위를 훑었다. 마침 대화 주제로 삼을 만한 것이 그녀의 시야에 잡혔다.

"구름 사탕이다. 당신, 구름 사탕 먹어봤어요?"

구름 사탕은 생긴 것이 꼭 구름을 닮았다고 해서 그런 이름이 붙었다. 재료는 설탕 하나였지만, 마법 기계를 이용해 만들어야 했기에 이런 큰 축제에서 파는 것이 아니면 평소엔 찾아보기 힘들었다.

일레나는 대답을 듣기도 전에 카이휜을 사탕 노점 앞으로 이끌었다.

"하나 주게."

막대에 꽂힌 구름 사탕은 부피가 크고 하얗고 푹신푹신했다. 일레나는 제 손에 든 것을 카이휜 앞으로 내밀어 보이며 말했다.

"이거 봐요. 어때요? 진짜 구름 같죠?"

"구름이라기보단……."

카이휜의 시선이 잠시 일레나의 머리카락과 구름 사탕을 오갔다.

"응?"

"아닙니다. 구름 같군요."

"그렇죠? 괜히 구름 사탕이라고 부르는 게 아니라니까."

일레나가 뿌듯하게 웃으며 걸음을 옮겼다.

그녀가 생각하는 축제의 묘미 중 하나는 바로 먹거리였다. 잠시 후 일레나의 손에는 구름 사탕, 카이휜의 손에는 과일 꼬치가 하나씩 들렸다. 초콜릿을 입힌 바나나도 맛있어 보였지만, 그건 나중에 사기로 했다. 손이 부족했으니까.

물론 카이휜과 잡은 손을 놓으면 곧바로 해결될 문제였지만 그건 애초에 있을 수 없는 일이었다.

일레나는 구름 사탕을 먹어서 해치울 생각으로 입에 가져가다가 문득 뭔가를 발견했다.

"카이휜, 저기 좀 봐요."

일레나의 눈에 들어온 것은 요란한 행색을 한 남자였다. 키가 크고 마른 체형의 남자는 화려한 망토를 두르고 사치스럽게 장식된 가면을 쓴 채 번쩍이는 검을 들고 있었다.

"가면만 쓴 게 아니라 가장도 했네요."

축제라 그런가. 마치 연극 소품 같은 망토와 검을 들었다. 일레나가 남자의 검을 보고 소품 같다고 생각한 이유는 너무 번쩍이고 화려해서 실용성이 없어 보였기 때문이다.

'아닌가?'

곧 일레나는 자기 추측에 자신이 없어졌다. 본래 검엔 문외한인 그녀가 아니던가. 일레나가 슬쩍 카이휜을 올려다보며 확인했다.

"가장 맞겠죠?"

"맞을 겁니다."

"역시 너무 화려해서요?"

"그런 것보다도…… 우선 검이 진짜가 아닙니다."

"정말요?"

일레나의 시선이 다시 남자에게 향했다. 그러나 그새 남자는 인파에 섞여 사라진 뒤였다.

"가짜 검이었다는 거죠?"

"네."

"어떻게 알았어요?"

"무게가 가벼웠습니다. 같은 크기의 실제 검과 비교하면 절반도 나가지 않을 겁니다."

일레나가 눈을 깜박였다. 카이휜은 검을 만져보지 않았다. 다만 먼발치서 흘긋 봤을 뿐.

"남이 든 것만 봐도 그 검 무게가 얼마나 나가는지 보여요?"

"대략적으로는요."

일레나는 입을 살짝 벌렸다가 곧 침착함을 되찾았다. 생각해 보면 연무장에서 대련을 구경하며 이미 놀랄 만큼 놀랐다. 이제 와 새삼스럽게 더 놀랄 것도 없겠다 싶었다.

"그렇구나. 그럼 저런 가짜 검은 검으로서는 거의 기능을 못 하겠네요?"

"그렇습니다."

"뭔가 자르려다간 오히려 검이 망가지고?"

"비슷하게 될 겁니다."

일레나가 카이휜과 떠들며 조금 더 걸었을 때였다. 두 사람의 대화 주제를 어떻게 알았는지 마침 근처에서 상인이 크게 호객했다.

"자, 자! 날이면 날마다 오지 않는 기회! 이 통나무 베기에 성공하시는 분께는 매우 귀중한 선물을 드립니다!"

일레나의 고개가 돌아갔다. 문득 옛날 생각이 났다.

그녀의 오빠 에드워드는 예나 지금이나 검을 다루는 솜씨가 무척 처참했다. 본인도 그걸 알아서 검을 써야 하는 일이 있으면 절대 나서지 않았다. 일레나는 주로 가족과 축제 구경을 다녔기 때문에, 여태 저런 이벤트에는 한 번도 참여해 본 적이 없었다.

"카이휜."

호기심에 일레나가 발을 멈췄다.

"우리 저거 해봐요."

"통나무 베기 말입니까?"

"네."

일레나의 눈이 반짝였다. 카이휜은 쉽게 고개를 끄덕였다. 어려운 일은 아니었다.

"어서 오십시오!"

상인은 제게 다가오는 일레나와 카이휜을 보며 활짝 웃었다.

"멋진 신사분께서 도전하시는 겁니까?"

멋진 신사란 말에 일레나의 어깨에 살짝 힘이 들어갔다.

"응. 참가비가 얼마지?"

"이만큼만 주시면 됩니다."

상인이 가리킨 나무판자에 참가비가 적혀 있었다. 일레나는 카이휜과 맞잡은 손을 잠시 놓고 동전을 꺼내 상인에게 내밀었다.

"감사합니다! 그럼 바로 검을 가져다 드리겠습니다."

그렇게 말한 상인이 뒤돌았다. 그리고 뒤돌자마자 상인의 표정이 변했다.

'젠장. 이거 좀 위험한데…….'

이런 일로 몇 년 밥벌이하다 보면 눈치라는 것이 생긴다. 안목이라고 말해도 좋았다.

'멀쩡한 검을 줬다간 성공할 것 같단 말이지.'

매해 축제 때마다 이 짓으로 남의 호주머니를 털어먹은 상인의 감이 경고했다. 지금 저 참가자에게 제대로 된 검을 건넸다간 곧바로 장사 밑천인 성공 상품을 날리게 될 거라고.

'이가 빠진 검을 줘야 하나? 아냐, 그래도 좀…….'

짐꾸러미를 뒤지는 상인의 손이 굼뜨게 움직였다. 그는 이 이벤트를 연 지 얼마 되지 않았다. 벌써 밑천을 털렸다간 손해가 막심했다.

'……어쩔 수 없지.'

이내 상인이 실실 웃으며 일레나와 카이휜 앞에 다시 나타났다.

"아이고, 이거 죄송합니다. 상한 검이 많아서 골라내느라 시간이 좀 걸렸네요. 여기 있습니다."

상인이 내민 검은 얼핏 보기엔 멀쩡했다. 검날도, 손잡이도 깨끗하고 딱히 손상된 곳이라곤 찾아볼 수 없었다. 상인은 카이휜이 검을 집는 것을 보며 마른침을 삼켰다.

이윽고 검을 든 카이휜이 별다른 말을 하지 않자 상인이 저도 몰래 안도의 한숨을 뱉었다.

'됐다.'

가짜 웃음이 사라지고 상인의 얼굴에 진짜 미소가 떠올랐다.

그가 카이휜에게 건넨 것은 모양만 그럴듯한 가짜 검이었다. 눈으로만 봐선 진짜 검과 다른 점을 발견할 수 없다. 그러나 실제로 사용하는 순간 차이가 드러났다. 가짜 검은 진짜 검보다 훨씬 무르고 약했다. 장담하는데, 저걸 들고 통나무를 내려치는 순간 문제가 생기는 건 나무가 아니라 검이 될 거다.

'그럼 검 파손을 빌미로 돈을 더 뜯어내야지.'

상인은 카이휜의 옷차림과 일행에 주목했다.

옷을 보니 돈깨나 있어 보여 푼돈에 연연하지 않을 것 같았고, 곁에 여자가 있기 때문에 체면을 세워야 했다. 손님께서 '힘이 너무 센' 나머지 '튼튼한' 검이 망가졌다고 죽는소리를 해대면 분명 흔쾌히 검값을 내줄 것이다.

'그 뒤엔 이제 멀쩡한 검이 남아 있지 않다고 하면서 재도전은 못 하게 하면 돼.'

상인은 히죽히죽 올라가는 입꼬리를 가까스로 잡아 내렸다.

'후, 역시 난 똑똑하다니까.'

여태 그저 운이 좋아 남의 주머니를 털어먹은 게 아니다. 초조함이 가시자 그 자리를 채운 건 자아도취였다.

상인이 자신의 천재적인 날강도 아이디어에 취해 정신을 차리지 못하는 사이 일레나가 카이휜에게 손을 내밀었다.

"그건 이리 줘요. 내가 들고 있을게요."

그녀에게 과일 꼬치를 넘긴 카이휜이 검을 쥔 채 통나무 앞에 섰다.

그때였다.

"꺄아악!"

"으악!"

"다들 피해요!"

"무슨……."

갑작스러운 소란에 고개를 돌린 상인이 곧 꼼짝없이 얼어붙었다. 웬 거대한 짐승이 이리로 달려들고 있었다.

"사, 사자?"

뭐에 그리 흥분했는지 지척까지 다가온 집채만 한 사자는 송곳니를 드러낸 상태였다. 도망치긴 늦었다.

'죽는다!'

다리에 힘이 풀린 상인이 자리에 주저앉는 순간 카이휜이 사자를 향해 검을 드는 것이 보였다. 저게 가짜 검이라는 것을 아는 상인이 사색이 되어 입을 벌렸다.

"안……!"

그 순간, 자리에서 가볍게 뛰어오른 카이휜이 성난 사자의 미간 깊숙이 검을 꽂아 넣었다.

'안 돼'라는 두 글자가 상인의 입에서 다 나오지 못하고 도중에 사그라들었다.

손잡이만 남기고 미간에 깊숙이 박힌 검이 사자의 아래턱까지 꿰뚫었다. 비틀거리던 사자가 그대로 쓰러져 절명한 듯 축 늘어졌다.

카이휜은 바닥에 착지하자마자 일레나를 향해 물었다.

"괜찮습니까?"

"……괜찮아요."

일레나는 얼떨떨하게 대답한 후 상인을 흘긋 쳐다보았다. 그녀는 정말 괜찮았다. 놀라긴 했지만 그뿐이었다.

사실 이 자리에서 가장 괜찮지 않아 보이는 건 상인이었다. 주저앉은 상인의 바지 가운데가 축축했다.

"……."

일레나는 시선을 돌렸다. 오래 쳐다보는 것은 양쪽에게 좋지 않은 일인 듯했다.

느닷없이 축제 거리를 덮친 사자는 다름 아닌 서커스 막사에서 탈출한 것이었다. 뒤늦게 헐레벌떡 열댓 명의 사람이 사자를 포획하러 달려왔으나 상황은 이미 끝난 뒤였다. 누가 신고한 것인지 영지 치안대도 몰려왔다. 서커스단은 이번 일로 처벌을 피할 수 없을 것이다. 다행히 인명 피해는 없었지만, 카이휜의 공 덕분일 뿐 그가 아니었다면 최소한 서넛은 죽고 다쳤을 테니까.

'특히 상인은 아마 틀림없이 죽었겠지.'

그는 오늘 장사를 더 진행하는 건 포기한 듯 보였다.

"사자가 생각보다 엄청 크네요."

상황이 전부 마무리된 후 자리를 옮겨 일레나가 말했다.

일레나는 오늘 새로운 경험을 했다. 그녀는 서커스를 본 적이 없었다. 그래서 살아 움직이는 사자를 보는 게 이번이 처음이었다. 평소 막연하게 상상했던 것보다 실제 사자는 한참 컸다. 입을 양껏 벌리면 사람 한 명쯤은 산 채로 집어삼킬 수 있을 것 같았다.

이래서 짐승이나 맹수를 두고 집채만 하다고 하는구나. 일레나는 새삼 이해했다.

카이휜은 일레나의 말에 뭐라고 동조하거나 대꾸하는 대신 그녀를 가만히 쳐다보기만 했다. 관찰하는 듯한 그의 시선에서 걱정을 읽어낸 일레나가 걸음을 멈추고 이야기했다.

"카이휜. 좀 전에 말했잖아요, 나 괜찮다고."

"……."

"안 믿는 표정이네. 날 거짓말쟁이로 만들 셈이에요?"

"그런 게 아니라……."

"알아요. 괜찮기 힘든 상황이었다는 거죠."

일레나도 안다. 심약한 사람이었다면 조금 전 그 자리에서 그대로 기절했을지 모른다. 그 정도로 위험하고 무서운 상황이었다.

그걸 머리로는 이해했지만 정작 일레나는 멀쩡했다. 스스로도 왜 이렇게 멀쩡한지 살짝 의아할 정도로.

"그런데 나 억지로 괜찮은 척하는 거 아니에요. 정말 괜찮아요. 솔직히 말하면 아무렇지도 않아요."

"……."

"생각을 해 봤는데, 당신 때문인 것 같아요."

"……나 말입니까?"

"네. 당신이 어떻게든 해줄 거란 믿음이 있었거든요."

일레나는 조금 전 상황을 돌이켜봤다. 갑작스러운 상황에 놀랐지만, 무섭거나 불안하진 않았다.

카이휜이 있었으니까. 그래서 그랬을 거다.

"그 믿음이 내가 생각한 것보다 되게 크고 깊었나 봐요. 지금 이 정도로 괜찮은 걸 보면."

"……."

"그러니까 걱정하지 말아요. 오히려 내가 지금 신경 쓰는 건……."

일레나가 뒤늦게 정신을 차리고 입을 다물었다.

카이휜은 현재 겉옷을 입고 있지 않았다. 사자의 피가 튄 탓에 그 자리에서 벗어서 버렸다. 즉, 그는 지금 몸에 꼭 맞는 셔츠 한 장만 걸치고 있었다.

덕분에 좀 전부터 일레나의 시선은 갈 곳을 찾은 듯 혹은 잃은 듯, 카이휜의 가슴팍에 머물렀다가 괜히 허공을 봤다가를 주기적으로 반복하고 있었다.

'내가 지금 신경 쓰는 게 당신 가슴 근육이라곤 말할 수 없지.'

하마터면 너무 솔직해질 뻔했다. 위험했다. 일레나는 내심 가슴을 쓸어내리며 얼버무렸다.

"크흠! 뭐, 어쨌든. 결론은 난 진짜 아무렇지 않단 거예요. 사실이니까 내 말 믿어요. 알겠어요?"

"……알겠습니다."

카이휜의 답에 일레나가 잘했다는 듯 빙그레 웃었다. 그녀는 자연스럽게 카이휜의 손을 잡으려다 자신이 양손에 먹거리를 들고 있다는 걸 알아챘다.

아차. 손잡으려면 하나는 다시 남편에게 넘겨야 한다.

일레나가 카이휜에게 과일 꼬치를 도로 들려주려던 참이었다.

"지금 네깟 놈이 나를 무시하는 것이냐!"

카랑카랑한 목소리가 둘 사이로 끼어들었다. 목소리가 얼마나 크고 새됐는지 일레나의 고개가 자기도 모르게 돌아갔다.

"그런 게 아니라……."

"아니기는! 내가 이 귀로 똑똑히 들었는데!"

쳐다본 곳에서는 웬 가면을 착용한 귀부인이 젊은 화가에게 언성을 높이고 있었다. 나이가 조금 있어 보이는 여자가 '귀부인'으로 추정되는 이유는 간단했다. 젊은 화가를 아랫것으로 여기는 듯한 태도도 태도지만, 무엇보다 그녀가 입은 드레스가 범상치 않았다. 보통 사람은 꿈도 꾸지 못할 고가의 보석이 풍성한 드레스를 주렁주렁 장식하고 있었다.

'저러다 길에 하나쯤 떨어뜨리면 어쩌지?'

남의 드레스를 보며 일레나가 무심코 그런 걱정을 했을 때, 화가가 땅에 닿도록 머리를 숙였다.

"저, 정말 아닙니다. 오해이십니다. 어떻게 저 따위가 나리를 무시하겠습니까? 다만, 먼저 온 손님이 계시니 잠시만 기다려 주십사 하고……."

"네놈이 아직 상황 파악이 안 되는구나. 그 말이 곧 나를 무시한 것이 아니면 대체 무어냐? 감히 내 앞에서 순서를 논해?"

두 사람의 말이 상황을 명확히 정리해 주고 있었다. 일레나도 둘의 말을 듣자마자 일이 어떻게 된 것인지 알아챘다.

돈을 받고 손님의 초상화를 그리는 축제 거리의 젊은 화가와 그 화가에게 그림을 맡기려다 순서를 기다려야 한다는 대답을 듣고 화가 난 귀부인.

상황은 충분히 이해했다. 다만, 여전히 받아들이기 힘든 것이 있었다.

'왜 가면을 쓰고 초상화를 그리는 거지?'

알 수 없는 일이었다.

"어쩜, 교양 없긴……."

"고작 건방진 화가 하나 벌하는 일로 이리 소란을 피우다니요."

그때 주변이 점차 소란스러워졌다. 구경꾼이 몰려든다는 이야기였다. 언성을 높인 귀부인이나 일레나와 비슷한 차림을 한 몇 사람이 부채를 펼쳐 들고 속닥이는 소리가 들렸다.

"어느 가문의 누구일까요? 혹시 아는 분 계신지?"

"적갈색 머리카락이라……. 한번 알아봐야겠네요."

"저리 무식한 치와는 상종을 말아야지."

아무도 귀부인을 말릴 생각은 없어 보였지만, 귀부인의 정체를 추측하는 데는 관심이 많은 듯했다. 일레나는 그들의 대화를 들으며 미간을 좁혔다. 새삼 이 축제가 크고 유명하다는 사실을 깨달았다.

'귀족이 이렇게 많을 줄은……'

가면을 써서 누가 누군지는 모르겠지만, 그래도 일레나는 마음이 편하지 않았다. 만약 저 중 한 사람이라도 남편을 알아보는 날엔, 기껏 나온 첫 데이트가 불쾌한 기억으로 남고 말 것이다.

'그럴 순 없지.'

일레나는 다급해져서 주변을 둘러봤다. 치안병만 불러주곤 빨리 자리를 뜰 생각이었다.

"예? 아, 아니, 그게 어떻게 나리를 무시한 것이 되는……."

"이놈이 정말 정신을 차리지 못하는구나. 납작 엎으려 빌어도 부족할 판에 감히 말대꾸를 해?"

그러는 사이 귀부인이 급기야 화가를 향해 손을 치켜들었다.

그때였다. 귀부인의 손목을 부드럽게 감싸 쥐는 다른 손이 있었다.

"진정해요."

"……당신."

"당신이 화내는 모습은 너무 사랑스럽지만, 그와 별개로 화가 따위한테 힘을 쏟는 건 질투 나서 더 보고 싶지 않아요."

"질투라니……."

나비 가면으로 눈가만 겨우 가린 귀부인의 뺨이 발그스름해졌다. 그녀보다는 조금 더 면적이 넓은 가면을 쓴 남자가 귀부인을 반쯤 끌어안고 어깨를 살살 어루만지며 달랬다.

"초상화를 그릴 줄 아는 화가는 많아요. 분명 축제 어딘가에 당신의 미모를 제대로 화폭에 담아낼 화가가 있을 거예요. 이런 데서 시간 낭비하지 말고, 우리 다른 화가를 찾아보는 건 어떨까요?"

"뭐, 당신이 그렇게 말한다면야……."

"잘 생각했어요. 나의 레이디. 앞으로 당신 화내는 모습은 나만 독점할 수 있게 해줘요."

남자의 다정한 시선과 부드러운 목소리에 귀부인은 언제 그리 화를 냈었냐는 듯 금세 기세를 누그러뜨렸다. 그 모습에 부채를 펼쳐 들고 귀부인을 헐뜯던 구경꾼 무리가 소곤거렸다.

"저 남자는 누굴까요?"

"글쎄요. 목소리를 들으니 젊은 듯한데……."

"좋은 남자예요. 저런 교양 없는 사람에겐 아깝군요."

일레나는 너무 황당해서 하마터면 방금 소곤거렸던 귀족 무리를 돌아볼 뻔했다.

'좋은 남자?'

일레나의 떨떠름한 시선이 여전히 귀부인을 반쯤 안고 있는 남자에게 향했다. 일레나가 저 말에 동의하지 못하는 이유는 다른 게 아니었다.

남자는 처음부터 귀부인 가까이 있었다. 어디선가 소란을 듣고 도중에 갑자기 나타난 것이 아니라는 말이다. 즉 지금처럼 소란이 커져 구경꾼이 몰려들기 전에 진작 그녀를 말릴 수 있었지만, 말리지 않았다.

일레나는 부채를 든 귀족 무리가 귀부인을 깎아내리며 그녀의 정체를 추측하는 걸 똑똑히 들었다. 이 일로 귀부인은 망신을 피할 수 없게 될 거다.

그리고 그에 일조한 건, 일레나가 봤을 때 일행이면서 여태 방관하다 뒤늦게 나선 저 남자였다.

'뭐 하는 놈이람.'

한 가진 알겠다. 저리 소중한 듯 어깨를 쓰다듬고 있지만, 남자가 정말 귀부인을 소중하게 여기진 않는다는 것.

'나랑 상관없는 일이지만.'

어쨌든 소란은 얼추 마무리된 것 같으니 더는 신경 쓸 필요가 없었다. 일레나는 카이휜을 이끌고 자리에서 벗어나려 했다.

그때였다.

"어?"

우연히 일레나가 있는 방향을 쳐다본 남자가 멈칫하더니, 이어서 놀란 듯 입을 열었다.

"일레나?"

남자의 목소리는 크고 또렷했다.

이름을 불린 일레나가 저도 모르게 남자에게 시선을 주었다. 여기서 문제는, 그 이름을 들은 것이 일레나 혼자가 아니라는 사실이었다.

"……일레나?"

"어디서 들어본 것 같은데……."

"최근에 소문이……."

사람들이 수군거리는 와중 결국 누군가가 한마디를 뱉었다.

"메이하드 공작 부인?"

"어머, 맙소사."

"저 사람이 바로……."

"그럼 저 옆이 그……."

수군거림이 웅성거림이 되는 데는 긴 시간이 필요하지 않았다. 일레나의 표정이 딱딱하게 굳었다.

다짜고짜 일레나의 이름을 불러 구경꾼 사이에 소란을 만들어낸 남자는, 저 혼자 실컷 일레나에게 아는 체하더니 나중에 연락하겠단 말을 남기고 사라졌다.

일레나도 재빨리 카이휜을 끌고 자리를 벗어났지만, 이미 그 자리에 있던 구경꾼 모두가 카이휜을 알아본 뒤였다.

'……하.'

최악이었다.

일레나는 지금 빈손이었다. 입맛이 뚝 떨어져 들고 있던 먹거리는 쓰레기통에 버렸다. 굼뜬 걸음으로 거리를 걷던 일레나가 입을 열었다.

"……돌아가요, 이제."

일레나는 오늘 밤늦도록 축제를 즐기겠다고 단단히 다짐하고 나왔다. 그 다짐을 출발하면서 카이휜에게도 말했다.

"벌써 말입니까?"

밤이 늦기는커녕, 이제 저녁이었다. 일레나는 시무룩한 기색을 되도록 얼굴에 내보이지 않으려 애쓰며 말했다.

"네. 이 정도면 축제도 볼 만큼 봤고……."

전혀 아니다. 볼 만큼 못 봤다. 사실 축제를 얼마나 둘러보았느냐는 일레나에게 별로 중요하지 않았다. 그녀에게 의미가 있는 건, 카이휜과 둘이서 얼마나 즐겼느냐였다.

솔직히 말해서 부족했다. 오래 같이 돌아다니고 싶었고, 추억을 더 많이 만들고 싶었다.

그러나 이대로 축제에 더 머물러 봤자 더해지는 건 좋은 추억보다는 나쁜 기억일 거다. 앞으로 가는 곳에서 카이휜을 알아보는 귀족을 만나지 않으리란 보장이 없으니까.

'죽일 놈.'

일레나는 마음을 다해 가면 쓴 남자를 욕했다. 이가 갈렸다.

누군지는 몰라도 다시 만나면 절대 가만두지 않으리라. 지금 심정 같아서는 능지처참 후 거리에 효수하고 싶었다.

일레나가 속으로 실컷 잔인한 생각을 할 때 카이휜이 말했다.

"혹시 조금 전 일 때문이라면, 난 괜찮습니다."

"내가 안 괜찮아요."

자기도 모르게 발끈해서 받아친 일레나가 이내 입을 다물었다. 카이휜에게 화를 낼 일이 아니었다. 절대로.

"……내가 성격이 좀, 그렇게 좋진 않거든요? 아깐 참았지만, 또 당신을 두고 수군거리는 사람을 만나면 가만히 있지 못할 거예요."

일레나는 상상해 봤다. 참지 않는 자신을.

"여자면 머리채를 잡고, 남자면 가랑이 사이를 발로 걷어차 버릴 거라고요."

우울함은 종종 사람을 솔직해지게 만든다. 그녀의 여과 없는 발언에 카이휜이 웃음을 참는 소리를 냈다.

"큼."

"……농담 아니에요."

"다른 건 몰라도 후자는 추천하지 않습니다. 부인의 발이 더러워질 것 같아서요."

"그래요. 나도 알아요. 그래서 발을 더럽히기 싫으니 이만 집에 가자는 거예요."

절반은 진심이었다. 카이휜이 눈앞에서 남의 이야깃거리가 되는 것도 보기 싫었고, 그 꼴을 참지 못해 난동 피우는 자신을 카이휜에게 보여 주는 것도 싫었다.

일레나의 어깨에서 힘이 빠졌다. 카이휜은 축 처진 작은 어깨를 가만히 보다가 입을 열었다.

"부인은, 왜……."

"네?"

"……아닙니다. 음, 그럼 저런 건 어떻습니까?"

카이휜이 어느 곳을 가리켰다. 일레나는 무심코 그가 지목하는 방향으로 시선을 옮겼다가 눈을 크게 떴다.

"저 남자는……."

잊으려고 해도 잊기 힘든, 화려한 망토를 두르고 사치스럽게 장식된 가면을 쓴 채 번쩍이는 가짜 검을 든 남자였다. 남자는 웬 팻말을 들고 있었다.

"연극?"

"저기라면 부인이 걱정하는 일은 없을 것 같은데요."

남자의 뒤로 커다란 천막이 보였다. 천막에서 팻말에 적힌 연극을 공연하는 모양이었다. 천막 크기는 컸지만 다소 허름했다. 확실히, 축제에 놀러 나온 귀족이 관심을 보일 만한 곳으론 느껴지지 않았다.

"연극 좋아합니까?"

카이휜이 물었다. 천막을 뚫어지게 보던 일레나가 고민도 없이 바로 고개를 끄덕였다.

"좋아해요."

좋아하지 않아도 지금은 무조건 좋아할 수밖에 없었다. 일레나는 카이휜이 내민 손을 잡고 천막으로 이동했다. 남편과의 첫 데이트가 아직 끝나지 않았다는 사실에 일레나의 걸음이 가벼워졌다.

천막 내부는 밖에서 본 것보다 그럴듯했다. 특히 무대 배치를 그럴싸하게 해놓았다. 일레나는 중간쯤 놓인 좌석에 카이휜과 나란히 앉았다. 마주 잡은 손은 여전히 놓지 않았다. 일레나는 제 손을 남김없이 감싼 남편의 커다란 손을 흘끗 곁눈질했다.

"……."

어쩐지 가만히 앉아서 손을 잡고 있으니 더 의식되는 기분이었다.

곧 연극이 시작되려는지 천막 안에 불이 꺼졌다. 일레나는 맞잡은 손에서 시선을 떼고 깜깜한 무대를 응시했다.

'그나저나 이 연극, 무슨 내용일까?'

뒤늦게 그런 궁금증이 들었다. 데이트가 계속된다는 사실에만 집중해서 정작 연극에 관한 것은 전혀 알아보지 않고 일단 들어왔다. 심지어 연극의 제목도 제대로 기억나지 않았다. 팻말에 뭐라고 적힌 걸 보긴 했는데, 너무 대충 봤다.

'아마 싸우는 장면이 한 번은 들어갈 것 같은데…….'

천막 앞에서 팻말을 들고 홍보하던 남자의 소품 중에 검이 있었으니 말이다.

일레나가 나름대로 추측해 볼 때 무대의 막이 올랐다.

"살려주세요!"

첫 장면은 한 여자가 정신없이 무대 중앙으로 뛰쳐나오는 것부터 시작했다.

"누가 좀 도와주세요! 괴물이에요! 사람을 뜯어먹는…… 아악!"

배우의 노련한 연기는 시작부터 관객이 무대에서 눈을 떼지 못하게 만들었다. 극은 시종일관 긴박하게 진행되었다. 일레나가 예상했던 전투 장면도 중간에 몇 차례나 있었다.

완성도 높은 연극이었다. 장소와 소품은 열악했지만, 무대 연출과 배우의 연기가 좋았다.

극이 끝나고 무대의 막이 내려간 후 관객석에서 박수갈채가 터졌다.

천막 앞에 불이 켜진 뒤에도 박수는 좀처럼 끊이지 않았다.

"……일레나?"

일레나는 그때까지 자리에 앉아 전혀 움직이지 않았다. 미동조차 없었다.

이상함을 느낀 카이휜이 그녀를 불렀을 때, 그제야 일레나의 입이 힘겹게 열렸다.

"……이 연극을 쓴 사람을 만나봐야겠어요."

직접 극에 오른 배우도, 무대 연출가도 극의 시나리오를 쓴 각본가에 대해서는 알지 못했다. 대신 누가 각본을 제공했는지는 알려줘서 일레나는 그를 만나기 위해 장소를 옮겼다.

그는 바로 축제가 열린 영지의 주인, 아나움 남작이었다.

"뵙게 되어 대단히 영광입니다. 공작 부인, 공작 각하."

유약한 인상의 남자는 연신 손수건으로 이마의 땀을 닦으며 자신을 소개했다.

"이곳의 영주, 아프로 아나움 남작입니다."

"아나움 남작."

일레나는 남작 앞으로 얇은 책자를 내밀었다. 무대 연출가에게서 얻은, 정확히는 돈을 주고 산 연극 극본이었다. 첫 장에 제목이 또렷하게 적혀 있었다.

<운명의 날>

"이걸 쓴 사람을 만나고 싶은데, 가능한가요?"

"아, 이건……."

극본을 본 남작이 아는 체했다.

"아, 예. 가능합니다. 다만 지금 이곳에 없어서 만나시려면 시간이 좀 걸릴 겁니다."

"시간이라면, 얼마나?"

"바로 전령을 보내면…… 동이 틀쯤엔 이곳에 도착하겠군요."

어쨌든 오늘 하루는 여기서 묵어야 한다는 말이었다. 일레나가 카이휜을 돌아보았다. 카이휜이 고개를 끄덕였다. 일레나의 눈이 다시 아나움 남작에게 향했다.

"부탁할게요."

"알겠습니다. 그럼 우선 두 분께서 오늘 머무실 방으로 안내해 드리겠습니다."

남작은 직접 두 사람을 처소로 안내했다. 객실은 넓었으며 드레스 룸이 딸려 있었다. 일레나는 드레스 룸에서 하녀의 시중을 받아 옷을 간편한 것으로 갈아입고 침실로 나왔다.

카이휜은 그제야 가면을 벗고 소파에 앉아 있었다. 일레나의 옷시중을 든 하녀가 카이휜의 얼굴을 보곤 흠칫 놀란 후 처소에서 물러갔다.

"카이휜."

일레나는 그녀 뒤에 서 있던 하녀가 보인 반응은 보지 못했다. 그녀가 카이휜 맞은편 자리로 다가가 앉았다.

"미안해요. 개인적인 일로 당신 시간을 더 뺏었네요."

"괜찮습니다. 그보다 부인은 괜찮은 겁니까?"

"나요?"

"안색이 좋지 않습니다."

아. 일레나는 자기 얼굴을 만지작거렸다. 물론 이런다고 혈색이 좋아질 리는 없었다.

"괜찮아요. 조금 놀라서……."

잠시 머뭇거리다 일레나가 말을 이어 붙였다.

"조금 전에 본 그 연극 말이에요. 내가 아는 사람이 쓴 것 같아서…… 그래서 직접 만나서 확인해 보려고요."

생략된 내용이 다소 있지만, 거짓말은 아니다.

'틀림없이 마수였어.'

연극에는 마수가 등장했다. 그게 바로 일레나가 극을 쓴 각본가를 만나려고 하는 이유였다.

극에 '마수'라는 명칭이 사용된 건 아니다. 하지만 극에서 묘사한 괴물이 일레나가 아는 마수와 완전히 같았다.

'노파일까?'

아나움 남작은 두 사람을 처소로 안내하며 각본가가 젊은 음유시인이라고 말했다. 그러나 노파라면 모종의 힘으로 겉모습을 바꿀 수 있을지도 모른다. 적어도 일레나가 본 노파는 그 정도는 아무렇지 않게 할 만큼 비범한 사람이었다.

'확실한 건 내일 알 수 있겠지만…….'

정말 노파가 각본을 썼다면, 분명 이유가 있을 거다. 만에 하나 노파가 아니라고 해도 만나볼 가치는 있었다. 일레나 외에 미래를 아는 사람이 또 존재한단 뜻이니까.

'후우.'

일레나는 한숨을 삼키며 소파에 등을 기댔다.

속이 울렁였다. 마수를 떠올렸더니 미래에서 겪은 끔찍한 죽음도 자연히 다시 생각났다. 안색이 별로인 건 그것 때문일 거다.

'이게 뭐람.'

기껏 나온 첫 데이트가 이런 식으로 마무리된 것이 허탈했다. 얄궂단 생각도 들고, 어디로 가야 좋을지 모를 원망스러운 마음이 생기기도 했다.

그때 일레나의 눈에 마침 테이블에 놓인 와인병이 보였다.

"웬 술이에요?"

드레스 룸에 들어가기 전에는 보지 못했던 거다. 카이휜이 대답했다.

"조금 전 하녀가 와서 두고 갔습니다."

"그래요?"

일레나는 덩그러니 놓인 와인병과 잔 두 개를 가만 보다가 이내 와인으로 손을 뻗었다. 술은 머리가 복잡할 때도, 기분이 저조할 때도 도움이 된다. 지금의 일레나를 위한 준비물이나 다름없었다.

"그럼 한 잔만 할까요? 기왕 마시라고 줬으니까."

와인병의 마개를 따고 빈 잔을 채운 일레나가 카이휜 앞으로 그 몫의 잔을 내밀었다. 그런데 카이휜에게서 아무런 반응이 없었다.

일레나는 대답 없는 카이휜을 의아하게 쳐다보다가 곧 멈칫했다. 이어 그녀의 얼굴이 귓가부터 붉게 달아올랐다.

"안 그럴 거거든요?"

"예?"

"취해서 그때처럼 추태 부릴 일 없을 거라고요."

일레나의 머릿속에 고통스러운 지난 기억이 떠올랐다.

술에 취해서는 아무것도 모르면서 무작정 남편을 덮치겠다고 덤벼들었던 그녀.

결국, 상대를 덮치기는커녕 손가락 하나 대지 못하고 그 상태로 이불에 돌돌 말려 아침까지 숙면해야 했던 결말.

수치와 창피의 끝판왕이었다. 일레나의 얼굴이 보기 좋게 익었다. 카이휜은 붉어진 일레나의 얼굴을 멍하니 보다가 이내 당황한 듯 급히 고개를 저었다.

"아, 그게 아닙니다. 그런 것을 걱정한 게 아니라, 다만 부인의 안색이 좋지 않은데 술을 마셔도 될까 해서……."

"변명은 됐어요."

변명이 아닌 걸 알았지만 일레나는 카이휜의 말을 끊었다. 제 발 저려 착각한 게 부끄러워 죽을 지경이라서.

"잔이나 들어요."

일레나가 일부러 도도하고 퉁명스럽게 말했다. 카이휜은 별수 없이 제 몫의 잔을 들어 일레나의 것과 부딪혔다.

일레나는 전투적으로 잔에 담긴 와인을 비웠다. 부끄러워 목이 탔기 때문이다.

카이휜은 그 모습을 보며 픽, 옅게 웃은 후 잔을 입으로 가져갔다. 그러나 와인을 한 모금 넘기자마자 그의 표정이 변했다.

"잠깐, 일레나. 이 와인……."

"네?"

그새 잔을 깨끗하게 비워낸 일레나가 투명한 유리잔을 들고 카이휜을 쳐다보았다. 이윽고 카이휜이 드물게 탄식했다.

"……이런."

"왜요?"
무슨 문제라도 있나?
일레나가 당황해서 자기가 비운 잔과 와인병을 번갈아 쳐다보았다. 맛에는 아무 문제가 없었다. 목구멍을 부드럽게 타고 넘어가던 것을 봐선 도수도 그리 높지 않은 듯했다.
일레나가 의아해할 때 카이휜이 자리에서 벌떡 일어났다. 그러곤 묵묵히 창가로 다가가 창문을 활짝 열었다.
"카이휜?"
일레나는 영문을 모르겠다는 듯 그를 불렀다. 날이 따뜻한 편이라지만 그건 해가 떠 있을 때의 얘기고, 밤에는 아직 쌀쌀했다. 맨살에 닿으면 몸이 절로 떨리는 서늘한 바람이 활짝 열린 창문을 통해 실내로 들어왔다.
"당신 더워요?"
카이휜은 뭐라고 말해야 좋을지 모르겠다는 얼굴을 하곤 자리로 돌아왔다. 그가 복잡한 낯으로 입을 열었다.
"내가 아니라…… 부인이 더울 겁니다."
"내가요?"
일레나는 뜻밖의 농담을 들었다는 듯 눈을 깜박이다가 웃었다.
"그럴 일 없어요. 난 더위 별로 안 타요. 추위는 잘 타지만."
실제로 일레나는 여름에 강하고 겨울에 약했다. 찬 음식은 좋아하지만 찬 날씨는 싫다. 추운 것엔 쥐약이었다.
"그리고 내가 지금 입은 옷을 봐요."
일레나는 잠옷이나 다름없는 가벼운 실내복 차림이었다. 속이 비치는 원단은 아니지만, 한 겹으로 된 데다 소매도 짧아 팔의 맨살이 반이나 드러났다.

“이 차림에 더울 턱이 있겠어요? 추우면 또 몰라…….”

옷차림에 의거해 타당한 주장을 펼치던 일레나가 멈칫했다.

‘가만.’

뭔가 이상한 점이 있었다.

‘왜 안 춥지?’

맨살에 찬바람을 맞았다. 추워야 했다. 아니, 적어도 쌀쌀하단 느낌은 들어야 한다. 그런데 지금은…….

일레나는 곧 자신의 몸에 일어난 변화를 눈치챘다.

“……어라, 나 열나는데요?”

카이휜이 눈을 감았다가 떴다. 올 게 왔다는 표정이었다. 그 표정에서 뭔가를 직감한 일레나가 입을 열었다.

“설마, 술?”

“…….”

“내가 마신 와인? 이 와인에 뭐가 들어 있었던 거예요?”

지금으로썬 그 추측 외엔 할 수 있는 게 없었다. 그리고 그것이 옳았음을 알려주듯 카이휜이 고개를 끄덕였다.

일레나는 믿을 수 없다는 얼굴로 우선 테이블에 빈 잔을 내려놓은 후 말을 이었다.

“어, 음, 그러니까…….”

“…….”

“내가 지금 술을 마셨고, 취하지도 않았는데 몸에서 열이 나는 상황이고, 술에 뭐가 들었고…….”

횡설수설하다 곧 정신을 차린 일레나가 자리에서 벌떡 일어섰다.

"남작, 지금 나랑 장난……!"

당장에라도 이곳 집주인을 찾아가 따질 것 같았던 일레나는, 안타깝게도 그 뜻을 이루지 못했다. 몸을 일으키자마자 엄청난 현기증이 그녀를 덮쳤기 때문이다.

"헉!"

그대로 고꾸라지는 그녀의 신체를 카이휜이 예상했다는 듯 단단한 몸으로 받아냈다.

"……갑자기 움직이지 않는 편이 좋습니다. 어지러울 겁니다."

"……."

일레나는 침묵했다. 정신이 하나도 없었다.

눈앞이 빙빙 도는 어지럼증은 둘째 문제였다. 그보다도 남편에게 반쯤 안기듯 기댄 이 자세가 당황스러울 만큼 의식되어 아무것도 할 수 없었다. 맨살끼리 닿은 것도 아닌데, 맞닿은 부위가 마치 불에 덴 듯 뜨거웠다.

"……아, 그, 고마워요. 그런데 저기, 일단 이것 좀……."

"실례하겠습니다."

카이휜이 그대로 일레나를 번쩍 안아 들고 침대로 이동했다. 곧 그녀의 등에 푹신한 감촉이 닿았다.

"누워 있는 편이 나을 겁니다. 움직이거나 앉아 있는 것보단."

"……."

일레나를 침대에 눕혀준 카이휜은 곁에서 지켜볼 생각인지 의자를 끌어와 앉았다. 일레나는 묵묵히 시선으로만 남편을 좇았다. 이내 그녀의 입이 열렸다.

"카이휜."

"네."

"나, 지금…… 미약 먹은 거 맞죠?"

사람의 신체에 이 비슷한 증상을 불러오는 약이라곤 일레나가 알기로 하나뿐이었다.

"……예."

"역시."

일레나는 헛웃음을 흘렸다.

'미약이라니.'

정말 생각지도 못하게 별걸 다 먹어본다 싶었다.

"……당신, 혹시 미약에 대해 잘 알아요?"

"약에 지식이 조금 있습니다."

미약도 어쨌든 약은 약이다. 그래서 바로 창문을 열고 이렇게 침대에 눕혀주고, 증상에 맞는 대처를 했구나.

수긍하던 일레나는 곧 궁금한 점을 물었다.

"그런데 와인에 약이 든 건 어떻게 금방 알았어요?"

카이휜은 고작 한 모금 마시고서 와인이 이상하다는 것을 알아차렸다. 카이휜이 답했다.

"미각이 예민한 편입니다. 그리고…… 전에 같은 약을 먹어본 적이 있습니다."

"이걸요?"

일레나는 하마터면 몸을 벌떡 일으킬 뻔했다. 자리에서 튀어 오르려다 겨우 진정한 그녀가 말했다.

"언제, 어디서요? 어쩌다가?"

"일 때문에 다른 영지에 며칠 머문 적이 있는데, 그때 그곳 영주가 식사 자리에 이 약을 탄 술을 내왔었습니다."

"그래서요? 그러고 나서 어떻게 됐는데요?"

어쩐지 분위기가 카이휜을 취조하는 듯 흘러갔지만, 캐묻는 일레나도 당하는 카이휜도 별반 이상함을 느끼지 못하는 듯 대화가 이어졌다.

"그뿐입니다. 약효가 거의 듣지 않는 체질이라, 약을 먹었다는 걸 시간이 좀 지나서야 알았습니다."

"……영주가 당신한테 일부러 약을 먹인 거면, 그날 당신 처소에 여자도 들여보냈겠네요?"

일레나의 가슴이 터질 듯 뛰었다. 카이휜이 대답했다.

"네. 바로 돌려보냈지만요."

"그 영주 이름이 뭔가요?"

"영주 이름…… 말입니까?"

"어서 알려줘요."

카이휜은 갑자기 영주의 신상명세를 궁금해하는 일레나를 의아해하는 것 같으면서도, 순순히 알려주었다. 일레나는 카이휜에게서 들은 이름을 마음에 새겼다.

'넌 두 번째다.'

이로써 일레나의 마음속 살생부에 두 사람의 이름이 올라갔다. 하나는 축제에서 만난 그 가면 쓴 남자. 나머지 하나는 지금 막 이름을 들은 영주.

둘 다 언젠간 반드시 척살하고 말겠다고 단단히 다짐한 일레나가 이내 한숨을 내쉬었다. 숨이 뜨겁고 몸에 자꾸 열이 올랐다. 실내로 들어온 찬바람이 이마를 간질이는 중인데도 더웠다. 창문을 열어두지 않았다면 얼마나 답답했을까.

일레나는 그런 생각을 하다가 입을 열었다.

"있잖아요, 카이휜. 이 약 말이에요. 증상은 이게 전부예요? 열나고, 어지럽고?"

"신체에 나타나는 증상은 그렇습니다."

'별거 아니네.'

일레나는 무심코 생각했다. 솔직히 말해서 열나고 어지러운 건 몸살에 걸려도 똑같았다. 좀 몽롱한 느낌도 들긴 하지만, 아파서 열이 나도 몽롱하다.

'이럴 거면 미약을 왜 먹는 거지?'

직접 먹어보기 전엔 뭔가 대단한 효과라도 있는 줄 알았는데, 웬걸, 그냥 즉석 감기 몸살이다. 일레나는 그렇게 생각하며 제가 먹은 약을 실컷 깔보다가, 문득 조금 전 남편과 몸이 닿았을 때를 떠올렸다.

'……아.'

그리고 깨달았다. 그건…… 그래, 그때는 확실히 위험하긴 했다.

'맞아. 위험하지.'

정확히 뭐라고 콕 집어 설명하긴 어렵지만 분명 위험한 느낌이었다. 그때의 감각이 떠오른 일레나가 누운 채로 꾸물꾸물 움직여 몸을 뒤로 이동시켰다.

"뭐…… 하는 겁니까?"

그 모습에 카이휜이 의아함을 감추지 못하고 물었다. 일레나가 대답했다.

"안전거리 확보하는 중이에요."

"예?"

"당신 지켜주려고요."

닿으면 위험하니까.

남편이.

일레나는 내심 뿌듯했다. 좀 믿음직하게 들렸을까?

일레나는 달라졌다. 과거, 아무것도 모르고 그저 남편의 몸만 호시탐탐 노렸던 성질 급한 그녀는 이제 없다. 장기전에는 장기전에 걸맞은 마음가짐과 자세가 필요한 법. 자신이 이처럼 믿음직하고 건실한 새사람으로 거듭났다는 걸 남편이 알아준다면 좋으련만.

"휴."

누운 자세로 꾸준히 뒤로 물러나 카이휜과 충분히 거리를 벌린 일레나가 한숨 돌렸다. 뒤늦게 이럴 게 아니라 그냥 한 바퀴 몸을 굴렸으면 편했겠다는 생각이 들었지만, 이미 늦었다.

일레나는 남편이 그녀의 헛고생을 눈치채기 전에 얼른 새 대화 주제를 꺼냈다.

"참, 카이휜."

"……네, 일레나."

"이 약, 얼마나 지나야 약효가 사라져요?"

효과가 천년만년 계속되는 약은 없다. 곧 대답이 돌아왔다.

"사람마다 다르지만, 보통 한나절이면 증상이 전부 없어집니다."

'한나절.'

일레나가 눈을 깜박였다. 생각보다 길었다. 여섯 시간이나 이러고 있어야 한다니. 물론 그전에 잠들겠지만, 어쨌든 잠들기 전까지는 계속 이 상태로 있어야 한다는 거였다. 일레나는 혹시 하는 심정으로 물었다.

"중화제 같은 건……."

카이휜이 고개를 저었다.

“만들 수는 있지만, 만드는 데만 한나절이 걸릴 겁니다.”

소용없다는 얘기였다. 지푸라기를 잃은 일레나가 시무룩해졌다.

‘잘 뒤져보면 어딘가에 미리 만들어둔 중화제가 있지 않을까.’

일레나는 미련을 버리지 못하고 그렇게 생각하며 질척이다가 이내 단념했다. 이 약에 대해 잘 아는 건 그녀보다 남편이다. 남편이 지금처럼 다른 대처 없이 그저 그녀를 지켜보기만 한다는 건, 시간이 흐르길 기다리는 것 외에는 약효를 떨어뜨릴 방법이 달리 없다는 거겠지.

의사를 부르든 중화제를 구하든, 뭔가 길이 있었으면 남편은 움직였을 거다. 빤히 있는 해결 방법을 놔두고 힘들어하는 그녀를 손 놓고 보기만 할 사람이 아니었다.

“…….”

일레나는 그렇게 확신한 후, 새삼 남편을 향한 제 믿음을 자각했다.

‘언제 이렇게 믿게 됐을까.’

그러고 보면 아까 축제에서 사자가 거리를 덮쳤을 때도.

‘그리고 지금도.’

카이휜에 대한 일레나의 믿음은 그 종류를 떠나 한시도 흔들린 적이 없었다. 단지 남편이라는 사람을 잘 알기에 생긴 믿음일까? 그의 실력을 알고, 그가 다정하다는 걸 알아서?

그게 아니면…….

‘……아니면, 뭐가 있지?’

다른 이유가 뭐, 있을 수가 있나?

일레나는 눈꺼풀을 여닫았다. 기분 탓인지 머리가 멍했다. 어쩐지 생각이 제대로 굴러가지 않는다는 느낌이 들었다. 마치 머릿속에 안개가 낀 것 같았다. 문득 일레나의 입이 그녀도 모르게 열렸다.

"카이휜, 나 더워요."

"……."

"열이 많이 나는데…… 옷 한 겹만 벗으면 안 될까요?"

"……."

"다 벗을 건 아니고요, 딱 한 겹. 한 겹만 벗을게요."

당연히 문제가 있었다. 일레나는 현재 옷을 한 겹만 입고 있었다. 속옷도 옷이라고 주장한다면 두 겹으로 봐줄 수 있겠지만, 어쨌든 지금 상황에 저 '한 겹만'은 별로 의미가 없는 조건이었다.

카이휜은 일레나의 갑작스러운 말에 크게 당황하지 않았다. 다만 몸을 일으켜 창가로 다가가, 커튼을 뜯어내 다시 침대로 돌아왔다. 돌아오는 그의 표정은 마치 이런 상황을 예견했다는 듯 담담했다.

사실, 일레나가 먹은 약의 증상은 단지 열나고 어지럽고, 더해서 몸이 조금 예민해지는 데서 끝이 아니었다. 신체에 나타나는 증상 말고, 정신에 미치는 영향이 있었다.

약은 사람의 판단력을 흐리게 만들었다. 극심하게. 말과 행동을 하기 전에 이성과 사고를 거치는 과정이 사라진다. 쉽게 말해서 지금 일레나는 만취 상태와 같다고 봐야 했다.

참고로 일레나가 살생부에 올려둔 영주는 과거 그걸 기대하고서 카이휜에게 약을 먹였다. 약을 써서 정상적인 사고를 못 하게 한 후 여자를 이용해 원하는 정보와 조건을 얻어낸다. 그가 바랐던 결과물이었다. 물론 실제 결과는 정반대였고, 영주는 외려 그 일로 사업이 고꾸라져 자기 재산의 절반을 잃는 대가를 치러야 했다.

"벗어도 되죠?"

카이휜은 금방이라도 얇디얇은 실내복을 벗어 던질 것처럼 꾹 쥐고 그를 응시하는 일레나를 내려다보았다.

와인에 든 약은 정량 이상이었다. 일레나는 내일이면 약의 부작용으로 인해 지금 있었던 일을 기억하지 못할지도 모른다. 차라리 그러는 편이 일레나에겐 나을 거라고 생각하며 카이훤이 입을 열었다.

"안 됩니다."

"왜 안 돼요?"

"창문을 열어뒀습니다. 지금 옷을 벗었다간, 틀림없이 내일 크게 앓을 겁니다."

"누가 홀딱 벗는데요? 한 겹만 벗는다고 했잖아요."

"안 됩니다."

"……음, 내가 이런 말까진 안 하려고 했는데, 지금 이대로 있다간 더워서 비명횡사할 것 같거든요? 오늘 죽느니 살아서 내일 앓는 게 낫지 않을까요?"

"안 죽습니다. 안 됩니다."

일레나의 눈빛이 흔들렸다. 카이훤의 단호함에 배신감이라도 느낀 것 같았다.

"내가 정말 죽으면 어쩌려고……. 당신이 어떻게 나한테 이럴 수가 있어……. 믿었는데……."

"……."

"몰라, 벗을 거야. 난 살아야겠어. 당신 의견 같은 거 몰라!"

그렇게 외친 일레나가 거침없이 제 실내복을 끌어 내렸다. 그리고 그와 거의 동시에 카이훤이 움직였다.

"어어?"

순식간에 일레나의 몸이 커튼으로 돌돌 말렸다. 눈 깜짝할 새 움직임을 구속당한 일레나가 눈을 동그랗게 떴다.

"……이불보단 이게 나을 겁니다. 덜 더울 테니까."

보온성과 두께를 고려해 이불이 아닌 커튼으로 말았다. 물론 현재 일레나에게 그 세심한 배려를 알아챌 이성은 없었다.

"뭐 하는 짓이에요? 벗는 걸 도와주긴 못할망정 새 걸 입혀? 이거 당장 풀어요!"

"미안합니다. 당장은 답답하겠지만, 아픈 것보단 나을 겁니다."

"빨리 안 풀어요? 이이, 사람 살려! 남편이 아내 죽인다!"

일레나는 누가 들으면 오해할 만한 발언을 거침없이 하며 버둥거리다, 잠시 후 잠잠해졌다. 체력이 다한 건지, 아니면 이래 봐야 소용없다는 걸 깨달은 건지 얌전히 있던 일레나가 이내 툭 말했다.

"……나 그러면 팔 하나만 꺼내줘요."

"……."

"당신이랑 손잡고 싶어서 그래요. 나 곧 죽을지도 모르잖아요. 더워서. 죽기 전 내 마지막 소원이에요."

제정신이었으면 본인이 말해놓고도 기막혀했을 헛소리였지만, 당장 이 순간의 일레나는 진지했다. 카이휜은 고민하다 어쩔 수 없이 커튼을 느슨하게 해서 일레나가 한쪽 팔을 꺼내는 걸 도왔다.

"……깍지 꼈다."

카이휜의 손을 깍지 껴 잡은 일레나가 천진하게 웃었다. 이로써 갓 시작하는 연인을 위한 스킨십 2단계인 '손깍지 끼기'를 완료했다. 일레나가 과연 내일도 이 일을 기억할지는 미지수였지만.

일레나는 카이휜과 손깍지를 꼈다는 사실이 만족스러운지 싱글벙글 웃다가 입을 열었다.

"있잖아요…… 카이휜."
"네."
"이건 정말 만약인데…… 만약에, 미래에 세상이 멸망한다면 어떨 것 같아요?"
예고 없이 등장한 주제는 제법 무거웠다.
"……모르겠습니다."
카이휜은 솔직하게 대답했다. 진심이었다. 과연 이 세상의 끝은 저에게 어떤 감응을 줄 수 있을까.
그때 일레나가 말했다.
"난 슬플 것 같아요."
"……."
"세상이 멸망하면, 당신도 죽을 거 아니에요."
일레나가 천천히 눈을 깜박였다. 그렇게 말하는 그녀는 정말 가슴 아파 보였다.
"나는 이제…… 그걸 상상하면 슬퍼요. 당신이 죽는 게 싫어."
"……."
"싫어……."
울상이 된 일레나가 칭얼거리듯 말했다. 금방이라도 울 것 같아서 카이휜이 저도 모르게 그녀를 달래려는 순간, 갑자기 또 새로운 주제가 등장했다.
"카이휜…… 그거 알아요? 당신 정말 다정한 사람이에요."
"……."
"그리고 나한테 꼭…… 필요한 사람이고요."
일레나의 목소리가 점점 작고 느려졌다. 그러나 그녀에게 온전히 집중한 카이휜의 귀엔 전과 다를 것 없이 또렷하게 들렸다.

"당신은 어때요? 당신한테 난…… 어떤 사람이에요?"

"……고마운 사람입니다."

카이휜이 바로 대답했다. 일레나는 점차 의식이 가물가물해지는지 거의 웅얼거리듯이 되물었다.

"필요해요?"

"……."

"당신한테, 나…… 필요한 사람이에요?"

이번에는 답변이 오래 걸렸다. 시간이 흘러 카이휜의 입술이 겨우 달싹였을 때, 일레나가 눈을 감고 고른 숨소리를 뱉었다.

"……."

카이휜과 깍지 껴 잡은 일레나의 손에서 힘이 빠져나갔다. 잠든 일레나를 응시하는 파란색 눈이 돌을 맞아 파문을 그리는 호수처럼 흔들렸다.

이윽고 귀를 기울여야만 간신히 들을 만큼 작은 목소리가 두 사람의 겹친 손 위로 떨어졌다.

"……모르겠습니다. 잘."

카이휜은 한참 동안 일레나와 잡은 손을 놓지 않았다.

다음 날, 일레나는 푹 자고 일어난 사람처럼 개운하게 기상했다.

몸 상태만 보면 미약이 아니라 수면제를 먹고 잔 것 같았다. 내심 걱정했는데, 후유증 같은 것도 딱히 없는 듯했다. 일레나는 가뿐한 팔다리를 하나씩 움직여 보았다.

다 좋았다. 다 좋은데…….

'내가 언제 잠든 거지?'

이상하게 잠들기 전 기억이 부자연스럽게 끊겨 있었다. 유일하게 마음에 걸리는 부분이라 카이휜에게 묻자, 중화제 이야기를 한 후 기절하듯 잠들었다는 답이 돌아왔다. 일레나의 기억도 딱 거기까지였다.

'약 기운 때문에 나도 모르게 기절하듯 잠들었나 보네.'

일레나는 찜찜했지만 그럭저럭 수긍하고 넘어갔다. 우선 유일한 목격자이자 증인인 카이휜이 그렇다는데 더 의혹을 품을 수도 없었다.

다행이라고 해야 할지 안타깝다고 해야 할지, 일레나는 창가에 달린 커튼이 하나 비는 것을 미처 알아채지 못했다.

어쨌든 숙면한 덕인지 일레나는 몸에 힘이 넘쳤다. 그래서 거의 눈을 뜨자마자 그 힘으로 남작을 족치러 갔다.

"정말 죄송합니다!"

아나움 남작은 가타부타 없이 바닥에 이마를 박았다.

"새로 들어온 하녀라 뭘 모르고 그런 실수를……."

우선 이마부터 박고 본 남작이 뒤늦게 꺼내놓은 설명에 따르면, 일레나가 지난밤에 미약이 든 와인을 마신 건 순전히 하녀의 실수로 인해 벌어진 일이었다. 아직 일에 미숙한 하녀가 손님에게 내갈 와인과 남작의 방으로 가져갈 와인을 착각하는 바람에 일이 벌어진 거라고.

"죄, 죄송합니다."

즉 일레나가 마신 와인은 본래 남작이 마셨어야 하는 와인이었단 이야기다. 실수를 저지른 당사자인 하녀 또한 남작 옆에 무릎 꿇고 앉아 자기 잘못을 빌었다. 두 사람 모두 거짓말을 하는 기색은 아니었다.

"……."

본의 아니게 별로 궁금하지 않았던 남작의 약 취향 따위를 알게 된 일레나는 기분이 매우 찜찜해졌다. 그러나 어쨌든 실수로 일어난 일이니 사과받은 시점에서 더 책임을 묻지 않고 넘어가기로 했다.

그렇게 사건을 일단락하자마자 마침 기다렸던 사람이 남작성의 문을 두드렸다.

"처음 뵙겠습니다. 윌이라고 합니다."

음유시인은 여성이었고, 남작이 말했던 대로 무척 젊었다. 많게 봐줘도 이십 대 중반이나 됐을까.

일레나는 직업에 어울리게 맑은 목소리를 지닌 음유시인을 가만 쳐다보다가 입을 열었다.

"남작에게 듣길, 자네가 이걸 썼다고 하던데."

일레나가 제목이 잘 보이게 앞장이 가장 위로 올라오도록 정리한 연극 극본을 음유시인 앞으로 내밀었다. 음유시인은 극본을 보자마자 고개를 끄덕였다.

"네, 맞습니다. 제가 썼습니다."

"굳이 돌려 묻진 않겠네."

현재 일레나와 음유시인이 있는 응접실에는 두 사람을 제외하면 아무도 없었다. 일레나가 단도직입적으로 질문했다.

"미래를 봤나?"

음유시인이 눈을 크게 떴다.

"……공작 부인께서도, 혹시 미래를 보셨습니까?"

봤다고 시인하는 거나 다름없는 말이었다.

"하."

일레나는 의미 모를 복잡한 숨을 흘리며 단단한 의자 등받이에 몸을 기댔다.

'노파는 아닌 것 같네.'

노파라면 굳이 지금처럼 그녀를 모르는 체할 이유가 없었다.

일레나는 잠시 침묵했다. 지금 느끼는 이 기분은 반가움일까, 놀라움일까. 아니면 연극 극본을 쓴 사람이 미래를 알 거란 추측이 맞은 데서 온 흡족함일까. 어느 것 하나 콕 집어 말하기가 힘들었다.

일레나는 시간을 조금 더 흘려보낸 후 정적을 깼다.

"어떻게 미래를 봤지? 자네도 노파와 만났나?"

"노파요? 아뇨, 전…… 옛날부터 종종 예지몽을 꾸었습니다."

"예지몽?"

"네. 비록 단편적인 장면에서 그치긴 하지만요."

음유시인은 자기가 꾼 예지몽에 대해서 설명했다. 하루아침에 세계를 침공한 마수. 그런 마수와 맞서 싸우지만, 고전을 면치 못하는 각국.

'아직 세계가 멸망하기 전이구나.'

음유시인이 본 미래는 일레나가 겪은 미래보다 시간상으로 조금 더 앞인 듯했다.

"……그렇군."

"공작 부인께서 말씀하신 노파란 사람은……."

일레나 또한 음유시인에게 자기가 미래를 보게 된 경위를 짧게 설명해 주었다. 음유시인이 생각지도 못했다는 듯 작게 탄성을 흘렸다.

“그런 능력을 지닌 노파라니, 놀랍군요.”

“나도 직접 겪지 않았다면 누가 말해줬다 해도 믿기 어려웠겠지. 그리고 지금 자네를 만난 덕에 확신을 얻었어.”

노파의 능력이 진짜라는 확신.

사실 처음부터 의심한 적은 거의 없었다. 가짜가 아닐까, 속임수가 아닐까 의심하기엔 지나칠 만큼 생생한 경험이었으니까. 미래에서 겪은 일을 떠올린 일레나의 팔에 소름이 돋았다.

그때 음유시인이 말했다.

“저도…… 마찬가집니다. 혹시 공작 부인과 같은 분이 계실까 해서 이 극본을 썼거든요.”

“나 같은 사람?”

“저와 같은 미래를 알고 계신 분이요.”

음유시인과 일레나의 눈이 마주쳤다.

“덕분에 저도 믿음이 생겼습니다. 제가 계획했던 일을 행동에 옮겨도 될 것 같아요.”

일레나는 굳이 그게 어떤 일이냐고 묻지 않았다. 세상의 멸망을 앞두고 있을 때 무엇을 준비하느냐는 사람마다 다를 테니까. 다만 일레나는 이렇게만 덧붙였다.

“……다른 건 몰라도 나쁜 선택만 하지 마. 미래가 실현된다고 해도, 최악의 결과는 없을 테니까.”

자신이 그렇게 만들 거다.

일레나는 아직 덧붙일 수 없는 말을 식지 않은 찻물과 함께 삼켰다. 안 좋은 상황을 앞두고 할 법한 일반적인 위로라고 생각했는지 음유시인이 웃으며 고개를 끄덕였다.

"네. 염려하지 마세요."

"그보다 궁금한 것이 있는데."

일레나가 한 모금 마신 찻잔을 내려놓고 만지작거렸다.

"주위에…… 자네가 미래를 보는 걸 아는 사람이 있나?"

"한 사람 있습니다."

"가족?"

"아뇨, 가족은 아니지만…… 가족처럼 친한 사람입니다."

"믿어주던가? 자네가 본 미래를?"

"단순한 사람이라서요. 제 말이라면 뭐든 믿는다는 게 그 사람의 유일한 장점이죠."

장난처럼 말했지만, 상대를 향한 깊은 신뢰와 애정이 느껴졌다.

"……."

일레나는 저도 모르게 음유시인을 부럽다는 듯 쳐다보다가 제 눈길을 자각하곤 시선을 내렸다. 잔잔한 찻물 표면에 그녀의 얼굴이 비쳤다.

사실 일레나는 얼마 전 카이휜에게 자기가 아는 모든 걸 털어놓는 상상을 해 본 적 있었다. 달리 바라는 것이 있는 건 아니었다. 그저 혼자 알고 있자니 간혹 숨이 막힐 만큼 벅찬 사실이라, 누군가에게 속 시원히 털어놓을 수 있으면 좋겠다고 생각했을 뿐이었다.

그러나 일레나의 생각은 결국 생각으로 그쳤다. 카이휜이 그녀의 말을 믿어주지 않을까 봐 걱정돼서 단념한 것은 아니었다. 단지, 그 사실을 털어놓으면 일레나가 처음부터 순수한 마음이 아니라 목적을 가지고 카이휜에게 접근했다는 걸 시인하는 꼴이 되니까. 남편의 호감을 얻으려고 고군분투하는 지금 그저 제 마음 편하겠다고 진실을 털어놓는 건 별로 도움이 되지 않을 거다.

그렇게 판단했다. 그뿐이었다.

'……어쩌면 남편이 내게 실망하는 모습을 조금이라도 보고 싶지 않은 것일지도 모르지.'

성공적으로 남편과 사랑에 빠지고, 그의 아이를 낳고.

'그러고 나면 좀 더 편하게 지금 이 사실을 털어놓을 수 있을까?'

잘 모르겠다.

일레나는 찻잔 테두리를 매만지며 생각했다.

그녀에게 실망하는 남편. '결국은 당신도 다른 사람과 다를 것이 없었구나' 하는 시선을 보내는 남편.

상상하는 것만으로도 어딘지 가슴 한구석이 아렸다. 일레나는 무심코 가슴께에 손을 가져가다가 멈췄다. 이내 숨을 천천히 들이마셨다가 내쉰 일레나가 입을 열었다.

"한 가지 요청이 있는데."

"말씀하세요."

"가끔 편지 주고받아도 되나? 사실 내가 미래를 봤다는 걸 아는 사람이 자네 외엔 없거든."

펜팔 친구 제안이다. 음유시인이 흔쾌히 수락했다.

"저로 괜찮으시면, 얼마든지요."

"그 말 무르면 안 돼."

"계약서 작성해서 지장 찍어드릴까요?"

"무슨 내용으로?"

"마수가 침공해서 편지 수단이 마비되는 날이 오기 전까진 답장을 절대 빼먹지 않는다는 조건이면 어떨까요?"

음유시인이 유쾌하게 말했다. 일레나도 그에 밀리지 않게 농담조로 받아쳤다.

"조건은 좋은데, 서로 지겹겠군. 20년씩이나 편지하려면."

"……20년이요?"

"응. 왜?"

일레나는 문득 음유시인이 본 미래와 제가 본 미래에 시간적 차이가 있다는 걸 떠올리곤 정정했다.

"정확하게 말하면 19년이긴 하지. 내가 본 미래는 마수가 침공하고 나서 1년이 지난 뒤였으니까."

"……."

"윌?"

일레나가 말이 없는 음유시인의 이름을 의아한 듯 불렀다. 이내 음유시인이 상념에서 깨어난 듯 고개를 저었다.

"아, 죄송합니다. 그나저나 펜과 종이는 지금 사람을 시켜서 가져오라고 할까요?"

"……그거 농담 아니었나?"

길지 않은 만남이 끝난 후, 일레나는 공작성으로 돌아갔다. 윌이 현재 특정한 거처를 두고 있지 않아서, 편지는 거처가 정해지는 대로 그녀 쪽에서 먼저 보내기로 했다.

"윌."

남작성에서 나온 음유시인을 웬 남자가 불렀다.

"알렉."

"공작 부인을 뵌다더니, 잘 뵙고 왔어?"

"응."

"왜 널 보자고 한 거래? 그렇게 높으신 분께서."

가까이 다가온 남자가 자연스럽게 윌의 어깨에 팔을 걸치며 물었다. 윌이 남자 못지않게 물 흐르는 듯한 동작으로 어깨에서 팔을 치우며 대답했다.

"내가 본 미래를 알고 계셨어."

"진짜? 그런 사람이 이렇게 금방 나타났다고?"

"어. 그런데……."

다소 이해할 수 없단 표정으로 윌이 덧붙였다.

"내가 예지몽으로 꾼 미래가 지금으로부터 약 20년 후에 일어나는 일이라고 하시더라."

"20년?"

남자가 눈을 깜박였다. 곧 그의 머리가 옆으로 기울었다.

"하지만 윌, 넌…… 3년 안에 벌어질 일만 예지몽으로 꾸잖아?"

남자의 말대로였다. 음유시인이 꾼 예지몽은 그 내용이 뭐든 간에 항상 3년 안에 현실이 되었다. 그녀가 고작 다섯 살에 첫 예지몽을 꾼 후, 여태 어긋난 적 없는 사실이었다.

"글쎄…… 지금까진 그랬지."

"이번만 예외라는 거야? 갑자기? 말도 안 돼."

윌은 자기가 예지몽을 통해 본 미래를 떠올렸다.

지상을 새까맣게 덮은 마수 떼. 이상할 만큼 쉽게 성문이 열려 함락당하던 왕국.

그것이 그녀가 엿본 미래의 장면 전부였다. 그래서 시간적 배경을 따로 알 만한 실마리가 없었다.

"정답은 몰라. 다만 공작 부인은 나보다 많은 걸 알고 계셨어. 마수의 이름도 아셨으니까."

"윽, 맙소사. 그놈들한테 이름이 있다고?"

"어차피 이름 같은 건 사람이 붙이는 거니까. 미래에서 사람들이 지어준 거겠지."

남자는 잠시 침묵한 끝에 입을 열었다.

"……그럼 우리 이제 어떻게 해?"

"뭘 어떻게 해?"

"우리가 하기로 한 일 있잖아. 해?"

"해야지, 그럼. 어차피 시기만 좀 더 종잡기 어려워졌을 뿐 마수가 침공하는 것 자체는 사실인데."

"……결혼은?"

"뭐?"

윌이 남자, 알렉을 쳐다보았다. 알렉은 귀를 새빨갛게 물들인 채 말을 이었다.

"3년 안에 세상이 멸망할지도 모르니까 나, 나랑 결혼해 준다고 했잖아. 죽기 전에 한 번쯤 결혼이란 걸 해 보고 싶다고."

"……."

"그런데 20년이나 남았으면…… 그, 그건 취소야?"

윌은 물끄러미 알렉의 얼굴을 응시했다. 취소라고 말하면 꼭 그대로 울 것 같았다. 울리는 것도 재밌겠지만, 달래려면 성가시겠지. 계산을 끝낸 음유시인이 고개를 흔들었다.

"아니. 취소 안 해."

"……진짜?"

"응. 그러니까 거기서 비 맞은 개처럼 그러고 있지 말고 따라와. 갈 데가 많아."

윌이 먼저 걸음을 옮겼다. 화색이 된 알렉이 냉큼 그녀 곁으로 따라붙었다.

"약속한 거다? 정말 나랑 결혼해 주는 거야?"

"내 말이면 다 믿는 게 네 하나뿐인 장점이잖아. 믿어."

"있잖아, 나 꼭 좋은 남편이 될게."

"그러든지."

"언제까지 네 남편으로 지낼 수 있을지는 모르겠지만……."

"……."

"우리 결혼식은 최대한 일찍 하자. 네 예지몽이 20년 후에 현실이 될지, 아니면 당장 올해 안에 현실이 될지는 아무도 모르는 거니까……."

알렉이 저와 나란히 걷는 윌의 손을 힘주어 잡았다. 붙잡힌 손이 약간 아팠지만, 윌은 굳이 상대의 손을 뿌리치지 않고 묵묵히 걸었다.

Chapter 5
위기와 기회는 끝말잇기에서도 만난다

잉칸의 기억 속 어머니는 늘 초췌했다. 그녀는 늘 한 가지 말을 입에 달고 살았다.

"네 아비는 쓰레기 같은 작자야. 그 작자의 피를 이었으니 너도 다를 것이 없고."

처녀 시절, 어머니는 본인 의사와는 관계없이 아버지와 결혼해야 했다고 했다. 그녀는 그 사실에 항상 한이 맺혀 있는 것 같았다.

"오로지 나만 닮은 아이를 낳을 수 있었으면 좋았을 텐데. 네 아비 따위의 피가 섞이지 않은 순수한 내 아이를……."

그리고 그 말은 결국 어머니의 유언이 되었다. 마음의 병이 기어코 몸을 잡아먹은 것일까. 어머니는 젊은 나이에 덜컥 열병에 걸려 그대로 죽어버리고 말았다.

하루아침에 어미를 잃은 어린 아들은 어머니가 남긴 유언을 마음에 새겼다. 그러곤 훗날 어른이 되어, 어머니가 생전 바랐던 것을 이미 죽고 없는 어머니 대신 다른 여자들에게 베풀었다.

단지 그랬을 뿐인데.

"빌어먹을!"

벽과 부딪힌 유리잔이 산산이 깨져 바닥을 어지럽혔다. 하인은 더러워진 바닥을 흘긋 보기만 했다.

'또 저러네. 나중에 치워야지.'

모시는 주인의 패악에 익숙해진 하인이 그렇게 생각하는 사이, 유리잔을 던진 잉칸이 침대 위에서 발작했다.

"내가 왜 이런 꼴이 되어야 해! 왜!"

한참 발악하던 잉칸이 이내 체력이 다한 듯 씩씩거렸다.

아직 부상이 회복되지 않아 그는 가문의 수도 별택 침대에서 벗어날 수 없었다.

아니, 어차피 몸이 멀쩡했더라도 이 방 바깥으로는 나갈 수 없었을 것이다. 잉칸은 지금 감금된 거나 다름없는 처지였으니까.

'이대로는 안 돼.'

잉칸이 입술을 깨물었다.

'레베카, 이 미친년……. 누굴 영지에 처박겠다고? 그것도 평생?'

자신의 처분이 정해졌다는 이야기를 들었다.

영지 근신. 기한은 평생.

아버지인 마르종 자작의 이름으로 내린 처벌이었지만 잉칸은 확신했다. 그의 처벌을 유도한 것은 틀림없이 제 누이, 레베카 마르종일 거라고.

잉칸은 초조해져서 눈을 굴렸다. 그는 레베카를 잘 알았다. 말이 근신이지, 이대로 몸이 다 나아 영지로 내려가는 순간 그가 맞이하게 될 최후는 뻔했다.

'보나 마나 약물 따위를 써서 날 미치광이나 병신으로 만들겠지.'

그 편이 평생 가둬놓고 관리하기 편할 테니까. 레베카에게 가족이란 별로 의미 없는 단어였다.

'애초에 이게 다 누구 때문인데……. 절대 안 돼. 영지에서 그딴 식으로 남은 생을 끝낼 순 없어. 젠장, 어쩌지?'

손톱을 딱딱 깨물던 잉칸이 이내 입을 열었다.

"야."

"……네, 도련님."

혼자 방을 지키는 것이 지루한 나머지 딴생각에 빠져 있던 하인이 뒤늦게 대답했다.

"너, 내 심부름 하나만 해라."

"심부름이요? 무슨 심부름인데요?"

"별거 아니야. 지금 당장 레베카의 방에 가서……."

그러나 잉칸의 말이 끝나기도 전에 하인이 자리에서 펄쩍 뛰어오르며 고개를 저었다.

"예? 어디요? 안 됩니다. 못 해요."

"뭐?"

"몰래 들어가란 거잖아요? 그게 어떻게 별거 아닙니까? 아가씨께 걸렸다간 무슨 꼴이 될지 뻔한데……."

상상만으로도 무섭다는 듯 하인의 안색이 하얗게 질렸다. 잉칸이 기가 막혀 헛웃음을 뱉었다.

"그래서 지금 내 심부름을 안 하겠다고? 이 저택의 하인인 네가, 가문 적자인 내 심부름을?"

"다른 심부름이라면 하겠습니다. 하지만 레베카 아가씨 방에 들어가는 건……."

하인은 잉칸이 패악을 부릴 것이 걱정되는지 은근슬쩍 거리를 벌리면서도 자기 뜻을 고수했다.

잉칸은 하인의 예상과 달리 소리를 지르거나 물건을 던지지 않았다. 다만 묵묵히 하인을 쳐다보다 입을 열었다.

"그래? 다른 심부름이라면 하겠다고?"

"예, 다른 거라면……."

"그럼 네 아내 데려와. 임신해서 지금은 일을 쉬고 있다며?"

"네? 제 아내는 왜……."

"불쌍한 네 아내가 모르는 사실이 있는 것 같아서 알려주려고."

잉칸이 시큰둥하게 침대 헤드에 몸을 기대며 말을 이었다.

"그 여자는 아나? 네놈이 사실 씨 없는 쭉정이고, 배 속에 든 애는 약으로 만들어졌다는 걸."

하인의 얼굴이 새하얗게 질렸다.

"그, 그걸…… 그걸 어떻게……."

"멍청한 놈아. 네가 내 방에 몰래 다녀간 이후 약 개수가 한 알 줄었지. 내가 그걸 정말 모를 줄 알았냐?"

"……!"

"어디에 쓰려고 훔쳐 갔나 지켜봤더니 얼마 후 네 아내가 임신했단 소식이 들리더군. 심지어 애가 생겨서 어쩔 수 없이 결혼한 거라지?"

"아, 그, 그……."

"선택해. 지금 당장 네 아내를 여기에 데려다 놓든지, 아니면 레베카 방에 들어가든지."

"저는, 전……."

"아, 출산 예정일이 얼마 남지 않았다고 했나? 잘됐네. 사실을 알면 충격으로 자연스럽게 유산할 것 아니야."

잉칸이 밝은 어조로 말을 이었다.

"번거롭게 낳은 다음에 버리는 것보단 낫지? 다만 이 시기에 충격을 받아 유산하게 되면 과연 산모가 멀쩡할지는 잘 모르겠지만……."

"……제가."

하인이 결국 무릎을 꿇었다. 그가 벌벌 떨며 입을 열었다.

"……레베카 아가씨 방에 가서 뭘 하면 됩니까?"

원하던 답을 얻은 잉칸이 만족스럽게 웃었다.

"간단해. 내가 말했지? 별거 아니라고. 넌 거기서 물건 하나만 가져오면 돼. 그게 뭐냐면……."

"물감!"

일레나가 진지한 목소리로 말했다. 그녀의 손엔 작고 둥근 물감 통이 들려 있었다.

"물감을 새로 사야겠어요. 지금 있는 건 색이 영 마음에 안 드네요."

"그렇습니까?"

"음, 네. 특히 파란색이 별로예요."

일레나는 그렇게 말한 후 물감을 내려놓고 손을 뻗었다.

"아, 움직이지 말아요."

일레나와 카이휜은 현재 공작성 내부에 마련된 화실에 앉아 있었다. 두 사람이 지금 화실에 있는 이유는 간단했다. 발단은 얼마 전 축제 데이트를 끝내고 돌아와서 나눈 대화였다.

"그러고 보면 당신, 취향만 없는 게 아니라 취미도 없는 것 같던데. 맞아요?"

"따로 시간을 내서 뭔가 하는 것이 없긴 합니다."

"시간을 전혀 낼 수 없는 건 아니죠?"

"그런 건 아니지만……."

"그럼 내가 취미 하나 만들어줄게요. 며칠만 기다려요. 꽤 그럴듯한 것으로 생각해 올 테니까."

그렇게 결정된 취미가 바로 그림이었다. 정확히는 그림 그리기.

'그림이라면 나도 남들만큼 하니까.'

일레나는 모두가 나쁜 의미로 혀를 내두르는 지옥의 손재주를 지녔지만 단 하나, 그림 그리기에서만은 예외였다.

그녀는 그림을 제법 그릴 줄 알았다. 적어도 초보자인 카이휜을 가르칠 정도는 되었다.

'이렇게 점점 같이 있는 시간을 늘려가는 거지.'

심지어 그림은 가르칠 때 꽤 밀착해야만 한다. 적어도 일레나는 언니에게 그런 식으로 배웠다. 캔버스를 누비는 일레나의 손이 한층 의욕적으로 움직였다.

오늘은 본격적인 그림 수업에 들어가기 전, 일레나가 자기 실력을 보여주는 날이었다. 카이휜을 앉혀두고 인물화에 집중하던 일레나가 문득 입을 열었다.

“참, 그러고 보니 그 소식 들었어요? 아나움 남작의 와인 창고에 불이 났다던데.”

일레나는 오늘 아침 벤이 전해준 소식을 떠올리며 말을 이었다.

“불이 꽤 크게 나서 남작이 아끼던 와인 대부분을 잃었대요. 워낙 애주가라서 그 자리에서 기절한 다음 여태 병상에서 앓고 있다나…….”

의외였던 건 와인 창고에 불이 났다는 것보다 아나움 남작이 알아주는 애주가였다는 사실이었다.

‘약을 타 마시면서 무슨 애주가?’

약 타면 술맛이 제대로 느껴지긴 하나? 약 탄 맛을 좋아한다는 건가.

‘뭐, 개인 취향은 존중해 줘야겠지만.’

일레나가 그렇게 생각할 때 카이휜이 대답했다.

“그런 일이 있었습니까? 처음 듣는 사실이군요.”

“그래요?”

‘벤이 웬일로 말을 안 했나.’

항상 남편에게 먼저 보고하고 그녀에게도 말을 전해주는 게 집사의 습성인 줄 알았더니. 가끔 아닌 날도 있나 보다.

일레나는 대수롭지 않게 여기곤 캔버스를 눈에 담았다.

“음…….”

다물린 입에서 절로 침음이 흘러나왔다. 일레나는 현재 선택의 갈림길에 있었다.

'어떡한다.'

일레나의 손에서 탄생한 그림은 이제 완성을 눈앞에 두고 있었다.

눈동자. 남편의 눈동자만 칠하면, 이 인물화는 완성이었다.

그런데 여기서 사소한 문제가 생겼다.

'파란색이 영 마음에 안 든단 말이야.'

물감 색이 봐도 봐도 눈에 차지 않았다. 다른 색은 그럭저럭 괜찮은데, 하필 파란색이 성에 안 찼다.

'남편의 눈동자 색을 나타내기엔…….'

느낌이 부족했다. 영 모자란 느낌.

일레나는 캔버스를 뚫어지게 노려보다가 고민 끝에 붓을 움직였다. 반쯤 충동적으로 저질렀는데 생각보다 결과물이 괜찮았다. 붓을 내려놓은 일레나가 자기가 그린 그림을 감상하듯 물끄러미 응시하다 이내 빼꼼, 캔버스 바깥으로 고개를 내밀었다.

"있잖아요."

"네."

"조금 놀랄 수 있거든요? 하지만 너무 놀라진 말아요."

일레나는 의미심장한 예고를 남긴 후 이젤을 들어 반대편으로 돌렸다. 캔버스 위치가 바뀌며 카이휜의 눈에 그림이 들어왔다.

"이건……."

놀랄 수 있을 거라더니, 일레나가 그런 예고를 한 이유가 두 가지 있었다.

하나는.

"당신 눈동자를 칠할 파란색 물감 색감이 마음에 안 차서…… 고민하다 아예 새로운 색으로 칠해봤어요."

그림 속 카이휜의 눈은 분홍색이었다. 성에 안 차는 색감의 물감을 쓸 바엔 차라리 전혀 다른 색을 칠해볼까 생각하다가 손이 멋대로 움직였다. 생각 없이 저지른 것치곤 의외로 꽤 나쁘지 않았다.

응, 제법 괜찮다.

화백 일레나는 만족스러웠다.

그리고 또 하나는.

"얼룩은 그냥 안 그렸어요. 어차피 그림이고, 이런 건 그리는 사람 마음이니까……."

그림 속 카이휜의 얼굴에는 얼룩이 없었다. 일레나는 제가 그려놓은 그림을 가만 쳐다보았다.

'잘생겼다.'

일레나가 요즘 들어 종종 깨닫는 것이 있었다.

남편은 잘생겼다.

어느 정도냐면, 가끔 보는 입장에서 좀 당황스러울 때가 있을 만큼 잘생겼다. 당장 남편의 초상화만 놓고 봐도 그렇다.

일레나가 알아주는 화가는 아니니 그림이 실물보다 뒤떨어지는 것은 자명한데도, 그림 속 카이휜의 미모는 누가 봐도 감탄하지 않을 수 없을 만큼 눈부셨다.

'이걸 아무도 모르다니…….'

일레나는 복잡한 기분으로 생각했다. 남편을 둘러싼 소문은 다양하지만, 그중에서 그의 외모를 논하는 것은 없었다.

아니, 하나 있긴 있었다. 괴물 공작의 얼굴이 흉측하다는 소문.

'이 얼굴이 흉측?'

단체로 눈을 돌로 갈아 끼웠다고 해도 납득하기 어려운 내용이다.

물론 왜 그런 말이 퍼졌는지 이유는 알 것 같았다. 다들 남편 얼굴에 있는 얼룩에만 집중해서 정작 그 얼굴이 어떻게 생겼는지 살펴볼 생각을 하지 않은 거겠지.

'얼룩을 제하고 뜯어보면, 정말 어마어마하게 미형인데.'

사실 얼룩과 함께 놓고 봐도 남편의 미모엔 손색이 없었다. 검은 얼룩은 그저 피부에만 번져 있을 뿐, 이목구비에는 전혀 영향을 주지 않았으니까.

일레나는 맹세컨대 남편보다 근사한 이목구비를 지닌 사람을 어디 가서 본 적이 없었다. 사교계에 미남으로 이름을 알린 아무개 영식도 남편의 옆에 세워놓으면 잘 익은 곡식처럼 고개를 숙여야 할 거다.

'훗.'

남편의 미모에 대해 생각하면 생각할수록 어쩐지 일레나의 어깨에 힘이 들어갔다. 콧대도 높아졌다.

일레나가 왜인지 우쭐하자, 그때까지 묵묵히 그림을 눈에 담던 카이휜이 말했다.

"……내가 이렇게 생겼습니까?"

"아, 사실 느낌은 좀 다르긴 해요."

일레나는 솔직하게 대답했다.

눈동자 색만 바꿔 칠했을 뿐인데, 그림 속 카이휜과 실제 카이휜은 느낌이 사뭇 달랐다.

남편은 사실 웃지 않으면 약간 차가운 인상이었다. 잘생겼지만 가까이 다가가기는 어려운, 말하자면 냉미남 쪽.

반면 그림 속 남편은 실물보다 훨씬 따뜻해 보였다. 왠지 한결 상냥할 것 같은 느낌?

'실제로 상냥하니까 이미지로 따지면 그림 쪽이 더 맞나. 어쨌든 눈 색이 생각보다 중요하구나.'

분홍색이 주는 인상이 이렇다니. 그럼 혹시 제 눈도 남이 보기엔 이런 느낌일까. 뜻밖의 사실을 알았다.

일레나는 나중에 거울을 한번 봐야겠다고 생각하며 입을 열었다.

"그렇지만 분위기만 다르고 얼굴 생김새는 거의 같아요. 잘생겼죠?"

그림과 실물을 번갈아 쳐다보던 일레나의 머릿속에 문득 어떤 발상이 떠올랐다.

'나중에 내가 남편과 아이를 낳으면…….'

만약 외모는 남편을 쏙 빼닮되 눈동자 색만 제게서 물려받은 아들이 태어나면, 이런 느낌일까?

상상했더니 그럴듯했다. 그림을 응시하는 일레나의 시선에 기대감이 번졌다. 입이 근질거렸지만, 일레나는 꾹 참았다.

남편은 후사에 부정적이었다. 이런 건 아직 시기상 좀 이른 이야기일 거다.

'조금 더 기다렸다가 훗날 때가 오면, 그때 가서 다시 이 그림을 보여주면서 슬쩍 말을 꺼내야지.'

일레나는 그날이 올 때까지 그림을 잘 보관해야겠다고 생각하며 말했다.

"큼, 아무튼 이걸로 내 솜씨는 보여줬어요. 내일부턴 바로 수업에 들어갈 거예요. 주 2회."

"……."

"왜 그렇게 봐요?"

"아무것도 아닙니다."

일레나는 고개를 살짝 갸웃했다.

축제에 다녀온 이후, 남편은 저렇게 어쩌다 한 번씩 말없이 그녀를 쳐다보곤 했다. 이유를 물으면 꼭 아무것도 아니란 답이 돌아왔다.

'뭐지.'

영문을 알 수 없었지만 나쁜 기분은 아니었으니 그러려니 했다. 가끔 남편의 시선이 오래 머물 때면 좀 부끄러울 뿐, 일레나 입장에선 싫을 것이 없었다.

"앞으로 잘 부탁합니다."

"그래요. 내가 잘 가르쳐 줄게요."

당분간 스승과 제자 사이가 된 일레나와 카이휜이 화기애애하게 인사를 주고받았다. 단, 스승의 사심은 비밀이었다.

일레나는 일부러 더 순수하고 해맑아 보이게 웃었다.

방으로 돌아온 일레나는 느긋하게 외출 채비를 했다. 쇠뿔도 단김에 빼랬다고, 미룰 것 없이 오늘 바로 물감을 사러 나갈 생각이었다.

그때 하인이 일레나의 처소 문을 두드렸다.

"마님, 마님께 편지가 도착했습니다."

"편지?"

하인을 들어오게 한 일레나가 편지를 받아 들었다. 편지에는 보낸 사람이 적혀 있지 않았다.

"누가 보낸 편지라던가?"

"배달부도 그건 모르는 눈치였습니다."

익명으로 보낸 편지라니.

'윌인가?'

일레나는 며칠 전 남작성에서 만났던 음유시인을 떠올리며 편지를 펼쳤다.

[날 잊은 건 아니지?]

"……?"

편지에 적힌 글은 거기서 끝이었다. 고작 한 줄.

혹시나 해서 편지지를 뒤집어봤지만, 별다른 내용을 더 찾지 못한 일레나가 이내 편지를 다시 하인에게 넘겼다.

"내 앞으로 온 게 확실한 거지?"

"네. 틀림없이 이곳 공작 부인께 전해 드리라고……."

"됐어, 그럼. 가져가서 태워."

장난 편지 같은 건가.

일레나는 목적을 알 수 없는 편지에 더 관심을 두지 않았다. 그러기엔 시간이 아까웠다.

그렇게 편지와 하인을 함께 돌려보내고 나자, 이번엔 하녀가 일레나의 처소를 찾았다. 시시콜콜한 용건은 아닌지 하녀는 제법 다급해 보였다.

"마, 마님. 큰일 났습니다."

"큰일이라니?"

"지금 기사님 세 분이 서로 싸우다 다쳤는데, 그 이유가……."

잠시 후 일레나의 표정이 몹시 해괴하게 변했다.

"……엥?"

"헉, 헉. 네가 포기해."

"싫어, 이 새끼야! 네가 포기해!"

"닥쳐, 둘 다 포기해."

엉겨 붙어 싸우던 기사 셋이 잠시 떨어져 서로를 노려보며 호흡을 가다듬었다. 세 사람의 얼굴엔 누가 봐도 서로 치고받은 흔적이 역력했다. 그중에서 그나마 가장 얼굴이 멀쩡한 토마스가 승리자의 미소를 머금었다.

"모자란 놈들, 그 실력으로 되겠냐? 애쓰지 말고 너흰 들어가서 얌전히 훈련이나 더 해. 오늘 마님은 내가……."

"이게 무슨 소란이지?"

"마님!"

세 사람이 누가 먼저랄 것 없이 동시에 기합이 바짝 든 자세로 뒤돌았다. 일레나가 얼굴 곳곳이 푸르고 붉은 세 기사를 황당하다는 표정으로 쳐다보고 있었다.

"……내가 방금 좀 당황스러운 이야길 들었는데."

왼쪽부터 한 사람씩, 일레나가 기사의 이름을 입에 담았다.

"맥스 경, 콜린 경, 토마스 경……."

"……."

"듣자니 경들이 오늘 내 외출 호위를 맡겠다고 서로 싸웠다는데, 이게 사실인가?"

다른 건 몰라도 싸운 것 하나는 확실한 것 같았다. 자기가 자기 얼굴을 때려 저렇게 묵사발을 만들어놓은 게 아니라면 말이다.

"그게……."

"……."

"……사실입니다."

우물쭈물하던 세 기사가 이내 시인했다.

일레나는 기가 막혔다.

'정말 그것 때문에 싸웠다고?'

아니, 왜?

이해하기 어려운 일이었다. 저 셋이 외출 호위 자리를 놓고 치고받을 이유가 뭐가 있단 말인가. 아예 개인 호위가 되어 승진(?)하는 것도 아닌데.

'마침 싸우고 싶던 차에 내 핑계 댄 거 아냐?'

충분히 가능성 있었다. 의심의 눈초리로 세 기사를 번갈아 살피던 일레나가 곧 입을 열었다.

"맥스 경."

"네, 넷!"

"경이 오늘 내 외출 호위를 맡으려는 이유가 뭐지?"

"아, 그건……."

갑작스러운 질문에 당황하는가 싶던 맥스는 문득 이것이 기회라 생각했는지 힘차게 대답했다.

"저는 마님께 은혜를 입었습니다! 그래서 외출 시 마님을 지켜 드리며 그 은혜를 갚고 싶습니다!"

"은혜?"

"예, 혹시 기억하십니까? 얼마 전 제가 연무장에서 혼자 훈련하고 있을 때…… 마님께서 제게 조언해 주셨잖습니까."

일레나는 고개를 끄덕였다.

기억한다. 남편의 발가락을 목표로 삼고서 고생하는 게 안타까워, 발가락 말고 신발 밑창부터 시작하라고 말해줬었지.

"그날, 마님 덕분에 저는 새로 태어났습니다."

"……?"

"만약 마님께서 주신 조언이 아니었다면, 저는 결코 넘을 수 없는 벽에 무력감과 막막함만 느끼다 기사 생활을 그만뒀을 겁니다. 마님께선 제 기사 생활을 지켜주신 은인입니다!"

뜻밖의 결론에 일레나는 당황스러워 잠시 말문이 막혔다.

그게 그렇게나?

그때 옆에 서 있던 콜린이 질 수 없다는 듯 외쳤다.

"저도 마님께 은혜를 입었습니다!"

"……자네도?"

"예. 마님, 기억하십니까? 얼마 전, 마님께선 제가 술김에 떠드는 8년 전 이야길 전부 들어주셨지요."

일레나는 콜린을 쳐다보았다. 물론 저것도 기억한다. 8년 전 있었던 몬스터 토벌 일화. 남편 찬양이 주된 내용이라 정말 즐겁게 들었다.

"사실 그때 저는 기사단 내에서 따돌림에 시달리고 있었습니다. 전부 술만 마셨다 하면 같은 이야기를 하는 버릇 때문이었지요."

콜린이 결연한 표정으로 말을 이었다.

"하지만 그날, 마님께서 제 이야기를 처음부터 끝까지 경청해 주신 덕에 저는 한을 풀고 그 버릇을 버릴 수 있었습니다."

"……."

"따돌림도 자연히 해결되었고요. 마님께선 제 공동체 생활을 지켜주신 은인입니다!"

이쪽도 만만치 않았다.

일레나가 미처 뭐라고 말을 뱉지 못하고 있을 때, 마지막으로 토마스가 나섰다.

"흥, 둘 다 내 사연에 비하면 아무것도 아니군."

"뭐라고?"

"마님, 기억하십니까? 마님께선 얼마 전 주제 모르고 까불던 제 발등을 친히 짓이겨 주셨지요."

순간 분위기가 싸늘해졌다. 일레나가 떨떠름한 표정으로 토마스를 쳐다보았다. 옆에 있던 두 기사의 표정도 비슷했다.

"토마스, 너……."

"전부터 그, 취향이 좀 의심되긴 했지만……."

"뭐? 잠깐, 아니야! 끝까지 들어!"

자기가 터무니없는 오해를 샀다는 걸 깨달은 토마스가 터질 듯 붉어진 얼굴로 재빨리 말을 이어 붙였다.

"그때 이후로 긴장의 끈을 놓지 못하고 지내던 도중 상점가 거리에서 습격을 받았습니다!"

"토마스, 네 평소 행실이……."

"크흠! 어쨌든 마님이 아니었다면 저는 그날 방심하다 칼 맞고 이미 이 세상 사람이 아니었을 겁니다. 마님께선 제 목숨을 구해주신 은인입니다!"

가장 공교롭고 제일 거짓말 같은 이야기였으나 어쨌든 이 중에서 으뜸으로 강렬하긴 했다.

일레나는 고민 끝에 토마스를 지목했다.

"낙찰."

"아자!"

토마스가 기쁨에 찬 함성을 질렀다. 맥스와 콜린이 그런 토마스를 질투와 부러움이 섞인 눈빛으로 쳐다보았다.

일레나는 굳이 이 상황을 진지하게 생각하지 않기로 했다. 그게 여러모로 좋을 것 같았다.

언제나 그랬듯 상점가는 활발했다. 꼭 뭔가를 사지 않아도 기분 전환 삼아 한 번씩 둘러보기 나쁘지 않을 것 같았다. 일레나는 두 다리로 직접 상점가를 거닐며 그렇게 생각했다.

"화구를 취급하는 곳은 방금 보신 곳 외에 두 군데가 더 있습니다. 바로 가보시겠습니까?"

"음……."

수행 하녀의 말에 잠시 갈등하던 일레나가 고개를 저었다.

"아니, 그전에 잠깐 쉬자."

물감을 보느라 벌써 가게를 세 곳이나 돌아봤다. 활발한 상점가를 구경하는 재미는 쏠쏠했지만, 그것과 별개로 혹사당한 다리가 휴식을 요구했다.

'내 눈이 너무 높나.'

마음에 쏙 드는 파란색 물감을 찾는 건 생각보다 쉽지 않은 일이었다.

일레나는 뒤늦게 자기 눈높이를 돌아봤다.

남편 눈 색을 기준으로 하는 건 역시 좀 그런가?

'하긴, 어디서 그만한 파란색을 찾겠어.'

별수 없지. 일단 화방들을 다 둘러보고도 마음에 드는 걸 찾을 수 없으면 그때 가서 적당히 타협하는 수밖에. 그리고 남은 곳을 마저 돌아보려면 우선 떨어진 체력부터 보충해야 했다.

"근처에 타르트를 취급하는 가게가 있나?"

에너지가 부족하니 자연스럽게 단것이 당겼다. 일레나의 물음에 수행하녀가 대답했다.

"계절 과일 타르트가 유명한 집이 있습니다."

"가자."

일레나는 고민하는 시늉도 없이 하녀를 앞장세웠다.

생크림이나 크림치즈를 두껍게 얹고 그 위에 계절 과일을 올린 건 여러 타르트 중에서도 일레나가 특히 선호하는 종류였다.

'이 시기쯤이면 복숭아가 맛있겠네.'

알이 작고 붉으며 단단한 복숭아가 한창 제철일 때였다.

타르트 가게는 가까웠다. 일레나는 가벼운 걸음으로 문으로 다가갔다.

그때였다.

"……!"

토마스가 문을 열자마자 웬 아이 하나가 앞을 제대로 보지 않고 뛰어나와 일레나의 치마에 얼굴을 박았다.

철퍽.

얼굴만 부딪혔으면 모르겠는데 아이의 손에 있던 타르트도 일레나의 치마에 보기 좋게 붙어버렸다.

"맙소사, 안나!"

아이의 뒤로 웬 젊은 여성이 비명을 질렀다. 순간 귀에 익은 이름에 무심코 여자에게 시선을 준 일레나가 이내 그대로 굳었다.

'안나?'

안나다.

일레나는 눈도 깜박이지 못하고 젊은 여성을 응시했다. 미래에서 만났던, 남편과 함께 <해 뜨는 숲>이라는 술집을 운영하며 그녀를 도와주었던, 그러다 결국은 마수에게 죽고 말았던 안나가 지금 일레나의 눈 앞에 있었다.

"안나, 어떻게 여기……."

"……저희 아이를 아시나요?"

중얼거림에 가까운 일레나의 혼잣말을 들은 젊은 여성이 기민하게 반응했다.

'아이?'

일레나는 그 말에 문득 깨달았다.

아. 지금은 그 '미래'보다 20년 전이었다. 당연히 안나의 나이도 그만큼 어려졌을 것이다.

'그 말은…….'

일레나가 시선을 내렸다. 일레나의 치마를 망쳐놓고 안절부절못하는 작은 여자아이가 보였다.

'이 아이가.'

아니, 아직 확실한 건 아냐.

냉정히 생각하면 안나라는 이름은 흔했고, 안나의 외모도 평범한 축에 속했다. 우연히 닮은 사람과 동명이인을 얼마든지 만날 수 있다는 말이다.

그러나 그렇게 생각하면서도 일레나는 무릎을 굽혀 아이와 눈높이를 맞췄다.

"이름이…… 안나라고?"

"네."

"몇 살이니?"

"얼마 전에 일곱 살이 됐어요."

'작아.'

일레나는 저도 모르게 생각했다. 아이는 작고 말랐다. 겉보기엔 일곱 살씩이나 되었을 것처럼 보이지 않았다.

'다섯 살쯤 됐을 것 같은데.'

지금 보니 아이의 발음은 꽤 또박또박했다. 그게 유일하게 아이를 제 나이로 보이게 해주는 부분이었다.

"저……."

아이의 어머니로 추정되는 젊은 여성이 일레나의 눈치를 살폈다. 일레나가 곧 몸을 일으켰다.

"아이가 참 예쁘네. 크면 지금보다 훨씬 예뻐지겠어."

"아…… 가, 감사합니다. 저, 드레스값은……."

"괜찮아."

일레나가 부드럽게 말하곤 가볍게 손짓했다.

"릴리."

릴리는 수행 하녀의 이름이었다. 하녀가 앞으로 나섰다.

"네, 마님."

"가서 이 아이가 들고 있던 것과 같은 타르트를 사다 주렴."

"네."

하녀는 빠르게 움직였다. 잠시 후 아이의 손에 멀쩡한 새 타르트가 들렸다.

"이번엔 조심해서 들고 가야 한다. 흘리면 안 돼."

"……감사합니다."

"가, 감사합니다. 정말 감사합니다."

"가보게."

일레나에게 거듭 고개 숙여 인사한 젊은 여성이 이내 아이를 데리고 자리에서 멀어졌다.

일레나는 두 사람이 사라진 방향을 한참 쳐다보다가, 타르트 가게에 들어가지 않고 그대로 뒤돌았다.

"이만 돌아가자."

일레나는 성으로 돌아오자마자 드레스를 갈아입고 벤을 찾았다.

"벤, 후원하고 싶은 아이가 있는데."

돌아오는 내내 아이의 작은 체구가 계속 눈에 밟혔다. '그' 안나일지 아닐지 모르는 아이.

'안나라면 당연히 내가 도와야 하고, 안나가 아니어도…….'

영지 내의 형편이 어려운 아이를 후원하는 건 선행이다. 못할 것은 없었다.

"후원이요? 어떤 아이를 말씀하시는지?"

"이름이 안나라고…… 나이는 올해 일곱 살이 되었다더군. 혹시 인상착의도 필요한가?"

그러나 벤은 아이에 대해서 더 묻는 대신 생각지 못했던 반응을 보였다.

"아, 안나 말입니까?"

"……아는 아이인가?"

"안나라면, 이미 공작성에서 후원하는 아이입니다."

"뭐?"

"올봄부터니까…… 이제 3개월쯤 됐군요."

일레나는 눈을 깜박이다가 입을 열었다.

"……그래?"

"안나는 어쩌다 보셨습니까?"

"타르트 가게에서……."

대답하는 일레나의 머릿속에 그녀가 놓쳤던 사실이 떠올랐다. 아이의 옷. 가게에서 보았던 안나의 차림은 깔끔했다. 부유한 것까진 아니어도, 적어도 끼니를 제때 못 챙길 만큼 사정이 어려워 보이진 않았다.

"……후."

허탈하기도 했고 안심되기도 했다. 한숨을 내쉬던 일레나가 문득 물었다.

"그런데 안나가 후원받는 이유가 뭔가? 그것도 3개월이면, 이제 얼마 되지 않은 건데……."

"아, 그건 말이죠."

이어진 벤의 설명은 예상 밖의 사정을 담고 있었다.

"산을 탔다고? 공작령으로 이주하려고?"

"네. 고향 영지에서 생활이 어려웠나 봅니다. 그러다 공작령이 세율도 낮고 폭정이 없단 소문을 듣고 일가족이 무작정 산을 탔던 모양인데…….”

운이 나빴다. 하필이면 산을 넘던 도중 몬스터와 마주치고 말았으니까.

“……저런.”

“그나마 천만다행이었던 건, 그날이 마침 주인님께서 정기적으로 잔여 몬스터를 소탕하러 산에 오르시는 날이었다는 거죠.”

다행히 우연히 맞닥뜨린 카이휜의 도움을 받아 가족이 전부 죽는 참사는 면할 수 있었다. 다만 가족을 지키려 제일 먼저 몬스터에게 맞섰던 가장은 그 자리에서 숨졌다.

“두 가족 다 그렇게 아이의 아버지를 잃어서, 주인님께서 이것도 인연이라면 인연이니 아이들이 다 자랄 때까지 각 가정을 금전적으로 지원해 주라고…….”

“가만, 두 가족?”

일레나가 벤의 말에서 걸리는 부분을 짚어냈다.

“참, 제가 이걸 말씀 안 드렸군요.”

그러더니 벤이 덧붙였다.

“안나 외에 한스라는 아이도 성에서 후원하고 있습니다.”

“……한스, 라고?”

“안나와 동갑내기 남자아이인데, 가족끼리 워낙 가깝게 어울려서 한 가족이나 다름없는 사이라더군요. 그날도 같이 산을 탔었고요.”

“…….”

“마님?”

“……아, 아무것도 아니야.”

고개를 흔든 일레나가 이어 말했다.

“아무튼, 그래. 그런 사연으로 후원받게 된 거군……. 음, 아이는 잘

먹으면 금방 자라겠지?"

"보통은 그렇지요. 한 달이 다르게 쑥쑥 클 겁니다."

"그럼 됐어."

일레나는 그렇게 답한 후 창문을 흘긋 쳐다보았다. 바깥은 어느새 해가 저물고 있었다.

다음 날, 일레나는 그림 수업을 하루 미루고 다시 외출해야 했다. 전날 물감을 사지 못했기 때문이었다.

마차를 타고 상점가로 나가면서 일레나는 안나와 한스에 대해 생각했다. 한스는 미래에서 안나와 함께 〈해 뜨는 숲〉을 운영하던, 안나의 남편 이름이었다. 안나만 만났을 때는 긴가민가했는데, 한스라는 이름까지 듣고 나자 확실해졌다.

매우 드문 확률로 일어나는, 무척 공교로운 우연의 일치라고 우길 게 아니라면 답은 하나뿐이었다.

'그' 안나와 한스였다. 틀림없이.

"도착했습니다, 마님."

"……그래."

일레나는 마차에서 내렸다.

오늘 그녀가 둘러볼 물감 가게는 두 군데였다. 특별한 일이 없다면 외출은 금방 끝날 거다.

그리고 그 예상은 정확히 맞아떨어졌다. 마지막 가게에서도 결국 맘에 쏙 드는 색을 찾지 못해 적당히 타협한 물감을 구매한 일레나가 거리로 나왔다.

"바로 공작성으로 돌아가시겠습니까?"

참고로 오늘 일레나의 호위는 맥스가 맡았다. 다시 싸우지 말란 의미에서 일레나가 외출 시 세 사람—맥스, 콜린, 토마스—을 번갈아 호위에 쓰기로 했기 때문이다.

"……아니, 잠깐."

돌아가자고 답하려다 일레나가 이내 생각을 바꿨다.

"잠시 어디에 좀 들렀다 가자."

어제 갔던 타르트 가게에 들러 진열된 타르트를 종류별로 포장한 후, 일레나는 이어서 안나네 집으로 향했다. 혹시나 해서 안나네 집 주소를 가게에 물었고.

"잠깐만요. 얼마 전에 배달원이 다녀왔을 거예요. 그 집이……."

다행히 정확한 위치를 알 수 있었다. 마차를 타고 좀 이동하니 곧 협소한 골목길이 나왔다.

"여기서부턴 걸어야겠구나."

"제가 다녀올까요, 마님?"

"아니. 같이 가자."

수행 하녀와 맥스를 데리고 일레나가 마차에서 내려 직접 골목으로 들어섰다.

그때였다.

"이 영지에서 꺼져!"

"넌 여기 있을 자격이 없어, 나가!"
"이방인! 외부인!"
골목 안쪽, 웬 고만고만한 아이들이 한 아이를 구석에 몰아 에워싸고 있었다.
일레나는 눈앞의 상황을 믿을 수 없어 눈을 깜박였다.
"……안나?"
구석에 몰린 아이는 다름 아닌 안나였다. 아이들 틈으로 얼핏 보인 것이긴 하지만 분명했다.
"물 흐리지 말고 당장 사라져, 이 기생충!"
한 남자아이가 그렇게 외치며 손을 들어 올렸다. 그 손에 돌이 들려 있는 것을 발견한 일레나가 화들짝 놀라 소리쳤다.
"맥스 경!"
맥스는 빨랐다. 그는 쏜살같이 튀어 나가 단숨에 아이의 뒷덜미를 잡고 들어 올렸다.
"악! 누구야!"
손에 든 돌을 안나에게 던지기 직전, 허공에 대롱대롱 매달리게 된 남자아이가 버둥거렸다.
"마님, 어떻게 할까요?"
"일단 그대로 들고 있어."
일레나는 차가운 얼굴로 아이들에게 다가갔다. 소란스럽던 아이들이 일레나를 발견하곤 입을 딱 다물었다. 기사에게 뒷덜미를 잡혀 발버둥 치던 남자아이도 마찬가지였다.
일레나는 기가 막혀 남자아이를 쳐다보았다. 아이는 작았다. 성인 남자의 손에 붙잡혀 있었기 때문에 더 그렇게 보이는 것일 수 있겠지만, 쥐방울만 했다.

'이렇게 조그마한 게…….'

돌을 던지려고 해?

심지어 그렇게 작은 크기의 돌도 아니었다. 성인이라도 이런 걸 제대로 맞았다간 크게 다쳤을 것이다.

하물며 안나는.

"너희, 이게 뭐 하는 짓이지?"

"……."

"……안나, 이리 와."

잠시 쭈뼛거리던 안나가 이내 후다닥 달려와 일레나의 치마를 붙잡고 뒤로 숨었다. 그 모습에 순간 미래에서 겪었던 일이 떠올랐다.

"한날한시에 세상에 태어나지는 못했지만, 갈 때는 같이 가야죠."

일레나를 비밀 공간에 숨겨주고 문을 닫던 안나의 당찬 모습.

일레나가 입술을 깨물었다.

"왜 이런 짓을 한 거지?"

"……."

"거기 너, 네가 대답해 봐."

지목당한 남자아이가 움찔했다. 맥스의 손에 달랑달랑 들려 있는 아이였다. 우물쭈물하던 남자아이가 곧 입을 열었다.

"어, 엄마랑 아빠가 그랬어요. 잰 여기 있으면 안 된다고."

"뭐?"

"자기 영지로 돌아가야 한다고…… 그게 공평한 거라고 했어요."

일레나는 쭈뼛쭈뼛 흘러나오는 아이의 말을 들으며 문득 조금 전 아이들이 사용했던 표현을 떠올렸다.

이방인. 외부인.

고작 예닐곱이나 되었을까 싶은 아이들의 입에서 나올 만한 말이 아니었다.

기생충도 마찬가지.

"설마……."

일레나가 딱딱하게 굳은 얼굴로 수행 하녀에게 시선을 주었다.

"……영지 내에 안나와 한스네 집을 배척하는 시선이 있나?"

안나와 한스는 공작성의 지원을 받고 있었다. 수행 하녀는 당황한 목소리로 조심스럽게 대답했다.

"초기에 일부 그런 움직임이 있었던 건 맞습니다. 하지만 본보기 삼아 몇 사람 처벌한 후 얌전해졌다고 들었는데……."

일레나는 헛웃음을 흘렸다. 상황이 고스란히 그려졌다. 직접 불만을 표현하지 못하게 되니, 아이들을 이용했단 말이었다.

"……두 집이 각각 달에 지원받는 금액이 얼마지?"

"제가 알기로는……."

수행 하녀가 대답한 액수에 일레나의 표정이 한결 굳었다. 얼마 안 되는 돈이었다. 일레나가 귀족이라 그렇게 느껴지는 게 아니라, 실제로 크지 않은 액수였다. 모녀, 혹은 모자가 단둘이서 배곯지 않고 적당히 살아갈 수 있는 금액. 딱 그 정도였다.

'영지민의 반발을 우려해 애초에 벤이 그 수준에 맞게 금액을 책정했을 테지.'

다만 벤이 생각하지 못한 게 있다면, 상식선을 넘어 행동하는 사람은 어디든 있다는 거였다.

일레나는 시선을 내려 아이들을 살폈다. 이곳에 있는 아이 중, 안나보다 못한 옷을 입은 아이는 한 명도 없었다.

감정을 다스리느라 일레나는 잠시 아무런 말도 하지 않았다. 지금 입을 열었다간, 이 화를 전부 아이들에게 쏟아버리게 될 것 같아서.

물론 여기 있는 아이들이 잘했다곤 볼 수 없다. 하지만 책임을 지우기엔 너무 어렸다. 진짜 자기 죄를 알고 반성해야 할 건, 가려지지도 않는 덩치로 비겁하게 아이들의 뒤에 숨은 어른들이었다.

일레나가 화를 가라앉히려고 심호흡할 때였다. 구름 뒤에 숨어 있던 해가 골목 안을 환하게 비췄다.

문득 무리 중의 한 아이가 작은 목소리로 말했다.

"……혹시 천사님이에요?"

아이는 일레나를 똑바로 올려다보고 있었다.

"……?"

아이의 영문 모를 그 말이 마치 신호탄이라도 된 것 같았다. 그걸 시작으로 여기저기서 아이들이 비슷한 말을 쏟아냈다.

"천사님 맞아요?"

"천사님, 우리 혼내러 온 거예요? 우리가 잘못해서요?"

"천사님한테 혼나면, 우리 지옥 가요……?"

갑자기 이게 무슨 일인가 싶어 어안이 벙벙했던 일레나는 곧 깨달았다.

일레나는 오늘 흰 드레스를 입고 있었다. 거기에 그녀의 은발은 얼핏 보면 백발로 보일 만큼 하얬다. 그래서 종종 구름에 비유되기도 했다.

흰옷. 흰머리. 더해서 흰 피부. 그리고 마지막 대미를 장식하는, 일레나 위로 환하게 쏟아지는 햇빛.

과장을 약간 더해 온통 하얗게 빛나는 일레나가 아이들의 눈에 어떻게 비쳤을지 아이들의 말이 명확하게 설명해 주었다.

멍하니 아이들과 일레나를 번갈아 쳐다보던 맥스가 곧 수긍했다는 듯 입을 열었다.

"과연, 정말 그렇게 보입……."

"……."

"죄송합니다."

수행 하녀의 살벌한 눈초리를 받은 맥스가 바로 입을 다물었다.

일레나는 당황스러웠다. 생각지도 못했던 오해였다.

'그럼 내가 나타나자마자 조용해졌던 게…….'

처음 일레나를 보자마자 아이들은 너 나 할 것 없이 다 같이 얌전해졌었다. 그저 어른이 나타나니 놀라서 그런 줄 알았더니.

단체로 거창한 착각 중인 아이들을 보며 망설이던 일레나가 이윽고 입을 열었다.

"……그래, 맞아. 난 천사란다. 너희처럼 남을 괴롭히는 나쁜 아이들을 벌주러 왔지."

"으아앙!"

한 아이가 일레나의 말을 듣자마자 울음을 터뜨렸다. 다른 아이들도 지지 않았다. 너도나도 울먹이며 일레나에게 매달리기 시작했다.

"천사님, 잘못했어요."

"미안해요, 천사님."

"너희가 괴롭힌 사람이 누구지?"

"얘요……."

어떤 아이가 우물쭈물 손가락을 들어 일레나의 치맛자락 뒤에 붙은 안나를 가리켰다. '괴롭힌 사람'이라는 말에 바로 안나를 지목하는 것을 보니 그래도 자기들이 나쁜 짓을 했다는 자각은 있었던 모양이다.

"그럼 누구한테 잘못했다고 사과해야 하지?"

"……미안해."

"……내가 잘못했어."

"미안해……."

아이들이 앞다투어 한 사람씩 안나에게 사과했다. 안나는 여전히 일레나의 치마에 붙어 얼굴만 살짝 내놓고 있었다.

맥스 손에 잡힌 남자아이까지 눈물 콧물 범벅이 되어 사과한 후, 일레나가 아이들을 둘러보며 말을 이었다.

"잘 들어. 이번만 특별히 봐주는 거야. 만약 다음에 또 오늘처럼 남을 괴롭혔다간, 너흰 전부 지옥에 가게 될 거야. 지옥 가고 싶어?"

"아니요, 아뇨."

"지옥 싫어요."

"악마 무서워요……. 천사님, 다신 안 그럴게요."

일레나의 눈짓에 맥스가 남자아이를 바닥에 내려놓았다. 일레나가 말했다.

"이제 집에 가."

아이들은 천사님의 말을 누구보다 잘 들었다.

누가 먼저랄 것 없이 재빠르게 흩어지는 아이들의 모습을 보며 일레나는 한숨을 삼켰다.

'애는 애구나.'

나이에 맞게 순수하고 순진하기 짝이 없었다. 또 한편으론 그런 아이들을 이용해 자기 목적을 달성하려 한 어른이란 작자의 행태가 한결 괘씸하게 느껴졌다.

'가만둬선 안 되는데…….'

어떻게 책임지게 하는 게 가장 효과적일까.

고민하는 일레나의 눈에 아직 그녀의 치맛자락을 꼭 쥐고 있는 고사리 같은 손이 보였다. 무릎을 굽혀 앉은 일레나가 안나와 눈높이를 맞췄다.

"괜찮니, 안나?"

끄덕끄덕.

위아래로 고갯짓한 안나는 이내 뭔가 하고 싶은 말이 있는지 일레나를 보며 머뭇거렸다. 일레나는 끈기 있게 기다렸다. 이내 안나의 입이 열렸다.

"진짜 천사님이에요?"

"……."

'어쩌지?'

뭐라고 대답하면 좋을까.

일레나는 고민했다. 여기서 실은 천사가 아니라고 실토하면 한 아이의 동심을 파괴하게 되는 걸까. 그러나 동심을 지켜주려 천사라는 거짓말을 고수하기엔, 안나를 두 번 다시 보지 않을 것도 아니기에 망설여졌다.

나름대로 진지한 갈등 끝에 일레나가 입을 열었다.

"천사…… 였는데, 지금은 아니야. 하늘에서 쫓겨났거든."

"정말입니까? 억."

맥스가 눈치 없이 반응했다가 수행 하녀의 주먹에 옆구리를 맞았다.

일레나는 고통스러워하는 맥스 쪽으론 일부러 시선을 주지 않았다. 적당한 타협점을 찾아낸 일레나의 대답에 안나가 눈을 동그랗게 떴다.

"왜 쫓겨났는데요?"

"음…… 말을 안 들어서."

안나의 오밀조밀 작은 얼굴에 깨달음이 번졌다.

"하늘이나 여기나 별로 다를 건 없네요……."

일레나는 입술 안쪽을 꾹 깨물었다. 하마터면 웃을 뻔했다.

"가만, 그러고 보니 엄마는?"

문득 안나가 혼자라는 사실이 마음에 걸렸다. 일레나가 물었다.

"엄마는 어디 계시니?"

"엄마는 바빠요."

"바쁘다고?"

"엄만 오늘은 해가 져야 집에 돌아와요. 그때까지 집에서 기다리기로 약속했는데, 초콜릿이 너무 먹고 싶어서……."

안나가 우물쭈물 자기 혼자 외출하게 된 경위를 털어놓았다.

'일을 하나?'

지원금 액수를 생각해 보면, 그야 일하는 게 두 사람이 더 풍족하게 사는 데 도움이 되긴 할 것이다.

'그래도…….'

이맘때 아이는 항상 보호자가 곁에 있어야 하지 않나. 일레나는 복잡한 눈으로 안나를 응시하다 이내 빙그레 웃었다.

"초콜릿 말고, 혹시 타르트는 어때?"

"……타르트요?"

"실은 내가 타르트를 아주 많이 샀거든."

가게에서 잔뜩 포장해 온 타르트는 수행 하녀가 들고 있었다. 그녀가 손에 든 타르트를 슬쩍 들어 보였다.

"내가 하늘에서 쫓겨났다는 걸 조금 전 그 애들에게 비밀로 해주면, 이걸 다 줄게. 어때?"

안나의 눈이 번쩍 뜨였다. 이어 침을 꿀꺽 삼킨다.

"……정말요?"

"응."

"비밀은 꼭 지킬게요."

안나가 결연하게 말했다. 대답은 일레나에게 했지만 시선은 이미 타르트로 가 있었다.

"좋아. 약속한 거야."

"네."

아이의 눈은 여전히 타르트에서 떨어질 줄 몰랐다. 일레나는 픽 웃으며 안나의 머리를 쓰다듬었다.

"벤, 상의할 것이 있는데."

일레나가 심각한 표정으로 벤을 불렀다. 벤은 이미 다 안다는 표정으로 일레나에게 불려왔다. 수행 하녀의 보고는 빨랐다.

"그 문제라면 걱정하지 않으셔도 됩니다."

"뭐?"

"안나의 어머니는 성에서 지원하는 약초학 수업을 듣고 있습니다. 오늘 그 수업이 있는 날이었고요."

"약초학?"

"조만간 영지민에게 무료로 약초를 보급하는 보급소를 시범적으로 운영해 보려 합니다. 마르종 가문에서 보내는 약초가 남으니까요."

일레나가 멈칫했다. 벤이 하는 말에 담긴 뜻은 명확했다.

"안나의 엄마를 그 보급소에서 일하게 할 셈인가?"

"네. 물론 보수는 따로 지급할 겁니다. 원래 영지에서 약초를 캐다 파는 생활을 해서 그런지 배움이 꽤 빠르더군요. 이르면 한 달 이내로 임시 보급소를 열 수 있지 않을까 합니다."

벤이 그렇게 말한 후 덧붙였다.

"참고로 한스네와 번갈아 가며 배우고 있습니다. 오늘 한스의 어머니가 안나를 돌봐주지 못한 걸 보니 아마 한스가 아팠나 봅니다."

평상시엔 안나가 보호자 없이 혼자 있을 일이 거의 없단 뜻이었다. 일레나는 잠시 침묵하다 입을 열었다.

"약초값이 제법 비싸지?"

"그렇지요."

"무료로 보급한다고 하면, 사람이 엄청 몰리겠어."

"그렇겠지요."

"달라는 사람에게 다 줄 순 없겠네."

"정말 필요한 경우에만 한정해 우선순위를 정해 지급하게 될 겁니다."

"그걸 결정하는 사람의 역할이 꽤 중요하겠군."

"잘할 겁니다. 두 사람이라면."

"반발은 없겠나?"

벤이 고개를 가로저었다.

"있어도 무가치합니다."

벤의 태도는 꽤 단호했다.

"두 사람이 이주민이란 이유로 반대하는 목소리가 나온다면…… 글쎄요. 어차피 이주 시기만 다를 뿐 이곳 영지민 절반이 이주민입니다."

맞는 말이었다. 몬스터 문제가 해결된 후 공작령 인구는 폭발적으로 늘었다. 절반이란 것도 사실 적게 잡은 수치였다. 이주민은 지금도 계속 늘고 있으니까. 심지어 초기 이주민은 정착 자금을 지원받기도 했다. 그걸 생각하면, 안나와 한스가 그렇게 특별한 경우라고 보기도 어려웠다.

'그래. 힘이 없으니까 건드린 거지.'

이주민. 지원금.

사실상 핑계에 가까웠다.

만만하니까. 여자와 아이뿐이라, 건드려도 뒤탈이 없을 것 같으니 핍박한 거다.

일레나는 미간을 찌푸렸다가 곧 풀었다. 안나와 한스네는 이제 더는 약자가 아니었다.

"정 반발하는 목소리가 길어지면 그땐 보급소 폐쇄를 검토한다고 발표하면 됩니다."

"응, 좋은 생각이야. 바로 조용해지겠군."

무료 약초 보급소가 없어지는 걸 원할 사람은 없다. 그렇게 되면 반발하는 쪽이 되레 돌을 맞게 될 거다.

일레나는 마음이 개운해져서 가볍게 웃었다.

"잘됐네."

안나와 한스네에게 힘이 생긴다고 해도, 그들은 그걸 멋대로 휘두르려 하진 않을 거다. 그럴 사람들이었으면 벤이 애초에 그들에게 보급소를 맡기려 하지도 않았겠지.

'그리고 미래에서 타인을 위해 희생할 줄 알았던 안나와 한스의 어머니들이니까.'

그리고 두 사람이 굳이 적극적으로 권력을 휘두르지 않아도, 상황은 알아서 변할 것이다. 모든 건 주변에서 알아서 해줄 테니까.

보급소가 열리는 순간, 두 가족에게 잘 보이려는 사람이 두 가족을 핍박하던 사람보다 훨씬 많아질 거다. 공동체 내에서 의견이 갈리면, 머릿수가 많은 쪽이 승리하는 것은 당연지사. 일부 영지민은 지금까지 안나와 한스네에게 했던 핍박을 고스란히 돌려받게 될 것이다.

'잉칸이 죽어서 제법 많은 가죽을 남기는구나.'

마르종 가문에서 보낸 약초가 이렇게 쓰이다니.

멀쩡히 살아 있는 사람을 죽여 버린 일레나가 싱글싱글 웃었다. 기분이 좋아 보이는 일레나를 보며 벤이 질문했다.

"실례가 안 된다면, 마님. 왜 안나와 한스를 이토록 신경 쓰시는지 여쭤도 되겠습니까?"

일레나는 웃는 얼굴 그대로 대답했다.

"비밀이야."

일레나의 시선이 카이휜의 옆얼굴에 물끄러미 머물렀다. 집요할 만큼 오래 머무는 스승의 눈길에 결국 제자의 입이 열렸다.

"내가 뭔가 잘못하고 있는 겁니까?"

빈 캔버스 중앙에 사과를 그리던 카이휜이 자신 없는 목소리로 질문했다. 일레나는 그 목소리에 문득 정신을 차렸다.

아, 그래. 한창 그림 수업 중이었다는 걸 잠시 잊었다.

오늘은 일레나가 카이휜에게 그림을 가르쳐 주는 첫날이었다. 지도에 앞서 먼저 카이휜의 실력을 보기 위해 정물화의 기본, 사과를 그리게 했다.

일레나의 눈이 캔버스에 그려진 그림을 살폈다.

붉고 동그란 덩어리.

일레나가 거짓 없이 진실만 담아 이야기했다.

"아뇨, 무척 잘하고 있어요."

"정말입니까?"

"네. 내가 가르쳐 본 사람 중에선 당신이 제일 잘 그려요."

일레나는 카이휜 외에 다른 사람에겐 그림을 가르쳐 본 적이 없었다. 그러니 한 명 중에 으뜸이었지만, 어쨌든 거짓말은 아니었다.

'정말 잘 그리네. 이 완벽한 구형. 손색없는 색 선택. 음, 소질 있어.'

그리고 일레나가 생각하기에 남편은 제법 손재주가 있는 편이었다. 객관적인 판단인지는 알 수 없었으나, 어쨌든 다재다능한 남편에게 감탄한 후 일레나는 재차 사과 그리기에 집중하는 카이휜의 옆모습을 살폈다.

안나와 한스 문제가 해결되자, 일레나는 문득 어떤 사실 하나를 깨달았다.

20년 후 미래에서 부부가 된 안나와 한스는 일레나가 귀족이라는 걸 알면서도 그녀를 도와줬다. 아니, 상황을 떠올려 보면 오히려 '귀족이라서' 일레나를 도와주었던 것 같기도 했다.

멸망한 세계.

계급이라는 건 이미 의미가 없었을 것이다. 귀족을 도와줘도 얻을 것은 없었다. 되레 평민에게 반감을 사면 모를까.

그런데 미래에서 안나와 한스는 귀족인 일레나를 위해 자신들의 목숨까지 희생했다.

'그 이유가…….'

어쩌면 남편이 아닐까.

일레나는 카이휜을 응시하며 생각했다.

안나와 한스는 카이휜에게 은혜를 입었다. 어려서는 목숨이 구해졌고, 자라면서는 물질적으로 지원을 받았다. 작은 은혜는 아니었다.

안나와 한스는 어쩌면 받은 은혜를 갚아야겠다고 생각했을 수 있었다. 그것 때문에 두 사람이 귀족을 도왔던 거라면, 결국 미래에서 일레나를 도와준 사람은…….

"카이휜."

"……네, 일레나."

사과 그리기에 집중하느라 그랬는지 카이휜의 답이 평소보다 살짝 늦었다.

이상한 일이었다. 일레나는 그 모습이 귀엽다고 생각했다.

남편은 잘생겼고 멋있지만, 사실 귀여운 것과는 거리가 멀었다. 따져보면 당연한 일이었다. 자기 체격의 두 배는 될 법한 커다란 성인 남자가 귀엽다고 생각할 일이 뭐가 있단 말인가.

'하지만 진짜 귀여운걸.'

왠지 모르게 귀여워서 쓰다듬고 싶었다. 일레나는 치미는 충동을 꾹 참고 말했다.

"나중에 잘 때 몰래 머리 쓰다듬어야지."

'사과 다 그리고 나면 그림을 같이 그려볼 건데, 뭐 그리고 싶은 거 있어요?'

카이휜의 손이 멈췄다. 그가 당황한 눈으로 일레나를 돌아보았다.

일레나는 그와 눈을 마주칠 때까지 자기가 방금 무슨 짓을 저질렀는지 깨닫지 못했다.

"헉."

깨달음은 한 박자 느리게 찾아왔다. 말로 내뱉으려던 것과 생각하던 것이 서로 바뀌었다.

일레나가 뻣뻣하게 굳는 순간 카이휜이 말했다.

"굳이…… 몰래 하지 않아도 됩니다. 그런 건."

"……."

"일레나?"

"말 걸지 말아요. 나 지금 머릿속이 굉장히 복잡하거든요."

일레나가 당장 이 화실에서 뛰쳐나가지 않는 것만으로도 얼마나 많이 인내하고 있는지, 남편은 좀 알아야 한다. 그녀는 심호흡에 손부채질까지 한 후 진정했다.

그래, 음, 좀 당황스럽긴 했지만, 어쨌든 결과만 보면 잘됐다. 말실수 한 덕에 뜻하지 않게 본인에게 허락을 얻게 됐으니까.

"나 그럼, 좀 쓰다듬을게요. 분명 당신이 해도 된다고 했어요."

정확히는 몰래 할 필요 없다고 했지만, 대놓고 하라는 소리와 뭐가 다르단 말인가. 일레나는 과감하게 카이휜의 머리로 손을 가져갔다. 손가락에 감기는 새까만 머리카락은 부드러웠다.

"……."

머리를 쓰다듬다 문득 눈이 마주쳤다.

시선을 피하기도 뭐하고, 갑자기 그의 머릿결이 얼마나 부드러운지 칭찬하기도 그래서 일레나는 그냥 웃었다.

"……큼, 그럼 수업을 마저 진행할까요? 자, 배울 게 많아서 바쁘니까 어서 사과부터 완성해요."

이윽고 손을 회수하고 자세를 바로잡은 일레나가 괜히 상대를 재촉했다.

이로써 갓 시작하는 연인을 위한 스킨십 번외 단계, 머리 쓰다듬기를 느닷없이 완료했다. 어쩐지 발밑에 작은 구름이 생긴 것 같았다.

일레나는 들뜬 기분을 감추려 캔버스만 노려보았다. 그런 일레나의 옆얼굴에 카이휜의 시선이 평상시보다 조금 오래 머물렀다.

"커헉."

피투성이가 된 남자가 경련하며 바닥을 기었다. 의자에 다리를 꼬고 앉아 남자를 내려다보던 금발의 여성이 입을 열었다.

"어디로 갔다고?"

"공작…… 으으, 메이하드 공작령으로……."

아픔 탓인지, 혹은 공포 때문인지 남자가 몸을 부들부들 떨었다. 여성은 거짓말 여부를 확인하려는지 남자를 물끄러미 보다가 손을 까딱였다.

"치워."

곧 남자가 병사의 손에 짐짝처럼 질질 끌려 나갔다. 남자가 끌려 나간 길을 따라 입구까지 길게 핏자국이 남았다. 여성이 한숨을 쉬었다.

"미친 새끼……."

잉칸이 사라졌다. 사라진 것만 해도 문제인데, 심지어 그녀의 물건을 훔쳐서 튀었다.

'아니, 정확히는 먹고 튀었다고 해야 하나.'

조금 전 피 칠갑을 해서 끌려나간 남자는 잉칸 곁에서 시중을 들던 하인으로, 잉칸의 지시에 따라 그녀의 방에서 물건을 빼돌려 제 주인에게 전달했다.

"멍청한 놈이 열심히 머리를 굴렸구나. 하긴, 그 몸으로 그냥 탈출하기는 어려웠을 테지."

'성치 않은 몸이라 방심하고 감시를 소홀히 했더니.'

여성의 분위기가 가라앉았다.

'하필이면 메이하드 공작령이라…….'

여성이 잠시 생각에 잠겨 있다가 손을 움직였다. 그 손짓에 가까이에서 대기하던 사내가 바로 여성의 발치에 한쪽 무릎을 꿇고 귀를 기울였다.

"지금 당장 메이하드 공작령으로 출발해. 가서……."

명령은 제법 길게 이어졌다. 잠시 후 그녀의 명령을 숙지한 사내가 고개를 깊숙이 숙여 보인 후 자리에서 사라졌다.

여성이 의자에서 몸을 일으켰다. 방을 나서며 그녀가 개인 하녀를 불렀다.

"따라와, 애나. 외출 채비해."

"어디 가세요?"

여성이 하녀를 돌아보지 않으며 대답했다.

"옷을 좀 사야겠어. 검은색으로."

“마님, 편지가 도착했습니다.”

막 방에서 나가려던 일레나가 걸음을 멈추고 하인이 내민 편지를 물끄러미 쳐다보았다. 편지지 모양이 어딘지 낯설지 않았다. 일레나는 편지를 받아 들고 뒤집었다.

과연. 보낸 사람 이름이 적혀 있지 않았다.

“이번에도 배달부가 누가 보내는 편지인지 모른다더냐?”

“예. 자긴 단지 전달만 맡았을 뿐이라고…….”

잠시 갈등하던 일레나가 편지를 뜯어 펼쳤다.

[답장이 없는 걸 보니, 설마 날 잊은 거야?]

일레나는 금방 다시 하인에게 편지를 넘겼다. 내용이 짧아서 오래 들여다볼 필요도 없었다.

“가져가서 불쏘시개로 써. 그리고 앞으로 또 이런 편지가 오면 그땐 내게 가져오지 말고 바로 태우든지 버리든지 하게.”

“네, 마님. 알겠습니다.”

편지 모양 땔감을 든 하인이 총총 사라졌다.

일레나는 하인이 돌아간 후 고개를 내저으며 방을 나와 식당으로 향했다.

‘이상한 놈도 많지.’

“아, 안녕하십니까, 마님.”

점심 식사를 위해 식당에 가던 일레나는 곧 콜린과 마주쳤다.

"오늘 날씨가 참 좋습니다."

평소 같았으면 인사만 하고 지나갔을 텐데, 오늘따라 콜린은 뭔가 용건이 있는 것 같았다. 일레나는 갑자기 날씨 이야기를 하는 콜린을 의아하게 응시하다 말했다.

"나한테 할 말 있나, 콜린 경?"

"……혹시 점심 식사 후에 바쁘십니까?"

"안 바쁠 것 같은데, 왜?"

"오늘은 외출 안 하십니까?"

"응?"

일레나가 눈을 깜박이자 콜린이 새빨간 얼굴로 버벅대면서 말을 이어 붙였다.

"토마스와 맥스가 자꾸 자랑을…… 아니, 이게 아니고, 날씨도 좋은데 이참에 잠시 외출하시면 더 좋지 않을까 해서……."

아하.

일레나는 곧바로 콜린이 왜 이러는지 알아차렸다. 그러고 보니 맥스도, 토마스도 한 번씩 일레나의 호위를 맡았는데 콜린만 아직이었다.

'외출이라…….'

마침 안나가 떠올랐다.

'잘 지내고 있으려나?'

지난번에 골목에서 아이들을 내쫓아준 이후, 일레나는 안나의 근황을 듣지 못했다. 별일은 없었을 거다. 벤이 보급소가 열릴 때까지는 안나 주변을 따로 신경 써주기로 했으니까.

그래도 한 번 떠오르고 나니 계속 마음이 쓰였다. 일레나는 고민하다 콜린을 향해 말했다.

"그래, 그럼. 식사 후 잠깐 외출할 테니 그렇게 알고 준비해."

"최선을 다해 호위하겠습니다!"

콜린의 눈이 부담스러울 만큼 반짝거렸다. 이해하길 포기해서 그런가, 일레나는 별로 놀라워하지도 않고 그러려니 했다.

"응?"

식사 후 가볍게 외출 채비를 하던 도중 하녀가 가져온 귀고리를 본 일레나가 멈칫했다.

"이건……."

하녀가 조심스럽게 그녀의 기색을 살폈다.

"오늘 마님이 입으신 드레스와 어울리는 듯하여 준비했습니다. 마음에 안 드시면 다른 것으로 바꿔 가져올까요?"

"아냐, 괜찮아."

고개를 저은 일레나가 귀고리를 직접 귀에 찼다. 연녹색 보석이 박힌 귀고리가 거울에 비쳐 반짝 빛났다.

"천사님."

안나는 세 번째 만나는 일레나를 꽤 반가워했다. 다만 호칭에 약간 문제가 있었는데, 일레나는 저걸 고쳐줄까 고민하다가 그냥 두었다. 부르고 싶은 대로 부르게 하는 게 낫겠지.

일레나는 안나와 거리로 나왔다.

"뭐 하고 싶은 거 있니, 안나?"

"음…… 과일 사탕을 먹고 싶어요."

하고 싶은 걸 물었는데 먹고 싶은 걸 대답한다. 안나의 관심사는 한결같았다. 그 점이 귀여워 옅게 웃은 일레나는 안나를 가게로 데려갔다.

"감사합니다, 또 오세요."

잠시 후, 안나는 길쭉한 과일 사탕을 두 개나 골라 쥐고 가게를 나왔다. 한 손으로 두 개를 한꺼번에 쥐려니 다소 힘겨워 보였다.

안나와 손을 잡은 일레나가 물었다.

"두 개 다 먹으려고?"

안나가 고개를 흔들었다.

"하나는 한스 줄 거예요."

최근 몸살을 크게 앓았다는 한스는 오늘 외출에 끼지 않고 자기 집에 있었다.

"한스랑 많이 친한가 봐."

"크면 결혼하기로 했어요."

"……."

"한스가 자주 아프고 가끔 바보 같아서 걱정되긴 하지만, 괜찮아요. 내가 이담에 한스보다 커져서 한스를 지켜주면 되니까요."

일레나는 미래에서 본 안나와 한스 부부를 떠올렸다. 안나는 한스보다 한참 작았고, 다 자란 한스는 제법 컸다. 일레나의 입가에 따뜻한 미소가 맴돌았다.

"좋은 생각이야. 그런데 안나, 한스에게 줄 사탕은 여기 기사님한테 잠깐 들어달라고 하면—"

그때였다. 웬 중년 여인이 멀리서부터 헐레벌떡 달려왔다.

"크, 큰일이야! 큰일 났어요!"

다급한 목소리였다. 중년 여인은 주변을 살피다 일레나와 콜린을 발견하곤 바로 콜린에게 매달렸다.

"기사님, 기사님이시죠? 제발 도와주세요."

"무슨…… 일입니까?"

"몬스터가 나타났어요."

몬스터라는 말에 주위가 크게 술렁였다.

"몬스터?"

"방금, 몬스터라고?"

"맙소사……."

지금은 거의 해결되었다지만, 과거 몬스터가 영지의 주 골칫거리였다는 걸 모르는 사람은 없었다. 거리에 한순간에 공포감이 조성되었다.

"몬스터가 한 마리가 아니어서 경비대로는 역부족이에요. 제발 도와주세요, 기사님. 저희 가족 좀 살려주세요……."

"하, 하지만……."

일레나의 호위로서 이 자리에 있는 콜린이 당황해 안절부절못했다. 일레나가 말했다.

"다녀와."

"마님."

"난 여기서 움직이지 않을 테니 염려 말고 다녀오게."

일레나가 손짓했다. 명백한 의사 표시에 콜린이 결국 마지못해 몸을 돌렸다.

"……금방 돌아오겠습니다."

콜린이 중년 여인을 따라 멀어지자마자 일레나는 무릎을 굽혀 앉아 안나를 다독였다.

"안나, 괜찮아. 아무 일 없을 거야."

"……네."

안나는 몬스터에게 아버지를 잃었다. 비록 당장 눈앞에 몬스터가 나타난 건 아니었지만, 이런 상황 자체가 트라우마를 자극할 수 있었다.

걱정이 묻어나는 손길로 안나의 작은 등을 토닥이며 일레나가 생각에 잠겼다.

'갑자기 몬스터라니……. 그것도 영지 한복판에서.'

대대적인 토벌 후에도 영지 내에 몬스터가 간혹 출몰한다는 건 알고 있었다. 과거 일레나가 소박맞은 줄 알고 오해했던 날 밤에도 몬스터 때문에 남편이 성을 비웠었으니까.

그러나 인명 피해가 있었다고는 거의 들어본 적 없어서, 나타난다고 해도 산 근처 외곽에서나 보이는 줄 알았다. 지금 여긴 사람이 잔뜩 모인 중심가였다.

'더구나 마침 상황도……'

일레나는 조금 전 콜린을 보내지 않을 수 없었다. 중년 여인이 제 가족을 살려달라고 애걸하며 매달리는 걸 이곳에 있는 모두가 보고 들었다. 만약 일레나가 콜린을 보내주지 않았다면, 영지민 사이에 어떤 여론이 생겼을지는 불 보듯 뻔했다.

영주 부인 한 사람의 인격을 비난하는 데서 그치면 차라리 다행이었다. 최악의 경우엔 공작성 전체를 향한 불신과 불안이 퍼져 영지민이 영지를 이탈하는 움직임이 나타났을지도 몰랐다.

물론 일레나는 주변에 사람이 없었더라도 콜린을 보내줬을 테지만, 상황이 마침 공교롭게 조성된 것은 부정할 수 없는 사실이었다.

거기까지 생각한 일레나가 손을 멈췄다.

"……."

단순한 우연을 비약하는 것일 수 있다. 그렇지만…….

"안나."

안나의 손을 놓은 일레나가 제 귀로 손을 가져가 귀고리를 한쪽만 빼냈다. 그리고 안나와 눈높이를 맞추기 위해 무릎을 굽혀 앉은 다음, 아이의 손에 빼낸 귀고리를 쥐여 주었다.

"부탁 하나만 해도 될까?"

"천사님?"

"내가 일어서면 이걸 들고 바로 공작성으로 가."

안나의 눈을 똑바로 마주 보며 일레나가 조곤조곤 말했다.

"가서 아무나 붙잡고 공작님께 이걸 전해달라고 해."

"……."

"할 수 있지?"

곧 안나가 고개를 끄덕였다. 일레나가 대견하다는 듯 안나의 머리를 쓰다듬었다.

"부탁해."

이내 일레나가 안나를 등지고 몸을 일으켰다. 잠시 주저하는가 싶던 안나가 금세 후다닥 뛰는 소리가 들렸다. 영리하게 사람들 틈으로 섞여 드는 작은 몸을 곁눈질하다 일레나는 미간을 찌푸렸다.

'냄새.'

어디선가 냄새가 났다. 꽤 심한 악취였다.

곧이어 그 악취의 근원지를 찾아낸 일레나가 그곳으로 시선을 주자, 그 자리에 있던 한 남자가 후드를 벗었다. 많은 사람 틈에서도 남자의 목소리는 또렷하게 들려왔다.

"오랜만입니다, 공작 부인."

"잉칸……!"

일레나보다 수행 하녀가 먼저 기겁해 목소리를 높였다. 그러나 그녀의 말은 끝까지 이어지지 못했다. 잉칸이 손짓하자, 근처 있던 그의 일행이 다가와 하녀의 목뒤를 쳐 기절시킨 것이다.

워낙 순식간에 일어난 일이라, 마치 몬스터의 출몰 소식에 충격을 받아 기절한 여인을 부축하는 것처럼 보일 정도였다.

"미나."

축 늘어지는 수행 하녀를 일레나가 급히 돌아보는 사이 잉칸이 입을 열었다.

"저도 이렇게 사람이 많은 곳에서 소란을 피우고 싶지는 않습니다."

"……."

"선량한 영지민이 다치는 건 보고 싶지 않거든요. 그러니, 공작 부인."

잉칸이 첫 만남에서 일레나가 보았던, 선한 미소를 지으며 물었다.

"되도록 신사적으로 모시고 싶은데, 협조해 주시겠습니까?"

잉칸을 묵묵히 눈에 담으며 일레나가 주먹을 꾹 말아쥐었다.

"여기예요, 기사님. 여기!"

중년 여인이 콜린을 데려간 곳에서는 정말로 경비대가 몬스터 여러

마리와 치열하게 사투를 벌이고 있었다.

'트롤이 세 마리나?'

트롤은 몬스터의 한 종류로, 덩치가 크고 힘이 세 위협적이지만 무리 생활을 하지 않아 한 번에 두 마리 이상 목격되는 일이 드물었다. 콜린은 의아하게 생각하면서도 일단 허리춤에서 검을 뽑아 가장 가까운 트롤의 목을 날렸다.

8년 전 몬스터 토벌에도 참여했던 콜린이다. 평소 행동이 엉성해서 모르는 사람이 더러 있지만, 콜린의 실력은 공작성 기사 내에서도 순위를 다퉜다.

눈 깜짝할 새 트롤 세 마리를 정리한 콜린이 검을 갈무리했다.

"여보! 제니!"

"엄마!"

경비대 뒤에 몸을 피하고 있던 중년 남성과 아이가 중년 여인과 부둥켜안았다. 콜린이 트롤을 처치하는 걸 넋 놓고 구경하던 경비대원이 콜린에게 다가와 말을 붙였다.

"저…… 콜린 경 맞으시죠? 정말 감사합니다. 경께서 도와주시지 않았다면 어떻게 되었을지……."

콜린은 대꾸하지 않고 말없이 바닥에 쓰러진 트롤 시체를 물끄러미 응시하기만 했다.

'이상해.'

아무리 생각해도 세 마리나 되는 트롤이 산속도 아니고 영지 내에 갑자기 나타날 이유가 없었다. 누가 잡아다 일부러 풀어둔 것이 아니고서야…….

'일부러?'

순간 속이 서늘해진 콜린이 다급히 중년 여인을 찾았다.

"이봐요."

"아, 기사님. 정말 고맙……."

"어쩌다 내가 있는 곳까지 도움을 청하러 왔던 겁니까? 다른 곳으로 갈 수도 있었을 텐데."

콜린이 있던 장소와 몬스터가 나타난 구역은 거리가 제법 되었다. 중년 여인은 다소 주저하는 것 같다가 이내 순순히 답했다.

"그게, 제가 정신없이 헤매던 중에 어떤 사람이 알려주었습니다. 중앙 광장 쪽으로 가면 기사님이 있을 테니, 최대한 요란하게 사정을 설명하며 도와달라 하라고……."

마음이 너무 급해 시키는 대로 했다고 덧붙인 중년 여인이 콜린의 눈치를 살폈다.

콜린의 얼굴에서 핏기가 가셨다. 사색이 된 콜린이 급히 제가 온 길을 돌아보았다.

"마님!"

마차는 제대로 포장되지 않은 길을 빠른 속도로 달렸다. 그 탓에 덜컹거림이 무척 심했다. 멀미를 핑계로 마차 창밖에 시선을 고정한 일레나에게 잉칸이 말을 걸었다.

"조금만 참으세요, 공작 부인. 공작령만 벗어나고 나면 마차 속력을 줄일 테니, 그땐 좀 괜찮아질 겁니다."

일레나는 대꾸하지 않았다. 머리가 복잡했다.

'어떻게 된 걸까.'

그녀가 알기로 잉칸은 지금 마르종 자작 소유의 수도 저택에 있어야 했다. 그곳에서 부상 회복에 전념하는 중이고, 몸을 회복하는 즉시 영지로 내려가게 될 거라고 들었는데.

'왜 여기 있는 거지?'

멋대로 탈출한 건가? 부상은 그새 다 나았나? 마르종 자작은 이 사실을 아나?

일레나는 표정을 굳혔다. 적어도 마르종 자작이 묵인한 일은 아닐 거란 생각이 들었다. 제정신이라면, 버리기로 결정한 자기 아들이 공작 부인을 납치하도록 그냥 뒀을 것 같진 않았다.

그래. 일레나는 지금 잉칸에게 납치되고 있었다. 마차가 어디로 가는지 알 수 없었다.

일레나는 입을 꾹 다물고 창밖을 응시했다.

'미친놈.'

설마 이런 식으로 잉칸과 재회하게 될 줄은 상상도 하지 못했다. 정말 미쳐 버린 것이 아니고서야 어떻게 이런 짓을.

인상을 찌푸린 일레나가 문득 어떤 생각이 떠올라 잉칸을 돌아보았다.

"잠깐, 그럼 그동안 나한테 편지를 보냈던 게……."

"편지라고요?"

"……아니야."

잉칸의 표정을 확인한 일레나가 창가로 시선을 되돌렸다. 이 상황에서 잉칸이 굳이 모르는 척 연기할 이유는 없을 것이다. 일레나는 익명 편지에 대한 생각을 머릿속에서 지워냈다.

마차는 쉬지 않고 달렸다. 창밖 풍경이 빠르게 변했다. 헝클어진 머리카락을 정리하는 척하며 일레나가 한쪽만 남은 귀고리를 매만졌다.

그녀가 오늘 착용한 귀고리는 추적 마법이 걸려 있는 아티팩트였다. 한쪽이 있으면, 다른 한쪽의 위치를 알 수 있었다. 안나가 남편에게 귀고리를 무사히 전달했다면, 남편이 그걸로 그녀의 위치를 알아내기까진 그리 오랜 시간이 걸리지 않을 것이다.

'무사히 전달했다면…… 말이지만.'

일레나는 만약을 가정했다. 마음 놓고 귀고리만 믿고 있을 순 없었다.

안나는 어렸다. 귀고리가 제대로 전달되지 못하고 도중에 분실됐을 가능성도 생각해야 했다.

일레나는 창 너머 풍경을 유심히 눈에 새겼다. 납치당하는 신세치고 그녀는 현재 손발이 자유로운 상태였다. 신사적으로 모시고 싶다더니, 잉칸은 일레나가 별달리 반항하지 않자 그녀의 손발을 묶지 않고 마차에 태웠다.

말없이 창밖만 응시하던 일레나의 눈빛이 어느 순간 변했다. 그때 마침 돌부리라도 지났는지 마차가 크게 덜컹거렸다.

"……!"

일레나가 기다렸다는 듯 잉칸 쪽으로 상체를 숙였다.

"욱!"

"공작 부인?"

"토할 것 같…… 우욱!"

"잠깐, 마부!"

잉칸이 당황한 목소리로 급히 마부를 불렀다. 마부의 솜씨가 좋은지, 빠르게 달리던 마차가 곧바로 미끄러지듯 멈춰 섰다.

일레나는 마차가 멈춘 것을 확인하곤 가슴을 쓸어내렸다.

'다행이다. 여차하면 진짜 토하려고 했는데.'

만약 잉칸이 마차를 멈추려는 시도 없이 계속 달렸다면, 그녀는 정말로 마차 안에서 속을 게워낼 각오까지 하고 있었다.

어려운 일은 아니었다. 잉칸이 그녀 앞에 모습을 드러냈을 때부터, 일레나는 상대에게서 심한 악취를 맡았다. 악취는 지금 이 순간에도 여전했다. 잉칸 가까이서 조금만 크게 숨을 들이쉬면 얼마든지 속에 든 걸 게워낼 수 있을 것 같았다.

'무슨 악취일까.'

일레나는 잠시 생각했다. 정체를 감추려 허름한 후드를 썼을 뿐, 정작 잉칸의 몰골은 멀끔했다. 대체 이게 어디에서 오는 악취인지 알 수 없었다.

"공작 부인, 괜찮습니까?"

잉칸이 걱정스럽게 물었다.

'자기 발치나 옷에다가 토할까 봐 걱정되나 보지.'

일레나는 고개를 들지 않은 채 다 죽어가는 목소리를 쥐어 짜냈다.

"……아니, 속이 울렁거려. 내려서 토해야겠어."

"그건……."

"여기서 토할까?"

"……."

"내가 도망칠까 걱정되면, 자네도 같이 내려서 감시하면 되잖아. 설마 내가 완력으로 자넬 뿌리치고 달아날 수 있을 거라고 여기는 건 아니지?"

설득력이 있었는지, 망설이던 잉칸이 결국 마차 문을 열었다.

일레나는 마차에서 뛰어내려 길가에서 토하는 시늉을 했다. 그러면서 주변 거리의 풍경을 눈에 담았다.

'외곽 마을인가.'

정확한 위치는 아무래도 좋았다. 자세히 살핀다고 알 수 있는 것도 아니었다. 헛구역질을 몇 번 하고 소매로 입가를 닦는 일레나에게 잉칸이 다가왔다.

"좀 나아졌습니까?"

"아니, 전혀. 장담하는데 이대로 다시 마차에 탔다간 틀림없이 마차 안에 토할 거야."

잉칸은 난처한 낯이었다.

"난 굳이 공작 부인을 기절시키고 싶지 않습니다."

"누가 기절시켜 달래? 시원한 걸 먹으면 속이 좀 가라앉을 것 같아."

"시원한 거라니……."

"저거."

기다렸다는 듯 일레나가 손을 들어 한 가게를 가리켰다. 누가 봐도 술을 팔 것 같은 간판이었다.

"맥주 한 잔만 마시게 해줘. 그럼 괜찮을 것 같으니까."

잉칸이 황당한 눈으로 일레나를 응시했다.

"……궁금한 게 있는데, 공작 부인. 혹시 지금 자기가 어떤 처지인지 자각은 하고 계신 겁니까?"

"그래서? 난 마차에 토하는 것도 싫고, 강제로 기절하는 것도 싫어. 그러니 맥주라도 마셔서 속을 진정시키겠다는 건데, 이외에 뭐 다른 좋은 방법 있나?"

일레나는 뻔뻔하게 나갔다.

잠시 그녀의 눈을 들여다보던 잉칸이 이내 옅게 헛웃음을 흘리곤 마차로 다가갔다. 잠시 후 잉칸이 그가 걸쳤던 후드를 일레나에게 덮어씌웠다.

“절대 벗지 마세요. 약속하면 그렇게 원하는 맥주를 마시게 해주겠습니다.”

“……약속하지.”

일레나는 대답하며 저도 모르게 잉칸의 손을 힐끔거렸다. 그의 손은 그을음이라도 묻은 것처럼 검게 물들어 있었다. 혹시나 싶어 뒤집어쓴 후드에 코를 가져다 댔지만, 옷에서는 아무런 악취가 나지 않았다.

이윽고 두 사람은 일레나가 가리켰던 가게로 향했다.

“어서 오세요.”

가게 안으로 들어서자 종업원이 무심한 어투로 새 손님을 반겼다.

이른 시각치고 술집엔 제법 사람이 많았다. 다만 시끄럽게 떠드는 손님은 거의 없었고, 대부분 자리에서 조용히 술을 마시고 있었다. 몇 사람이 일레나와 잉칸에게 슬쩍 시선을 주었다가 다시 자기 일에 집중했다.

“특별히 마시고 싶은 맥주가 있습니까?”

“없어. 그냥 아무거나 시원하기만 하면 돼.”

“알겠습니다.”

“빨리 주문하고 와.”

일레나가 자연스럽게 명령하며 손을 휘저었다. 그 모습을 흘긋 본 잉칸이 이어 순순히 일레나를 자리에 두고 주문대로 향했다. 혹여 일레나가 도망칠 수 없도록 가게 밖 입구에는 잉칸 일행이 지키고 서 있었다.

일레나는 심호흡했다. 어차피 처음부터 그녀의 목적은 잉칸의 주의를 돌려 달아나는 게 아니었다. 주변을 둘러본 일레나가 잉칸이 그녀와 적당히 멀어졌을 때 크게 외쳤다.

"저 밀색 머리 남자를 잡는 사람에게 천 골드!"

"뭐?"

"천 골드?"

천 골드는 평소에 쉽게 들어볼 금액이 아니었다. 가게 내부의 이목이 전부 잉칸과 일레나에게 번갈아 쏠렸다.

얼굴을 가린 후드를 젖힌 일레나가 드레스 장식 중 가장 값비싼 것을 떼어내 탁자 위로 던졌다.

댕그랑. 가운데 보석이 박힌 순금 장식이 탁자 위를 도르륵 굴렀다.

"잔금은 나중에. 보증은 귀족인 내 이름으로 하지."

"……."

"먼저 잡는 사람이 주인이야."

"나, 내가 잡을 거야!"

"닥쳐! 나야!"

"다들 찌그러져! 내가 잡는다!"

협소한 탁자 앞에 몸을 구기듯 앉아 맥주만 홀짝이던 험상궂은 사내들이 너도나도 몸을 일으켰다.

일레나는 순간 안도의 한숨을 내쉬었다.

'운이 좋았어.'

이런 술집에선 낮 시각에 주로 의뢰를 잡지 못한 용병들이 모여 술을 마신다는 이야길 들어본 적 있었다. 다행히도 그 이야기가 현실과 그대로 맞아떨어졌다. 저마다 얼굴에 칼자국 하나씩은 있는 우락부락한 남자들이 사방에서 잉칸을 에워쌌다.

"후."

저 험악한 덩치와 인상들이 이번처럼 반갑고 믿음직하게 느껴지긴 처음이었다. 일레나가 그렇게 생각하며 한시름 놓을 때 잉칸이 입을 열었다.

"아, 그래서…… 처음부터 이러려고 맥주를……."

"뭐라고 중얼대는 거야? 어쨌든 이놈은 내가 잡는다!"

머리를 쳐서 기절시킬 모양인지 맥주병을 거꾸로 든 남자가 잉칸에게 달려들었다.

"앗, 저 새끼가!"

선수를 빼앗긴 주변에서 탄식이 터져 나온 찰나였다.

쿠당탕!

잉칸을 잡으려고 덤볐던 남자가 요란한 소리를 내며 가게 구석으로 굴러가 처박혔다.

"……어?"

순간 침묵이 내려앉았다.

일레나가 눈을 커다랗게 떴다. 잉칸이 멀쩡하게 자리에 서서 한쪽 손목을 툴툴 털고 있었다.

"음…… 나머지도 덤빌 거면 빨리 덤비지. 내가 좀 바쁜 처지라."

"한꺼번에 덮쳐!"

이내 잉칸을 둘러싼 남자들이 동시에 잉칸에게 모조리 달려들었다. 그러나 놀랍게도 결과는 조금 전 구석에 처박힌 사람과 별반 다르지 않았다. 열이 넘는 사내가 순식간에 나가떨어졌다.

"으, 으아……."

어떤 남자는 제가 휘두른 무기가 잉칸의 맨손에 박살 나는 것을 보곤 다리를 떨었다.

잉칸이 남자를 가볍게 쳤다. 결과는 별로 가볍지 않았다. 남자의 육중한 몸이 종잇장처럼 날아 술집 창문을 부수고 바깥에 나동그라졌다.

"……."

일레나는 뻣뻣하게 굳어 잉칸을 쳐다보았다. 무슨 일이 벌어진 건지 바로 이해할 수가 없었다.

잉칸이 한숨을 쉬었다.

"공작 부인."

"……."

"솔직히 이야기해서…… 사실 난 처음엔 이곳, 공작령에 올 마음이 없었습니다."

기분 탓일까. 잉칸의 양손이 이곳에 들어오기 전보다 한결 검게 물든 것 같았다.

"그냥 이 힘을 가지고 바로 왕국을 벗어나서, 다른 나라에 정착해 편히 살 생각이었죠. 그 마음뿐이었습니다."

잉칸이 제 주먹을 쥐었다 폈다. 변한 그의 피부색은 좀처럼 원래대로 돌아오지 않았다.

"그런데 이상하게 자꾸만 공작 부인이 떠오르더군요."

"……."

"왜였을까요. 복수하고 싶어서? 내 처지를 이렇게 만든 것에 대한 책임을 물으려고?"

"……."

"당신이 대가를 치렀으면 해서? 글쎄요."

몇 번 쥐었다 편 손을 내버려 둔 잉칸이 일레나에게 천천히 다가왔다. 일레나는 반사적으로 뒷걸음질 쳤지만, 별로 많이 도망가지는 못했다.

금방 등에 벽이 닿았다. 잉칸과 그녀의 거리가 점점 가까워졌다.

"참 의아했는데, 공작 부인을 다시 만나고 알았습니다. 난 당신이 마음에 들었어요. 그래요."

"……."

"날 이따위 신세로 만든 사람이지만, 놀랍게도 마음에 들었고, 그래서 잘해주고 싶었습니다."

"……."

"정말 곱게 대해주고 싶었어요."

어느 순간부터 잉칸이 하는 말은 일레나의 귀에 제대로 들어오지 않았다.

악취.

잉칸과 간격이 줄어들수록, 이전보다 훨씬 지독해진 악취가 불쾌하게 일레나의 코를 찔렀다.

'토할 것 같아.'

냄새를 맡는 것만으로도 속이 뒤집혔다. 머리가 아팠다.

일레나가 참지 못하고 손으로 코를 막았다. 그 행동에 잉칸의 걸음이 잠깐 멈췄다. 이내 그가 비틀린 미소를 지었다.

"새로운 반응이네요. 내 말이 역겹다 이겁니까? 그걸 말 대신 행동으로 보여주는 거예요?"

"……가까이, 오지 마."

일레나가 힘겹게 말을 꺼냈다.

역겹다.

맞는 표현이었다. 다만 잉칸의 생각과는 달리, 그의 말이 아닌 냄새가 역겨운 것이었지만.

"하하."

짧게 웃음을 내뱉은 잉칸이 곧 인상을 사납게 일그러뜨렸다.

"나를 더 자극하지 않는 게 좋을 겁니다, 공작 부인. 이미 충분히 참아주고 있거든요."

"오지 말라고…… 토할 것 같……."

"참아주고 있다고 말했어요."

잉칸이 단숨에 간격을 좁혀 일레나에게 손을 뻗었다. 새까맣게 물든 손이 일레나의 팔을 움켜쥐려던 순간이었다.

별안간 일레나의 손에서 불꽃이 터지듯 새하얀 빛무리가 생겨났다.

"……!"

그게 뭔지 생각할 틈도 없이 일레나가 가까이 다가온 잉칸을 뿌리치듯 밀어냈다.

그리고…….

콰앙!

"커헉!"

외마디 비명과 함께 잉칸이 요란하게 저 멀리 나가떨어졌다.

"……."

일레나는 자기가 저지르고도 눈앞의 결과를 믿지 못해 제 손을 멍하니 내려다보았다.

'뭐지?'

무슨 일이 일어난 걸까.

뭔지 모르겠다. 하지만 이대로 놀라고만 있을 순 없었다.

잉칸이 날아간 곳으로 흘긋 시선을 준 일레나가 다급히 술집에서 벗어났다.

"……!"

술집 입구로 뛰쳐나온 일레나와 입구 근처를 지키고 있던 잉칸 일행의 눈이 마주쳤다. 일레나가 즉시 달아나려 몸을 돌렸지만, 상대가 그녀의 팔을 붙드는 것이 더 빨랐다.

"놔!"

조금 전 잉칸에게 했던 것처럼 일레나가 손을 휘둘러 저를 잡은 남자를 밀었다. 그러나 그녀의 손에 어렴풋하게 남은 흰색 빛무리는 잉칸이 아닌 다른 사람에겐 아무런 위력도 발휘하지 못했다. 남자는 일레나의 저항이 성가시다는 듯 눈살을 조금 찌푸렸을 뿐 꿈쩍도 하지 않았다.

"뭐야?"

"어떻게 된 거지? 도련님은……."

"으악!"

그때 일레나의 팔을 붙잡고 있던 남자가 비명을 질렀다. 밀쳐도 소용없자 일레나가 그의 손을 힘껏 깨물었기 때문이었다.

"내, 내 손!"

얼마나 세게 물렸는지 남자의 손에서 피가 철철 흘렀다.

"잭, 괜찮……."

옆에 있던 남자가 동료의 부상에 당황하는 사이 일레나가 그의 다리 사이를 인정사정없이 걷어찼다.

"켁!"

바깥을 지키고 있던 잉칸 일행 둘을 잠시 행동 불능 상태로 만든 일레나가 그대로 뒤도 돌아보지 않고 달아났다.

'어디로 가지?'

일레나는 숨에 턱에 닿도록 뛰며 주위를 둘러보았다. 지리를 모르니 어딜 가야 경비대를 만날 수 있는지도 알 수 없었다.

'일단 가정집 같은 데 먼저 몸을 숨기고, 나중에 여기 위치를 알아내서…….'

그러나 일레나가 민가로 향하기도 전 그녀의 머리채를 움켜쥐는 손이 있었다.

"아!"

"……공작 부인."

잉칸이었다.

일레나의 머리채를 쥐고 거칠게 숨을 몰아쉬는 잉칸의 몰골은 엉망이었다. 그의 입가로 한 줄기 선혈이 흘렀다. 입안에 고인 핏물을 퉤 뱉어 낸 잉칸이 믿을 수 없다는 눈으로 일레나를 내려다보았다.

"조금 전 그건 대체 뭐였습니까? 예?"

"윽, 이거 놔……."

"뭐, 마법이라도 쓴 겁니까? 아티팩트라도 숨겨놨던 거예요? 그래요?"

"놓으라고!"

일레나가 제 머리채를 붙잡은 잉칸의 팔을 힘껏 쳤다. 잉칸이 움찔했지만, 일레나의 손에 생겼던 새하얀 빛은 이미 사라진 뒤였다. 일레나의 손에 아무 힘도 담기지 않은 것을 확인한 잉칸이 입술을 비틀어 이를 드러냈다.

"……지금은 못 하나 보네. 깜짝 놀랐다고요, 공작 부인. 네? 죽는 줄 알았잖아."

일레나를 바닥에 팽개치고 쓰러뜨린 잉칸이 그 위로 올라타 그녀의 목을 졸랐다.

"극!"

"정말 뒈지는 줄 알았다고, 빌어먹을."

일레나가 버둥거렸다. 손에 닿는 대로 잉칸의 팔을 마구 치고 손톱으로 긁었다.

그러나 일레나의 목을 조르는 잉칸은 눈 하나 깜짝하지 않았다. 가녀린 목을 쥔 손아귀에 점점 힘을 실으며 잉칸이 말했다.

"난 진짜 곱게 대해주려고 했어. 그런데 그걸 마다하고 일을 이 지경까지 끌고온 건 너야."

"……끄읍!"

"왜 그랬어? 얌전히만 있었으면 너도 좋고, 나도 좋고. 우리 둘 다 참 좋았을 텐데."

버둥거리는 일레나의 몸짓이 조금씩 둔해졌다. 목이 졸리니 다른 건 둘째 치고 숨을 제대로 쉴 수가 없었다.

의식이 점점 흐려졌다. 눈앞이 어두워지는 것 같았다.

'카이휜…….'

일레나는 아득해지는 시야로 한 사람의 얼굴을 떠올렸다.

"죽이지는 않을 테니 걱정하지 마. 기껏 여기까지 왔는데, 그러기엔 나도 아쉽거든. 대신 앞으로는 기절해서 얌전히…… 컥!"

그때였다.

목을 조르던 잉칸의 손에서 급격히 힘이 빠졌다. 왈칵, 피를 토한 잉칸이 천천히 옆으로 쓰러졌다. 쓰러진 그의 가슴 가운데로 검날이 삐죽 튀어나와 있었다.

"일레나!"

캄캄해지던 눈앞이 환하게 갰다. 일레나는 가까스로 고개를 들었다.

저 멀리, 검을 던져 잉칸을 맞춘 것 같은 남편이 다급하게 뛰어오는 것이 보였다.

남편은 가면을 쓰고 있지 않았다. 바깥에 나올 때는 반드시라고 해도 좋을 만큼 꼭 가면을 빼놓지 않았으면서.

얼마나 급했으면.

목숨을 위협당한 직후에도 그런 것이 눈에 띄어 일레나의 입가에 미소가 맺혔다.

"카이……."

이내 일레나가 의식을 잃었다.

아무것도 없이 그저 사방이 하얗기만 한 공간. 거리감조차 알 수 없는 기이한 곳에서 일레나는 눈을 떴다.

그녀는 조심스럽게 주변을 둘러보았다.

'……여긴 어디지?'

그러다 곧 익숙한 얼굴을 발견했다. 일레나가 그를 불렀다.

"노파."

노파는 일레나를 물끄러미 보며 입을 열었다.

"1차 각성을 끝냈군."

"……1차 각성?"

"이미 조건을 채웠으니 언제 각성해도 이상할 건 없었지만, 설마 이 시점에 계기가 생길 줄은……."

일레나는 눈을 깜박였다. 저게 다 무슨 말인지 알 수 없었다.

"노파, 지금 무슨 말을 하는 건가? 이해가 잘 안 되는데."

"이해하려고 할 필요 없어. 어차피 깨어나면 이 대화는 기억에서 사라질 테니까."

노파는 일레나가 알아듣든 말든 상관없다는 듯 말을 이었다.

"난 네게 정해진 것보다 많은 걸 알려줄 수 없거든. 그게 규칙이라."

"규칙이라니……."

일레나의 표정이 점점 해괴해졌다. 노파는 알아듣지 못할 말을 할 뿐 아니라 말투까지 바뀌어 있었지만, 일레나는 그것까진 미처 신경 쓰지 못했다.

"조금 전부터 대체 무슨 말을……."

"난 할 수 있는 걸 다했어. 네 운명과 세계의 운명, 어느 쪽이 위인지 시험해 봐. 한 번 졌지만, 이번에는 내가 도와줬으니 다를지도 모르지."

"노파?"

"부디 성공적으로 세계의 멸망을 막아내길. 내 아이의 희생이 헛되지 않도록."

"노파, 잠깐—"

노파가 돌아섰다. 일레나가 반사적으로 노파를 향해 손을 뻗었지만, 상대를 잡을 순 없었다.

갑자기 시야가 밝아졌다. 환한 빛이 눈가를 아프게 찔렀다.

일레나가 눈을 질끈 감았다가 떴다.

"……마님!"

갈급한 목소리가 들렸다. 일레나는 무거운 눈꺼풀을 힘겹게 밀어 올렸다.

"……아비?"

"의사를 불러오겠습니다. 조금만 계세요!"

그 말만 남기고 당장 방에서 뛰쳐나가는 아비의 뒷모습이 흐린 시야에 어렴풋이 보였다.

일레나는 뻑뻑한 눈을 여닫았다. 그러자 흐릿하던 시야가 조금씩 선명해졌다.

곧이어 평소처럼 완전히 맑아진 일레나의 시야에 가장 먼저 들어온 건, 침대 곁을 지키고 있는 남편의 얼굴이었다.

"……아."

그 얼굴을 보자 의식을 잃기 전 상황이 떠올랐다. 일레나가 저도 모르게 손을 들어 제 목으로 가져가려 했다.

그런데 왼쪽 손이 움직여지지 않았다. 일레나는 시선을 내렸다. 남편이 그녀의 손을 쥐고 있었다.

"카이…… 크흠."

남편의 이름을 부르려던 일레나가 목을 가다듬었다. 제 귀로 들리는 목소리가 당황스러울 만큼 쉬어 있었다.

"카이휜."

그러나 헛기침해 봐도 쉰 목소리는 그대로였다. 결국 목소리를 가다듬는 걸 포기한 일레나가 카이휜을 보며 물었다.

"어떻게 됐어요? 나, 얼마나 기절해 있었던 거예요?"

카이휜은 대답하는 대신 그녀의 눈을 가만히 들여다보았다. 이내 그가 잡고 있던 일레나의 손을 입으로 가져갔다.

"……."

일레나는 넋을 놓고 카이휜이 하는 행동을 구경했다. 그녀의 손등에 남편의 입술이 가볍게 닿았다가 떨어졌다. 잠깐 머물렀다 멀어지는 온기가 순간 무척 아쉽게 느껴졌다.

"일레나."

"……."

"기억하지 못하겠지만, 부인이 내게 물은 적 있습니다. 나한테 부인이 필요한 사람이냐고."

일레나는 멍하니 카이휜을 응시했다. 시선은 아직 입술에서 떨어질 줄 몰랐다.

"지금 대답하겠습니다."

"그……."

"네."

"……."

"나한테 필요한 사람입니다, 부인은."

빠르지도, 느리지도 않은 목소리가 일레나의 귀에 말을 한 음절씩 전달했다.

일레나는 그제야 문득 정신을 차렸다. 남편의 입술에서 그의 눈으로 시선을 옮겼다. 파란색 눈동자가 일레나를 남김없이 담았다.

"일레나. 난 당신이 필요합니다."

"……."

"그러니 부디 다치지 말고 계속 내 옆에 있어주세요."

일레나는 천천히 눈을 깜박였다. 여전히 그녀의 손을 잡고 놓아주지 않는 단단한 손을 타고 심장 소리가 전해졌다.

'……아니.'

아니, 아니다. 이건 다른 곳에서 전해지는 울림 같은 게 아니다.

지금 이건…….

'나한테서 나는 소리야.'

두근, 두근.

일레나의 심장이 몹시 명확한 울림을 내며 뛰었다.

Chapter 5.5
카이휜

카이휜은 아주 어릴 때 말을 뗐다. 남들이 겨우 옹알이를 시작할 무렵, 그는 타인의 말을 거의 정확하게 알아들을 수 있었다.

"이게 정말 내가 낳은 아이라니……."

"아아, 신이시여."

"몇 초도 제대로 쳐다볼 수가 없어. 끔찍해."

"부디 이게 현실이 아니었으면."

그러나 이 무렵 카이휜은 말의 뜻만 알아들을 수 있었을 뿐, 그 말이 거짓인지 진심인지는 구분할 수 없었다.

"사랑하는 내 아이."

"애야, 우린 네가 어떤 모습이든 항상 널 사랑한다."

"그럼. 우린 네 부모니까."

그래서 그는 한때 자신의 부모님이 단순히 변덕이 심한 사람이라고 생각했다. 사람이 하는 말에는 진짜와 가짜가 존재한다는 걸, 카이휜이 알게 된 건 좀 더 자라서였다.

카이휜은 배움이 굉장히 빨랐다. 거짓과 진실을 구분하는 것도 얼마 지나지 않아 가능해졌다.

"카이휜, 넌 우리에게 와준 소중한 선물이야."

이건 가짜.

"제발, 누가 저게 내 아이가 아니라고 해줘!"

이건 진짜.

한번 구별이 가능해지자 그때부턴 헷갈리는 일도 없었다. 카이휜은 '진짜'를 이야기하는 부모님에게 손을 뻗었다가 매몰차게 얻어맞은 뒤론, 부모님이 '가짜'를 입에 담을 때만 그들에게 매달렸다.

그리고 그 시기, 카이휜에게 동생이 생겼다.

"축하드립니다, 마님!"

"건강한 아드님이세요."

"마틴. 이름은 마틴으로 하자."

부모님은 카이휜과 고작 한 해 터울을 두고 태어난 동생을 지극정성으로 대했다. 그들은 동생의 앞에선 한 번도 가짜를 입에 담지 않았다.

"우리 마틴, 누굴 닮아 이렇게 귀여울까?"

저건 진짜.

"쑥쑥 크렴. 네게 주고 싶은 게 참 많단다."

저것도 진짜.

"마틴, 사랑한다. 네가 태어나 줘서 정말 기뻐."

……진짜.

이상한 일이었다. 같은 말이라도 카이휜에겐 가짜였던 것이, 동생에게 향할 땐 진짜가 되었다.

어린 카이휜은 동생과 자신을 유심히 관찰해 다른 점을 찾아냈다. 차이점은 금방 보였다.

동생은 성장이 더뎠다. 말을 익히는 속도도, 몸을 가누는 것도 카이휜과 비교하면 답답할 만큼 느렸다.

카이휜은 그 사실을 알게 된 후, 한동안 부족하고 모자란 흉내를 냈다. 유창하게 말할 수 있었지만 일부러 어눌하게 말했고, 능숙히 걷고 뛸 수 있었지만 몇 걸음 가다 고의로 넘어졌다.

하지만 그렇게 해도 카이휜과 동생을 대하는 부모님의 태도는 바뀌지 않았다.

"마틴, 우리 보물."

여전히 저건 진짜고.

"카이휜, 사랑하는 내 아들."

이건 가짜다.

그때쯤, 카이휜은 동생과 자신의 다른 점을 또 하나 찾아냈다. 그건 바로 그의 얼굴을 덮은 검은 얼룩이었다.

카이휜은 거울에 비친 얼굴의 얼룩을 들여다보았다. 이건 동생에게는 없는 거였다.

그러나 카이휜이 아무리 노력해도 얼룩을 지울 수 없었다. 매일 아침 세수를 세 번씩 해도 얼룩은 그대로였다. 얼굴을 세게 긁어봤지만, 상처만 생길 뿐 얼룩은 그대로였다. 그리고 생긴 상처는 흉도 남지 않고 금방 나았다.

결국 아이는 점차 부모에게서 '진짜' 사랑을 받는 것을 포기했다. 동생과의 차이는 타고난 것이고 그걸 노력으론 바꿀 수 없다는 걸, 카이휜은 어린 나이에 깨달았다.

하지만 그래도 괜찮았다. 가짜 사랑도 사랑이었다.

부모님은 카이휜과 둘만 있을 때면 그를 불쾌한 것 취급하고 밀어냈지만, 다른 사람이 있으면 웃으며 상냥한 말을 건네주었다.

그거면 됐다.

카이휜은 타협하는 법을 일찍 배웠고, 자신에게 주어진 선에 만족했다.

그런데 카이휜이 다섯 살이 되던 무렵.

"들었어? 저 얼룩……."

"가까이 가면 우리한테도 무슨 일 생기는 거 아냐?"

"저주라니, 으…… 불길해."

카이휜 얼굴의 얼룩이 단지 얼룩이 아니라 악마에게 저주받은 흔적이란 주장이 등장했다. 주장을 제기한 사람은 고대 서적 한 권을 증거로 제시했다. 근거가 뒷받침된 주장은 대중 사이로 손쉽게 퍼졌다.

그리고 그 사건은 카이휜의 주변을 크게 뒤흔들어 놓았다.

"아악!"

"부인."

"요즘 모임만 나가면 다들 뭐라고 떠들어대는 줄 알아요? 왜 하필 내 자식에게 악마가 저주를 내렸겠냐고! 내가 뭔가 잘못해서 그런 것은 아니냐고 떠들어!"

"진정하시오, 부인. 일부가 떠드는 그런 말은 그냥 무시해 버리면 되잖소."

"무시? 일부? 하, 당신은 사교 모임에 나가지 않으니 그렇게 쉽게 말하는 거야."

"아니, 그럼 나보고 뭘 어쩌라고……. 그들이 그렇게 떠드는 게 내 탓이오? 애초에 당신이 그런 아이를 낳은 건 사실이잖아. 정말 뭐 짚이는 건 없소?"

"뭐라고? 당신, 지금 뭐라고 말했어?"

외출에서 돌아온 어머니가 부쩍 힘들어 보였던 날. 서로 언성을 높이기 시작한 부모님 사이에서 눈치만 보던 카이휜이 어머니의 치마폭에 매달렸다.

"화내지 마세요, 엄마……."

동생이 이렇게 하면 어머니는 화를 내다가도 언제 그랬냐는 듯 환하게 웃으며 좋아했다. 동생과 제가 다르다는 것은 알지만, 그래도 조금쯤은 효과가 있지 않을까 싶었다.

"너……."

카이휜이 바란 대로 어머니는 말다툼을 멈추고 그녀의 치마폭에 붙은 카이휜을 응시했다. 곧, 어머니의 표정이 변했다.

"그래, 이 얼룩. 다 얼룩 탓이야. 이걸 지우면 돼."

"……어머니?"

"이것만 없애면 전부 해결이야."

그날, 카이휜은 제 얼굴을 불로 지지려던 어머니의 손을 피해 저항하다가 어깨에 심한 화상을 입었다.

어린 카이휜은 어깨에 불이 붙자 고통을 이기지 못하고 바닥을 뒹굴었다.

"어머니, 어머니! 살려주세요! 아악!"

카이휜의 어머니는 뒤늦게 정신을 차리고 고통에 겨워 바닥을 구르는 아들을 응시했다. 나이에 비해 참을성이 강했던 카이휜이 처음으로 보여준, 처절하게 고통스러워하는 모습이었다.

"……."

그리고 그 참상을 눈에 담는 그녀의 얼굴에 스친 것은, 놀람도 당황도 미안함도 아닌…… 후련함이었다.

그날 이후, 모임에서 돌아온 날이면 어머니는 예외 없이 카이휜을 묶어놓고 그의 등에 화상 자국을 만들었다. 카이휜은 매번 영문을 알 수 없는 극심한 고통에 몸부림쳤다.

제발 그만해 달라고 울고 빌어보기도 했다. 그러나 어머니는 멈추지 않았고, 아버지는 묵인했다.

카이휜의 신체는 이상하리만치 회복이 빨랐다. 그의 등에 생긴 화상의 일부는 흉터로 남기도 했지만, 대다수는 별다른 처치 없이도 말끔하게 아물었다. 그 평범하지 않은 모습이 학대를 저지른 사람의 죄의식을 덜어준 것 같았다.

"엄마, 뭐 해요? 이상한 냄새 나……."

"쉬, 마틴. 보면 안 돼. 들어가서 다시 자렴."

"엄마?"

"악마의 부정한 기운을 정화하는 거란다. 네가 볼 게 아니야."

살이 타는 매캐한 냄새에 자다 깬 동생이 눈을 비비며 닫힌 방문을 열었을 때.

어머니가 동생을 달래 내보내며 한 말을 듣고, 카이휜은 그때부터 몸부림치는 걸 그만두었다. 울고 비는 일도 멈췄다.

카이휜의 저항이 멈춘 후에도 학대는 계속되었다. 그의 등에 새로운 흉터가 하나씩 늘어날수록, 어머니는 모임에 나가 훌륭하고 위대한 모성을 손쉽게 연기해 냈다.

사람들이 그녀의 인품을 칭찬하기 시작했을 무렵. 카이휜은 생살을 지지는 고통에도 신음 한 번 내지 않게 되었다.

그리고 카이휜이 아홉 살이 되었을 때. 그는 여섯 살에 손에 쥐었다가 학대가 시작되면서 놓았던 검을 다시 잡았다.

그러나 제대로 된 스승을 둘 수는 없었다. 부모님은 카이휜이 어떤 분야에서든 뛰어난 성취를 내는 걸 극히 경계했다.

카이휜이 아주 어렸을 땐 그 이유를 몰랐지만, 조금 크고 나자 알게 되었다.

부모님은 카이휜이 동생인 마틴보다 뛰어나게 자라는 걸 두려워했다. 장성한 그가 마틴이 가져야 할 것을 조금이라도 빼앗아갈까 봐, 늘 걱정하고 불안에 떨었다.

그래서 카이휜은 아무것도 바라지 않는 법을 배웠다. 욕심내지 않고, 욕망하지 않는 법을 익혀 죽은 듯 지냈다.

다만 다시 손에 잡은 검만큼은 놓고 싶지 않았기 때문에, 낮에 연무장에서 기사들이 쓰다 방치한 연습용 검을 몰래 주워 밤마다 바깥에서 휘둘렀다.

그렇게 시간이 흘러, 카이휜이 열여섯 번째 생일을 한 계절 앞두게 되었을 시점.

그를 제외한 가족이 전부 죽는 사고가 일어났다.

사고 후, 카이휜은 한동안 눈코 뜰 새 없이 바쁜 나날을 보냈다. 부모님과 동생의 장례식에 이어 공작위를 이어받는 계승식까지 연이어 처리해야 했으니까.

그나마 조금 숨 돌릴 여유가 생겼을 때, 벤이 물었다.

"주인님, 어떻게 하시겠습니까? 그 사고…… 알리시겠습니까?"

공작가 일가족의 대부분을 죽음으로 몰아넣은 사고는 사실 사고가 아니었다. 그걸 벤도, 카이휜도 알았다. 사고의 진상을 외부에 알리겠느냐는 물음에 카이휜은 벤을 물끄러미 쳐다보았다.

작위를 잇기 전, 카이휜은 공작성의 사용인들에게 소공자님이라고 불렸다. 벤만이 유일하게 그를 도련님으로 칭했다. 지금도 그랬다.

공작이 된 후, 사용인이 카이휜을 부르는 호칭은 늘 공작님이었다. 벤 홀로 주인님이란 호칭을 입에 담았다.

"글쎄, 벤 자네는? 어떻게 하고 싶은데?"

"전…… 반대합니다. 알리지 않는 것이 좋다고 생각합니다."

"그럼 그렇게 해. 내 생각도 비슷하니까. 어차피 사고를 막지 않은 내게도 책임이 있고."

사람들은 사고를 두고 카이휜을 손가락질했다. 그가 받은 악마의 저주가 사고를 일으켜 가족을 잡아먹은 것이 아니냐고 숙덕거렸다.

사고의 진상을 밝히면 조용해질지도 모를 이야기였지만, 카이휜은 그냥 두었다. 남들이 저를 두고 악마라고 떠들든, 괴물이라고 떠들든 무슨 상관인가 싶었다.

그의 등을 불로 지지는 어머니의 손길에 비명은커녕 눈 하나 깜짝하지 않게 되었을 때부터, 카이휜은 꽤 많은 것이 상관없어졌다.

8년이란 세월이 순식간에 흘렀다.

카이휜의 일상은 별반 달라진 것이 없었다. 갓 공작이 되었을 때처럼 여전히 주기적으로 산에 올라 몬스터를 잡고, 영지를 꾸리고, 사업을 키우고, 확장했다. 갑작스럽게 진행된 결혼도 넓게 보면 그 일상에서 벗어나지 않는 일이었다.

“제 딸아이와 각하의 혼사를 추진하겠습니다. 이 정도면 담보로 부족하지 않을 겁니다.”

“그렇게 하세요.”

말이 결혼이지, 어디까지나 결혼의 탈을 쓴 사업의 연장에 불과했으니까. 카이휜은 제 아내이자 사업상 담보 역할을 해낼 사람에게 아무런 기대와 관심이 없었다.

그래서 약속한 결혼 날짜를 얼마 앞두고 갑자기 신부를 바꾸어도 되겠냐는 요청이 왔을 때, 쉽게 그러라고 허락했다. 어차피 담보로서 가치만 있다면 상대가 누구이냐는 별반 중요한 것이 아니었다. 바뀐 상대는 담보 조건을 충족하고 있었다.

그리고 결혼식 당일. 수도로 올라가 식장에서 처음으로 자신의 아내가 될 사람을 보았을 때, 카이휜은 저도 모르게 어떤 생물을 떠올렸다.

‘토끼.’

새하얀 은발에 분홍색 눈.

카이휜에 비하면 한참 작고 가는 체구는 그로 하여금 꼭 토끼를 연상하게 했다. 사람을 보며 동물을 떠올린 건 처음이었다.

그래서인지 생각보다 시선이 갔지만, 그것도 잠깐이었다. 식이 끝난 후 마차를 타고 영지로 돌아왔을 때, 카이휜의 머릿속에 상대를 향한 사사로운 감정은 더 이상 남아 있지 않았다.

카이휜은 남편으로서 해야 하는 만큼 아내를 배려했고, 그녀에게 공작성의 안주인에 걸맞는 대우를 제공했다.

그러나 거기까지였다. 자신의 할 일을 마친 그는 그 이상으로 형식적인 부부에 불과한 아내에게 관심을 두지 않았다. 상대 또한 그것을 원할 거라고 생각했다.

그러던 하루.

"공작님, 마님께서……."

그의 아내가 공작성 하녀 둘을 벌했다는 소식이 전해졌고, 조금 뒤 그녀가 카이휜이 있는 집무실 문을 열고 쳐들어왔다. 그때까지만 해도 카이휜은 약간 놀랐을 뿐, 당황하진 않았다. 단순히 상대가 변덕을 부리는 것이겠거니 생각했다.

그러나 거리낌 없이 그와 간격을 좁힌 상대의 손이 이윽고 얼굴에 닿았을 때.

"……아, 미안해요. 갑자기 만져서."

카이휜은 무척 오랜만에 몸을 움찔할 만큼 당황했다.

"만져도 될까요?"

이미 만져놓고 뒤늦게 허락을 구한 그의 아내는 카이휜의 얼굴을 덮은 얼룩을 세심하게 더듬었다. 카이휜은 기행에 가까운 짓을 저지르는 아내를 혼란스러운 눈으로 쳐다보았다.

변덕이라기엔 지나친 행동이었다. 그는 살면서 단 한 번도 제 얼굴의 얼룩에 쉽게 손대는 사람을 만나본 적이 없었다.

"나는 원래 혼자 잠드는 데에 취미가 없거든요. 알았으면 오늘 기다릴게요."

그의 아내는 카이휜에게 남편으로서 밤에 제 처소를 찾을 것을 명한 뒤 돌아갔다. 그녀가 돌아간 후, 카이휜이 다시 업무를 시작하는 데는 제법 시간이 걸렸다.

얼굴에 머물렀던 따스하고 부드러운 손의 감촉이 오랫동안 피부에 남아 있었다.

아내는 알면 알수록 종잡을 수 없는 상대였다. 시간을 두고 지켜본 그녀는 정말 카이휜의 얼굴에 있는 얼룩과 그의 소문을 신경 쓰지 않았다. 그리고 카이휜과의 사이에서 후사를 보길 원했다. 카이휜이 가장 이해하기 어려운 부분이었다.

'왜?'

아내가 제게 다가오는 목적이 아이라는 건 쉽게 읽어냈다. 그것을 알아채는 건 어렵지 않았다. 하지만 그녀가 왜 아이를 원하는지, 그 이유는 여러 번 생각해 봐도 알 수 없었다.

자신이 낳은 아이가 차기 공작이 되길 바라는 걸까?

그러나 길지 않은 시간이지만 그간 카이휜이 지켜봐 온 아내는 그렇게 욕심이 큰 사람으론 보이지 않았다. 마치 수수께끼 같았다.

카이휜은 풀리지 않는 수수께끼를 한동안 그냥 두었다.

그러다, 어느 날.

"일레나, 손목을."

"……."

"부탁입니다."

아내의 손목에 난 멍 자국이 이상하리만치 눈에 거슬렸을 때.

-얌전히 들어주니까 이게 아까부터 누구한테 자꾸 괴물이래? 누가 괴물이냐고!

-부인…… 지금…….

-부인이라고 부르지 마, 이 쓰레기야! 날 그렇게 부를 수 있는 건 내 남편뿐이야!

그날 밤 카이휜은 영상구를 통해 아내의 진심이 담긴 목소리를 들었다.

-괴물이 아니라, 내 남편이라고! 알아들어?

아내가 그에게서 아이를 원하는 목적이 무엇이든 간에, 그녀의 격분한 목소리에 담긴 감정은 진짜였다.

카이휜은 우선 아내의 손목에 멍을 만든 상대가 합당한 대가를 치르게 한 후, 며칠간 고민했다.

고민에 대한 답은 명확하게 나왔다.

"나는 성의 정원 중 동쪽 정원을 가장 좋아합니다."

그는 아내의 진심을 봤다. 그러니 그 또한 한 번은 진심을 드러내기로 했다.

"난 자식을 낳을 마음이 없습니다."

카이휜은 자식을 볼 생각이 없었다. 그를 닮은 아이가 세상을 겪게 하고 싶지 않았다. 아주 어려서 결정한 이후, 지금까지 변한 적 없던 생각이었다.

"만일 부인이 어떤 이유로든 나와 후사를 보길 원했다면…… 그 점은 정말 미안하게 생각합니다."

그렇게 모든 것이 끝났다고 생각했다.

그러나 아내는 그를 놀라게 했다. 목적이 좌절되었으니 당연히 결혼생활을 끝내고 싶어 할 줄 알았는데, 그녀는 혼인을 무효로 되돌리려는 카이휜을 찾아와 불같이 화를 냈다.

"난 당신과 이혼 안 해요. 그럴 마음 없어요. 혼인 무효도 마찬가지고요."

끝날 줄 알았던 결혼 생활은 그렇게 계속되었다.

그러고서 얼마 후. 그의 아내는 카이휜을 크게 당황시켰다.

예고 없이 고열이 끓어 벤을 제외하고는 아무도 침실에 들이지 않고 열을 식혀야 했던 날.

"……일레나."

바깥에서 느껴지는 인기척에 침입자를 의심해 발코니로 나간 카이휜은 막 난간에서 떨어지려는 아내를 겨우 붙잡았다. 머리보다 몸이 먼저 움직였다.

추락할 뻔한 아내를 건져 올려 방으로 데리고 들어온 후에야, 카이휜의 머리는 뒤늦게 상황을 파악하고 이해했다.

기가 막혔다. 사람이 너무 놀라고 황당하면 말문이 막힌다는 걸 카이휜은 그날 처음 배웠다.

그리고…… 화도 났다.

"나을 수만 있으면 팔다리 하나 정도는 부러져도 상관없습니까? 말도 안 되는 소리 하지 마십시오."

사실 스스로조차 왜 화가 나는지 이유도 모르면서 화가 났다. 그래서 저도 모르게 목소리에 그 감정을 담았다가.

"화났어요?"

"……."

"……미안해요. 내가 잘못했어요. 그러니까 너무 화내지 말아요."

시무룩한 아내의 태도 앞에서 어찌할 바를 모르고 감정을 금방 흐트러뜨렸다.

결국 그날, 카이휜은 믿지 못할 시도까지 해가며 그의 방에 들어오고자 한 아내에게 벤을 대신해 간호를 맡겼다.

열을 내리기 위해 물수건으로 몸을 닦는 과정에서 그는 아내에게 등을 보여야만 했다. 벗은 등에는 해묵은 흉터가 빼곡히 남아 있었다.

카이휜은 무심코 흉터를 얻게 된 경위를 입에 담았고, 이후 아내의 눈물을 보곤 두 번째로 크게 당황했다.

열이 높게 올라 정신이 반쯤 혼몽한 와중에도 아내가 보인 눈물은 시야에 각인되듯 들어왔다.

순간 놀라고 당황해 몸을 일으키려는 그를 아내가 막았다. 그러곤 다시 정성스럽게 그의 몸을 간호하기 시작했다.

"많이 아팠겠어요."

"……지금은 괜찮습니다."

"그때는 안 괜찮았을 거고요."

정말 이상한 일이었다.

그저 피부에 맺힌 땀을 닦는 것뿐. 흉터를 닦는 것이 아니었다.

그런데도 아내가 쥔 물수건이 흉터 위를 스치면, 오래된 상처가 조금씩 열어지는 착각이 들었다.

카이휜은 점차 아내가 그의 '아내'인 것에 익숙해졌다.

아내는 놀라울 만큼 한결같은 사람이었다. 어떤 면에서 한결같으냐면, 그가 조금만 방심하는 순간 기다렸다는 듯 예기치 못한 방법으로 그를 놀라게 한다는 점에서 그랬다.

"있잖아요. 공작성에 기사가 꽤 많은 걸로 아는데, 한 사람 정도는 내보내도 되지 않을까요?"

공작성 기사의 발등을 난데없이 짓이겨 놓은 아내는 그러고도 모자라 그를 아예 성에서 퇴출시키고 싶어 하는 것 같았다. 카이휜은 그것이 조금 신기했다.

기사가 저지른 잘못은 단순했다. 카이휜을 두고 언사를 신중히 하지 않은 것.

솔직히 카이휜은 제 얼룩과 소문을 두고 숙덕이는 소리를 들어도 아무렇지 않았다. 외출할 때 가면을 착용하는 건 귀찮은 일을 피하려는 의도일 뿐, 다른 이유는 아니었다.

그래서 고작 그런 말 하나에 자기 일처럼 화내고 분노하는 아내가 놀랍기도 하고, 신기하기도 했다. 꼭 벤을 보는 것 같았다.

하지만 벤은 20년이 넘게 그와 함께했고, 아내는 그의 아내가 된 지 이제 몇 달이 지났을 뿐이었다.

"……."

카이휜은 기사 퇴출에 실패하곤 그 아쉬움을 억누르려는 듯 씩씩하게 앞서 걷는 아내의 뒷모습을 잠시 쳐다보았다.

기분 탓일까. 가슴 한구석이 작게 울렁거렸다.

아내가 어떤 사람이냐 물으면, 카이휜은 꽤 많은 표현으로 대답할 수 있었다.

아내는 좋은 사람이었다. 고마운 사람이고, 가끔 신기한 사람이었다.

그리고 또, 아름다운 사람이기도 했다.

카이휜의 미적 기준은 평범한 사람과 크게 다르지 않았다. 다만 그 미적 기준을 적용할 만큼 타인에게 관심을 가져본 적이 없을 뿐이다.

카이휜은 아내를 보며 처음으로 아름답고, 예쁘단 생각을 했다. 그의 아내는 여러모로 그에게 과분한 사람이었다.

하지만.

"필요해요?"

"……."

"당신한테, 나…… 필요한 사람이에요?"

그 질문에, 카이휜은 고장 난 것처럼 아무 대답도 할 수 없었다.

아내와 둘이서 타 영지로 축제를 구경하러 갔던 날. 뜻하지 않게 약을 탄 술을 마시게 된 아내가 약 기운에 취해 비몽사몽 간에 그에게 던진 물음이었다.

카이휜은 질문을 받고 한참 침묵했다가, 질문한 아내가 잠든 후에야 작은 목소리로 겨우 대답했다.

"……모르겠습니다. 잘."

그날 이후, 그 질문은 한동안 카이휜의 머릿속에 남아 있었다. 정작 약에 취했던 아내는 자기가 했던 질문을 기억하지 못했지만, 그는 종종 그날의 물음을 떠올리며 자문했다.

필요한 사람.

아내는 제게 필요한 사람인가?

사실 공작 부인으로서 아내를 논한다면 그녀는 분명 필요한 사람이 맞았다. 어쩐지 이제는 별로 의미 없게 느껴지는 사업 담보 역할은 차치하고서라도, 공작성 내에서 안주인으로서 그녀의 평은 날이 갈수록 좋아졌다.

언젠가부터 벤도 카이휜 옆에서 마치 들으라는 듯 '마님께서 저희 마님이시라 다행입니다' 같은 말을 해댔다.

공작성에서 아내의 존재는 점점 중요해졌다. 카이휜은 그걸 부정하지 않았다.

……그렇지만, 공작 부인이 아닌 아내는?

그저 아내란 사람 개인을 놓고 본다면, 그녀는 자신에게 필요한 사람인가?

"당신, 내가 이제부터 그림 그리는 걸 가르쳐 줄게요. 어때요? 꽤 괜찮은 취미죠?"

카이휜은 여태 사람이든 사물이든 무언가를 필요로 할 때 스스로에게 늘 철저한 '근거'를 제시했다. 만약 그가 그것을 필요로 해야 할 객관적이고 타당한 이유를 대지 못한다면, 그건 곧 필요 없는 것이었다.

그리고 그의 방식에 따르면, 사실 아내는 그에게 반드시 필요한 사람은 아니었다.

"그림을 완성했는데, 조금 놀랄 수 있거든요? 하지만 너무 놀라진 말아요."

아내가 없어지면 그의 일상은 변화를 맞이할 테지만, 그래 봐야 '원래대로' 돌아가는 것에 불과했다. 아내를 만나 몇 개월간 잠시 달라졌던 일상이, 다시 예전으로.

아내가 곁에 있기 전에도 카이휜은 업무와 일상생활에 아무 문제가 없었다. 결국 아내의 부재가 그에게 뭔가 큰 영향을 미칠 것이라고 보긴 어려웠다.

답이 나왔다.

아내는 좋은 사람이고, 고마운 사람이며, 과분할 만큼 아름다운 사람이지만.

그에게 꼭 필요한 사람은 아니었다.

"나중에 잘 때 몰래 머리 쓰다듬어야지."

그런데 왜일까.

"당신한테, 나…… 필요한 사람이에요?"

답을 내놓고도 카이휜은 머릿속에서 그 질문을 지워낼 수가 없었다.

축제 날 이후 카이휜이 혼자 어떤 고민을 하다 어떤 답을 내었든 간에, 아내가 그의 곁에 있는 나날은 평소처럼 흘러갔다.

그날도 평소와 같았다. 특별히 다를 거라곤 없는 날이었다.

"공작님, 웬 아이가 공작님을 꼭 뵈어야 한다고…… 이걸 보여주어야 한다는데……."

예고 없이 성을 찾은 안나가 카이휜에게 아내의 귀고리를 전달하기 전까지는.

아이가 고사리 같은 손에 꼭 쥐고 있던 귀고리 한쪽을 건네는 순간, 카이휜은 잠시 사고가 정지하는 것 같았다.

이게, 어째서. 왜, 지금 이게.

"가, 각하! 헉, 큰일, 큰일 났습니다! 마님께서……!"

이어서 콜린이 허락도 받지 않고 집무실 문을 박차고 들어왔다.

그리고 그 이후부터 카이휜은 한동안 기억이 온전하지 않았다. 정신 차렸을 때는, 이미 시드리온이 카이휜의 앞에서 아내의 귀고리를 살피고 있었다.

"기다려 봐. 금방 위치를 추적해 줄 테니까. 찾으면 널 바로 그곳으로 옮겨주지."

"……시드리온."

"왜?"

"부탁한다."

"……맡겨둬."

마법 분야에서 시드리온이 지닌 재능과 실력은 모르는 사람이 더 드물 정도였다. 그러나 이번엔, 예상치 못하게 작은 난항을 겪었다.

"분명 이 근처인 건 맞는데……."

"정확한 위치는? 왜 시간이 걸리는 거지?"

"그게, 정체 모를 이상한 기운이 다른 쪽 귀고리 마나 감지를 방해하는 것 같은데…… 그래도 거의 다 됐으니 조금만 기다려 봐. 내가 누구– 야!"

카이휜은 시드리온의 말을 다 듣지도 않고 자리를 박찼다.

이 근처라고 했다. 주변을 다 뒤지면 찾을 수 있을 것이다.

초조해서 가슴이 뛰었다. 심장이 터질 것 같았다. 검 한 자루 들고 산에서 몬스터 무리와 대적했을 때도 이 정도로 두근거리진 않았다.

카이휜은 본인이 문제를 해결하는 방식을 잘 알았다. 아무리 급박한 사안이어도 우선 한발 물러나 상황을 관조한 후, 이성적으로 최선의 판단을 내려 행동하곤 했다. 심지어 제 목숨이 달린 상황에서조차.

그런데 이번엔 그 방식에 따를 수 없었다. 머리보다 몸이 먼저 움직였고, 그나마 뒤늦게 돌아가기 시작한 머리는 온통 한 가지 생각밖에 할 수 없었다.

아내를 찾아야 한다. 아내가, 무사하다는 걸 확인해야 한다.

카이휜은 오로지 그 한 생각에 지배당한 사람처럼 움직였다.

"대신 앞으로는 기절해서 얌전히…… 컥!"

마침내 아내의 목을 조르는 잉칸의 심장에 검을 던져 맞추고.

"일레나!"

카이휜은 한달음에 아내에게 달려갔다.

"카이……."

아내는 그를 발견하곤 아는 체하는 것 같더니, 이내 의식을 잃고 축 늘어졌다. 그 직후 시드리온이 근소한 차로 좌표 추적을 끝내고 나타났다.

"카이휜."

카이휜은 자신을 부르는 친우에겐 눈길조차 주지 않았다. 그저 기절해서 움직이지 않는 아내를 품에 안고, 마치 정지한 듯 가만히 있었을 뿐이다.

"공작님."

"……."

"각하. 이보세요, 야."

"……."

"야! 정신 안 차려? 계속 거기서 그러고 있을 거야? 네 아내 안전한 곳으로 안 옮겨?"

마지막 말을 듣고 나서야 카이휜은 겨우 정신을 차렸다. 그는 눈을 깜박였고, 폐부를 가득 채우고 있던 숨을 내뱉었다. 호흡을 멈추고 있었다는 것도 그는 그제야 알았다.

"……고맙다. 공작성으로 데려다줘."

"……그래."

시드리온은 단번에 두 사람을 공작성으로 옮겼다. 성에 상주하는 의사는 의식 없는 아내를 진찰하곤 카이휜에게 안심하라는 듯 말했다.

"괜찮습니다. 목에는 며칠 멍이 남을 수 있지만, 그 외에는 전부 멀쩡하십니다."

"타박상도 없나?"

"없습니다. 아마 긴장이 갑자기 풀리면서 기절하신 듯한데, 이 상태면 금방 깨어나실 겁니다."

의사의 진찰에 믿음을 주듯 아내는 의식이 없는 것치고 혈색이 그리 나쁘지 않았다.

"수고했네."

카이휜은 의사를 물린 뒤 자리를 지켰다. 침대에 누운 아내는 마치 잠자는 것처럼 평온해 보였다. 카이휜은 그런 아내를 가만히 보다가 이내 고개를 숙였다.

멍청했다.

그는 깨달았다. 자신이 얼마나 무지하고, 오만하며 얼간이 같은 답을 내렸던 건지.

카이휜은 반응 없는 아내의 손을 쥐었다. 그녀의 손엔 힘이 전혀 들어가 있지 않았지만, 온기는 존재했다. 그는 그 온기를 느끼려는 듯 아내의 손을 뺨에 가져다 대고 눈을 감았다.

어릴 적, 카이휜은 공작성 복도를 걷다가 새 한 마리를 본 적이 있었다. 열린 창문으로 날아든 새는 카이휜이 손에 쥔 과자를 조금 떼서 나눠 주자 작은 부리로 열심히 쪼아 먹었다.

어린 카이휜은 그걸 한참 쳐다보았다. 그러곤 아버지에게 가서 말했다. 새를 키우고 싶다고.

그러자 아버지는 카이휜을 가만 보다가 말했다.

"네가 반드시 새를 키워야 하는 이유를 내게 다섯 가지 말해봐라."

카이휜이 새를 키우고 싶다고 생각한 계기는 별것 없었다. 그가 준 과자를 쪼아 먹는 모습이 귀여웠다. 그것뿐이었다. 그러니 당연히 다섯 가지나 되는 이유를, 그것도 아버지의 눈에 차는 이유를 만들어낼 순 없었다.

"새가…… 귀여워서……."

"그런 감정적인 이유 말고, 남을 설득할 객관적이고 타당한 이유를 말해."

"……."

"없는 거냐? 그래, 넌 결국 새를 키워야 할 필요가 없는데 키우고 싶다고 한 거구나. 불필요한 것에 욕심을 냈으니 벌을 받아야지. 엠마, 가서 매를 가져오게."

그날 카이휜은 일어설 수 없을 만큼 호되게 맞았다. 그리고 학습했다.

타인을 설득할 만큼 타당한 이유가 있는 게 아니라면, 그건 제게 필요한 것이 아니다. 필요하지 않으면, 욕심내서는 안 된다.

그날 배운 것은 욕망 자체가 허락되지 않았던 성장기를 거치며 더 강해졌다. 마음 한구석에 그도 모르게 공식처럼 자리를 잡았다.

그래서 착각했다.

"카이휜."

객관적으로 스스로를 납득시킬 만한 이유가 없으니까.

이 사람이, 이 목소리가.

"어떻게 됐어요? 나, 얼마나 기절해 있었던 거예요?"

이 시선과 온기가 그에게 필요하지 않다고 감히 판단했다.

"일레나."

그러나 이유 없이 누군가가 필요할 수 있다.

"기억하지 못하겠지만, 부인이 내게 물은 적 있습니다. 나한테 부인이 필요한 사람이냐고."

이유를 말할 수 없어도, 그 사람이 곁에 없으면 견디지 못할 것 같을 수 있다.

"지금 대답하겠습니다."

"그……."

"네."

"……."

"나한테 필요한 사람입니다, 부인은."

욕심날 수 있다.

그저 그 사람이라서, 그 사실만으로도 결코 놓고 싶지 않을 수 있다.

"일레나. 난 당신이 필요합니다."

"……."

"그러니 부디 다치지 말고 계속 내 옆에 있어주세요."

카이휜은 아내의 눈을 마주 보았다. 그는 그녀의 눈을 응시하는 것만으로도 묘한 충족감을 느꼈다. 어디에서 오는 충족감인지는 몰랐다. 이 감정에 어떤 이름을 붙일 수도 없었다. 언제부터 이런 감정을 느끼게 되었는지도 모른다.

하지만 중요하지 않았다. 그런 것은 아무래도 좋았다.

카이휜에겐 아내가 필요했고, 그는 이제 그 사실을 알았다.

그거면 됐다. 이제 이 손을 놓치지 않기 위해 한껏 발버둥 칠 테니까.

오랜 시간이 흘러 카이휜에게 다시 욕심을 알게 해준 사람은 눈부셨다. 찬란하고, 아름답고.

'토끼.'

그리고 토끼를 닮았다.

뭐에 놀랐는지 눈을 동그랗게 뜨고 저를 쳐다보는 아내를 보며 카이휜은 무심코 그렇게 생각했다. 웃음이 흘러나왔다.

2권에서 계속…